Julianna Grol

Spuren von Licht

Drachenmond Verlag

Drachenmond Verlag GmbH
Auf der Weide 6
50354 Hürth
http: www.drachenmond.de
E-Mail: info@drachenmond.de

Lektorat: Stephan R. Bellem
Korrektorat: Michaela Retetzki
Satz & Layout: Astrid Behrendt

Umschlagdesign: Alexander Kopainski
Bildmaterial: Shutterstock

Druck: Booksfactory

ISBN 978-3-95991-255-6

Für Jonas

Prolog

Die alte Dame stieß einen markerschütternden Schrei aus und krümmte sich auf der verschlissenen Matratze.

Der Fremde lächelte und legte das Messer beiseite, während er gespannt umherblickte. Doch noch war auf der Kellerwand nichts zu erkennen.

Der Schmerz ließ die Einundachtzigjährige an den Fesseln zerren, obwohl sie wusste, dass es sinnlos war. Sie hatte keine Chance. Niemand würde sie in den nächsten Stunden – ja vielleicht sogar Tagen – vermissen, denn ihre Kinder und Enkelkinder lebten weit entfernt und auch ihre Freunde würden so rasch nichts bemerken.

Keuchend rang sie nach Atem. »Was wollen Sie denn bloß von mir?«, schluchzte sie heiser. »Meinen Schmuck und das Bargeld können Sie sich einfach holen, ich habe Ihnen die Kombination des Safes doch schon genannt!« Verzweifelt blickte sie zu dem hochgewachsenen, dunkelhaarigen Mann auf, der direkt neben der Matratze stand und die Wand anstarrte.

»Na, komm schon«, murmelte er in seinen kurz gehaltenen Vollbart hinein und ließ den Blick erneut durch den Raum schweifen.

»Bitte …«, flehte die alte Dame. »Ich will Ihnen ja alles geben!« Sie wimmerte, während Tränen über ihre faltigen Wangen liefen. »Habe ich nicht schon genug gelitten?«

Nun wandte der Fremde sich ihr wieder zu. »Das haben Sie, meine Beste, das ist ja das Gute.« Seine Augen blitzten erwartungsvoll.

Die alte Frau weinte. Dieser Mann war wahnsinnig.

»Ich könnte es Ihnen noch ein drittes Mal erklären und Sie würden es immer noch nicht verstehen«, sagte ihr Peiniger. »Aber das macht nichts. Wichtig ist, dass Ihr Mann mich versteht.«

»Aber der ist vor zwei Wochen verstorben«, rief sie.

»Genau das ist es ja«, sagte der Bärtige mit erhobenem Zeigefinger und lächelte milde. »Allerdings hat er diese Welt nicht ganz verlassen. Wir wollen doch einmal sehen, wo der Gute steckt.«

Gelassen nahm er das Messer erneut zur Hand. »Er könnte es Ihnen viel leichter machen.«

»Aber er hat es mir doch nie schwer gemacht. Er war ein guter Ehemann!«, stieß sie hervor.

»Geben Sie uns ein Zeichen und ich lasse von Ihrer Frau ab«, rief der bärtige Mann laut. Er schaute sich erwartungsvoll um, dann hob er ohne zu zögern das Messer.

Die alte Dame verspürte im linken Oberschenkel einen stechenden Schmerz, der Sterne vor ihren Augen tanzen ließ.

Als sie den Blick endlich wieder fokussieren konnte, betrachtete der Bärtige sie mit triumphierendem Blick. Dann deutete er auf die Wand gegenüber dem Lichtschachtfenster. Als sie ihren Kopf drehte, um sehen zu können, was er meinte, sah sie Lichtpunkte über die Steine tanzen.

Schockiert riss sie die Augen auf.

Wildwechsel

Phina

Fahr bitte nicht so schnell«, bat ich Lara und starrte in die Dunkelheit hinaus.

Doch meine Freundin verdrehte nur die Augen. »Mach dich locker, Finchen, ich hab alles im Griff.«

Sie wusste genau, dass ich es hasste, wenn sie mich so nannte. Lara jedoch meinte, dass das ziemlich gut zu mir passte, weil ich auch so klein und süß wäre wie die Schnecke aus der Sesamstraße.

Ich schnaubte. »Mensch, Lara, mein Schutzengel kommt nicht hinterher.« Mit der Hand krallte ich mich am Griff über der Beifahrertür fest.

»Ja, Frau Lehrerin«, antwortete sie in diesem gruselig lang gezogenen Tonfall, mit dem die Schüler mich morgens begrüßten, und ging netterweise ein wenig vom Gas.

Ich verpasste ihr einen Klaps auf den Oberschenkel. »Ich hätte lieber fahren sollen«, maulte ich müde, woraufhin sie mich übermütig auslachte und ihre schulterlangen braunen Locken zurückwarf.

Wir kamen gerade aus einem Kieler Club. Es war eine wild durchtanzte Nacht gewesen und Lara hatte einen heißen Flirt gehabt.

Ich liebte es, mit ihr tanzen zu gehen, es entspannte mich von all dem Stress bei der Arbeit. Jetzt, wo ich mein Referendariat in Mühlensee machte, ganz in der Nähe unserer Heimatstadt, war es wieder leichter geworden, sich zu treffen.

»Gut, dass wenigstens der Schnee weggetaut ist und die Straßen nicht mehr glatt sind«, brummte ich finster und dachte an die Pausenaufsichten, bei denen ich wenig erfolgreich versucht hatte, unkontrollierte Schneeballschlachten auf dem Schulhof zu unterbinden.

»Wieso? Schnee ist doch schön!« Vergnügt summte sie die Melodie von ›Drei Haselnüsse für Aschenbrödel‹.

»Als ich vor Kurzem nach der sechsten Stunde aus der Schule kam, haben drei Achtklässler den Sozialdienst, bei dem sie eigentlich die Wege freischippen sollten, genutzt, um das Auto ihres Musiklehrers bis zum Fenster mit Schnee zuzuschaufeln«, erzählte ich und musste bei der Erinnerung daran ein bisschen grinsen.

»Und? Wie hast du reagiert?«, fragte Lara neugierig.

»Ich konnte mich nicht zwischen schimpfen und applaudieren entscheiden«, antwortete ich. »Es war der Wagen von Herrn Grenzer, du weißt schon: Mein Mentor …«

Markus Grenzer war nicht gerade für seine Liebenswürdigkeit bekannt. Daher hatte es mich nicht überrascht, dass die Strafdienst-Jungs ausgerechnet sein Auto ausgesucht hatten.

»Da bin ich doch mal wieder froh, dass ich mich für einen anderen Beruf entschieden habe«, bekundete Lara fröhlich.

»Apropos, wie läuft es eigentlich mit deiner Ausbildung?«

Lara hatte vor Kurzem eine Ausbildung zur Physiotherapeutin begonnen. Lange Zeit war sie unsicher gewesen, was sie beruflich machen sollte, und hatte mehrere Ausbildungen abgebrochen. Ebenso wie das Pädagogikstudium, bei dem wir uns damals kennengelernt und festgestellt hatten, dass wir beide aus Kiel und Umgebung stammten.

»Super, bis jetzt! Ich habe das Gefühl, dass es diesmal klappt. Macht auf Dauer echt keinen Spaß, das schwarze Schaf der Familie zu sein …«

»Du übertreibst. Dich kann man doch nur lieb haben«, sagte ich aufmunternd und rieb meine kalten Hände aneinander.

Lara seufzte tief.

Ich wusste, wie sehr ihr das Gefühl, die Erwartungen nicht erfüllen zu können, zu schaffen machte, und es tat mir in der Seele weh, ihr nicht helfen zu können.

»Du erlebst wenigstens etwas«, versuchte ich sie zu trösten.

»Ich wohne bei meiner Tante im Keller«, erinnerte sie mich mit Grabesstimme und ich musste lachen.

Weil sie ein schwieriges Verhältnis zu ihren Eltern hatte, lebte sie dort schon, seit ich sie kannte.

»Na gut, aber das ist ja nur vorübergehend. Wie läuft es denn mit Clemens?«

Lara bog auf die Bundesstraße ab, ohne den Blinker zu setzen. Ein paar Bierflaschen, die sie – warum auch immer – auf dem Rücksitz gelagert hatte, schepperten aneinander und der Auspuff des betagten Kleinwagens klapperte, als das Gefährt sich in die Kurve legte.

»Welcher Clemens?«, fragte sie mit schiefem Grinsen.

»Na, heißt dein aktueller Freund nicht Cl… Oh.« Ich begriff. Es war mir schon seltsam vorgekommen, dass sie heute Abend so offensiv mit anderen Männern herumgeflirtet hatte. »Ist es wieder aus?«

»Er wollte für mich seine Frau verlassen.«

»Ja, aber das wäre doch gut für dich«, sagte ich verständnislos. »Das hätte mal etwas Dauerhaftes werden können.«

»Nee, der rückt mir zu sehr auf die Pelle. Ich fand es ganz in Ordnung so, wie es war. Erzähl mal lieber, wie es bei dir und Julius läuft«, versuchte sie abzulenken.

Sie betonte seinen Namen so, als wäre er etwas Ekliges. Dummerweise mochte Lara meinen Freund nicht sonderlich, was ich gar nicht verstehen konnte.

»Zählt es als Liebesleben, wenn einem ungeduldige Erstklässler auf den Busen tatschen, weil sie unbedingt ihre neue Zahnlücke zeigen wollen?«, fragte ich geknickt. »Julius habe ich schon seit zwei Wochen nicht mehr gesehen.«

Lara feixte. »Da lobe ich mir diese interessante kostenlose Internetseite, die ich neulich entdeckt habe: ›Wewewe Punkt Poppen …‹«

Ich hielt mir die Ohren zu. »Lalala!«, sang ich laut. »Ich hör dich nicht, ich hör dich nicht.«

Lachend brach Lara ab. »Keine Verpflichtungen«, erklärte sie achselzuckend.

»Mann, Lara, werd endlich erwachsen«, ermahnte ich sie und schlagartig sanken ihre Mundwinkel herab, was mir ein schlechtes Gewissen bereitete. Das hätte ich nicht sagen dürfen. Es musste an meiner Müdigkeit liegen, schließlich war es mittlerweile drei Uhr nachts. Ich war froh, dass Lara bei mir übernachten würde und nicht plante, sich mitten in der Nacht allein auf den Rückweg nach Kiel zu machen.

»Das sagen meine Eltern auch ständig.« Bedrückt zupfte sie an ihrem Lippenpiercing.

Ich wunderte mich, dass sie über ihre Familie sprach. Diesem Thema wich sie sonst immer aus.

»Weihnachten war die Hölle«, fuhr sie fort. »Du hättest mal ihre Blicke sehen sollen, als sie erfuhren, dass ich die Beziehung mit Moritz beendet habe. Autsch! Dabei würde ich sie so gern auch einmal stolz machen, aber der Typ ging echt gar nicht. Er wollte drei Kinder! Diesmal muss es mit der Ausbildung unbedingt klappen, damit sie nicht schon wieder meckern, weil ich etwas nicht zu Ende gebracht habe.« Sie klang auf einmal ziemlich melancholisch.

»Ich kenne deine Eltern ja nicht, aber ich wette, sie lieben dich«, sagte ich mitfühlend und strich ihr über den Oberarm.

»Wenn sie mich auch nur *ein* Mal so zufrieden ansehen würden wie meine Brüder, oder bei den Bekannten mit mir angeben könnten … Ich hoffe wirklich, dass ich sie diesmal nicht enttäusche. Immer heißt es nur: ›Lara, so langsam musst du mal die Kurve kriegen‹ oder ›Nimm dir ein Beispiel an deinen Brü…‹« Ihr Atem stockte, weil plötzlich ein großer dunkler Schatten aus dem Gebüsch auf die Straße sprang. Ein Reh.

Als Lara mit aller Kraft auf die Bremse trat, hatten wir es bereits gerammt.

Ich sog heftig die Luft ein, während der betagte Kleinwagen nach links ausbrach. Instinktiv riss Lara das Steuer herum, woraufhin wir nach rechts schleuderten.

Dann kam der Baum.

Ich schrie.

Kurz darauf war alles still.

Lara war so still.

Mühsam hob ich den Kopf und warf einen Blick zur Fahrerseite.

»Lara?« Ich stieß sie behutsam an, doch sie zeigte keine Reaktion. »Lara?«, wiederholte ich mit schriller Stimme. Nichts. Ihre Augen blieben geschlossen. Also schnallte ich mich ab und öffnete die Beifahrertür. Sie klappte knirschend auf und ich fiel aus dem Auto, weil meine Beine sich nicht koordinieren ließen. Es roch streng nach Bier. Die Flaschen vom Rücksitz mussten durch den Aufprall im Wagen umhergeflogen und zerbrochen sein.

Alle Kraft zusammennehmend rappelte ich mich auf. Ein gewaltiger Druck auf meiner Brust und ein Stechen in meiner Seite ließen mich keuchend nach Atem ringen. Mein Gesicht brannte. Das musste vom Aufprall auf den Airbag kommen.

Ungelenk zog ich mich an der Tür hoch. Mit dem einen Bein konnte ich nicht auftreten, doch ich empfand keinen Schmerz. Erschöpft lehnte ich mich an die verformte Seite des Wagens. Etwas Warmes lief mir übers Gesicht. Meine Knie zitterten so sehr, dass ich mich nicht aufrecht halten konnte. Wie eine losgelassene Marionette sackte ich in mich zusammen.

Da ertönte ein leises Stöhnen.

Lara.

Auf allen vieren kroch ich um den Wagen herum. Es roch merkwürdig. Nach Benzin und verbranntem Kunststoff.

Scherben waren unter meinen Händen, doch ich spürte sie kaum. Vor meinen Augen hingen Schlieren.

Konzentrier dich, Phina. Du darfst jetzt nicht ohnmächtig werden.

Ich umklammerte den Türgriff der völlig verbeulten Fahrerseite und zerrte daran. Die Tür klemmte. Die Angst gab mir Kraft, mich hochzuziehen.

Mit meinem gesamten Gewicht zog ich am Griff und schließlich gab die Tür mit einem hässlichen Geräusch nach. Ich stürzte nach hinten, als sie aufklappte, und landete unsanft auf dem Boden. Rauch quoll unter dem hervor, was einmal die Motorhaube gewesen und nun eine Symbiose mit dem Baum eingegangen war.

Wieder ein Stöhnen. Angsterfüllt kroch ich um die geöffnete Tür herum, meinen linken Fuß hinter mir herziehend, als würde er nicht zu mir gehören. Ich stoppte kurz, um mir etwas aus dem Gesicht zu wischen. Es war rot.

Überall dieses Rot.

Ich stemmte mich hoch, griff um die bewusstlose Lara und versuchte, sie aus dem Auto zu ziehen. Es ging nicht. Der Gurt! Ich löste ihn mühsam und versuchte es wieder. Sie wimmerte.

Der Wagen wollte sie nicht hergeben. Flammen schlugen unter der Motorhaube hervor. Sie musste da raus.

Ich zerrte weiter und endlich gelang es mir, ihren Körper zu befreien. Es wurde heller und heiß, als die Flammen höher schlugen.

Lara hinter mir herschleppend, kroch ich vom Wrack fort.

Nein.

Nein, nein, nein!

Das hier konnte nicht wirklich geschehen. Es musste ein Albtraum sein.

»Lara?« Ich zog ihren Oberkörper auf meinen Schoß.

Sie war blass. Kleine Schnitte waren auf Wangen und Stirn und ihre Beine waren merkwürdig verdreht. Ich schob eine feuchte Haarsträhne aus ihrem Gesicht. Die Haut glänzte im Flammenschein. Ihre sonst so wunderschöne brünette Mähne war ganz verklebt.

Überall warmes, zähes Rot.

Hilflos klopfte ich auf ihre Wange. »Du darfst jetzt nicht schlafen. Bleib bei mir!«

Ein Schluchzen. War ich das gewesen?

»Phina.« Ein schwaches Flüstern, ich konnte sie über die Geräusche des Feuers kaum verstehen. »Es tut mir leid.« Sie hustete.

»Das sollte es auch, du dummes Ding. Dafür erhältst du eine Tracht Prügel von mir, wenn du wieder fit bist.« Ich lächelte ihr unter Tränen zu.

»Ja.« Es war nur ein Hauchen.

Lara öffnete ihre Augen nicht und eine schreckliche Angst schlug ihre Klauen in meinen Magen, raubte mir die Luft.

»Lara?« Meine Stimme klang hysterisch. Wieder klopfte ich leicht auf ihre Wange, damit sie wach blieb.

»Meine Eltern …« Sie pausierte, weil jedes Wort zu viel Kraft zu kosten schien. »Jetzt habe ich schon wieder Mist gebaut …«

»Aber du kannst doch gar nichts dafür!« Ein Wagen näherte sich.

»Phina … *Bitte!*« Ihr Atem rasselte so seltsam.

Wieder schlug das Monster in meinem Magen zu. In diesem Moment hätte ich ihr jeden Wunsch erfüllt.

»Kein Problem. Ich sage, dass ich gefahren bin. Hauptsache, du wirst schnell gesund.«

Wieder ein keuchender Atemzug. »Phina …«

Ich schluchzte laut auf. »Ich verspreche es!«

Ein leichtes Lächeln glitt über ihre Züge. Ihr Atem ging noch schwerer als zuvor.

Mir war übel.

Türen schlugen. Aufgeregte Stimmen näherten sich.

»Hallo? Ist alles in Ordnung mit Ihnen?«

In Ordnung?

»Wir rufen einen Krankenwagen. Gleich wird alles gut!«

Gut? Würde es jemals wieder gut werden?

Lara war so still, während es um uns herum immer lauter zuging.

Noch ein Wagen hielt an. Jemand legte eine Decke über uns. Ein Martinshorn erklang. Weitere Menschen, die durcheinanderzurufen begannen.

»Hallo? Können Sie mich verstehen?« Eine behutsame Hand an meiner Schulter.

»Ja«, flüsterte ich. Meine Stimme klang fremd.

»Wie geht es Ihnen?«

Das sollte wohl ein Witz sein. Ich blickte auf Lara hinab, die gerade aus meinem Griff genommen wurde. Ich musste mich zwingen, sie nicht festzuhalten.

»Wir heben Sie jetzt hoch.« Starke Arme verfrachteten mich ebenfalls auf eine Trage.

Schmerz begann in meinem Fuß und in meinem Brustkorb zu wüten.

Ein älterer, freundlich aussehender Polizist trat näher und berührte mich leicht am Arm. Er schien in meine Richtung zu schnuppern. Vermutlich roch er das ausgelaufene Bier. »Wie ist Ihr Name?«

»Phina Rosenberg.«

Mehrere Feuerwehrleute waren damit beschäftigt, den brennenden Wagen zu löschen.

»Frau Rosenberg, Sie werden jetzt in die Klinik nach Kiel gebracht. Bitte verraten Sie mir vorher noch rasch den Namen der Fahrerin.«

Die Fahrerin.

Ich atmete tief durch und stellte fest, dass das wehtat.

›Lara‹, wollte ich antworten, aber dann fiel mir ein, was ich ihr versprochen hatte. Was, wenn es das Letzte war, was ich zu ihr hatte sagen können? Was, wenn ich sie nie mehr lebend wiedersah?

Ich war keine Lügnerin, aber ich war auch niemand, der ein gegebenes Versprechen brach – vor allem, wenn es um meine beste Freundin ging.

»Ich bin gefahren«, sagte ich schließlich mit rauer Stimme, ohne dem Polizisten in die Augen sehen zu können. »Meine Freundin war nur Beifahrerin. Sie heißt Lara. Lara Wolf.«

Oh Gott! Was, wenn sie es nicht schaffte?

Der Polizist schaute zu Lara, die eben in den Rettungswagen geschoben wurde, dann zum Auto und wieder zu mir. »*Sie* sind gefahren?«, fragte er und runzelte die Stirn.

Ich nickte mit geschlossenen Augen. Es war zu anstrengend, sie weiter offen zu halten. Alles drehte sich.

Vom Polizisten hörte ich ein zweifelndes »Mhm …«, dann hoben die Sanitäter meine Trage an.

Schmerz explodierte in meinem Kopf und in meiner Seele.

Zu viel, um es aushalten zu können.

Zu viel für einen Menschen.

Licht

Lara

Kalt.

Es war arschkalt hier.

Und könnte bitte endlich jemand diesen nervtötenden Wecker ausschalten? Würde meine Tante gleich rufen? »Lara, steh endlich auf!«, oder so etwas in der Art? Es wurde echt Zeit, dass ich dort auszog.

Nun veränderte sich das Geräusch. Wurde holperig und ging dann in einen lang gezogenen Piepton über.

Ein Mann rief: »Wir verlieren sie!«

Ich wunderte mich über die Aufregung.

Einfach loslassen, Lara. Der Gedanke kam aus dem Nirgendwo und setzte sich in meinem Kopf fest. Eine wunderbare Vorstellung.

Und dann tat ich es – verließ meinen Körper, legte ihn wie einen lästigen Mantel ab und stieg ein kleines bisschen in die Höhe.

Von hier oben konnte ich alles viel besser beobachten.

Unter mir lag eine junge Frau auf einem OP-Tisch. Ihr Brustkorb war geöffnet, aus dem Mund ragte ein Schlauch. Aber … das war doch … Ich betrachtete ihr Gesicht. Tatsächlich!

Das war ich.

Merkwürdig. Und wie hektisch die Leute um mich herum waren.

»Wir können sie nicht zurückholen, wir kriegen sie nicht!«

Warum regten die sich bloß so auf? War doch alles okay. Ich empfand keine Schmerzen, nur ein leichtes Erstaunen.

Ein Gefühl der Entspannung, ja sogar des Glücks erfasste mich. Es war wie eine Heimkehr nach einer langen, anstrengenden Reise. Ein

Zustand, der bei mir Leichtigkeit und vollkommene Ruhe auslöste. Eine Ruhe, die ich lange nicht mehr empfunden hatte.

Ich stieg höher und höher, durch das Dach des Krankenhauses hindurch, als ob es gar nicht da wäre, und freute mich darüber, dass ich es konnte.

Eine ganze Weile genoss ich es, mich treiben zu lassen, berauschte mich an dem grandiosen Ausblick, den ich von hier oben hatte. Doch irgendetwas zog mich weiter in die Höhe.

Und dann war da dieses Licht.

So etwas hatte ich noch nie zuvor gesehen. Eine sanft glimmende Helligkeit und Wärme, die in mir die Sehnsucht nach dem tollsten Strandurlaub meines Lebens entfachte. Je näher ich dem Licht kam, desto verlockender wurde es.

Wie wunderschön! Und ich durfte dort hinschweben! Das würde ich gern Phina zeigen.

... Phina?

Ich hielt inne, obwohl das Licht mich mit aller Kraft zu sich zog.

Wie es ihr wohl ging? Ob sie auch in diesem Krankenhaus lag? Ich könnte zumindest einmal nach ihr suchen.

Phina war meine Herzensfreundin, meine Seelenverwandte. Eigentlich schon seit fast fünf Jahren, als wir das erste Mal bei einer Pädagogikvorlesung nebeneinandergesessen hatten. Ich hatte spöttische Kommentare über den spießigen Dozenten abgegeben und sie musste so laut losprusten, dass sie beinahe aus dem Hörsaal geflogen wäre.

Danach hatte sie mir immer einen Sitzplatz frei gehalten, was sehr praktisch war. Pünktlichkeit zählte nicht gerade zu meinen Stärken.

Phina hatte Deutsch und Musik auf Lehramt studiert und ich Sport und ... ähm ... An mein zweites Fach konnte ich mich kaum noch erinnern. Musste daran liegen, dass ich mich bei den Seminaren nie gezeigt hatte ...

Um Phina zu suchen, widerstand ich dem Sog des Lichts. Zunächst kehrte ich in den OP zurück, aber hier befanden sich nur noch zwei Pfleger, die sauber machten. Eigenartig. Ich hatte gar nicht gemerkt, wie schnell die Zeit vergangen war.

Durch die Wände schwebte ich von Raum zu Raum und traf schließlich auf meine Eltern. Weinend saßen sie an einem Krankenhausbett.

Was war denn da los? Ich kam näher.

In dem Bett lag mein Körper unter einer Bettdecke.

Puh, sah ich übel aus! Als hätte ich die ganze Nacht durchgesoffen – Augenringe bis zum Bauchnabel. Die braunen Haare ungepflegt an den Kopf gedrückt. Und die vielen kleinen Schnitte im Gesicht von den Splittern der Windschutzscheibe … Wehe, wenn das Narben hinterließ! Wenigstens hing ich nicht mehr an Kabeln oder irgendwelchen Schläuchen. Warum eigentlich nicht?

Meine Mutter hielt meine Hand und schluchzte. Irgendwie ein bisschen peinlich. Ich wollte sie berühren und ihr tröstend über den Kopf streichen, aber meine Hand glitt einfach durch sie hindurch. Ich versuchte es wieder, mit dem gleichen Ergebnis.

Das war jetzt aber echt ätzend.

Mein Vater beugte sich zu ihr und nahm sie in den Arm.

Und während sie sich lange Zeit gegenseitig hielten, geschüttelt von Schluchzen, dämmerte es mir endlich:

Ich war tot.

Mausetot. Und ich sah dabei noch nicht mal hübsch aus.

So hatte ich mir meinen Abgang nicht vorgestellt.

Ich war doch gerade mal sechsundzwanzig Jahre alt und hatte noch so viele Dinge erleben wollen. Eine Weltumseglung, den Himalaya besteigen, Popstar werden! Mein Ende kam jetzt doch ein wenig … unerwartet.

Dämliches Reh! Hoffentlich machte es sich wenigstens nützlich und wurde zu leckerem Ragout verarbeitet.

Vermutlich hätte ich eine tiefe Verzweiflung und Traurigkeit verspüren sollen – aber so war es nicht. Ganz im Gegenteil, ich fühlte eine friedliche Heiterkeit und Leichtigkeit, wie ich sie nie zuvor empfunden hatte. Ich war ja noch da, auch wenn es dummerweise keiner bemerkte. Ich konnte alles hören und sehen und es ging mir super. Total gechillt.

Erneut versuchte ich, Kontakt zu meinen Eltern aufzunehmen, ihnen klarzumachen, dass ich hier war, dass ich sie hören konnte. Dass es mir gut ging. Und dass das Ganze hier irgendwie ziemlich irre war.

Vergeblich. Sie bemerkten mich nicht. Allerdings stellte ich dabei fest, dass ich das Licht ein wenig verändern und brechen konnte.

Spaßeshalber schrieb ich mit Lichtstrahlen Buchstabe für Buchstabe »Hallöchen« an die weiße Wand.

Cool! Das war lustig!

Also lenkte ich ein paar der ersten Sonnenstrahlen, die durch das Fenster fielen, auf meine Eltern, um ihnen eine Freude zu machen. Sie bemerkten es nicht. Schade.

Eine ganze Weile lang blieb ich bei ihnen, bis sie irgendwann den Raum verließen. Dann beschloss ich, weiter nach Phina zu suchen.

Im ersten Stock des Krankenhauses wurde ich endlich fündig.

Na, die sah aber auch scheiße aus. Keinen Deut besser als ich.

Ziemlich blass, die zierliche Gestalt unter der weißen Krankenhausdecke. Phina hatte ebenfalls Schnittwunden im Gesicht und trug eine dicke Halskrause. Eine Braunüle ragte aus ihrem Arm. Beide Hände waren bandagiert.

Ein klein wenig erinnerte sie an einen Bären.

Schmunzelnd überlegte ich, was sie machen würde, wenn es sie an der Nase juckte.

Ich erkannte, dass ihr linkes Bein unter der Bettdecke viel dicker war. Vermutlich ein Gips. Schade, dass ich nicht mehr darauf unterschreiben konnte.

Armes Finchen. Liebevoll ließ ich ein paar Lichtstrahlen über sie glitzern, aber ihre violett verfärbten Augenlider blieben geschlossen.

Die Zimmertür öffnete sich und eine Schwester kam herein.

»Frau Rosenberg?« Sie berührte Phina leicht an der Schulter. »Hallo, Frau Rosenberg? Können Sie mich hören?«

Phinas Lider flatterten.

»Wie geht es Ihnen? Möchten Sie etwas gegen die Schmerzen?«

Phina nickte leicht.

»Na, dann werde ich mal Ihre Werte kontrollieren und gleich bringe ich Ihnen ein Schmerzmittel.« Sie legte Phina eine Manschette um den Oberarm.

Jetzt öffnete meine Freundin mühsam die Augen. Man sah ihr an, dass sie viel lieber in Ruhe gelassen werden wollte.

Na, der nervigen Dame hätte ich aber gern mal ein paar Takte erzählt. Das sah doch ein Blinder, dass Phina Ruhe brauchte.

Weil sie meine beste Freundin ärgerte, blendete ich die Schwester mit einem Lichtstrahl, doch die zog kurzerhand den Vorhang etwas weiter zu, nachdem sie Phina die Manschette wieder abgenommen hatte.

»Wie sieht es nachher mit ein paar Happen Frühstück aus?«, fragte die Schwester mit professioneller Freundlichkeit und hielt Phina einen Becher an die Lippen. »Vielleicht ein wenig Obstbrei?«

Phina trank einen Schluck. Dann hob sie in Zeitlupe ihre Hand und schaute fragend auf den Verband.

»Wir werden Sie füttern, keine Sorge! Sie verhungern uns hier schon nicht.«

Die Schwester verließ den Raum und kam kurz darauf wieder. Sie kontrollierte den Tropf und spritzte etwas in den Beutel hinein. Vermutlich das Schmerzmittel.

»Wo ist Lara?«, fragte Phina mit dünner Stimme.

»Hier! Anwesend!«, hätte ich gern gerufen. Aber das ging ja leider nicht mehr. Also wackelte ich nur mit einigen Lichtstrahlen über die Zimmerdecke.

»Es tut mir sehr leid, Frau Rosenberg.« Jetzt klang die Stimme der Schwester plötzlich verunsichert. Sie griff nach Phinas Arm und streichelte ihn beruhigend. »Frau Wolf ist … leider in der Nacht … ihren Verletzungen erlegen.«

Phina reagierte nicht.

Keine Worte der Trauer. Kein schmerzverzerrtes Gesicht. Kein Schluchzen. Nichts.

Na, also etwas mehr Dramatik hätte ich mir schon gewünscht, schließlich war ich ihre beste Freundin!

»Wir haben Ihre Mutter informiert, Frau Rosenberg. Sie wird bald hier sein.« Die Schwester drückte Phina einen Klingelknopf in die verbundene Hand, was sich gar nicht so leicht gestaltete. »Ich komme bald wieder und dann schauen wir mal, ob Sie nicht etwas essen mögen. Klingeln Sie bitte, wenn Sie sonst noch etwas benötigen.« Auch die Schwester schien hilflos angesichts von Phinas Reaktionslosigkeit.

Die Tür klappte hinter ihr zu.

Neugierig beobachtete ich, was weiter geschehen würde.

Aber es geschah nichts. Phina blickte starr zur Decke, völlig regungslos und stumm. Und so blieb es auch, als die Ärzte zur Visite kamen, als die Schwester erfolglos versuchte, sie mit einigen Löffeln Brei zu füttern und als Phinas Mutter sich völlig aufgelöst neben sie setzte.

Frau Rosenberg war eine schlanke, gepflegte Frau mit den gleichen blonden Haaren wie Phina. Sie hatte ihrer Tochter bequeme Kleidungsstücke, eine Zeitschrift und ein paar Schokopralinen mitgebracht.

Phina beachtete ihre Mutter nicht, obwohl man sie kaum übersehen konnte. Sie trug ein bordeauxrotes Filzkleid, darunter einen schlammgrünen Pullover, eine lilafarbene Leggins und dazu farblich passend geringelte Stulpen an den Armen. Zum Glück hatte meine Freundin nicht auch den Modegeschmack ihrer Mutter geerbt …

Die Krankenschwester erklärte, dass Phina sich bei dem Unfall Frakturen am linken Außenknöchel und an zwei Rippen zugezogen hatte. Hinzu kämen ein Schädel-Hirn-Trauma und eine gestauchte Halswirbelsäule. Nicht zu vergessen die Schnittverletzungen und Prellungen an verschiedensten Körperteilen.

Oha! Kein Wunder, dass sie so ramponiert aussah.

Nachdem sie die aufgeregten Fragen von Frau Rosenberg zu Phinas Gesundheitszustand beantwortet hatte, ließ die Krankenschwester Mutter und Tochter allein.

»Möchtest du vielleicht fernsehen?« … »Oder noch etwas trinken?« … »Soll ich dir ein Radio besorgen, damit es nicht so still ist?« … »Oder vielleicht ein paar Hörbücher?« … »Möchtest du lieber in ein Zweibettzimmer, damit du nicht so allein bist?«

Ihre Mutter bemühte sich redlich, mit der Situation zurechtzukommen, doch Phina zeigte keine Reaktion auf ihre Fragen.

Nachdem Frau Rosenberg sich über eine Stunde vergebens bemüht hatte, sagte sie: »Ach Mäuschen, es tut mir wirklich leid, aber ich bekomme gerade eine Migräneattacke. Sobald es mir besser geht, komme ich wieder, versprochen!«

Sie war schon immer sehr sensibel gewesen und bekam bei Stress regelmäßig Kopfschmerzen. Die Zeit, in der sie praktisch alleinerziehend gewesen war, nachdem sie sich vor neun Jahren von Phinas Vater getrennt hatte, war sicher nicht leicht für sie gewesen. Für Phina aber wohl auch nicht.

Frau Rosenberg verließ mit hängendem Kopf das Krankenzimmer. Auch darauf zeigte Phina keine Reaktion.

Am Nachmittag kam Espen zu Besuch. Er war angehender Sozialpädagoge und sah immer ein wenig spitzbübisch und verwegen aus. Seine blonden Haare waren ständig verwuschelt und er trug meistens einen Dreitagebart. Ich mochte ihn, auch wenn er Phina mit seiner chaotischen Art regelmäßig in den Wahnsinn trieb.

Im Gegensatz zu ihr nahm er das Leben leicht und genoss seine Unabhängigkeit in vollen Zügen.

»Mensch, Schwesterherz, was machst du für Sachen?«, begrüßte er sie besorgt und stellte ebenfalls eine Packung Schokopralinen auf den Nachttisch.

Dann setzte er sich zu ihr. Als sie stumm blieb, erzählte er ihr Anekdoten von seiner Arbeit. Doch auch er schaffte es nicht, Phina aus ihrer Lethargie zu reißen. Dabei wusste ich, dass sie ihn von Herzen liebte, sonst hätte sie sich nicht nach wie vor um ihn gekümmert, wenn er mal wieder in Schwierigkeiten steckte. Da war sie meinen Brüdern ziemlich ähnlich. Die hatten mir auch so manches Mal aus der Patsche geholfen …

Als Espen schließlich das Krankenzimmer verließ, hatte Phina sich immer noch nicht gerührt. Nur ihre Augen bewegten sich und verfolgten die Lichtstrahlen, die ich an der Decke für sie tanzen ließ.

Und so blieb es die nächsten zwei Tage.

»Ach Mensch, Finchen«, hätte ich gern gerufen, als ich von einem Besuch bei meinen Eltern zu ihr zurückkehrte und versuchte, ihr ein paar freundschaftliche Stupse zu verpassen. »Ich bin doch bei dir. Ich fühle mich so toll wie vermutlich noch nie in meinem Leben! Das Einzige, was nervt, ist dieser Drang zum Licht und dass wir uns nicht unterhalten können. Also sei doch bitte nicht so traurig.«

Am dritten Tag führte eine Schwester zwei uniformierte Polizeibeamte in Phinas Zimmer.

»Guten Tag, Frau Rosenberg«, sprach die Polizistin Phina an und trat ans Bett, während ihr männlicher Kollege mitten im Raum stehen blieb. »Mein Name ist Seliger, das ist mein Kollege Brinkmann. Wir bringen Ihnen Ihr Handy vorbei, das wurde am Unfallort gefunden.«

Phina schaute sie an, blieb aber stumm.

Achselzuckend legte Frau Seliger das Smartphone auf den Nachttisch. »Außerdem ermitteln wir in Ihrer Unfallsache und müssen Ihnen noch ein paar Fragen stellen.«

Phina guckte die Beamtin weiterhin nur still an.

»Nun ja«, fuhr diese ein wenig unbehaglich fort, »wissen Sie, am Unfallort wurde starker Alkoholgeruch festgestellt.«

Mir fielen die Bierflaschen ein, die auf dem Rücksitz meines Wagens gelegen hatten. Ups! Ich hatte die Flaschen heute zum Geburtstag eines Bekannten mitnehmen wollen.

»Entschuldigen Sie die direkte Frage, aber: Haben Sie Alkohol getrunken, bevor Sie gefahren sind? Bevor Sie antworten: Sie müssen sich nicht selbst belasten und können einen Anwalt einschalten.«

Außer dass meine Freundin blinzelte, geschah nichts.

Ich musste grinsen, weil Phina der einzige Mensch war, den ich kannte, der noch nicht einmal ein halbes Glas Sekt zu sich nahm. Sie trank grundsätzlich keinen Alkohol. Nie.

»Wir haben die Blutwerte von Frau Rosenberg kontrolliert, Frau Seliger, null Promille«, warf jetzt die Schwester ein.

Die Polizistin warf ihrem Kollegen einen kurzen Blick zu. Der trat daraufhin näher und übernahm die Gesprächsführung. »Frau Rosenberg, Sie müssen sich keine Sorgen machen wegen unserer Ermittlungen. Wild tritt meist unvermittelt auf die Straße, wir haben bislang keinen Anlass, davon auszugehen, dass es sich nicht um einen ganz normalen Wildunfall handelt. Anhand der Bremsspuren konnten wir feststellen, dass Ihr Wagen nicht zu schnell war.«

Phina schloss ihre Augen, als ob es zu anstrengend wäre, sie aufzuhalten.

»Wie ich Ihnen bereits gesagt habe: Sie ist beunruhigend apathisch«, erklärte die Krankenschwester nun. »Vermutlich eine Folge des Unfalls und der Nachricht vom Tod ihrer Freundin. Der Schock, wissen Sie? Nicht einmal als gestern ihr Freund zu Besuch kam, hat sie reagiert.«

Julius Wedekind (›das Kindchen‹ – wie ich ihn in Gedanken wegen seiner Milchbubi-Ausstrahlung zu nennen pflegte – aber das durfte Phina nicht wissen) hatte ihr einen bombastischen pinkfarbenen Strauß Blumen auf die Fensterbank gestellt. (Leider hatte der Blödmann nicht bedacht, dass Lilien viel zu stark für ein Krankenhauszimmer dufteten. Die Schwestern hatten den Strauß später entfernen müssen.) Er hatte Phinas Hand gehalten, gefleht, dass sie doch etwas sagen möge, und sie die ganze Zeit mit einem Hundeblick angeschaut.

Merkte er denn nicht, dass *er* jetzt mal der Starke sein musste?

Phina und Julius waren seit der Schulzeit zusammen, sahen sich durch die Entfernung aber nur zwei bis drei Mal im Monat. Julius war Jurist und lebte im anderthalb Fahrtstunden entfernten Hamburg. Fand ich nicht weiter tragisch, denn er war ein fürchterlicher Langweiler, dem zu allem Übel auch noch jeglicher Humor abging. Mir drängte sich die Vorstellung auf, wie es bei den beiden im Bett abgehen mochte ... Wahrscheinlich erzählte er noch während des Aktes, was er alles zu tun hatte, wie gut er in seinem Job war und welche wichtigen Chefs ihn gelobt hatten. Meine Abneigung hatte ich natürlich Phina gegenüber nicht so sehr heraushängen lassen. Wenn sie glücklich mit ihm war, sollte es mir recht sein.

Irgendwann hatte Julius seine Bemühungen um Phinas Aufmerksamkeit aufgegeben und sich nach einem Kuss auf ihre blasse Stirn vom Acker gemacht.

»Frau Rosenberg, wir verstehen, dass es Ihnen nicht gut geht, aber wir benötigen ein paar Antworten«, versuchte der Polizist es erneut.

»He, Herr Wachtmeister! Lassen Sie bloß meine Freundin in Ruhe. Sonst ... äh ... beschieße ich Sie mit Lichtstrahlen!«

Natürlich hörte er mich nicht.

»Sie haben kurz nach dem Unfall zu einem Kollegen gesagt, dass Sie die Fahrerin des Wagens waren?«

Nun schlug Phina doch die Augen auf. Ihr Blick wanderte zu seinem Gesicht.

Oh, verdammte Scheiße!

Siedend heiß fiel mir ein, dass sie mir versprochen hatte, meinen Eltern nichts zu sagen. Was natürlich wiederum bedeutete, dass sie *niemandem* verraten durfte, dass in Wahrheit *ich* gefahren war.

Aber da hatte ich doch nicht gewusst, dass ich kurz darauf abkratzen würde! Sonst hätte ich so was doch niemals von ihr verlangt!

Auweia! Ob man sie deswegen drankriegen konnte? Wie schnell war ich gefahren? Auf jeden Fall unter 100 km/h, nach Finchens Rumgejammer über meinen Fahrstil. Verdammt, sie hatte recht gehabt.

Scheiße, Scheiße, Scheiße! Was hatte ich da bloß angerichtet? Ich war so ein Vollidiot. Wie war ich nur auf diese hirnrissige Idee gekommen, zuzulassen, dass sie sich als Fahrerin ausgab?

Rückblickend verstand ich mein Verhalten nicht. Mit dieser tiefen Zufriedenheit in mir, diesem Gefühl endloser Liebe, erschien es mir völlig unerheblich, dass ich selbst es gewesen war, die mein Leben an die Wand (beziehungsweise an den Baum) gefahren hatte.

Meine Eltern liebten mich, egal ob ich erfolgreich war oder nicht, das war mir nun klar. Sonst hätten sie in den letzten beiden Tagen nicht stundenlang im Beerdigungsunternehmen gesessen, wo mein Körper aufgebahrt worden war. Wie hatte ich mich nur derart von meiner Familie entfremden können?

Mehrfach hatte ich in den Tagen nach dem Unfall meine Eltern besucht und hilflos zugesehen, wie sie um mich trauerten.

Sie hatten mir ein schickes Kleid ausgesucht und der Bestattungsunternehmer hatte mit Schminke ein kleines Wunder vollbracht. (Die Schminktipps hätte ich gern zu Lebzeiten gehabt!)

Dass ich schön aussah, fanden auch meine beiden Brüder, die ebenfalls zeitweise an meiner Seite wachten. Flüsternd hatten sie sich über all die Streiche unterhalten, die ich als Kind ausgeheckt hatte.

Ich war so gerührt, dass ich beschloss, dem lockenden Ruf des Lichtes noch ein wenig länger zu widerstehen und mir meine eigene Beerdigung anzuschauen.

Aber zurück zu Phina, die ich in diese furchtbare Zwickmühle hineinmanövriert hatte.

»Das ist richtig«, antwortete sie dem Beamten gerade schleppend, »ich habe den Wagen gefahren.« Ihre Stimme klang rau. Sie hatte lange nicht gesprochen.

»Sie müssen verstehen, es ist unser Job, diese Fragen zu stellen«, erklärte die Polizistin entschuldigend. »Aber keine Sorge. Da Sie anscheinend weder unter Alkoholeinfluss standen noch zu schnell gefahren sind, werden zwar die Fakten für die Staatsanwaltschaft zusammengetragen, aber ich vermute, dass das strafrechtliche Ermittlungsverfahren rasch eingestellt wird, da es sich hier anscheinend um einen normalen Wildunfall handelt.«

Ich atmete zutiefst erleichtert auf, während Phina keine Reaktion zeigte.

Als die beiden, gefolgt von der Krankenschwester, kurz darauf hinausgingen und Phina allein zurückließen, fühlte ich mich mies. Und das wollte etwas heißen, denn normalerweise begleitete mich in meinem neuen Daseinszustand eher eine glückliche Scheißegal-Haltung.

Um Phina zu trösten, schwebte ich ganz nah an sie heran und kuschelte mich an sie und versuchte, ihr all die flauschig rosafarbenen Gefühle zu senden, die ich zu Lebzeiten so nicht gekannt hatte.

Auf einmal glitzerten in Phinas Augen Tränen. Stumm begann sie zu weinen. Zuckend, bebend, hilflos.

»Ach Lara, es tut mir so unendlich leid! Ich werde dein Vertrauen niemals missbrauchen. Dein Geheimnis ist bei mir sicher. Für immer«, brach es aus ihr heraus. »Ach, weshalb bin *ich* bloß nicht gefahren! Vielleicht hätte ich es verhindern können …«

Sie sagte es, als spürte sie, dass ich neben ihr war.

Niemand außer mir konnte sie hören. Und mir wäre es lieber gewesen, hätte ich sie ebenfalls nicht hören können … Die Schuldgefühle schafften es, meine Glückswolke zu durchdringen, und wollten mich schier zerreißen.

Am vierten Tag nach dem Unfall kam eine Frau von der Klinikseelsorge in das Krankenzimmer. Einer der behandelnden Ärzte musste sie angerufen haben, weil er sich Sorgen um den Gemütszustand der Patientin machte. Ich konnte es ihm nicht verdenken.

Die Dame begrüßte Phina, stellte sich als Pastorin vor und zog sich einen Stuhl ans Bett. Dann schwieg sie eine Weile, während sie sanft über Phinas Arm streichelte.

Misstrauisch beobachtete ich sie. Aber meine Freundin zeigte keinerlei Zeichen der Abwehr. Genau genommen reagierte sie mal wieder überhaupt nicht.

Schließlich brach die Pastorin die Stille. »Mir wurde erzählt, dass Ihre Freundin bei dem Unfall ums Leben kam, Frau Rosenberg«, begann sie mit ruhiger Stimme. »Das tut mir sehr leid.«

Ha! Endlich mal jemand, der mit Phina darüber sprach. Sowohl das Pflegepersonal als auch Phinas Mutter, ihr Bruder und Julius hatten das Thema ›Unfall‹ bisher vermieden. Ein bisschen konnte ich es nachvollziehen. Schließlich war es nicht leicht, die richtigen Worte zu finden.

Phina atmete tief ein. Schwerfällig drehte sie den Kopf zur Pastorin. »Wollen Sie mir jetzt erzählen, dass der liebe Gott das so gewollt hat und dahinter ein tieferer Sinn liegt?« Ihre Stimme klang heiser und zornig.

Überraschenderweise wurde der Gesichtsausdruck der Pastorin daraufhin weich. »Ich verstehe Ihre Wut«, sagte sie. »Möchten Sie über Ihre Freundin sprechen?«

Ich war beeindruckt. Die Frau war gut. Neugierig wartete ich ab, was nun geschehen würde.

Phina schluckte. Und dann begann sie tatsächlich von mir zu erzählen. Zunächst stockend, immer wieder unterbrochen von Schluchzern, dann flüssiger.

Sie schilderte, wie wir uns an der Uni kennengelernt hatten, erzählte von gemeinsamen Unternehmungen und davon, wie stolz ich auf den betagten Kleinwagen gewesen war, den ich von meiner verstorbenen Tante geerbt hatte und der nun leider in die ewigen Jagdgründe eingegangen war.

Sie sprach darüber, dass sie in unserer Freundschaft wohl eher der ruhigere und besonnenere Part gewesen war, was das Ganze so gut funktionieren ließ. (Okay, damit hatte sie vielleicht nicht ganz unrecht, auch wenn ich es nicht gern hörte.) Sie berichtete, dass sie wegen ihrer Verletzungen noch nicht einmal zu meiner Beerdigung gehen könne, die morgen stattfinden sollte, weil sie das Krankenhaus noch nicht verlassen durfte.

Am Ende musste sie unter Tränen sogar lächeln, während sie davon erzählte, wie ich mir einmal wegen einer verlorenen Wette ein Herzchen-Tattoo um meinen Bauchnabel hatte stechen lassen müssen.

Die Pastorin ermunterte sie zum Weitersprechen, ohne über das Gehörte zu urteilen oder es zu werten, was ich ihr hoch anrechnete.

Ich blieb die ganze Dauer des Gespräches über bei ihnen, weil es wunderschön war, Phina von mir sprechen zu hören. So viel Warmherzigkeit und Zuneigung leuchtete aus ihren Worten.

Voller Dankbarkeit hauchte ich ihr einen Lichtkuss auf die Wange.

Als meine Freundin schließlich schwieg, sagte die Pastorin ernst: »Dieser Schmerz, den Sie fühlen, er darf genau so sein.« Immer noch hielt sie unaufdringlichen Körperkontakt zu Phina.

»Aber es tut so weh. So verdammt weh, dass ich es nicht aushalten kann!« Wieder schluchzte Phina zum Steinerweichen.

Die Pastorin nickte bedächtig, dann sagte sie: »Ich glaube, Sie vermissen sie genau *so* sehr, wie Sie können.«

Phina dachte einen Moment über ihre Worte nach. Dann blickte sie die Seelsorgerin ernst an und nickte.

»Ich fühle mich schuldig, weil ich Laras Tod hätte verhindern können«, sagte Phina mit zitternder Stimme und ängstlich blickenden Augen, woraufhin die Pastorin ihre Hand kurz an Phinas Wange legte.

Ich fragte mich, ob das bei solchen Gesprächen üblich war, freute mich aber für meine Freundin über diese Geste.

»Es war ein Wildunfall, richtig?«

Phina nickte.

»Und Sie glauben, Sie hätten einen Wildunfall verhindern können?«

Meine Freundin zuckte unsicher mit den Schultern, was wegen der Halskrause ein bisschen lustig aussah.

»Sehen Sie, manche Dinge können wir einfach nicht beeinflussen.«

Phina guckte zweifelnd.

»Wie fänden Sie es, wenn wir gemeinsam für Ihre verstorbene Freundin beten würden?«, schlug die Pastorin vor.

»Aber ich kann ja nicht einmal glauben, dass Lara tot sein soll«, rief Phina. »Ich spüre sie doch noch. So, als wäre sie hier im Raum!«

Bingo! War ich ja auch.

»Und ist das ein schönes Gefühl?« Die Seelsorgerin sah sie interessiert an.

Nach kurzem Überlegen nickte Phina.

»Es gibt Dinge zwischen Himmel und Erde, die wir einfach nicht begreifen können«, sagte die Pastorin bedächtig und ich konnte ihr nur zustimmen. »Aber ich denke, dass es trotzdem schön und tröstend sein könnte zu beten. Was meinen Sie?«

Und so beteten die beiden, was mich schon wieder ziemlich rührte.

Am nächsten Tag fand meine Beerdigung statt. Das wollte ich mir nicht entgehen lassen, schließlich hatte ich dafür extra dem Sog des wundervollen Lichtes so lange widerstanden. Anschließend würde ich loslassen und mich in das warme Leuchten aufmachen.

Freude, Leichtigkeit und Frieden.

Ich verabschiedete mich schweren Herzens von Phina, die weinend unter der Bettdecke steckte, weil sie nicht dabei sein und von mir Abschied nehmen konnte. Dabei war es ihr anscheinend völlig egal, dass sie mittlerweile eine Zimmergenossin bekommen hatte, die sie verunsichert beobachtete.

Die Schwester brachte Phina etwas zur Beruhigung.

Obwohl ich sie in guten Händen wusste, fiel es mir schwer, sie endgültig zu verlassen.

»Auf Wiedersehen, mein Finchen, halt die Ohren steif. Wir treffen uns irgendwann im Licht.«

Zum Trost malte ich ihr lächelnde Lichtstrahlsmileys und Herzen an die Wand und gab ihr noch einen dicken Kuss.

Es ärgerte mich, dass der Lichtschein, den ich umzulenken in der Lage war, nur so schwach war, dass es niemand bemerkte.

»Ich hab dich lieb, mein Finchen.«

Dann schwebte ich zur Friedhofskapelle.

Wow! Mein Sarg war über und über mit Ranunkeln in allen möglichen Farben bedeckt. Sie hatten daran gedacht, dass ich die so gern mochte. Am liebsten hätte ich meine Eltern umarmt. Die sahen nicht gut aus, genauso wie meine Lieblingstante Mareike, bei der ich hatte wohnen dürfen. Sie hatten dunkel unterlaufene Augen. Es tat mir unendlich leid, dass schon wieder ich es war, die ihnen Schmerz zufügte. Ich ließ sanfte Lichtstrahlen über sie gleiten, als könnte ich sie auf diese Weise umarmen und streicheln.

Um den Sarg herum war alles voll mit Kerzen, Kränzen und Blumengebinden. Auf einer Staffelei hatten sie ein großes Foto von mir aufgestellt. (Zum Glück eines der wenigen, auf denen ich vorteilhaft aussah …)

Ich schaute mich um. Die Kapelle war bis auf den letzten Platz belegt, stellte ich erstaunt fest. Meine Eltern, Tante Mareike und meine Brüder sowie der Rest der Verwandtschaft saßen vorn in den ersten Reihen. Aber auch mein kompletter Physiotherapie-Kurs samt Ausbilder war angereist, ehemalige Lehrer und Klassenkameraden aus Schulzeiten, die Mädels aus meiner Volleyballmannschaft, Freunde und Bekannte, ja sogar zwei meiner Ex-Freunde.

Ich war gerührt, dass so viele Menschen von mir Abschied nehmen wollten.

Nur dass alle so ernst und still waren, fand ich blöd. Ich verdrehte die unsichtbaren Augen. Sie sahen furchtbar steif aus in ihren dunklen Klamotten. Wenn die wüssten, dass ich hier war und alles beobachtete …

Im Anschluss an die wirklich sehr bewegende Trauerfeier wurde mein Sarg von sechs Trägern würdevoll zum Grab gebracht.

Zu gern hätte ich mich mit Phina über deren Schlapphüte und die Tortendeckchen um ihre Hälse lustig gemacht. Gut, dass sie nicht meine beiden fast zwei Meter großen Brüder dazu genommen hatten, die zwischen den Trauernden herausragten. Dann hätte der Sarg ziemlich schief gehangen.

Als schließlich alle zum Beerdigungskaffee davonströmten, hielt ich den Zeitpunkt für gekommen, mich von meiner Familie zu verabschieden.

Ich küsste meine Eltern ein letztes Mal mit Licht und versuchte ihnen zu sagen, wie sehr ich sie lieb hatte. Dann schwebte ich zum Abschied zu meinen Brüdern, die gemeinsam ein wenig abseits standen und mit finsteren Gesichtsausdrücken heiß diskutierten.

Was war denn bei denen los?

Untröstlich

Phina

Es war nicht bloß mein Körper.

Alles in mir schmerzte. Die Art von Schmerz, der so tief geht, dass man nicht mehr weinen kann, keine Worte mehr dafür findet.

Mit zitternder Hand wischte ich mir eine Haarsträhne aus dem Gesicht. Meine Augen waren trocken. Keine Tränen. Nur noch diese furchtbare Leere, die mich zu erdrücken schien und mir den Atem raubte.

Alle waren sie mich im Krankenhaus besuchen gekommen: Meine Mutter, meine Großeltern, mein Bruder Espen, nach ein paar Tagen sogar mein Vater. Weinend hatte er an meinem Bett gesessen und ich hatte mich schuldig gefühlt, weil ich ihm Sorgen bereitete.

Zum Glück war er nur kurz geblieben und hatte sich freundlich und ganz normal verhalten.

Espen war sogar mehrfach vorbeigekommen und hatte versucht, mich aufzumuntern, und dann kam auch Julius noch ein zweites Mal zu Besuch.

»Hallo, Schatz«, sagte er leise, als er hereinkam und die Tür behutsam hinter sich schloss. Wie eigentlich meistens trug er ein Hemd.

Er warf einen Blick zum Nachbarbett, in das ein ›Blinddarm‹ eingezogen war, doch meine neue Bettnachbarin schlief.

»Hallo«, antwortete ich und betätigte den Knopf, der mein Bett so aufrichtete, dass ich in eine sitzende Position kam. Meine Stimme klang rau. Ich hatte wenig gesprochen in den letzten Tagen.

Julius stellte eine riesige Packung Pralinen, die ich ebenso wenig wie die anderen beiden essen würde, auf den Nachtschrank, setzte sich auf die Bettkante und ergriff meine mittlerweile nicht mehr verbundene Hand. Lediglich Pflaster zeugten noch von den Schnittwunden, die ich mir zugezogen hatte. Ich zuckte zusammen und entzog ihm meine Finger, denn es schmerzte immer noch.

Julius seufzte. »Geht es dir ein bisschen besser?«

Ich nickte matt. Einfach, weil er es so erwartete.

Sicher, mein Körper heilte, aber besser ging es mir deshalb noch lange nicht.

Weil ich weiterhin schwieg, erzählte er mir von seiner Arbeit und dem aktuellen Fall, mit dem er beschäftigt war.

Stumm hörte ich zu. Früher hätte ich ab und zu etwas nachgefragt, aber heute fehlte mir schlicht und ergreifend die Kraft dazu. Es interessierte mich noch nicht einmal.

»Ich würde jetzt gern ein bisschen schlafen«, murmelte ich irgendwann und fühlte mich schlecht, als ich sein verkniffenes Gesicht bemerkte

Er fuhr sich mit dieser hilflosen Geste durch die Haare, bei der mein Herz früher immer so heftig gekribbelt hatte. »Kann ich dir noch irgendetwas Gutes tun?«, fragte er. »Vielleicht einen Kaffee? Ich habe einen Automaten auf dem Flur gesehen.«

Ich schüttelte den Kopf, denn ich brauchte nichts. Nur meine Ruhe.

»Also … dann werde ich mal wieder nach Hause fahren. Morgen muss ich früh raus, ich stecke bis über beide Ohren in Arbeit.«

Er gab mir einen liebevollen Kuss auf den Mund und ich bemühte mich, ihn zu erwidern. Schließlich konnte Julius nichts dafür, wie es mir ging. Dass ich zurzeit nicht in der Lage war, irgendetwas zu fühlen außer Schmerz.

Er hatte es nicht gerade leicht mit mir.

»Ich hab dich lieb«, sagte er und stand auf.

»Ich dich auch«, hauchte ich und fuhr das Bett in Liegeposition. Noch bevor die Tür hinter ihm zugefallen war, musste ich eingeschlafen sein.

Nach einer Woche wurde ich aus dem Krankenhaus entlassen. Meine Mutter holte mich ab und nahm mich mit zu sich nach Hause, um mich weiter aufzupäppeln. Sie sagte, sie könne mich auf keinen Fall allein lassen, solange ich nicht wieder ordentlich aß und so melancholisch war.

Widerspruchslos ließ ich mich von ihr in ihre Dreizimmerwohnung in Kiel bringen. Meine gesamte Familie lebte hier in der Nähe. Nicht nur Espen und meine Eltern, sondern auch meine Großeltern väterlicherseits.

In den nächsten Tagen merkte ich zwar, dass meine Mutter mich nach Strich und Faden verwöhnte, aber ich empfand nichts dabei. Körperlich ging es mir bald deutlich besser, aber in meinem Inneren war ich wie abgestorben.

Da war nur diese Verlorenheit, Machtlosigkeit und der Schmerz.

Als ich mich nach mehreren Tagen endlich aufraffen konnte, versuchte ich Laras Eltern zu erreichen, um ihnen mein Beileid auszusprechen.

»Wie können Sie es wagen, hier anzurufen?«, fuhr mich ihr Vater an, nachdem ich mich gemeldet hatte. Im Hintergrund hörte ich eine Frau aufschluchzen. »Haben Sie nicht schon genug angerichtet?«

Ich schluckte. »Aber …«

Noch bevor ich ausgeredet hatte, ertönte ein Tuten in der Leitung. Am ganzen Körper zitternd legte ich ebenfalls auf und vergrub mein Gesicht in den Händen.

Konnte ich ihnen ihr Verhalten verdenken? Schließlich dachten sie, dass ich schuld am Unfall war.

Stundenlang hatte ich darüber nachgedacht, ob ich ihnen erzählen sollte, wie es sich wirklich verhielt, jetzt, wo Lara tot war. Aber es fühlte sich für mich noch tausendmal schlimmer an, Laras Andenken zu beschmutzen, als wenn ich zu ihren Lebzeiten die Wahrheit gesagt hätte. Wenn ich im Nachhinein alles gestanden hätte, wäre das gewesen, als wollte ich meiner besten Freundin Schaden zufügen. Und bestimmt hätten alle gedacht, ich würde versuchen, die Schuld auf jemanden abzuwälzen, der sich nicht mehr verteidigen konnte.

Also schwieg ich und hoffte darauf, dass ich nicht wegen des Unfalls verurteilt würde. Zumindest hatte Julius mir gesagt, dass die

Chancen gut stünden, wenn ich nicht fahrlässig gehandelt hätte, und der musste es schließlich wissen.

Meine Mutter bemühte sich redlich um mich, doch ich wollte meine Ruhe, anstatt ihr weiter zur Last zu fallen. Daher ließ ich mich, nachdem ich mittlerweile eine ganze Woche bei ihr verbracht hatte, zurück in meine Einzimmerwohnung in Mühlensee bringen, einem Ort mit etwa dreitausend Einwohnern, der zwanzig Minuten Fahrt von Kiel entfernt lag.

Beim Abschied tat ich, als würde ich den gut gemeinten Ratschlägen meiner Mutter zuhören und winkte mit meiner Krücke. Sobald sie verschwunden war, fiel das Lächeln, das ich ihr zuliebe aufgesetzt hatte, von meinem Gesicht ab und ich sank kraftlos auf das Sofa.

Es war anstrengend, sich die ganze Zeit verstellen zu müssen, aber ich wollte niemanden mehr mit meiner Traurigkeit belasten.

Endlich allein.

Schwerfällig streifte ich den einen Schuh ab, was wegen des Gipses am anderen Bein eine Herausforderung darstellte. Zum Glück wohnte ich im Erdgeschoss.

Zur Schule konnte ich wegen der Verletzungen noch nicht gehen. Die Ärzte hatten prognostiziert, dass ich bis zu den Osterferien zu Hause bleiben müsse, sodass ich mich nicht einmal durch die Arbeit ablenken konnte. Das waren noch acht Wochen!

Mit zusammengebissenen Zähnen starrte ich auf ein Selfie von Lara und mir, das am Rahmen des Flurspiegels steckte. Es war das erste Mal seit dem Unfall, dass ich ihr Gesicht sah.

Der Anblick setzte etwas in meinem Inneren frei – ein Gefühl, dessen Wucht mich erneut eiskalt erwischte, das mir die Luft aus der Lunge presste. Wimmernd sackte ich auf den Fußboden und rollte mich zusammen. Mir war, als würden die Wellen des Schmerzes mich in tiefschwarzes Wasser drücken, mir den Atem rauben.

Da waren so viele Worte in mir, die ich Lara noch gern gesagt hätte. Wie lieb ich sie hatte, und dass ich sie toll fand – so wie sie war. Und wie sehr sie mir fehlte.

Aber stattdessen blieb ich zusammengekauert und stumm liegen und versuchte, die Qual wegzuatmen.

Vergeblich.

Einige Tage später klingelte es lang anhaltend an meiner Wohnungstür. Ich ignorierte das Geräusch, wie all die anderen Tage zuvor, aber dieser Besucher blieb hartnäckig und klopfte schließlich sogar laut und ausdauernd an mein Fenster.

Also raffte ich mich genervt vom Sofa auf, griff nach den Krücken und humpelte zur Tür. Durch den Türspion erkannte ich meinen Bruder.

»Mach auf, Phina, ich weiß, dass du da bist. Ich brüll sonst die ganze Nachbarschaft zusammen!«

Weil kein Zweifel daran bestand, dass er seine Drohung wahrmachen würde, öffnete ich die Tür einen Spaltbreit.

Das Pärchen, das über mir wohnte, kam gerade vorbei und blickte neugierig zu uns. Ich deutete mit der Hand einen Gruß an.

»Was willst du?«, fragte ich, nachdem die beiden vorbeigegangen waren. Müde schaute ich Espen an. »Ich hab keine Zeit.«

Ohne Skrupel schob er mich zur Seite und kam herein. Er trug einen Korb in der Hand. »Deshalb bist du auch schon im Schlafanzug? Es ist sechzehn Uhr! Und …«, er schnupperte, »eine Dusche könntest du auch mal wieder vertragen.«

Er ging weiter und riss Vorhänge und Fenster weit auf.

Mürrisch blinzelte ich ins Tageslicht. »Also hör mal …«

Doch er ignorierte mich und stellte den Korb auf den Tisch in der Küche. »Mama hat sich Sorgen um dich gemacht, weil du weder aufgemacht hast noch ans Handy gegangen bist. Selbst Julius hat schon bei uns angerufen, weil er dich nicht erreichen kann.« Er packte Obst, Schokolade, Wohlfühltee, einen Liebesroman, eine Flasche frisch gepressten Fruchtsaft und Räucherstäbchen der Sorte ›Citronella‹ aus.

Grinsend las er deren Verpackungsaufdruck vor: »Wirkt erfrischend, anregend, stimmungsaufhellend und belebend. Gegen Antriebslosigkeit. Verhilft zu neuem Optimismus.«

Ich verdrehte die Augen. Typisch Mama.

Espen zückte sein Feuerzeug und zündete gleich eines an, das er kurzerhand in einen der Töpfe mit halb vertrockneten Kräutern auf der Fensterbank steckte.

»So. Mit Trübsal blasen ist jetzt finito, Phina«, versuchte er einen schwachen Witz mit meinem Namen zu machen. Er holte ein Glas aus dem Schrank und goss den Saft ein. »Trinken«, befahl er und hielt es mir unter die Nase.

Ich lächelte schwach und griff nach dem Getränk, um daran zu nippen. Ebenso wie meine gute Laune, hatte mich auch der Appetit verlassen.

»Alles.« Espen war erbarmungslos und ich gehorchte automatisch.

»Siehst du, geht doch.« Er nahm mir das Glas ab und drückte mir stattdessen die Krücken in die Hand. »Jetzt ab ins Bad mit dir – duschen. Du stinkst.«

Ich seufzte, folgte aber seinem Befehl.

Als ich vor dem Spiegel stand, nahm ich zum ersten Mal seit dem Unfall mein Aussehen wahr.

Espen hatte recht. Ungepflegt sah ich aus. Fettige Haare – ich hatte einfach vergessen, sie zu waschen. Gerötete, geschwollene Augen, fleckige Haut, gemischt mit den letzten Überbleibseln der Schnittwunden und dazwischen erschreckend blass. Eigentlich mochte ich mein Gesicht, auch wenn der Mund etwas zu breit geraten war. Meine Mutter verwendete die Begriffe ›hübsch‹ und ›Ausstrahlung‹, wenn sie mir ein Kompliment machen wollte. Doch im Moment taugte der Look nur für Halloween.

Ich duschte, wobei ich das Gipsbein aus der Dusche hinausstrecken musste, was gar nicht so einfach war. Dann schlüpfte ich in das Shirt und die Jogginghose, die Espen mir hereinreichte. Keine meiner normalen Hosen passte über den Gips.

»So, Schwesterchen, ich muss wieder los, hab gleich Dienst. Du weißt schon: Die Jungs der Wohngruppe müssen betreut werden. Iss das Obst und geh mal wieder raus. Du wirst Kraft brauchen, bald ist Ostern …« Er wackelte bedeutungsvoll mit den Augenbrauen und drückte mir einen Schmatzer auf die Wange. »Und ruf endlich

Mama an, die nervt mich sonst die ganze Zeit.« Dann verschwand er so abrupt, wie er gekommen war.

Ostern. Seufzend schaute ich Richtung Zimmerdecke, wo einige Lichtstrahlen wild herumtanzten und Staub sichtbar machten. (Putzen müsste ich auch mal wieder.) Unsere Eltern bestanden darauf, dass wir trotz ihrer Trennung gemeinsam die Familienfeste feierten.

Ob ich meine Verletzungen vorschieben konnte, um nicht erscheinen zu müssen? Ich seufzte erneut.

Schatten

Phina

Ich gab mir Mühe.

Ich gab mir wirklich Mühe, meine kleine Welt wieder in den Griff zu bekommen. Irgendwie weiterzumachen, ohne Lara.

Ich rief meine Mutter an, um mich zu bedanken. Ich telefonierte mit Julius, der verständlicherweise ein wenig verstimmt war, weil ich mich nicht gemeldet hatte, und entschuldigte mich bei ihm. Ich duschte jeden Tag, putzte meine Zähne und ich ging sogar einkaufen. Aber alles, was darüber hinausging, überstieg meine Kräfte. Weder rief ich meine zweite Mentorin Hanne zurück noch reagierte ich auf die Nachrichten meiner Lieblingskollegin Tine, die sich auf meinem Handy ansammelten.

Was sollte ich auch sagen? »Mir geht es schlecht«? Dann hätten sie sich genötigt gefühlt, mich aufzuheitern, und ich hätte aus Dankbarkeit so getan, als ob es helfen würde.

Tat es aber nicht.

Mein Knöchel und die gebrochenen Rippen schmerzten immer noch ab und zu, aber vor allem tat jeder Gedanke an Lara weh. All die Dinge, die wir noch hatten zusammen erleben wollen, all die Worte, die ungesagt blieben.

Ich saß auf dem Sofa, strich gedankenverloren über das hellgrau gewebte Polster und starrte auf den Fernseher. Ich hätte noch nicht einmal sagen können, was gerade lief. Es war egal. Hauptsache Stimmen. Auch die Stille konnte ich nicht mehr ertragen.

Das Verrückteste war, dass ich immer noch nicht glauben konnte, dass Lara tot war, denn es fühlte sich an, als wäre sie immer noch bei mir.

Die Dämmerung zog herauf und ich lehnte mich zurück, um die letzten Lichtstrahlen zu beobachten, die durch die Gardine fielen. Helle Lichter auf den dunklen Schatten meiner Seele.

Irgendwann ging die Straßenlaterne vor dem Haus an und der Fernseher war die einzige Lichtquelle im Zimmer.

Als sich der Schatten eines Mannes auf dem Gardinenstoff abzeichnete, blinzelte ich. Bestimmt wollte er zum Nachbarhaus, doch seltsamerweise ging er nicht weiter. Rauchte er dort einfach nur eine Abendzigarette oder versuchte er etwa in mein Fenster zu gucken?

Beunruhigt schaltete ich den Fernseher aus, sodass man mich nicht mehr durch die dünnen Gardinen erkennen konnte. Dann humpelte ich zum Fenster und schob den Stoff behutsam einen Spaltbreit zur Seite, um hinauszuspähen.

Komisch. Da war niemand mehr zu sehen, nur die Laterne leuchtete auf einen menschenleeren Weg.

Kopfschüttelnd ließ ich die Gardine zurückfallen und wartete eine Weile ab. Kein Schatten mehr zu sehen. Ich schaute noch einmal nach.

Nichts. Erleichtert knipste ich das Licht an und ließ die Jalousie herab.

Ich hätte diesen Vorfall sicher rasch wieder vergessen, wenn er sich nicht am nächsten Abend wiederholt hätte. Ebenso am übernächsten und allen folgenden Tagen dieser Woche.

Ich nahm mir vor, den Spanner zu überraschen. Dafür stellte ich eine Stehlampe so, dass ich sie mit einer Bewegung ausknipsen und direkt aus dem Fenster sehen konnte. Irgendwie musste es doch zu schaffen sein, dass ich den Typen erwischen konnte.

Doch als ich das Licht ausknipste, den Vorhang beiseiteschob und aus dem Fenster schaute, war niemand mehr zu sehen. Ich wartete, bis meine Augen sich vollständig an das Dämmerlicht gewöhnt hatten, aber da war wirklich nichts, was den Schatten eines Mannes hätte hervorrufen können.

War ich dabei, durchzudrehen?

Ich bemühte mich, tief durchzuatmen und die Unruhe in meinem Bauch zu ignorieren.

Der Schatten war nichts als die Einbildung meines überreizten Gehirns, versuchte ich mich zu beruhigen.

Doch noch bevor ich diesen Gedanken zu Ende gebracht hatte, erschien auf einmal direkt vor meinen Augen, nur durch die Glasscheibe von mir getrennt, ein zur Grimasse verzerrtes Männergesicht mit zwei riesigen Pranken daneben, die mit einem lauten Schlag gegen meine Fensterscheibe knallten.

Mit einem gellenden Schrei ließ ich den Vorhang fallen und stolperte zurück in die Dunkelheit meines Zimmers. Mein Herz raste und ich rang nach Luft.

Was, wenn er die Scheibe zerstörte und hereinkam? Was, wenn er mir etwas antun wollte?

Wimmernd hockte ich auf dem Boden und wiegte mich vor und zurück.

Das Klingeln an meiner Haustür ließ mich ein zweites Mal zusammenfahren. *Oh Gott!* Das musste er sein! Wo konnte ich mich verstecken, wenn er die Tür aufbrach? Hatte ich überhaupt eine Chance gegen ihn mit meinem verletzten Knöchel?

»Phina?«, erklang eine gedämpfte Frauenstimme, gefolgt von einem eindringlichen Pochen an der Tür. »Alles in Ordnung?«

»Willie!« Mit zittrigen Knien humpelte ich zur Tür und blickte durch den Spion. Tatsächlich. Meine Vermieterin, die gleichzeitig meine Nachbarin war. »Bist du allein?«

»Natürlich! Oder denkst du, ich hätte meinen knackigen Liebhaber dabei?« Sie kicherte fröhlich.

Willie, die eigentlich Wilhelmine hieß, war rüstige fünfundsiebzig und redete für ihr Leben gern. Sie war, ebenso wie ich, Mitglied im Singkreis Mühlensee. Vorsichtig öffnete ich die Tür und spähte ängstlich in den Flur. Ein Schwall von Willies süßlichem Parfüm empfing mich.

»Ich habe dich schreien gehört. Was ist passiert?«

»Da war ein Fremder, direkt an meinem Fenster! Er hat dagegen geschlagen«, stammelte ich. Immer noch raste mein Herz.

»Ein Mann?« Mit energischen Schritten drehte sie sich um und ging zur Eingangstür des Mietshauses, um sie zu öffnen.

»Stopp!«, versuchte ich sie aufzuhalten. »Wer weiß, zu was der alles fähig ist!« Meine Stimme klang schrill.

Kühle Nachtluft zog in den Flur, während ich im Türrahmen zu meiner Wohnung verharrte, bereit, die Tür jederzeit zuzuschlagen, sollte der Fremde hereinkommen.

»Da ist niemand«, rief Willie, nachdem sie ausgiebig in alle Richtungen gespäht hatte. »Schau doch selbst.«

»Auf keinen Fall«, wehrte ich ab. »Ist schon okay, ich glaube dir.«

»Ach, sei nicht so ein Hasenfuß, Phina. Ich bin ja bei dir.« Willie winkte mich heran.

Na wunderbar. Jetzt musste ich mich von einer fünfundsiebzigjährigen Witwe beschützen lassen. So weit war es also mit mir gekommen.

Widerstrebend ging ich zur Eingangstür und spähte über Willies Schulter. Tatsächlich. Weit und breit niemand zu sehen. Keine Schritte zu hören, kein Fahrrad. Nur ein paar Autos fuhren auf der Straße.

Ich schluckte. »Da … hab ich mich wohl … vertan«, würgte ich hervor und rieb mir über die feuchte Stirn.

Der Vorfall ließ mich begreifen, dass es so nicht weitergehen konnte. Ich musste etwas ändern, sonst würde ich vor lauter Seelennot noch verrückt werden.

Nicht genug damit, dass ich ständig meinte, merkwürdige Lichtstrahlmuster an meinen Zimmerwänden zu sehen. Nun bemerkte ich auch noch finstere Gestalten, die womöglich gar nicht da waren.

Es war an der Zeit, dass ich mich meiner Trauer und dem Leben stellte. Ich konnte mich nicht länger in meinen vier Wänden verkriechen und darauf warten, dass ein Wunder geschah und der Schmerz nachließ.

Also griff ich zum Smartphone und rief meine Mutter an. »Mama, würdest du morgen mit mir zu Laras Grab fahren?«

Ich konnte geradezu hören, wie ihr am anderen Ende der Leitung der Mund offen stehen blieb.

»Zu Laras Grab?«, echote sie ungläubig.

»Genau.«

Meine Freundin war im Wohnort ihrer Eltern, einem Vorort von Kiel, beerdigt worden, zwanzig Minuten Fahrt von Mühlensee entfernt. Zwar wohnten meine Großeltern ebenfalls dort, aber ich war bisher noch nicht am Grab gewesen, aus Angst, es nicht ertragen zu können.

»Bist du sicher, dass … du schon so weit bist, Mäuschen?«, fragte sie besorgt.

Man konnte es ihr wohl nicht verdenken, nach all der Zeit, in der ich mich kaum gemeldet hatte.

Nein. »Ja.«

Ich musste endlich von Lara Abschied nehmen.

»Na dann …« Sie atmete tief durch. »Ich bin morgen gegen siebzehn Uhr bei dir.«

Wir verabschiedeten uns und ich legte auf.

Als ich am nächsten Tag endlich am Grab stand, war ich schweißgebadet. Das anstrengende Gehen auf Krücken war das eine. Aber viel schlimmer war die Furcht davor, die Gefühle nicht aushalten zu können. Die Endgültigkeit begreifen zu müssen.

Es gab so viele Dinge, die in mir Erinnerungen an Lara weckten. Gestern erst hatte ich eine alte Sprachnachricht von ihr auf meinem Handy entdeckt:

»Heute ist ein wunderbarer Tag! Ich hab online geshoppt und bekomme nachher ein Paket mit acht Paar Schuhen!«

Ich hatte unter Tränen gelächelt und mir die Nachricht an die hundert Mal angehört.

»Lass dir Zeit. Ich warte im Auto auf dich«, unterbrach meine Mutter meine Gedanken mit verständnisvollem Blick und ließ mich am Grab allein.

Unruhig blickte ich ihrer schlanken Gestalt nach, wie sie elegant an der dunklen Koniferenhecke entlang Richtung Parkplatz schwebte. Eingehüllt in einen roten Poncho mit Aztekenmuster, die hellblonden Haare zu einem Undone-Dutt aufgesteckt. Sie hatte schon immer einen ausgefallenen Modegeschmack besessen.

Mit einem tiefen Atemzug wandte ich mich dem Grab zu. Stand dort in der Abenddämmerung vor dem Holzkreuz, das später durch einen Grabstein ersetzt werden würde … und wusste nicht wohin mit mir.

Die Gefühle übermannten mich. Ich bekam keine Luft mehr, konnte vor lauter Tränen nichts sehen und meine Beine waren zu schwach, mich zu tragen. Ich stützte mich schwer auf die Krücken und schlotterte am ganzen Körper.

»Oh Gott, Lara, es tut mir so leid«, schluchzte ich hilflos und biss mir so heftig von innen auf die Wange, dass es blutete. Ich spürte es nicht.

Wie gern würde ich die Zeit zurückdrehen und dafür sorgen, dass Lara langsamer fuhr, oder noch besser mich ans Steuer ließ.

Hätte ich sie doch nicht durch unser Gespräch abgelenkt! Vielleicht hätte sie das Reh dann eine Millisekunde früher bemerkt und alles wäre ganz anders gekommen?

Auch wenn ich nicht am Steuer gesessen hatte: Ich war genauso schuldig.

Ziemlich sicher hätte Lara mir eine Kopfnuss verpasst, wenn ich so etwas zu ihr gesagt hätte. Und vermutlich hätte sie recht damit. Aber es fühlte sich nicht so an.

Ich versuchte mir vorzustellen, wie Laras Körper tief dort unten ruhig in ihrem Sarg lag. Friedlich.

Es gelang mir nicht. Immer wieder schoben sich die Bilder vor mein inneres Auge, wie ich sie zum letzten Mal gesehen hatte. Blutend, hilflos. Als ich versprach, dafür zu sorgen, dass ihre Eltern nicht erfuhren, dass sie gefahren war. Als ich begriff, dass sie mir unter den Händen wegstarb, ohne dass ich es verhindern konnte.

Ich hätte alles getan, um noch einmal mit Lara in ihrem Wagen zu sitzen. Die Welt wäre in Ordnung und meine größte Sorge wäre, wie ich mich gegen die fiesen Sprüche meines Mentors wehren könnte.

Wie sehr sehnte ich mich nach dieser Zeit zurück.

Als irgendwann keine Tränen mehr in mir waren, hatte sich die Klaue des Ungeheuers ein klitzekleines bisschen aus meinem Magen gelöst. Allerdings blieb eine große Leere zurück, von der ich nicht wusste, wie ich sie füllen sollte.

Ein fremder Mann schlenderte über den Friedhof und riss mich aus meinen Gedanken. Ganz in meiner Nähe blieb er stehen. Als ich zu ihm schaute, nickte er mir höflich zu und ging dann weiter.

Ich war froh, als er ging, denn ich wollte in diesem Moment keine fremden Menschen um mich haben.

Noch eine ganze Weile blieb ich am Grab stehen und hielt Zwiesprache mit Lara. Erzählte ihr im Flüsterton, wie sehr sie mir fehlte und dass ich mich vor dem Leben ohne sie fürchtete, während der kühle Abendnebel die weiter entfernten Gräber langsam verschwimmen ließ.

Ich versuchte mich damit zu trösten, dass sie nun keine Schmerzen mehr erleiden musste, und bemühte mich, ein Gebet für sie zu sprechen. Und irgendwie half es tatsächlich ein wenig. So wie mit der Seelsorgerin, die mich im Krankenhaus besucht und deren Namen ich leider nicht behalten hatte.

Ein Geräusch riss mich aus meinen Gedanken. Ich wandte mich um und bemerkte im schwindenden Licht die Silhouette zweier Männer, die miteinander zu ringen schienen.

Angst fuhr mir in die Glieder und mir schoss der gruselige Vorfall gestern an meinem Fenster in den Sinn. Ohne dass ich es bemerkt hatte, war es schon verdammt dunkel geworden.

Einer der beiden hielt den anderen umklammert, während der grimmig versuchte, sich zu befreien.

»Lass das! Mach dich nicht … umpf«, knurrte der erste und bekam einen Ellenbogen in den Bauch.

Mit zittrigen Knien humpelte ich zum Wagen zurück, bevor sie mich bemerken konnten. In einen Kampf wollte ich in meinem gegenwärtigen Zustand lieber nicht verwickelt werden.

Ich fand es ziemlich pietätlos, dass die beiden ihre Meinungsverschiedenheiten ausgerechnet auf einem Friedhof austrugen.

Als ich weit genug entfernt war, drehte ich mich noch einmal um. Nun standen die Männer voreinander und diskutierten erregt. Aber zumindest kämpften sie nicht mehr. Ansonsten hätte ich die Polizei gerufen.

Meine Knie waren immer noch weich, als ich ins Auto stieg.

»Alles okay, Mäuschen?«, fragte meine Mutter besorgt.

»Ja«, antwortete ich automatisch.

»Vielleicht solltest du die Hilfe eines Psychotherapeuten …« Unbeholfen wich sie meinem Blick aus.

»Nein!«, unterbrach ich sie grob. »Ich komm schon klar.« Nervös knetete ich meine Hände. »Nächste Woche werde ich meine Schüler besuchen«, teilte ich ihr mit, ohne zu verraten, dass ich mir das gerade erst überlegt hatte.

Sie startete den Wagen und die Scheinwerfer tauchten die Friedhofshecke in unheimliches Licht. »Sie werden sich bestimmt freuen.«

Außer unserem befand sich nur noch ein weiteres Auto auf dem Parkplatz.

»Findet eigentlich dein Chor schon wieder statt?«, fragte meine Mutter mit einem unsicheren Unterton in der Stimme. Sie wendete den Wagen und bog auf die Straße ein. Ihre Schultern waren angespannt.

Ich seufzte, denn ich erkannte den Plan, der hinter ihrer Frage steckte: Sie wollte, dass ich mein gewohntes Leben endlich wieder aufnahm, schnell wieder die alte, verlässliche, brave Phina wurde.

Aber ich war nicht mehr die alte. Würde es nie wieder sein.

Wunden auf einer Seele konnten verheilen. Aber die Narben blieben trotzdem.

Mein altes Leben schien eine Ewigkeit zurückzuliegen.

Durch einen dummen Zufall leitete ich den Singkreis Mühlensee (Durchschnittsalter der Mitglieder: fünfundsechzig Jahre), der dienstags im Dorfgemeinschaftshaus stattfand.

Willie hatte mich kurz nach meinem Einzug gefragt, ob ich nicht einmal mitkommen wolle, und da ich neu im Ort war und mich einsam fühlte, hatte ich mich überreden lassen. Das Niveau war mäßig und die Akustik im Gemeindehaus auch. Aber ich war dabeigeblieben (kleiner Ort, nicht viel los, sympathische Menschen, die sich freuten, mich zu sehen …).

Als der Chorleiter dann vor einem halben Jahr aus Altersgründen ausschied, wurde ich gefragt, ob ich die Stelle nicht übernehmen könne, da ich als Musiklehrerin ja quasi dafür prädestiniert sei. Weil ich noch nie gut Nein sagen konnte, hatte ich den Posten übernommen. Nur mein Freund Julius war nicht begeistert, denn dienstagabends, wenn die Chorprobe stattfand, konnten wir nun nicht mehr miteinander telefonieren.

»War bisher schwierig mit dem Gips«, antwortete ich meiner Mutter abwehrend und deutete auf meinen Fuß.

Sie ließ nicht locker. »Du könntest doch im Sitzen dirigieren.«

Ich zuckte mit den Schultern und holte mein Handy heraus, tat, als müsste ich meine Nachrichten checken, doch in Wahrheit konnte ich ihre kläglichen Versuche, mein in Scherben liegendes Leben zu kitten, nicht ertragen.

»Denk bitte daran, dass wir uns Ostersonntag zum Kaffeetrinken bei Oma und Opa treffen.«

Mein Kopf fuhr bei diesem Satz ruckartig nach oben. Ach ja, richtig. Das hatte mir gerade noch gefehlt.

»Kommt Papa?«, fragte ich leise. Meine Mutter nickte.

»Du brauchst diesmal natürlich nichts mitzubringen. Ich hole dich gegen dreizehn Uhr ab«, fuhr sie mit bemüht fröhlichem Tonfall fort.

Ich hatte Angst vor dem Familienfest im Kreise der Lieben, denn es bedeutete, dass meine Großeltern mich mit Fragen zu meinem Berufs- und Privatleben löchern und immer wieder erwähnen würden, dass ich hoffentlich noch ein klein wenig wachsen würde. Meine Güte, ich war gestandene vierundzwanzig Jahre alt! Wie kamen sie auf die Idee, ich könnte noch wachsen?

Und dann war da natürlich noch mein Vater. Bei dem Gedanken an ihn zog sich mein Magen zu einem festen Knäuel zusammen.

Es half mir, wenn mein Freund bei solchen Familienfeiern dabei war und meine Hand hielt. Dann fühlte ich mich nicht so hilflos. Aber diesmal hatte Julius leider keine Zeit. Er würde den Ostersonntag bei seinen Eltern verbringen und mich erst am nächsten Tag besuchen kommen.

»Ich backe einen Rhabarberkuchen«, berichtete Mama. »Du wirst sehen, es wird richtig schön.«

»Mhm«, machte ich zweifelnd.

Familie

Phina

Seit meinem Besuch auf dem Friedhof waren mittlerweile zwei Wochen vergangen und der April zauberte die ersten Blüten hervor.

Ich hatte mich nach und nach wieder unter Menschen gewagt, Freunde getroffen, Wochenendbesuch von Julius bekommen, meine Tätigkeit als Chorleiterin aufgenommen, war die Krücken losgeworden und machte fleißig Krankengymnastik. Der Spanner vor meinem Fenster war zu meiner großen Erleichterung nicht wieder aufgetaucht und auch sonst hatte es keine unheimlichen Vorfälle mehr gegeben.

Die größte Erleichterung aber war, dass das Strafverfahren wegen fahrlässiger Körperverletzung mit Todesfolge gegen mich eingestellt wurde, was mir eine riesige Last von der Seele nahm. Es reichte, dass ich mir nach wie vor den Kopf zermarterte, wie ich den Unfall hätte verhindern können. Die Staatsanwaltschaft sah keinen hinreichenden Tatverdacht und hatte entschieden, dass der Fahrer – vorgeblich ich – nicht fahrlässig gehandelt hatte. So wie es die Polizisten schon vermutet hatten. Es war einfach nur ein Wildunfall gewesen.

Ein verdammter Wildunfall.

Nächste Woche, wenn die Osterferien endeten, würde ich wieder zur Arbeit gehen.

Alles war super. Mit mir ging es steil bergauf. Wirklich! … Jedenfalls versuchte ich mir das einzureden.

Verstohlen wischte ich mir eine Träne von der Wange und drückte auf den Klingelknopf an der Haustür meiner Großeltern.

Meine Mutter hatte mich mitgenommen und balancierte gerade ein großes Blech Rhabarberkuchen auf den Händen.

»Phina!« Mein Vater öffnete uns die Tür seines Elternhauses und streckte mir die Arme entgegen.

Automatisch checkte ich seinen Zustand ab. Wie war seine Stimmung? War es schon so weit? Wie schlimm würde es werden?

Ausnahmsweise war ich mir nicht sicher. Mein Blick huschte über seine Hände. Zitterten sie?

Keine Ahnung, weshalb ich jedes verdammte Mal wieder hoffte, Papa würde sein Leben endlich in den Griff bekommen. Natürlich vergebens.

Nein. Es gab keine Probleme. Alles war in bester Ordnung.

Der Tonfall, in dem er meinen Namen gesagt hatte, deutete an, dass ich mich viel zu lange nicht hatte blicken lassen. Aber das hatte ich seit dem Unfall einfach nicht geschafft. Nicht, weil ich zu wenig Zeit gehabt hatte, sondern weil ich seine Nähe im Augenblick nicht ertrug. Meine Kräfte waren aufgebraucht. Oder besser gesagt abgesogen. Von der Trauer.

Wenn es ihm wichtig gewesen wäre, hätte er sich ja auch selbst bei mir melden können.

Mein Vater besaß eine kräftige Statur und schütteres Haar, das er meistens ein wenig zu lang trug, sodass es ungepflegt aussah. Seine Haut hatte einen kränklichen Farbton, aus dem gerötete Äderchen hervorstachen. Heute allerdings saß seine Frisur gut. Er schien kürzlich beim Friseur gewesen zu sein.

Er gab mir einen Kuss und ich schnüffelte automatisch, aber außer seinem Aftershave roch ich nichts.

»Meine Güte, kann es sein, dass du noch hübscher geworden bist?«, rief er begeistert und hielt mich auf Armeslänge von sich, nachdem er meiner Mutter zugenickt hatte.

Ich lächelte verkniffen. Es machte mich nervös, ihn in dieser euphorischen Stimmung zu sehen.

Im Grunde machte es mich immer nervös, wenn er in der Nähe war.

»Hallo, Matthias«, begrüßte meine Mutter ihn zurückhaltend.

Obwohl die Trennung meiner Eltern bereits sieben Jahre zurücklag, herrschte zwischen ihnen immer noch eine angespannte Stimmung.

Es hatte meinen Vater damals schwer getroffen, als sie sich von ihm getrennt hatte. Dabei war es allerhöchste Zeit gewesen.

Jahrelang hatte sie sein Problem ertragen und war darüber immer verbitterter geworden, bis sie es irgendwann nicht mehr ausgehalten hatte. Gemeinsam mit dem damals dreizehnjährigen Espen und mir war sie zunächst zurück zu ihren Eltern gezogen und hatte sich dann eine eigene Wohnung gesucht. Die Zeit war für uns alle schwer gewesen.

Leider hatte es meinen Vater nicht wachgerüttelt. Ganz im Gegenteil. Es war immer schlimmer geworden. Aber über so etwas redete man in unserer Familie nicht.

Außer uns waren noch mein Onkel mit Frau und ihre drei Kinder angereist. Nur die Eltern meiner Mutter waren nicht da. Sie verbrachten das Osterfest in Spanien.

»Phinaaaa!«, brüllten meine drei kleinen Cousins Leon, Paul und Kalle freudig und kamen angestürmt, sobald ich das Wohnzimmer betrat. »Wir wollen nachher Karten spielen, machst du mit?«

»Na klar«, sagte ich und klatschte mit jedem der Jungs ab, weil sie nach eigenen Angaben mit zehn und acht Jahren schon viel zu alt für Umarmungen und Küsse waren. Nur Kalle, der jüngste, kuschelte sich einmal kurz an meinen Bauch, um gleich darauf wieder hinter seinen älteren Brüdern herzurennen.

Nachdem ich allen Hallo gesagt hatte und den üblichen Begrüßungssmalltalk über mich hatte ergehen lassen, setzten wir uns an den gedeckten Tisch.

Im Esszimmer meiner Großeltern hatte sich nichts verändert, viel Teak, ein Perserteppich und das große Aquarium auf der Kommode. Es roch nach frisch aufgebrühtem Kaffee, Möbelpolitur, alten Büchern und dem blumigen Parfüm meiner Großmutter.

»Meine Güte, erwarten wir noch eine Fußballmannschaft zum Kaffee?«, neckte Espen unsere Großmutter, als er die vielen Torten erblickte.

Wie immer hatte sie Angst gehabt, jemand könnte nicht satt werden. Ich sparte mir einen Kommentar, denn so war es schon immer gewesen.

»Junge, kannst du dir nicht mal etwas Ordentliches anziehen?«, gab sie Espen zur Antwort und musterte missbilligend sein Outfit.

Zu extraweiten Baggy Pants trug er ein schmal geschnittenes Shirt mit großem Schriftzug. »Wenigstens ein Hemd könnte es an Ostern doch mal sein.«

»Ach Omi«, mein Bruder lachte, »das ist modern.« Er gab ihr einen Kuss auf die Wange, woraufhin sie sofort dahinschmolz.

Espen war schon immer ihr Lieblingsenkel gewesen, dachte ich ohne Neid. Seinem Charme und dieser Ausstrahlung fröhlicher Leichtlebigkeit konnte man aber auch nur schwer widerstehen.

»Ich habe für dich wieder einen Schokokuchen gebacken«, sagte sie schmunzelnd und tat ihm ein extragroßes Stück auf.

»Dein Rhabarberkuchen schmeckt recht gut«, sagte meine Großmutter kurz darauf mit vollem Mund zu meiner Mutter. »Ich selbst mache ihn ja immer mit einer Baiserschicht darüber, das wird jedes Mal sehr gelobt …«

Besorgt beobachtete ich das verkniffene Lächeln meiner Mutter und unterdrückte ein Seufzen.

Das Osterfest wurde genau so schlimm wie befürchtet.

Oma kritisierte an allem herum (vor allem an Mamas Tunika mit grellem Ethno-Print), Papa ignorierte Mama, Tante Greta schwieg schüchtern und Onkel Oliver hatte bereits das dritte Bier vor sich stehen. Automatisch huschte mein Blick zu Papa, aber vor ihm stand nur die Kaffeetasse. Ich runzelte irritiert die Stirn.

»Wenn ein Yogalehrer seine Beine senkrecht nach oben streckt und dabei furzt, welche Figur macht er dann?«, gab Onkel Oliver soeben einen seiner unterirdischen Witze zum Besten. Ich hoffte, dass meine Großmutter es nicht mitbekam, denn sie war schon ein wenig schwerhörig. »Eine Duftkerze!«, posaunte er selbst die Antwort heraus.

Papa und Opa lachten und auch Espen grinste und raunte mir »Das riecht fast so edel wie ›Citronella‹« zu. Ich erinnerte mich an die Räucherstäbchen von meiner Mutter und verdrehte die Augen.

Oma und Mama unterhielten sich glücklicherweise immer noch über die beste Art, einen Rhabarberkuchen zuzubereiten, während meine drei Cousins um den Esstisch herum Fangen spielten.

Für einen winzigen Moment schloss ich erschöpft die Augen. Dieser Trubel war für mich ungewohnt, weil ich so lange nicht mehr in der Schule gewesen war.

»Hast du noch Schmerzen?«, fragte Tante Greta mich besorgt. »Leon, hör auf, deinen Bruder an den Haaren zu ziehen«, mahnte sie im gleichen Atemzug ihren zehnjährigen Ältesten.

Sie war eine schüchterne, unscheinbare Frau, die ihrem polterigen Mann nicht viel entgegenzusetzen hatte.

»Es geht schon«, log ich, denn wenn ich ihn zu stark belastete, zog es tatsächlich noch heftig durch meinen verletzten Knöchel. Dass mir meine Seelenwunden am meisten Probleme bereiteten, erwähnte ich lieber erst gar nicht. »Ich gehe zur Physiotherapie. Die haben das ganz gut im Griff«, erklärte ich und begann die Teller zu stapeln, um sie in die Küche zu tragen.

Erst vor zehn Tagen hatte man mir den Gips abgenommen und die Kraft kehrte nur allmählich in mein Bein zurück.

Jedes Mal, wenn ich die Therapeutin besuchte, musste ich an Lara denken. Wie viel lieber hätte ich mich von ihr therapieren lassen. Im nächsten Jahr wäre sie fertige Physiotherapeutin gewesen – zumindest, wenn sie es durchgezogen hätte. Und dieses Mal war ich mir auch sicher gewesen, dass sie es geschafft hätte. Sie hatte so zufrieden mit sich und der Welt gewirkt, so hoffnungsvoll, sich auf einem guten Weg zu befinden. Nur deshalb hatte ich ihr das Versprechen gegeben, niemandem zu verraten, wer in Wirklichkeit gefahren war.

Während ich meiner Tante half, dass Geschirr in die Spülmaschine einzuräumen, fiel mein Blick auf die Zeitung, die jemand auf dem Küchentresen abgelegt hatte. ›War es Mord? – Einundachtzigjährige Witwe liegt wochenlang unbemerkt tot in ihrem Haus‹, war die Schlagzeile auf dem Titelblatt.

Ich hasste diese reißerischen Überschriften. Bei denen fühlte ich mich jedes Mal manipuliert. ›LIES DAS!‹, schienen sie mich anzubrüllen, aber hinterher fühlte ich mich nur schlecht, weil ich neugierig auf das Leid anderer gewesen war.

»Ich bekomme meine Schuhe nicht zu«, jammerte mein jüngster Cousin und daher stand ich auf, um ihm zu helfen, anstatt den Artikel zu Ende zu lesen.

»Kalle ist ein Baby, Kalle ist ein Baby!«, zog ihn daraufhin sein gerade mal zweieinhalb Jahre älterer Bruder auf.

Ich warf ihm einen missbilligenden Pausenaufsichts-Lehrerblick zu, woraufhin er verstummte.

Papa kam in den Flur. Er wirkte ernster als sonst, angespannter, und hatte auch nicht so laut wie üblich über die Witze seines Bruders gelacht. Seltsam.

»Hör mal, Mäuschen, mir geht's nicht so gut. Ich mach mich mal auf den Heimweg«, sagte er zu mir.

»Soll ich dich … fahren?«

Mein Magen ziepte, denn seit dem Unfall hatte ich höllische Angst vor dem Autofahren. Aber mein Vater hatte vor einem halben Jahr seinen Führerschein verloren.

»Nein, nein. Geh du nur mit den anderen spazieren. Das wird dir guttun, du bist so blass. Ich nehme den Zug.«

»Okay …«, sagte ich irritiert. Seit wann kümmerte sich mein Vater darum, wie es mir ging?

Ich schaute ihm durch das Türfenster nach, wie er die Auffahrt hinunterging und um die Straßenecke verschwand. Dann forderten meine Cousins erneut meine Aufmerksamkeit, weil ein Schuh verschwunden war.

Auch die Erwachsenen machten sich für den obligatorischen Osterspaziergang fertig.

Als wir aus dem Haus traten, kam mir wieder in den Sinn, was ich die ganze Zeit versucht hatte zu verdrängen: Ganz in der Nähe wohnten Laras Eltern. Viel mehr wusste ich nicht von ihrer Familie.

Mein Magen zog sich schon wieder zusammen.

Ich schlug den Mantelkragen bis zum Gesicht hoch, obwohl die Frühlingssonne warm auf uns herabschien.

Espen, der alte Hallodri, hatte sich soeben mit der Begründung, er müsse noch arbeiten, aus dem Staub gemacht. Ich schwankte zwischen Missbilligung und Neid auf seine Sorglosigkeit, denn ich selbst hatte das Gefühl, dass ich es meiner Familie schuldig war, hierzubleiben. Schließlich waren alle extra für das Osterfest zusammengekommen. Onkel Oliver trällerte bereits lustige Lieder und meine drei Cousins machten sich einen Spaß daraus, Schneckenhäuser zu zertreten.

»Hört mal auf damit!«, ermahnte ich sie, weil meine Tante nichts sagte. »Die armen Tiere haben euch doch gar nichts getan.«

Meine Mutter nickte bekräftigend.

»Lasst uns lieber gucken, ob wir Ostereier entdecken«, versuchte ich die drei Rabauken abzulenken.

Espen und ich hatten zwischendurch heimlich ein paar Schokoladeneier und kleine Geschenke im Garten versteckt. In meiner Handtasche befand sich noch eine Tüte, die prall mit Ostereiern gefüllt war, sodass ich während des Spaziergangs immer wieder ein paar verstreuen konnte, um die Jungen bei Laune zu halten.

Sofort stürmten die drei los.

Es war einer der ersten schönen Tage des Jahres. Die Sonne schien durch das erste Grün der Bäume und wärmte mich. Behutsam setzte ich Fuß vor Fuß auf den Asphalt des abgelegenen Waldweges, den wir traditionell entlangspazierten.

Schade, dass Julius heute nicht bei mir sein konnte, auch wenn er eigentlich gar nicht so gern spazieren ging. Er fand es am schönsten, wenn wir eine entspannte Zeit in seiner Wohnung verbrachten, lange schliefen, Sex hatten, etwas Leckeres kochten und am Abend vielleicht ab und zu ins Kino gingen. Julius war wirklich ein Genießer, dachte ich schmunzelnd.

Dummerweise begann mein Knöchel schon bald zu schmerzen und mir wurde klar, dass ich nicht die gesamte Strecke schaffen würde.

»Es tut mir leid, aber ich muss umkehren«, sagte ich zerknirscht, woraufhin alle sich besorgt nach meinen Verletzungen erkundigten. Meine Tante bot an, mich zu begleiten, aber ich winkte ab. »Lass nur, es ist ja nicht weit. Wir sehen uns gleich wieder. Ich werde den Fuß ein wenig hochlegen.«

Ich drückte meiner Mutter die Tüte mit den Süßigkeiten in die Hand mit der Bitte, sie für die Jungs zu verstreuen. Mein Großvater gab mir den Haustürschlüssel und dann zog die ganze Truppe weiter.

Lächelnd schaute ich ihnen nach, denn trotz all ihrer Macken hatte ich meine Familie doch von Herzen gern. Selbst meinen Vater.

Dann machte ich mich auf den Rückweg zum Haus meiner Großeltern.

Ich hob gerade einen Regenwurm, der kurz vor dem Vertrocknen stand, vom Asphalt und setzte ihn auf den seitlichen Grünstreifen, als es auf einmal neben mir im Gebüsch knackte. Erschrocken zuckte ich zusammen und musterte mit klopfendem Herzen die Umgebung, doch da war nichts zu sehen. Nur der Erdwall neben der Straße und dahinter Büsche und Bäume. Vielleicht ein Vogel oder ein Reh? Verunsichert setzte ich meinen Weg fort, presste die Zähne zusammen und ärgerte mich, dass ich das Angebot meiner Tante, mich zu begleiten, abgelehnt hatte.

Wieder hörte ich ein Geräusch, irgendetwas raschelte da, doch durch die Büsche war nichts zu erkennen.

Mein Herz pumpte das Adrenalin durch die Adern. Ängstlich beäugte ich das Gebüsch auf der anderen Wegseite. »Ist da jemand?«, piepste ich und hielt mir die Seite meines Brustkorbes, an der die Rippen gebrochen gewesen waren.

Keine Bewegung, kein Geräusch mehr.

War es ein Tier? Vielleicht ein aggressives Wildschwein?

Oh Gott! Was, wenn es der Spanner war, der vor meinem Fenster gelauert hatte?

Mein Atem ging pfeifend. Wie erstarrt stand ich da und versuchte, im Gebüsch hinter dem Wall irgendetwas zu erkennen.

Ich musste weiter, musste zusehen, dass ich hier wegkam, aber vor Angst konnte ich mich nicht mehr rühren. Alles, was ich schaffte, war, das laute Schreien zu unterdrücken, das in meiner Kehle lag.

Machtlos

Lara

Das ging gar nicht. Das ging ja wohl so was von gar nicht! Ich hätte platzen können vor hilfloser Wut.

Mein großer Bruder stalkte meine beste Freundin, weil er dachte, sie wäre schuld an meinem Tod. Und ich konnte nicht mal eingreifen! Es war zum Aus-der-Haut-Fahren … wenn ich denn noch eine hätte.

Wie sollte ich guten Gewissens ins Licht gehen, wo doch Phina meinetwegen in größten Schwierigkeiten steckte?

Immer wieder versuchte ich sie auf mich aufmerksam zu machen. Immer und immer wieder. Und was tat die kleine Schnecke dann? Sie hielt ihr Gesicht mit diesem traurigen Blick, der mittlerweile anscheinend festgewachsen war, ins Licht und genoss die Wärme der Strahlen. Das war etwas, das selbst Tote zum Schreien bringen konnte.

Einmal dachte ich, dass Phina nun etwas merken würde, denn sie starrte das riesige Ausrufezeichen, das ich an ihre Kühlschranktür warf, ziemlich lange an. Doch dann klingelte das Telefon und sie wurde abgelenkt. Ihr Bruder war dran und fragte, ob sie sich schon um ein Geburtstagsgeschenk für ihre Großmutter gekümmert hätte und ob er sich daran beteiligen könne. Allerdings war er zurzeit mal wieder blank, aber er versprach ihr, dass sie das Geld zu Monatsanfang zurückbekommen würde.

Typisch Espen, dachte ich und wünschte, er wäre in der Nähe und könnte ein bisschen auf seine große Schwester aufpassen. Denn die steckte wegen David und meiner Dummheit ziemlich in der Klemme.

Dass mein Bruder sich Phinas Adresse besorgt hatte, sie beobachtete und sich vor ihrem Haus herumtrieb, war echt gruselig. Dass er ihr aber nun auch noch beim Osterspaziergang folgte, fand ich einfach nur krank. Zufällig hatte er sie aus der Ferne gesehen, während er gemeinsam mit Alexander und unseren Eltern ebenfalls einen Spaziergang gemacht hatte.

Meine Freundin wiederum hatte ihn nicht bemerkt. Sie bemerkte seit dem Unfall generell wenig. Hinzu kam, dass sie weder meine Eltern noch meine Brüder je getroffen hatte, weil ich in den letzten Jahren nach Möglichkeit vermieden hatte, nach Hause zu fahren.

Leider.

Nicht nur, weil mir mittlerweile klar war, dass sie mich trotz meiner Fehler liebten, sondern auch wegen Phina. Wenn David sie kennengelernt hätte, wüsste er, was für eine tolle, herzensgute Freundin sie war und würde nicht auf solch hirnrissige Ideen kommen.

Ich hatte meine Familie auf ihrem Osterspaziergang begleitet. Es war beinahe wie jedes Jahr gewesen, nur dass ich mich nicht mit den anderen unterhalten konnte. Und dass die Stimmung sehr gedrückt war. Immer wieder fing jemand davon an, was sie an Ostern schon gemeinsam mit mir erlebt hatten. Einmal war ich als Fünfjährige schon im Morgengrauen hinausgeschlichen, um den Garten nach Ostereiern abzusuchen. Stunden später hatten sie mich durchgefroren und weinend vor Enttäuschung, weil der Osterhase nicht gekommen war, auf der Terrasse entdeckt. Oder das eine Mal, wo ich dem großen Schokohasen von David den Kopf abgebissen hatte, weil meine Schokolade längst aufgefuttert war.

›Ich war das nicht! Das war bestimmt der kleine Zauberer‹, hatte ich behauptet, obwohl mein Gesicht von oben bis unten mit Schokolade verschmiert gewesen war. Alle hatten geschmunzelt, als meine Mutter vorhin davon erzählt hatte. Damals war David natürlich nicht amüsiert, sondern stinksauer gewesen. Ich spürte, wie sehr sie versuchten, ihre Trauer gemeinsam zu tragen und füreinander da zu sein. Aber David machte es ihnen nicht gerade leicht, so verschlossen, still und versunken in düsteren Gedanken, wie er gerade war.

Dann entdeckte er Phina und war wie ausgewechselt. Sein Blick war plötzlich hellwach und sein ganzer Körper stand unter Strom.

Bis dahin hatte ich gedacht, dass nun endlich Schluss wäre mit seinen Nachstellungen, besonders weil Alexander ihm erst vor Kurzem ins Gewissen geredet hatte. Unser großer Bruder war schon immer der Ruhigste und Besonnenste von uns dreien gewesen, während David hingegen schon immer zu Temperamentausbrüchen geneigt hatte.

Anscheinend hatte das Gespräch nicht geholfen.

»Ich komme gleich nach«, murmelte David mit grimmigem Blick und machte kehrt, um Phina und ihrer Familie zu folgen.

Alexander, der meine Freundin ebenfalls erkannte, versuchte ihn aufzuhalten. »Mensch, David, hör auf mit dem Scheiß! Das hätte Lara bestimmt nicht gewollt«, sagte er leise, damit unsere Eltern es nicht mitbekamen und sich noch mehr Sorgen machten.

Bingo! Ich wollte das nicht. Doch leider war ich zu dumm gewesen, vorherzusehen, was meine Bitte an Phina anrichten würde. Die heftigen Schuldgefühle wollten mich schier zerreißen.

Aber anders als neulich auf dem Friedhof, konnte Alexander David nicht mehr von seinem Vorhaben abbringen.

»Lass mich in Ruhe. Wenn du die Frau, die schuld am Tod deiner Schwester ist, einfach so davonkommen lassen willst: bitte schön«, schnauzte er Alexander an. »Aber ich werde sie fertigmachen.« Dann stapfte er unbeirrt davon.

Das war echt krass. So böse kannte ich ihn gar nicht. Ich blickte in sein Gesicht und musste feststellen, dass es ihm tatsächlich bitterernst war. Mein großer Bruder, der mich immer verteidigt und beschützt hatte (und sogar meinen ersten Freund vertrieben hatte …), – mein eigener Bruder wollte Phina etwas antun? Verdammte Scheiße, litt sie denn nicht schon genug?!

»Wo will David hin?«, fragte unsere Mutter verwundert.

»Ach, der braucht wohl noch mal ein bisschen Zeit für sich«, druckste Alexander herum und schaute ihm betreten hinterher.

Zunächst folgte David Phinas Familie in großer Entfernung. Doch als meine Freundin Anstalten machte, allein umzukehren, verbarg er sich flink im Gebüsch.

Stück für Stück kam Phina näher. Sie humpelte übel und wurde immer langsamer. Der Spaziergang schien sie überfordert zu haben.

Ihre Physiotherapeutin tat zwar, was sie konnte – sehr interessiert hatte ich ihre Arbeit an Phina beobachtet –, aber die Brüche und Prellungen brauchten eben ihre Zeit zum Heilen.

Das leise Rascheln, als David sich hinhockte, um nicht gesehen zu werden, schreckte Phina aus ihren Gedanken. Sie riss den Kopf hoch und fuhr herum. Misstrauisch beäugte sie den Teil des Waldrandes, in dem David sich versteckt hatte.

Am liebsten hätte ich ihr zugebrüllt, sie solle zusehen, dass sie hier wegkam, aber ich konnte nur stumm mit anschauen, wie sie sich David immer weiter näherte.

Ich wurde immer nervöser. »Nicht stehen bleiben!«, flehte ich stumm. »Sieh zu, dass du hier wegkommst!«, obwohl klar war, dass Phina meinem durchtrainierten Bruder noch nicht einmal mit unverletztem Bein hätte entkommen können.

Da konnte ich doch nicht untätig zusehen! Aber was zur Hölle sollte ich bloß tun?

Jetzt blieb sie auch noch genau auf seiner Höhe stocksteif stehen, als wäre sie eingefroren.

Lauf, Phina! Schnell! Bevor mein Bruder durchdreht!

Ich versuchte, David mit einem Lichtstrahl zu blenden. Aber es nutzte nichts. Er wandte den Kopf ein wenig und blieb unbeeindruckt. Mein nicht vorhandener Herzschlag raste. Verdaaaaammmt! In diesem Augenblick kamen meine Gefühle ziemlich nah an eine Panik heran.

Blitzschnell blendete ich nun Phina, die daraufhin einen Schritt zur Seite machte. Endlich kam wieder Leben in sie und sie ging weiter. Nervös beobachtete ich, was mein Bruder nun tun würde. Ich hätte schreien wollen vor hilfloser Ohnmacht.

Doch mein durchgeknallter Bruder blieb glücklicherweise im Gebüsch hocken und ließ sie ungehindert davongehen.

»Ich kann das nicht«, meinte ich ihn murmeln zu hören.

Erleichtert atmete ich auf.

Ich war schon immer der Meinung gewesen, dass er ziemlich impulsiv und leicht aufbrausend war, aber *so* hatte ich ihn noch nie erlebt.

Als Kinder hatten wir uns ständig geprügelt, während Alexander immer versucht hatte, unseren Streit zu schlichten. Später gelang es

David ziemlich gut, sein Temperament durch Sport zu kanalisieren. Mittlerweile ließ er sich nicht mehr ganz so leicht aus der Ruhe bringen. Das wäre beruflich auch inakzeptabel gewesen.

Ihn jetzt bei dieser schrecklichen Selbstjustiz zu erleben, machte mir Angst. Phina merkte noch nicht einmal etwas davon. Anscheinend war sie so gefangen in ihrer Trauer um mich – was wirklich schmeichelhaft war –, dass sie blind und taub für die Gefahr war, in der sie schwebte.

Ob David jetzt endlich Vernunft annehmen würde?

Jedenfalls hatte ich das gehofft, bis ich ihn ein paar Tage später bei der Arbeit besuchte.

»Wie geht es dir?«, erkundigte sich Davids Teampartnerin Inga, als er das Büro betrat. »Du siehst blass aus.«

Sie war eine hübsche junge Polizistin, deren dunkle Haare zu einem Pagenkopf frisiert waren. Nur ihr Gesicht war für meinen Geschmack ein klein wenig zu schmal.

»Ostern war nicht so toll«, murmelte David.

»Das erste Fest ohne deine kleine Schwester …«, sagte sie mitfühlend und er nickte.

»Was ist mit Laras Freundin passiert? Wird sie verurteilt werden, weil sie betrunken den Unfall verursacht hat?«

David schnaubte. »Du weißt doch, wie es läuft. Der Alkoholtest war angeblich negativ. Aber Bernd ist sich sicher, dass er etwas gerochen hat.«

»Scheiße«, sagte sie leise.

»Am schlimmsten ist es, sich nicht rächen zu dürfen«, sagte David und ballte die Hände zu Fäusten. »Du kannst dir nicht vorstellen, wie sehr ich mir wünsche zu sehen, dass diese Phina leidet und sich genauso hilflos fühlt, wie Lara es in den letzten Minuten ihres Lebens musste.«

»Das kann ich absolut verstehen«, sagte sie und legte ihre Hand auf seinen Unterarm. Ich hatte so eine Vermutung, dass sie auf meinen Bruder stand … »Weißt du, was? Ich werde dir helfen. Wenn ich da mal ein bisschen grabe, wird bestimmt etwas herauskommen, das wir gegen sie verwenden können«, schlug Inga vor. »Irgendwas hat doch jeder zu verbergen. Bestimmt trinkt sie öfter. Wer weiß, vielleicht nimmt sie sogar härtere Sachen?«

»Lieb von dir, aber lass mal«, erwiderte mein Bruder. »Ich regle das schon selbst.«

»Wirklich, David, ich kann dir da helfen!«, beharrte sie.

Ein Vorgesetzter kam herein und unterbrach das Gespräch.

Es blieb nicht die einzige Begebenheit an diesem Tag, die mir Sorgen bereitete, denn wenig später beobachtete ich, wie David einem Kollegen in den Weg trat, der ihm mit einem winzigen Röhrchen in der Hand entgegenkam.

»Hallo, Jonas«, begrüßte er ihn, »kann ich mir das vielleicht ausleihen?« Er deutete auf das Behältnis, das einer Parfümprobe stark ähnelte. »Ich möchte es nächste Woche mit in eine Schule nehmen, um den Jugendlichen zeigen zu können, wie unauffällig die Täter so etwas aufbewahren.«

»Die K.-o.-Tropfen?« Man sah dem anderen Polizisten seine Unsicherheit förmlich an.

Korrekterweise mussten solche Beweismittel sofort in die Asservatenkammer gebracht werden, das hatte mir David einmal erzählt. Nur bei schlüssiger Begründung und gegen eine Unterschrift wurden sie von dort wieder herausgegeben.

»Du weißt doch, dass ich da sonst nicht rankäme, aber ich finde es wichtig, den Schülern auch einmal so etwas zu zeigen.« Er sah seinem Kollegen gerade in die Augen. »Oder denkst du etwa, ich würde sie an jemandem ausprobieren wollen?«

Jetzt lachte der Kollege. »Nein, natürlich nicht.« Hahaha! Er gab David das Röhrchen.

Das wäre ja auch zu absurd. … Oder?

Ich verspürte ein eisiges Kribbeln, das meinen nicht vorhandenen Rücken hinunterlief.

Julius

Phina

»Lass uns mit Espen in die Sportsbar gehen«, schlug Julius vor, als er mich am letzten Wochenende der Osterferien besuchte. Er schob seine dunkle Brille mit dieser süßen Geste, die ich an ihm so liebte, weiter nach oben.

»Mhm«, murmelte ich und wandte mich wieder meinem Ordner zu, in dem ich gerade verzweifelt nach dem Blatt mit dem Frühlingslied suchte, das ich am Montag mit der vierten Klasse einüben wollte.

»Auf deinem kleinen PC-Bildschirm macht Fußballgucken echt keinen Spaß.« Er klickte sich auf meiner Startseite durch die Nachrichten. »Krass, da wurde schon wieder versucht, jemanden hier aus der Gegend zu entführen. Diesmal eine Frau, deren vierzehnjährige Tochter gerade an Krebs verstorben ist. Wie mies! Zum Glück ist es ihr mithilfe von aufmerksamen Passanten gelungen, dem Täter zu entkommen. Wusstest du, dass auf Entführung mindestens fünf Jahre Haft stehen? Total krank, so was. Allerdings wäre ich bei so einem Prozess gern einmal der Verteidiger. Das ist superspannend!«

Ich erinnerte mich an den Vorfall an Ostern. Was, wenn das im Gebüsch der Entführer gewesen war?

Als ich Julius am Abend davon erzählt hatte, machte der sich ein wenig lustig über mich und ich selbst hatte auch gedacht, dass ich wohl überreagiert hatte. Aber wo ich nun von diesem erneuten Entführungsfall hörte, war es vielleicht doch ganz gut gewesen, dass ich so schnell zum Haus meiner Großeltern zurückgehumpelt war.

Aber es war ja alles gut ausgegangen. Viel mehr Sorge bereitete mir gerade, wie die Schüler reagieren würden, wenn sie mich am Montag das erste Mal nach dem Unfall wiedersahen.

Gedankenversunken blätterte ich weiter. Irgendwo hier musste das Lied doch sein. Ich sollte mir wirklich dringend ein Ordnungssystem überlegen.

»Hey, Schatz, hörst du mir überhaupt zu?« Julius stand schmunzelnd auf, um mir einen Kuss in den Nacken zu geben.

»Entschuldige«, sagte ich zerknirscht, drehte mich zu ihm um und schlang die Arme um seine Taille. »Ich glaube, ich bin ein wenig aufgeregt, weil doch übermorgen die Schule für mich wieder losgeht.«

»Ach, das schaffst du schon«, munterte er mich auf und begann, mich zu küssen. »Du hast ja montags nur drei Stunden …« Seine Zunge drängte sich zielstrebig in meinen Mund, während seine Hand meinen Po knetete. »Wenn nicht gleich das Champions-League-Halbfinale mit Bayern München wäre, würde ich dich jetzt ins Bett zerren …«, raunte er an meinem Hals.

Ich verdrehte die Augen und schob ihn sanft, aber bestimmt von mir. In letzter Zeit hatte ich überhaupt keine Lust auf seine Zärtlichkeiten. Wenn ich ehrlich war, war das sogar schon vor dem Unfall so gewesen. Es musste an dem ganzen Stress wegen des Referendariats liegen. Wenn ich endlich mein Examen in der Tasche hätte, würde sich das bestimmt wieder ändern.

»Also, soll ich deinen Bruder anrufen, ob er mitkommt?«

»Wohin mitkommt?«

»Na, in die Sportsbar zum Fußballgucken«, wiederholte Julius geduldig.

»Muss das sein?«, fragte ich. »Ich habe noch so viel für die Schule vorzubereiten und hatte mich auf einen kuscheligen Abend mit dir gefreut.«

»Ach Phina, denkst du nicht, dass es Zeit wird, mal wieder rauszukommen? Dein Leben dreht sich nur noch um Schule und Laras Tod.«

Ich schluckte.

»Lara würde das auch nicht wollen, da bin ich mir sicher.«

»Das stimmt wohl, aber …«

»Siehst du! Und jetzt machst du dich noch ein bisschen hübsch. In zehn Minuten müssen wir los, sonst verpassen wir den Anpfiff.«

»Wie? Umziehen?«, fragte ich. Irritiert schaute ich an mir herab. Ich trug Jeans, Shirt und eine Strickjacke darüber. Was war daran nicht okay, um so in eine Kneipe zu gehen?

»Na ja, was hältst du von diesem kurzen Jeansrock, Stiefeln und dazu vielleicht ein enges Shirt?«, schlug er vor. »Hast schließlich keinen Grund, deine Figur zu verstecken. Ich bin nämlich sehr stolz auf meine wunderhübsche Freundin.«

Julius selbst trug ein blaues Hemd zu einer dunklen Stoffhose und sah darin sehr gepflegt aus.

»Okay …«, sagte ich zweifelnd, denn in figurbetonten Klamotten fühlte ich mich immer ein bisschen unwohl.

»Hopp, hopp!«, trieb Julius mich fröhlich an und gab mir einen Klaps auf den Hintern, woraufhin ich brav die Kleidung holte und dann ins Badezimmer trabte, um mich fertig zu machen.

Während ich mich umzog und ein wenig Make-up auflegte, hörte ich, wie Julius mit Espen telefonierte und sich mit ihm in der Kneipe verabredete.

Als wir wenig später die Sportsbar in Kiel erreichten, war Espen noch nicht da, was typisch für ihn war. Obwohl er nur ein paar Schritte zu gehen hatte, während wir mit dem Auto zwanzig Minuten unterwegs waren, schaffte er es nie, pünktlich zu sein.

»Moin«, begrüßte er uns, als er endlich die Bar betrat und zu uns an den Tisch kam. Wir hatten längst Getränke vor uns stehen und Julius schaute sich auf dem großen Fernseher konzentriert an, wie die Mannschaften ins Stadion einliefen.

Ich stand auf, um Espen zu begrüßen. »Hallo, Bruderherz!«, rief ich erfreut und ließ mich von ihm umarmen und einmal im Kreis schwenken.

»Wie geht es dir?«, erkundigte er sich, nachdem er mich wieder abgesetzt hatte.

»Ach, immer besser«, antwortete ich lässig, denn ich wusste, dass Julius immer ganz unruhig wurde, wenn die Rede auf meine Trauer um Lara kam. Es stimmte, körperlich ging es mir schon viel besser und ich hatte normalerweise keine Schmerzen mehr. Nur manchmal, wenn ich das Bein ungünstig bewegte, ziepte es.

Ich freute mich, meinen Bruder wiederzusehen, denn an Ostern hatten wir nur wenig Zeit zum Unterhalten gefunden.

Viel reden konnten wir in der Sportsbar dann allerdings auch nicht.

Julius und Espen blickten wie gebannt auf den riesigen Bildschirm über der Bar, stöhnten oft und jubelten zwei Mal. Währenddessen saß ich daneben, langweilte mich und ärgerte mich ein wenig über die verschenkte Zeit. Außerdem hasste ich es, dass meine beiden Begleiter ein Bier nach dem anderen tranken.

Schlecht gelaunt nippte ich an meiner Saftschorle. »Julius, das ist schon dein drittes, du wolltest doch nachher noch fahren«, flüsterte ich, als er sich ein weiteres Bier bestellte.

»Besser nicht«, kam seine Antwort. »Kannst du das nicht heute übernehmen?« Er schaute mich mit diesem bittenden Blick über den oberen Brillenrand an, dem ich nur schwer widerstehen konnte.

»Du weißt genau, dass ich seit dem Unfall Angst davor habe, Auto zu …« Ein lauter Aufschrei von Espen ließ mich stocken. Anscheinend hatte einer der Gegner gerade um Haaresbreite das Tor der Bayern verfehlt. Der Kopf von Julius war sofort zum Fernseher herumgefahren.

Als die Männer sich wieder beruhigt hatten, stupste ich meinen Freund anklagend an.

»Ach Schatz, ich bin ja bei dir«, versuchte Julius mich zu beruhigen, als er meinen flehenden Blick bemerkte. Dann wurde er schon wieder abgelenkt. Sein Lieblingsspieler war gerade von einem Gegner gefoult worden.

Mir war bewusst, dass ich mich ziemlich mimosenhaft anstellte und dass es schlimmer werden würde, je länger ich mich davor drückte.

Außerdem blieb mir auch gar nichts anderes übrig. Wie sollten wir sonst zurück nach Mühlensee kommen?

Espen und Julius waren in euphorischer Stimmung, denn die Bayern gewannen an diesem Abend. Es war richtig niedlich, wie sie sich freuten und einander abklatschten. Ihre jungenhafte Fröhlichkeit entschädigte mich für den vergeudeten Abend.

Zumindest, bis ich mich hinter das Steuer von Julius' 3er BMW setzte und das Gefühl hatte, keine Luft mehr zu bekommen. Ich musste mich geradezu dazu zwingen, den Wagen zu starten.

Meine Hände krallten sich so fest um das Lenkrad, dass ich kaum ausparken konnte. Zum Glück war Julius sehr geduldig mit mir und erzählte die ganze Zeit vom Spiel.

»Die Präsenz der Bayern auf dem Platz war wieder mal einfach überwältigend.« Er winkte Espen zu, der sich ebenfalls auf den Weg nach Hause machte.

Ich atmete tief durch, schaute ausgiebig nach links und rechts und bog langsam auf die Straße ein.

»Sie waren eindeutig das dominierende Team, nur in den ersten zwanzig Minuten kam noch etwas Gegenwehr.«

Ich schaltete in den zweiten Gang, bemüht, das Auto, das hinter mir herannahte, nicht allzu sehr zu behindern. Schweiß bildete sich auf meiner Stirn, obwohl meine Finger eiskalt waren.

»Danach haben die anderen echt keine Sonne mehr gesehen.«

Ich würde es schaffen. Ich würde uns sicher nach Hause bringen.

»Nur am Anfang hätten sie ein paar Mal beinahe ein Tor kassiert.«

Wenn es doch wenigstens noch hell wäre! Die Dunkelheit erinnerte mich zusätzlich an die Nacht des Unfalls.

»Aber die haben die Rechnung nicht mit unserem Torwart gemacht.«

Jetzt passierten wir das Ortsschild und ich musste beschleunigen.

»Gerade zum Ende hin hatten sie ein paar geniale Kombinationen.«

Mit peinlichen 60 km/h zockelte ich über die Landstraße, während mich ein Auto nach dem anderen überholte. Sollten sie doch. Sie hatten ja keine Ahnung, was ich gerade durchmachte.

»Schatz, wir sind jetzt nicht mehr im Ort, du darfst Gas geben.«

»Ich weiß«, grummelte ich mit der Nase an der Windschutzscheibe, ohne zu beschleunigen.

»So sind wir ja morgen noch nicht in Mühlensee.«

»Ich weiß!«, fauchte ich. »Du hättest ja darauf verzichten können, dich zu besaufen.«

»Also hör mal! Ich bin nicht betrunken.«

Ich knurrte nur, denn ich wollte mich nicht ablenken lassen.

Nach der Hälfte der Fahrt wurde ich richtig übermütig und beschleunigte auf 70 km/h.

Als ich das Auto endlich vor meiner Wohnung geparkt hatte, war ich schweißgebadet und zu Tode erschöpft. Das hier würde ich freiwillig nicht so schnell wieder machen.

»Na, war doch kein Problem, oder?« Julius stieg schmunzelnd aus dem Auto.

Ich seufzte. Doch. War es.

Schule

Phina

Am ersten Tag nach den Osterferien wurde ich auf dem mit Kinderbildern geschmückten Schulflur der Grund- und Gemeinschaftsschule Mühlensee von euphorischen »Rosi!«-Rufen begrüßt. Irgendwer aus der munteren Erstklässlerbande hatte vor einiger Zeit damit angefangen und es war mir bisher nicht gelungen, ihnen klarzumachen, dass sie mich gefälligst mit »Frau Rosenberg« anzureden hatten. Und wenn ich ehrlich war, fand ich es eigentlich ganz süß.

»Bist du endlich gesund?« Die kleine Emma sah sorgenvoll zu mir hoch.

»Ja«, erwiderte ich mit einem beruhigenden Lächeln. »Mir geht es gut.« In Gedanken kreuzte ich die Finger hinter dem Rücken.

Zumindest körperlich war alles gut verheilt.

»Hast du dich über unsere Briefe gefreut? Ich habe extra einen Glitzeraufkleber für dich darauf gemacht.«

»Oh ja, sehr, ich liebe Glitzer! Und dein Bild von mir mit Gitarre war toll.«

»Können wir heute in Musik etwas mit den Instrumenten machen?« Eine andere Erstklässlerin klammerte sich an mein gesundes Bein und sah mit ihrem Gib-mir-bitte-noch-mehr-Schokolade-Blick zu mir auf.

Mühsam kämpfte ich mich zur Tür des Lehrerzimmers vor. Nachdem ich mir auch das letzte kuschelbedürftige Kind vom Bauch gepflückt hatte, eilte ich hinein, um rechtzeitig vor Stundenbeginn ein paar Arbeitsbögen zu kopieren.

Als die Lehrerzimmertür hinter mir zugefallen war, umfing mich für einen Moment angenehme Ruhe.

Bis mir mein Musikmentor Markus Grenzer entgegenkam.

»Na? Endlich wieder da?«, fragte er mit hochgezogenen Augenbrauen und ruckte lässig den Kragen seines schwarzen Hemdes zurecht.

Er war fünfundfünfzig Jahre alt, mit kleinem Bauch, grauen Strähnen in den dunklen Haaren und einem Lächeln im Gesicht, das seine Augen nicht erreichte.

»Ja. Ich bin wieder gesund«, antwortete ich zurückhaltend.

Was sollte ich auf so eine Bemerkung auch antworten. Vielleicht: »Ich hab mir 'ne super Zeit gemacht. Richtig schicker Urlaub.«

Er folgte mir zum Kopierraum, der vom Lehrerzimmer abging. »Es wird nicht leicht sein, die verlorenen Wochen aufzuholen, Frau Rosenberg. Da müssen Sie sich ganz schön ranhalten.«

Warum nur fühlte sich sein Satz wie eine Drohung an?

Markus Grenzer war der Einzige aus dem ganzen Kollegium – mit Ausnahme des Rektors –, der mich siezte. Zum Glück war meine andere Mentorin supernett.

Ich nickte, biss die Zähne zusammen und legte den ersten Arbeitsbogen auf den Kopierer, während ich hoffte, dass Markus Grenzer endlich verschwinden würde. Zum Glück kam in diesem Moment die Kunstkollegin Susanne Thiele-Schmetzler herein und rief aufgelöst: »Markus, hast du schon gehört, dass der Cousin von Maher aus der 7c ermordet wurde?«

»Ja, das ist ungeheuerlich! Ich habe in der Zeitung gelesen, dass er erst gefoltert und dann später erstochen wurde.«

Ich schluckte. Oh Gott. Wer tat so etwas?

»Der arme Kerl! Er war erst fünfzehn, hat Maher gesagt, und hatte gerade seine Mutter verloren. Die ist auf der Flucht mit dem Schlauchbot im Mittelmeer ertrunken. Maher ist völlig durch den Wind.«

Meine Augen wurden feucht. Mit fünfzehn Jahren war man verdammt noch mal viel zu jung zum Sterben. War es eine rechtsextreme Tat? Oder vielleicht ein Streit unter Asylbewerbern?

»Na ja, so richtig gut bei der Sache war er ja noch nie«, gab mein Mentor zurück. »Wie leider auch der Rest der Klasse …«

»Tja, ja«, seufzte Susanne. »Früher hieß es ›Nach l, m, n, r das merke ja, kommt nie tz und nie ck.‹ Heute ist man schon begeistert, wenn die Kinder das Buch richtig herum aufschlagen. ›Fein gemacht, Shakira-Joline‹«, ätzte sie.

Über die undankbaren Gören der 7c lamentierend, verließen die beiden den Kopierraum. Ich atmete auf.

Kurz darauf traf ich Hanne, meine andere Mentorin, im Lehrerzimmer. Sie betreute mich im Fach Deutsch. »Wie geht es dir, Phina?«, erkundigte sie sich.

»Ach, ganz gut.« Ich schluckte gerührt, als sie mich in die Arme schloss.

Dann beäugte sie mich kritisch. »Denkst du denn, dass du dem Schulalltag schon wieder gewachsen bist? Du siehst blass aus.«

»Es wird schon gehen«, murmelte ich. »Die Kinder lenken mich ab und das ist gut.« Ich schenkte ihr ein schiefes Lächeln.

Klar tat es gut zu sehen, wie sehr die Kinder und Kollegen sich freuten, dass ich wieder da war. Aber es machte nichts ungeschehen.

Ein Gong signalisierte das Pausenende und ich sortierte rasch meine Materialien für die nächste Stunde.

»Phina, altes Haus!«, rief kurz darauf meine Lieblingskollegin Tine Scharf, die gerade aus der Pausenaufsicht kam, quer durch das Lehrerzimmer. »Schön, dass du endlich wieder da bist.« Sie umarmte mich stürmisch.

Tine hatte mich zu Hause besuchen wollen, aber ich hatte vorgeschoben, keine Zeit zu haben. Jetzt, wo sie vor mir stand und es mir besser ging, verstand ich mich selbst nicht mehr. Es tat gut, sie wiederzusehen.

»Geht es dir besser?«, fragte sie, ließ ihre Jacke auf den Stuhl neben mir plumpsen und strich sich die langen hellblonden Haare zurück.

Wenn mich das heute noch irgendjemand fragt, schreie ich.

»Jaja. Hattest du eine nette Pause?«, neckte ich Tine stattdessen mit einer Gegenfrage, da ich wusste, wie sie die Draußen-Aufsicht hasste.

Sie schnaubte genervt. »Stress bei den Großen. ›Alder, Frau Scharf, ich schwör', dass der Smombie da hinten schuld is'. Der, der immer voll den Niveaulimbo macht, hat jetzt auch noch Justin ihm seine Mudda beleidigt. Dabei geht der doch selbst bald hartzen, ey!‹«

Gekonnt äffte Tine den Tonfall des Schülers nach.

»Oje! Was hast du darauf geantwortet?« Mit einem schwachen Lächeln klemmte ich meine Schultasche unter den Arm.

Tine grinste verlegen. »Ich hab gefragt: ›Wen meinst du? Davon gibt's hier so viele …‹« Schuldbewusst hob sie die Schultern.

Ich kicherte und war selbst erschrocken über das ungewohnte Geräusch. Wann hatte ich das letzte Mal gelacht? Es schien eine Ewigkeit her zu sein.

»Due Pupille amabili …«, sang ich am nächsten Abend im Dorfgemeinschaftshaus vor. »Etwas mehr Leichtigkeit!«

»Due Pupille amabili …«, wiederholten die Chormitglieder des Singkreis Mühlensee den Abschnitt aus einem Mozart-Nocturno, und ich war entzückt, auch wenn Frau Berger immer noch einen Halbton zu tief sang, Frau Schatkowski etwas schrill klang und Herr Schulenburg den Text ohne seine Lesebrille nicht erkennen konnte. Aber sie sangen mit Inbrunst und das war schließlich das Wichtigste.

»Ja! So klingt es schon viel besser!«, rief ich und dirigierte mit großen Bewegungen eine Steigerung. »Mehr Gefühl! Es geht schließlich um eine Liebeserklärung.« Als das Lied vorbei war, ließ ich die Arme sinken. »Das war wunderbar, meine Herrschaften. Bald können wir beim ›Supertalent‹ auftreten.«

Die älteren Damen und Herren lachten und griffen nach ihren Jacken, um sich auf den Weg zum Dorfkrug zu machen, in dem sie den Chorabend traditionell ausklingen ließen.

›Stimmbänder ölen‹, nannten sie es.

»Wie geht es dir, Phina?«, fragte Willie und legte ihre Noten auf den Stapel.

Wie mir diese Frage mittlerweile zum Hals heraushing! »Ach … ganz gut«, antwortete ich, nahm meinen Rucksack und folgte ihr zur Tür. »Nur sprinten kann ich noch nicht.« Ich lächelte ihr zu und hoffte, dass es nicht zu verkniffen aussah.

»Kommst du mit auf ein Getränk?« Sie hielt mir die Tür auf. Draußen war es mittlerweile dunkel geworden.

»Aber nur kurz, ich muss morgen früh raus. Schule, du weißt ja.« Ich löschte das Licht und schloss das Dorfgemeinschaftshaus ab.

Die Treffen im Dorfkrug waren jedes Mal sehr lustig und lenkten mich zuverlässig von meinen traurigen Gedanken ab. Wie eine warme Decke umgab mich die Gesellschaft der freundlichen Menschen. Viel zu schnell musste ich mich verabschieden.

»Bis nächste Woche, Phina!«, riefen die anderen mir fröhlich hinterher.

Ich winkte ihnen zum Abschied zu und machte mich dann zu Fuß auf den Weg nach Hause. Draußen war es dunkel und angenehm still. Kein Mensch oder Auto weit und breit. Nur die Lichter der Straßenlaternen durchbrachen die Finsternis.

Gedankenversunken ging ich die Straße entlang und überlegte, ob es sinnvoll wäre, für den Einstieg in meine morgige Musikstunde ein Rätsel zu wählen oder besser ein passendes Lied, als ich auf einmal Schritte hinter mir hörte. Ich blickte zurück und sah einen großgewachsenen, dunkel gekleideten Mann mit Schal vor dem Mund. Mein Nacken kribbelte.

Okay, Phina. Da geht gerade einer zufällig in die gleiche Richtung wie du. Nichts Außergewöhnliches. Kein Grund, nervös zu werden.

Trotzdem ließ sich dieses mulmige Gefühl nicht abschütteln. Unauffällig beschleunigte ich meine Schritte und ignorierte die Stiche in Brustkorb und Bein. Aber der Abstand zu dem Fremden verringerte sich nicht, wie mir ein verstohlener Blick über die Schulter zeigte. Folgte er mir etwa wirklich?

Weshalb war ich bloß in dieses ausgestorbene Kaff gezogen?! Jetzt rannte ich fast.

Ob mich jemand hören würde, falls ich um Hilfe schrie, weil er mich angriff? Mittlerweile pfiff mein Atem und ein glühendes Schwert bohrte sich in mein noch nicht vollständig verheiltes Bein. Irgendwie musste ich ihn abhängen.

Ob er den winzigen Zwischengang Richtung Supermarkt kannte? Allerdings war es da wirklich finster und es gab keine Ausweichmöglichkeit, bis man das Geschäft erreicht hatte.

Ich entschied mich, stattdessen auf die Dorfstraße abzubiegen, dort gab es eine kleine Pizzeria, die hatte bestimmt noch geöffnet.

Ich warf einen ängstlichen Blick über meine Schulter. Der Fremde folgte mir immer noch. Jetzt bestand kein Zweifel mehr, er war mir auf den Fersen.

Ich begann zu laufen, obwohl mein kaputtes Bein mich kaum noch tragen wollte. Es waren nur noch ein paar Meter bis zum Lokal, aber der Mann ließ sich nicht abschütteln. Ich rang nach Luft.

Das Bein knickte unter mir weg und ich stolperte. Irgendwie gelang es mir, mich abzufangen, aber da hatte der Vermummte mich bereits erreicht. Grob packte er mich am Oberarm.

Ich versuchte mich aus seinem Griff zu winden, aber er war zu stark. Laut schrie ich um Hilfe, versuchte, mit der freien Hand nach ihm zu schlagen, doch es gelang mir nicht, ihn abzuschütteln. Mit letzter Kraft stemmte ich das gesunde Bein in den Boden und rammte ihm das andere in die Weichteile.

Endlich ließ er mich los.

Während er sich noch schmerzerfüllt krümmte, stolperte ich auf den Eingang der Pizzeria zu. Das verletzte Bein fühlte sich an wie Pudding.

Keuchend und schweißgebadet riss ich die Tür des Lokals auf und stürmte hinein.

Die Anwesenden wandten sich erstaunt zu mir um. Abrupt blieb ich stehen und schaute, ob mein Verfolger hereinkommen würde. Doch es war niemand zu sehen.

Zitternd rieb ich mir über die schweißfeuchte Stirn.

»Hallo, Frau Rosenberg! Schließen Sie doch die Tür, es wird ja ganz kalt«, ertönte eine Männerstimme.

Der Elternvertreter der 1b saß mit Gattin und ein paar Freunden am Fenstertisch und blickte mir grinsend entgegen.

Ich zwang mich, zurück zur Tür zu gehen, um sie zu schließen. Hier im Lokal würde es der Fremde wohl kaum wagen, mich anzugreifen, oder? Als ich einen kurzen Blick nach draußen warf, war niemand mehr zu sehen.

Was hatte der Typ bloß gewollt? War es der Spanner von meinem Fenster gewesen? War es ein Triebtäter? Ein Psychopath? Oder war alles ein Irrtum?

Bis jetzt hatte ich immer an das Gute im Menschen geglaubt, aber dieser Vorfall hatte mir wirklich Angst gemacht.

»Frau Rosenberg? Ist alles in Ordnung?«, fragte der Elternvertreter jetzt besorgt.

Ich versuchte mich zusammenzureißen. »Guten Abend.« Ich trat näher und begrüßte alle mit Handschlag.

»Wollen Sie sich nicht zu uns setzen?«

»Nein danke, ich muss gleich weiter. Ich wollte …« *nur Schutz vor einem Triebtäter suchen?* Mhm. Das klang irgendwie ziemlich krass und ich hatte Angst, dass ich mich irrte und nachher dumm dastehen würde. »… mir nur rasch eine Außer-Haus-Karte holen«, log ich stattdessen.

Und ich würde mir ein Taxi rufen, denn zu Fuß bekamen mich keine zehn Pferde mehr allein hinaus.

Ich verabschiedete mich und ging zur Theke, um mir einen Flyer zu holen. Die Bedienung war so nett, mir ein Taxi zu rufen.

Blöd, dass Julius über eine Stunde entfernt in Hamburg wohnte. Wie gern hätte ich mich jetzt von ihm abholen lassen.

Während ich wartete, rief ich Tine an.

»Mich hat gerade so ein merkwürdiger Typ verfolgt!«, berichtete ich aufgelöst. »Jetzt hab ich total Schiss, wieder rauszugehen.«

»Wo bist du denn? Soll ich dich abholen?«, fragte Tine gähnend.

»Brauchst du nicht, gleich kommt ein Taxi, aber kannst du mich bitte ein wenig ablenken, sonst heul ich hier gleich in der Öffentlichkeit los.«

»Was ist passiert?«

»Der Typ ist mir gefolgt und hat versucht, mich festzuhalten!«

»War der vielleicht besoffen oder nicht ganz dicht?«

»Du glaubst mir nicht?«

»Na ja, seit dem Tod deiner Freundin verhältst du dich ein bisschen merkwürdig. Bist du sicher, dass du das Ganze seelisch verkraftet hast?«

»Du nimmst echt kein Blatt vor den Mund«, maulte ich verstimmt, weil ich mich ertappt fühlte.

»Nee, kennst mich doch!« Sie lachte, während ich noch überlegte, ob sie recht haben könnte.

»Ich glaube nicht, dass es ein Irrtum war«, sagte ich schließlich. »Der Typ hat mich so stechend gemustert. Es wirkte, als wüsste er ganz genau, was er tut.« Wieder lief mir ein Schauder den Rücken hinunter. »Morgen gehe ich zur Polizei.«

»Meinst du, die finden den noch?«

»Eher nicht, aber ich würde mich besser fühlen«, erwiderte ich erschöpft.

Tine blieb netterweise in der Leitung und erzählte mir davon, dass sich ihr Meerschweinchen Paul leider als Paula entpuppt hatte und nun trächtig von Tines anderem Meerschweinchen war.

»Oh, wie süß, Meerschweinchenbabys!«, freute ich mich und öffnete behutsam die Tür des Lokals, um zu gucken, ob das Taxi schon da war.

Es bog soeben um die Ecke.

»Das Taxi ist da.« Ich winkte dem Elternvertreter noch einmal höflich zu und wagte mich mit Tine am Ohr hinaus in die Dunkelheit. Nervös schaute ich nach rechts und links, aber außer dem Taxifahrer, der gerade am Straßenrand hielt, und einem Pärchen in einiger Entfernung war niemand zu sehen. Trotzdem ließ sich die Angst, die in meinem Magen rumorte, nicht unterdrücken.

»Alles klar, dann kann ich jetzt ins Bett?«

»Danke, dass du drangeblieben bist, Tine«, sagte ich ernst.

Dann verabschiedeten wir uns und ich stieg in das Taxi.

Nachdem ich gleich am nächsten Tag bei der Polizei gewesen war, die mir natürlich nur wenig Hoffnung hatte machen können, dass sie den Angreifer finden würde, beschloss ich, dass ich vorsichtiger sein musste.

Die erste Woche nach den Osterferien verging wie im Flug. Sehr schnell hatte ich mich in der Schule wieder eingelebt und eigentlich lief alles in geordneten Bahnen. Ab und zu gelang es mir sogar, Lara aus meinen Gedanken zu verbannen. Allerdings wagte ich mich im Dunkeln nicht mehr allein aus dem Haus.

Am Freitag hatte ich Pausenaufsicht.

»Marie läuft mir die ganze Zeit hinterher!«

»Aber ich will Leonie doch nur was sagen!«

Während ich mich gerade bemühte, einen Streit zwischen Grundschülern zu schlichten, bemerkte ich ganz am anderen Ende des Hofs einen Fremden mit Bart und einem dunklen Baseballcap auf dem Kopf. Ich sagte den beiden Streithammeln, dass ich gleich wiederkäme und ging zu ihm, um zu fragen, ob ich ihm helfen könne. Unbekannte Menschen waren auf dem Schulhof nicht gern gesehen.

Als sein Blick auf mich fiel, meinte ich für einen Moment etwas Finsteres darin zu erkennen, dann wandte er sich sofort ab und ging davon. Wer war das? Ich konnte mich nicht erinnern, ihm schon einmal begegnet zu sein. Was hatte dieser stechende Blick zu bedeuten gehabt?

Doch da war er schon hinter der nächsten Hausecke verschwunden. Ich schluckte.

Mir kam die Gestalt an meinem Fenster in den Sinn. Und der Typ, der mich Dienstagabend verfolgt hatte. Hatte der vielleicht einen Bart hinter dem Schal verborgen? Ein eisiges Gefühl kroch meinen Rücken hinauf.

In letzter Zeit fühlte ich mich oft beobachtet. Manchmal wohlwollend, als wäre es jemand, der es gut mit mir meinte. Manchmal aber fühlte es sich bedrohlich an. Böse.

Vielleicht hing es mit Laras Tod zusammen? Hatten Tine, Julius und meine Mutter recht damit, dass ich besser zu einem Psychiater gehen sollte? Aber da hatte ich wegen meines Vaters schon zu viel Zeit verbracht. Darauf hatte ich eigentlich überhaupt keine Lust mehr.

Ich verschob die Entscheidung auf später und wandte mich wieder den beiden kleinen Mädchen zu, die sich immer noch angifteten, um ihren Streit zu schlichten.

Nach der letzten Stunde sah ich eine Nachricht meines Bruders auf meinem Handy:

Boah, endlich Wochenende! War ’ne anstrengende Woche. Einer meiner Schützlinge wurde mit Drogen erwischt.

Während ich ihm antwortete, kam Tine ins Lehrerzimmer gestürmt – energiegeladen wie immer.

»Hey, Phina, hast du morgen Abend schon was vor?«

»Ausruhen«, antwortete ich, ohne vom Handy aufzusehen, und tippte meine Nachricht zu Ende:

Ha! Versuch doch erst mal, am Freitag in der fünften Stunde siebenundzwanzig erschöpften Erstklässlern die Tiefgründe des Lesen und Schreibens zu verdeutlichen und für eine angemessene Arbeitsruhe zu sorgen, dabei gleichzeitig Benjamin auf sanfte Art unter dem Tisch hervorzuziehen, Justus davon abzuhalten, Sam eine Kopfnuss zu verpassen, und Sina zu trösten, die weint, weil ihre Heftseite voll ist und sie nicht weiß, dass man dann umblättern darf.
In genau diesem Moment stellt man fest, dass der Arbeitsauftrag »Vornamen rückwärts lesen und aufschreiben« nicht gut gewählt war, weil man nicht bedacht hat, dass es eine Lana in der Klasse gibt. Und die ganze Zeit muss man eigentlich dringend aufs Klo …

»Ach, komm schon, es wird Zeit, dass du mal wieder rauskommst«, meinte Tine, die sich mittlerweile den Kaffeerest aus der Kanne eingegossen hatte. »Arne, Sabrina und ich wollen ins ›Blue Moon‹ nach Kiel. Da gibt es morgen eine 90er-und-2000er-Party und bis dreiundzwanzig Uhr Freigetränke für die Damen.« Sie nahm einen Schluck Kaffee, verzog das Gesicht und schüttelte sich. »Bäh. Miese Brühe.« Angewidert schüttete sie den Rest weg.

Soeben kam Espens Antwort auf meine Nachricht:

Klingt nach einem deiner ruhigeren Tage.

Ich schnaubte und steckte mein Handy weg. »Ich weiß nicht«, sagte ich zu Tine, »ich bin echt …«

»Mensch, Phina, sei keine Spaßbremse. Ich hol dich auch ab. Du solltest so langsam wieder anfangen, das Leben an dich heranzulassen.«

Ich seufzte. Eigentlich war mir von Anfang an klar gewesen, dass ich Tines Überredungskünsten nichts entgegenzusetzen hatte. Und vielleicht hatte sie sogar recht. Eine Nacht im Club würde mich von meinen düsteren Gedanken und Ängsten ablenken.

Julius war mit zwei Freunden über das Wochenende im Urlaub, weshalb ich machen konnte, was ich wollte.

»Aber du fährst und ich möchte spätestens um drei Uhr aufbrechen, ich hab nächste Woche eine Vorführstunde.«

»Na also!«, rief Tine im Weggehen. »Wer weiß: Vielleicht begegnet dir dort deine große Liebe?«

»Hau bloß ab!« brüllte ich ihr hinterher. »Sonst überlege ich es mir noch anders!« Sie wusste ganz genau, dass ich einen Freund hatte.

Lässig hob Tine die Hand und winkte mir fröhlich zu, bevor sie mich allein im Lehrerzimmer zurückließ.

Sie hatte Julius vor einiger Zeit kennengelernt, aber die beiden hatten keinen Draht zueinander gefunden, was ich sehr schade fand. Bei Lara war es leider auch so gewesen.

Lara.

Ich schluckte, während eine einsame Träne über meine Wange lief.

Blue Moon

Phina

»Phina, dubisssooosüß!«

Behutsam schob ich Arnes betrunkenes Gesicht aus meinem Dekolleté. »Das ist wirklich sehr lieb von dir, aber …«

»Ich glaub, du bisss echt 'ne Frau zum Heiraten.«

Wegen der ohrenbetäubenden Musik im ›Blue Moon‹ konnte ich ihn kaum verstehen. Jetzt versuchte er auch noch, mir einen Kuss auf die Wange zu geben.

»Und *ich* glaube, dass du jetzt lieber auf Cola umsteigen solltest.«

»Nee, im Ernst, du bisssas hübscheste Mädel weit und breit und mit dir kann man auch noch so gut reden«, lallte er mir ins Ohr.

Ich seufzte. Es war wohl eher so, dass *er* gut reden konnte. Ich brauchte gar nicht viel zu sagen.

Um mich herum tobte die Party, unzählige Menschen drängten sich im Club, tanzten ausgelassen zur Musik, während ich mit einer Apfelschorle und meinem besoffenen Kollegen am Tresen saß und mir dessen Lebensgeschichte anhörte.

Aber so war es leider oft, sinnierte ich. Die anderen redeten und ich hörte zu. Ständig fühlte ich mich für die Stimmung aller verantwortlich. Wenn ich nur nett und fröhlich genug beziehungsweise eine gute Zuhörerin wäre, so dachte ich, wären alle glücklich. Waren sie es nicht, dann hatte ich es nicht gut genug gemacht und musste mir mehr Mühe geben. Ich war diejenige, die von den Betrunkenen vollgelabert wurde und diejenige, mit der es keine Gesprächspausen gab.

Das war vermutlich die Schuld meines Vaters, aber vielleicht lag es auch daran, dass ich mich schon als Jugendliche um meinen jüngeren Bruder hatte kümmern müssen. Unsere Mutter hatte schon vor der Trennung in Vollzeit gearbeitet, damit wir über die Runden kamen, und wenn sie heimkehrte, war sie erschöpft gewesen und hatte oft Kopfschmerzen gehabt. Jetzt, wo wir aus dem Haus waren, hatte sie es leichter und konnte wieder an ausgefallenen Volkshochschulkursen teilnehmen. »Epochen der Philosophie: von der Postmoderne zum Transhumanismus«, hieß der aktuelle, hatte sie mir kürzlich am Telefon berichtet.

Ich wurde von meinem Kollegen aus den Gedanken gerissen, der soeben seine Finger auf meinem Knie platziert hatte.

»Arne, du hast eine Freundin«, erinnerte ich ihn.

»Die würde ich für dich sofort verlassen«, beteuerte er.

»Ja, sicher. Aber ich bin auch in festen Händen.« Energisch schob ich seine Pranke weg und ließ meinen Blick suchend über die Tanzfläche gleiten. Wo waren bloß Tine und Sabrina, wenn man sie brauchte?

»Dein Freund ist doch nie da.« Arne versuchte, mich auf die Wange zu küssen.

»Ich muss mal aufs Klo«, mogelte ich mich aus der unangenehmen Situation heraus.

»Kommssu gleich wieder?« Erneut der Hundeblick, der meinen Helferreflex auslöste.

»Klar.« *Argh!* Innerlich schlug ich mir die Hand vor die Stirn. *Phina, was redest du denn da schon wieder?*

Manchmal kamen ganz andere Worte aus meinem Mund, als ich gern sagen wollte. Nein, ich wollte *nicht* gern wieder zu ihm an den Tresen kommen und mir seine trunkenen Avancen antun.

Mit hängendem Kopf drängte ich mich durch die Menschenmassen, die jeden Samstag das ›Blue Moon‹ bevölkerten, Richtung WC und wünschte mich in mein kuscheliges Bett. Die laute Musik, das Gedränge und die Duftmischung aus Kunstnebel, Parfüm und Schweiß bereiteten mir Kopfschmerzen. Doch ein kurzer Blick auf meine Uhr zeigte, dass ich noch zwei Stunden durchhalten musste.

Ich hatte keine Lust zu tanzen. Früher, mit Lara, war das anders gewesen. Da hatten wir manchmal bis zum Morgengrauen durchgetanzt. Mit ihr konnte man unglaublich gut feiern und Spaß haben. Sich in der Musik verlieren, seinen Körper die Kontrolle übernehmen lassen.

»Kannst du mir sagen, wo hier die Toiletten sind?« Eine tiefe Stimme dicht an meinem Ohr ließ mich zusammenfahren. Ich roch ein angenehmes Aftershave und jemand berührte leicht meine Schulter.

Überrascht hob ich den Kopf und blickte in die wohl schönsten himmelblauen Männeraugen, die ich je gesehen hatte. Auch der Rest war äußerst ansprechend, stellte ich fest. Ein junger Mann vom Typ durchtrainierter ›Surferboy‹. Er war braun gebrannt und besaß ein kantiges Gesicht, das von kinnlangen, sonnengebleichten Haaren umrahmt wurde. Er sah aus, als käme er direkt vom Strand. Ein ziemlich hochgewachsenes Exemplar!

»Die Toiletten?«, wiederholte er seine Frage geduldig, weil ich ihn immer noch anstarrte.

Endlich begannen meine Gehirnwindungen wieder zu arbeiten.

»Äh, ja«, stotterte ich verlegen. »Dort entlang. Ich wollte auch gerade …« Ich brach ab, denn er war nicht der Typ Mann, mit dem man sich über solche Dinge unterhielt.

»Bist du öfter hier?«, fragte er freundlich und blickte mir dabei tief in die Augen, was mein Sprachzentrum erneut ins Koma schickte.

Daher beschränkte ich mich auf ein Nicken. Gern hätte ich ihm erzählt, dass es mich etwa einmal im Monat hierher verschlug, dass ich sonst immer mit meiner besten Freundin hergekommen war, die aber jetzt leider tot war und dass ich noch nie einen so attraktiven Mann wie ihn getroffen hatte. (Äh, Halt! Letzteres hätte ich ihm wohl nicht sagen wollen.) Also ein bisschen geistreiche Konversation eben, die ihm zeigen konnte, dass ich eine tolle Frau war und … *Stopp, Phina!* Herrje, was hatte der Typ an sich, dass meine Hormone gleich einen Sprint hinlegten? Schließlich war ich doch in festen Händen!

Aber natürlich kam kein Wort aus meinem Mund, während ich durch die zuckenden Lichtblitze eines Stroboskops neben ihm her Richtung WC stakste. Stattdessen deutete ich zur Tür mit dem stilisierten Männchen darauf und nickte ihm lediglich mit einem schüchternen Lächeln zu, bevor ich hastig in der Damentoilette verschwand.

Als ich in der Kabine allein war, schlug ich mit dem Kopf gegen die Trennwand. »Du bist die dämlichste Kuh auf Gottes weiter Wiese,

Phina Rosenberg«, schimpfte ich, bis aus der Nebenkabine jemand wissen wollte, ob bei mir alles in Ordnung sei.

Der Surferboy war gar nicht meine Preisklasse und überhaupt hatte ich doch Julius, dachte ich, während ich auf das Poster an der Toilettentür starrte, das die Vorteile von Kondomen pries. (Nicht gerade hilfreich in diesem Moment.)

Nachdem ich mir ein wenig Wasser auf die erhitzten Wangen gespritzt hatte, wagte ich mich zurück an die Theke zu meinem betrunkenen Kollegen. Vom Surferboy war nichts mehr zu sehen.

»Du siehsss heute echheiß aus, Phina!«, fuhr Arne fort, mir gelallte Komplimente ins Ohr zu brüllen.

Ich sah an mir herab. Mein weißes Spaghettiträger-Kleidchen schimmerte bläulich im Discolicht.

Beim Anziehen vorhin hatte ich wahllos in den Kleiderschrank gegriffen. Es war mir egal gewesen, was ich trug. Doch als Tine kam, um mich abzuholen, und mich in Jeans und T-Shirt vorfand, hatte sie meinen Schrank aufgerissen und stattdessen dieses Kleid hervorgezogen.

»Das da ziehst du an!«, hatte sie befohlen und ich hatte achselzuckend gehorcht.

Jetzt bereute ich es, denn es war mir unangenehm, dass es Arne kaum gelang, seinen Blick von meinem – zugegebenermaßen etwas gewagten – Ausschnitt abzuwenden.

»Hallo«, ertönte da eine dunkle Stimme, die mir eine wohlige Gänsehaut auf den Armen erzeugte. Der Surferboy hatte sich direkt neben mich an die Theke gesetzt. Langsam drehte ich mich zu ihm um. »Ich wollte mich bedanken, dass du mir vorhin so nett weitergeholfen hast. Darf ich dich zu einem Glas Prosecco einladen?«

Neben ihm stand eine hochgewachsene Brünette, deren Gesicht ich nicht erkennen konnte, weil sie sich gerade mit dem Barkeeper unterhielt. Sie trug ein Minikleid in Pink mit geradem Ausschnitt und langen Ärmeln und hätte mit ihrer Modelfigur hervorragend zum Surferboy gepasst. Ich hatte keine Ahnung, warum er stattdessen mit mir sprach.

»Äh … Nein danke«, winkte ich ab, doch er hatte meine Antwort gar nicht abgewartet, sondern gleich beim Barkeeper bestellt.

Erst kam es zu einer kleinen Verwechslung, denn die Dame in Pink dachte, es wäre ihr Glas. Als sich alles aufgeklärt hatte, reichte er es mir mit einem so gewinnenden Lächeln, dass ich ihm nicht sagen mochte, dass ich keinen Alkohol trank. »Ich bin übrigens Ben.«

»Phina.«

Wir stießen an und ich tat, als würde ich am Sekt nippen.

»Phina ist aber ein ungewöhnlicher Name.«

Wieder war ich nur zu einem Nicken in der Lage.

Wenn ich nicht so schüchtern gewesen wäre, hätte ich ihm nun ausführlich und spritzig erklärt, dass es sowohl eine Kurzform von Josephina als auch eine Abwandlung vom spanischen Fina war, was so viel wie fein oder zart bedeutete. Meine Eltern fanden das passend, weil ich schon bei meiner Geburt nicht gerade die Größte gewesen war. Außerdem hatte meine Mutter zu dieser Zeit ihre ›spanische Phase‹, wie Espen und ich zu sagen pflegten, was bedeutete, dass sie damals einen Spanischkurs an der Volkshochschule belegt hatte. Mein Bruder entstammte der ›dänischen Phase‹. (Beide waren wir froh, nicht der ›Yoga-Phase‹ oder der ›Gesund-durch-richtige-Ernährung-Phase‹ zu entstammen. Dann hätten man uns vielleicht ›Sonnengruß‹ oder ›Grünkernbratling‹ gerufen …)

Doch weil Bens tiefe Blicke mir die Worte raubten, sagte ich wieder einmal nichts und merkte selbst, wie uninteressant ich war.

Zum Glück kam in diesem Augenblick Tine und erlöste mich. »Eigentlich wollte ich dich fragen, ob du mit tanzen kommen magst, aber wie ich sehe, hast du bessere Gesellschaft.« Sie zwinkerte mir vielsagend zu.

Bitterböse funkelte ich zurück. »Nein, nein, schon gut, ich komme mit.« Meine Stimme kiekste etwas.

Rasch floh ich vor dem Traummann zur Tanzfläche. Den Prosecco ließ ich einfach stehen.

»Jetzt erzähl schon: Wer ist denn dieses Sahneschnittchen?«, rief Tine mir zu und deutete mit leuchtenden Augen auf Ben, während sie sich im Takt der Musik bewegte. Er sprach gerade mit dem brünetten Model. Anscheinend waren die beiden miteinander bekannt.

»Keine Ahnung!«, brüllte ich gegen den Lärm der hämmernden Bässe zurück. »Ich kenn ihn gar nicht, hab ihm nur den Weg zum Klo gezeigt.«

»Zum Klo«, echote sie pikiert.
»Mhm«, machte ich bestätigend.
»Und was hat er noch gesagt?«
»Er hat gefragt, ob ich öfter hier bin.«
»Und was hast du gesagt?«
»Ich habe genickt.«
»Genickt?«, fragte sie ungläubig.
»Genau.«
»Na, besser als gar nichts.«
»Und dann hat er mich gefragt, ob er mir einen Drink spendieren dürfe.«
»Und?« Tine fielen fast die Augen aus vor Neugierde.
»Ich hab Nein gesagt.«
»Du hast WAS?« Sie brüllte lauter, als es notwendig gewesen wäre, um gegen die Musik anzukommen.
»Nein gesagt«, wiederholte ich verlegen.
Sie stieß die Luft aus. »Na ja, das ist schon mal wesentlich eloquenter als ein Nicken. Bei dieser Steigerung deiner kommunikativen Fähigkeiten schaffst du es vielleicht schon morgen, einen ganzen Satz zu ihm zu sagen.«
Ich schnitt eine Grimasse. »Er hat es ja trotzdem getan.«
Fragend sah sie mich an.
»Na, mir einen Drink spendiert.«
»Der ist aber hartnäckig!«
Ich zuckte mit den Schultern. »Jetzt bin ich ihn ja los.«
Tine grinste und schüttelte den Kopf. »Ich fürchte, nein.« Sie deutete mit dem Kinn hinter mich.
Das Schlimmste ahnend, drehte ich mich um. Und richtig: Da nahte der Surferboy mit meinem Glas Prosecco in der Hand. Zum Niederknien gut aussehend und dabei auch noch unglaublich lässig.
»Möchtest du den nicht noch austrinken?«, fragte Ben mit einem Blick, der meinen Magen flattern ließ, und hielt mir den Sekt entgegen.
Trotzdem gelang es mir, mich zusammenzureißen und mit dem Kopf zu schütteln.
Ich verstand nicht, was hier geschah. Was wollte dieser Mann, der vermutlich jede einzelne Frau im Club hätte haben können, von *mir*? Okay, das Kleid war toll, aber es steckte immer noch nur ich darin.

Verwirrt ließ ich mir das Glas in die Hand drücken.

»Magst du tanzen?«, fragte Ben mit einem Lächeln, das einem die Knie weich werden ließ.

Ich war drauf und dran, mich umzudrehen und nachzusehen, wen er meinte, bis mir aufging, dass er tatsächlich mit mir sprach. Tine hinter mir seufzte entzückt.

»Äh …« Ich spürte einen Stoß in meinem Rücken. Tine. »Ja, gern. Aber ich muss bald los.« Ein Stöhnen hinter mir.

Ich fühlte mich in die Enge getrieben: Vor mir der Beachboy mit dem hypnotischen Blick, während es hinter mir raunte: »Jetzt mach schon!«

Zögerlich begann ich auf der Stelle zu tanzen, mit dem Sektglas in der Hand. Ben tanzte ebenfalls.

Innerlich musste ich schmunzeln; es gab also doch etwas, das an ihm nicht traumhaft war: Der lange Kerl konnte überhaupt nicht tanzen. Ich unterdrückte ein Kichern und bewegte mich unauffällig zu einem großen Pflanzkübel hin, der den Rand der Tanzfläche dekorierte. Ben folgte mir, wobei er mir weiterhin tiefe Blicke zuwarf. Immer noch konnte ich nicht glauben, dass er *mich* anbaggern wollte.

»Wohnst du hier in der Nähe?«, wollte er wissen.

»Nein, in einem kleinen Nest eine halbe Stunde von hier.« Verstohlen schüttete ich mein Getränk in den Palmentopf und tat, als hätte ich es eben ausgetrunken. Wohl bekomm's!

Arne drängte sich schwankend neben mich auf die Tanzfläche. »Hey, Phina, ich dachte, du wolltest nicht tanzen!«, lallte er vorwurfsvoll.

»Äh … Hab's mir anders überlegt.« Ich errötete und warf Ben einen Blick zu, der interessiert beobachtete, wie Arne versuchte, den Arm um mich zu legen.

Sanft schob ich meinen zudringlichen Kollegen zur Seite. »Arne, lass das! Du bist betrunken.« Und wenn mich etwas abstieß, dann waren es betrunkene Menschen.

Murrend und mit finsterem Blick auf den Surferboy verzog sich Arne wieder an die Theke.

Zum Glück wusste ich, dass er am nächsten Morgen wieder der gutmütige Freund sein würde, mit dem man viel Spaß haben konnte und der die Finger bei sich behielt.

»Mein Kollege«, erklärte ich entschuldigend.

»Netter Kerl.« Ben lachte und beugte sich so dicht an mein Ohr, dass ich wieder sein angenehmes Aftershave riechen konnte. »Aber nicht dein Typ, stimmt's?«

»Woher willst du wissen, wer mein Typ ist?«, fragte ich kokett und war im gleichen Moment über mich selbst erschrocken.

Ben griff nach meiner Hand und zog mich zu sich heran. Reflexartig zuckte ich zurück. Es war ungewohnt für mich, so hartnäckig umgarnt zu werden – zumal er mich ja gar nicht kannte! Ich musterte ihn kritisch. Die Wirkung seines Charmes auf mich verunsicherte mich zutiefst.

Er lachte. »Nicht erschrecken, ich wollte nur dein Glas nehmen. Ich bringe es eben zum Tresen zurück.« Er nahm mir das leere Sektglas ab, das ich immer noch in der Hand hielt, und berührte mich dabei etwas länger als notwendig. »Nicht weglaufen, kleine Schönheit, ich bin gleich wieder da«, sagte er.

Ich blickte auf die Uhr. Erst halb drei, aber das war mehr als spät genug für heute. Ich schaute zu Tine, die sich neben mir mit geschlossenen Augen zum Rhythmus der Musik bewegte.

Auf einmal war die Melancholie wieder da. Lara war tot und ich hatte nichts Besseres zu tun, als mich hier von irgendeinem Schönling angraben zu lassen.

»Und?«, fragte Sabrina, die auch wieder zu uns gestoßen war, neugierig und warf ihre kastanienbraunen Locken zurück. »Nimmst du ihn mit nach Hause? Der scheint mir nicht abgeneigt, hat ja nur Augen für dich.«

»Ich würde ihn jedenfalls nicht von meiner Bettkante schubsen«, rief Tine dazwischen.

»Verdammt noch mal, ich bin mit Julius zusammen!«, fauchte ich genervt. »Seid mir nicht böse, aber ich will jetzt nach Hause. Ist ja auch gleich drei Uhr. Ich warte am Parkplatz auf euch. Sagt Ben bitte, mein Freund hätte mich abgeholt, oder so was in der Art.«

Ich ließ fragende Gesichter zurück.

Nachdem ich meine Jacke von der Garderobe geholt hatte, wickelte ich mich in meinen Schal und trat nach draußen. Die frische Luft tat gut. Müde lehnte ich mich dort, wo die grelle Beleuchtung mich nicht mehr erfassen konnte, an die Mauer und atmete tief durch. Von drinnen erklangen gedämpft die wummernden Bässe und über mir funkelten Abermillionen Sterne am Nachthimmel. Ich betrachtete sie niedergeschlagen.

»Ach Lara, bist du irgendwo da oben?«, flüsterte ich zum Firmament hinauf und fühlte mich winzig und einsam.

Ein hochgewachsener Mann mit athletischer Figur trat aus dem Eingang und blickte sich suchend um. Zuerst dachte ich, es wäre Ben, der mich doch noch gefunden hatte, aber dann sah ich, dass der hier kurze dunkle Haare hatte, und wandte mich beruhigt ab.

Nur irgendein anderer Partygast, den ich nicht kannte.

Kurz darauf kamen Tine und Sabrina, die den wankenden Arne in ihre Mitte genommen hatten, aus dem Club und wir machten uns auf den Heimweg.

Pläne

Lara

David zog sich eine Jogginghose über, wofür ich mehr als dankbar war, setzte sich an seinen Schreibtisch und fuhr den Computer hoch. (Es gab Dinge, die wollte man nicht sehen, und dazu gehörte der eigene Bruder in Unterhose …) Dann griff er nach dem Telefon und wählte.

»Hey, Ben! Soll ich dich heute zum Training mitnehmen? Ich bin schon zu Hause.«

Er drückte auf die Freisprechfunktion, stellte das Telefon auf einen Stapel Unterlagen, die die Tischplatte bedeckten, und rief gleichzeitig seine E-Mails ab.

Mit Ausnahme des Schreibtisches sah Davids Wohnung eigentlich gar nicht so schlimm aus, wie ich es von ihm erwartet hatte. Klar, der Wäscheständer mit den Sportklamotten im Wohnzimmer wirkte jetzt nicht gerade gemütlich und die Becher stapelten sich in der Spüle, aber ansonsten war es erstaunlich sauber und aufgeräumt. Vor allem die Küche war perfekt ausgestattet, denn David kochte gern für sich und seine Freunde. Das war der eine Grund, weshalb sein Kühlschrank mit hochwertigen Nahrungsmitteln und nicht nur mit Bier, Cola und Fertiggerichten gefüllt war. Der andere Grund war, dass er als hochklassig spielender Volleyballer auf seinen Körper achten und sich gesund ernähren musste.

»Ja, gern«, ertönte die Antwort von Ben aus dem Telefon. »Wie läuft es mit deiner süßen Lehrerin?«

»Spar dir die blöden Witze. Du weißt genau, was sie Lara angetan hat!«, knurrte David.

Ich ärgerte ihn damit, dass ich Lichtstrahlen so warf, dass er auf seinem Bildschirm wenig erkennen konnte. David stand auf und verstellte die Jalousie.

Warum zur Hölle bemerkte mich niemand? Mittlerweile war ich so geschickt im Umgang mit dem Licht, dass ich halbe Gemälde produzieren konnte. Aber die Menschen waren blind gegenüber meinen Versuchen, ihre Aufmerksamkeit zu erregen. Niemand schien damit zu rechnen, dass es so etwas wie einen mit Lichtstrahlen schreibenden Geist gab. Wie sollten sie auch?

Leider waren meinen Kräften Grenzen gesetzt, sonst hätte ich eine riesige Batman-Fledermaus an den Himmel geworfen und dann hätte man mich endlich bemerken müssen.

»Also ich finde sie ausgesprochen niedlich, und wenn du nicht bei ihr landen willst …«, fuhr sein Freund fort.

»Untersteh dich!« Grimmig starrte David auf die Mail, die er aufgerufen hatte – eine Liefermitteilung über zwei neue Sporthosen.

»Schon gut, schon gut. Aber ich denke trotzdem, dass du sie in Ruhe lassen solltest. Gibt sonst nur Ärger. Eigentlich ist sie doch ganz nett.«

»Lass es einfach«, knurrte David. Mit seinen Fingern klopfte er rhythmisch auf den Tisch. »Gott, wie ich diese Frau hasse! Ich wünschte, ich hätte gewusst, in was für einen Freundeskreis Lara da geschlittert ist. Dann hätte ich sie vielleicht beschützen können.«

Ben schnaubte. »Ich fürchte, das haben schon viele Menschen vor dir gedacht. Aber man kann seine Lieben nicht vor solchen Fehlern bewahren, das müsstest du eigentlich wissen. Man kann nur für sie da sein, und das warst du ja nun wirklich immer. Wenn ich nur daran denke, wie du sogar mal das Training abgebrochen hast, weil deine kleine Schwester mit ihrem Auto mitten in der Pampa liegen geblieben war.«

David verzog bei dem Gedanken wehmütig das Gesicht. Dankbar erinnerte ich mich daran, wie er gekommen war und mir geholfen hatte, den betagten Wagen wieder flott zu bekommen. So ganz allein im Dunkeln hatte ich ziemlichen Schiss gehabt. Aber so war es immer gewesen: Meine beiden Brüder und vor allem David hatten mich beschützt. Erst jetzt war mir bewusst geworden, was für ein Glück ich mit meiner Familie gehabt hatte.

»Wir hätten niemals zulassen dürfen, dass sie mit dieser Klapperkiste durch die Gegend fährt. Zusätzlich zu der Unfähigkeit ihrer Freundin, ein Auto zu steuern, hätte eine vernünftige Technik sie vermutlich davor bewahrt, ins Schleudern zu geraten.«

»Kann schon sein«, stimmte Ben zu. »Und deshalb solltest du mit deinem Rachefeldzug endlich aufhören. Findest du nicht, dass du die Kleine genug erschreckt hast?«

David verzog das Gesicht. »Zu deiner Beruhigung: Ich habe tatsächlich beschlossen, ihr erst einmal aus dem Weg zu gehen. Es könnte sein, dass ich mich sonst strafbar mache ...«

»Erst einmal ...?« Ben seufzte.

Ich seufzte auch. Vor Sorge um meine beste Freundin.

Warum er den Entschluss gefasst hatte, sie in Ruhe zu lassen, wusste ich, denn ich hatte ihn und unseren ältesten Bruder Alexander am Vortag zum Friedhof begleitet.

David hatte einen bunten Strauß Ranunkeln dabeigehabt und ihn sorgfältig in die Grabvase gestellt, die er zuvor mit Wasser aufgefüllt hatte. Alexander hatte währenddessen ein neues Licht in die Laterne auf meinem Grab gestellt. Das sah schön aus.

»Moin«, schrieb ich mit Licht auf den Nachbar-Grabstein, doch sie bemerkten es nicht. Es war zum Mäusemelken.

»Ist alles okay bei dir?«, fragte Alexander leise, während sie nebeneinander auf mein Grab blickten.

Es war ziemlich schräg, meine Brüder dort trauernd stehen zu sehen, obwohl ich doch noch da war.

»Was meinst du?«

»Na ja, deine Laune ist nicht gerade die beste.«

David verzog den Mund. »Es gab Ärger bei der Arbeit, weil mir ein beschlagnahmter Gegenstand abhanden gekommen ist.«

»Oh. Wie schlimm ist es?«

»Ich werde nicht gleich meinen Job verlieren, aber es war keine Erfahrung, die ich wiederholen möchte.«

Alexander legte David mit besorgtem Blick die Hand auf die Schulter. »Falls ich irgendwie helfen kann ...«

»Kein Problem, ich komme schon klar.«

Typisch David. Bloß keine Schwäche zeigen.

»Aber da ist noch etwas«, druckste Alexander herum und beugte sich vor, um ein welkes Blatt von meinem Grab zu entfernen. Er vermied Davids Blick. »Ich mache mir Sorgen wegen deiner Besessenheit davon, dich an Laras Freundin zu rächen.«

Ich hielt meinen nicht vorhandenen Atem an, denn bei solchen Gelegenheiten explodierte David regelmäßig. Und richtig …

»Dieses blonde Dummchen hat unsere Schwester auf dem Gewissen, falls du es nicht bemerkt haben solltest!«, grollte er und Alexander zuckte zusammen. »Sie hat nach Alkohol gestunken, das weiß ich von einem Kollegen. Aber aus irgendeinem Grund ist bei der Blutprobe etwas schiefgelaufen. Du weißt ja, wie überlastet das Krankenhauspersonal ist.«

»Es besteht aber auch die Möglichkeit, dass die Probe korrekt geprüft worden ist und sie nichts getrunken hatte«, wandte Alexander behutsam ein, was ich ziemlich mutig fand.

»Wie wahrscheinlich ist das denn bitte?«, zischte David. »Als Polizist weiß ich, wie selten es tödlich verlaufende Wildunfälle gibt, das kannst du mir glauben!«

Klugerweise vermied Alex den Einwand, dass die betroffenen Tiere diesen Fakt sicher anders betrachten würden …

»Mir scheint es eher so, als wenn da jemand betrunken gefahren ist und nun aufgrund der Schlampigkeit des Krankenhauspersonals ohne Strafe davonkommt«, fuhr David aufgebracht fort. »Und das kann ich nicht zulassen. Nicht, wenn dieser Jemand unsere Schwester auf dem Gewissen hat!«

Oh Scheiße. Da hatte ich Phina wirklich verdammt tief in die Patsche geritten. Hilflos schaute ich auf meinen wütenden Bruder herab. Was konnte ich denn tun, wenn mich niemand bemerkte?

Wieder ließ ich Lichtstrahlen herumflitzen, blendete meine Brüder, bildete Symbole auf den Grabsteinen.

Keiner der beiden bemerkte es.

»Wenn du so weitermachst, bist es womöglich du, der wegen einer Straftat verurteilt wird«, gab Alexander zu bedenken.

David schnaubte spöttisch. »Denkst du, ich bin dumm? Niemand wird je erfahren, dass ich meine Hände im Spiel hatte.«

Alexander schüttelte hilflos den Kopf. »So kenn ich dich gar nicht! Rache ist doch keine Lösung.«

»Mag sein«, sagte David. »Aber was soll ich denn machen, wenn die Justiz nicht greift?«

Wieder starrten die beiden eine Weile schweigend auf das Grab, während ich weiterhin versuchte, sie auf mich aufmerksam zu machen.

»Denk doch mal daran, was Lara wollen würde«, sagte Alexander dann. »Ihre Freundin ist ihr schließlich wichtig gewesen und sie ist niemand, der sich mit oberflächlichen oder unsympathischen Menschen abgibt.«

»Bingo!« hätte ich am liebsten laut gerufen.

»War.«

»Wahr?«, fragte Alexander irritiert. »Wie Wahrheit?«

»Das auch«, gab David müde zu. »Ich meinte, dass Lara niemand *war*, der sich mit solchen Menschen abgab. Du hast *ist* gesagt.«

»Ich kann es immer noch nicht glauben, dass sie nicht mehr bei uns ist«, sagte Alexander mit verkniffenem Gesicht und David nickte.

Wenn ihr wüsstet, Jungs!

»Erinnerst du dich daran, wie du Sammy von nebenan verprügelt hast, weil er über Laras Zahnspange gelacht hat?«, fragte Alexander nach einer weiteren Schweigepause.

David schüttelte den Kopf.

Aber ich erinnerte mich daran. Und an viele weitere Male, wo er mich auf dem Schulhof verteidigt hatte, wenn andere Kinder mich ärgern wollten. Alexander, der damals schon im Abschlussjahrgang war, hatte auch nach mir geschaut, als ich neu auf der weiterführenden Schule war. Er hatte jedoch mit Worten versucht, Konflikte zu klären, während David seine kleine Schwester stets mit vollem Körpereinsatz verteidigt hatte.

»Aber ich weiß noch, wie wir Annika, die dumme Ziege, die Lara ihre Sandkastenliebe ausgespannt hat, jeder eine Handvoll Kletten in die Haare geschüttet haben.«

»Die hatte am nächsten Tag eine schicke Kurzhaarfrisur!« Alex grinste zufrieden.

Die beiden packten die Gartengeräte, mit denen sie das Grab auf Vordermann gebracht hatten, ein und machten sich auf den Rückweg.

»Du hattest schon immer einen sehr starken Beschützerinstinkt in Bezug auf Lara«, sagte Alexander.

»Das stimmt wohl«, seufzte David.

»Weißt du, ich möchte dich nicht auch noch verlieren«, sagte Alex ernst.

»Keine Sorge, mich steckt so schnell keiner in den Knast«, lachte David.

»So meinte ich das nicht. Ich dachte eher daran, dass dieser Rachedurst schon so manchen Menschen zerstört hat. Lass uns das Leben genießen, schätzen, was wir haben und Abschied nehmen von dem, was verloren ist.«

Ich sah, wie Davids Adamsapfel sich bewegte, als er schluckte. »Also gut«, sagte er schließlich. »Ich verspreche, dass ich mich von der Unfallfahrerin fernhalte.«

»Das ist das Richtige. Lara wäre stolz auf dich, da bin ich sicher.«

Und das stimmte. Ich war wirklich sehr froh darüber, dass er Phina ab sofort in Ruhe lassen wollte.

Zumindest bis ich hörte, wie er murmelte: »Ich kann nur nicht versprechen, dass es für immer ist …«

Polizeieinsatz

Phina

Eine Woche später umarmte mich eine Erstklässlerin auf dem Schulflur mit so viel Schwung, dass mir fast der wackelige Turm aus Ablagekörben heruntergefallen wäre. Zusätzlich drohte der Tragegurt meiner vollgestopften Schultasche zu rutschen.

»Hallo, Lana.« Ich wand mich behutsam aus ihrem Griff, lächelte der Kleinen zu und ging weiter zur nächsten Feuerschutztür. Von denen gab es auf diesem Flur allein drei, was nicht weiter schlimm gewesen wäre, wenn der Magnet, der die Tür offen halten sollte, nicht bereits eine Woche nach Einbau seinen Geist aufgegeben hätte. Seufzend balancierte ich die Ablagekörbe mit der einen Hand, während ich mit der anderen nach der Türklinke griff.

»Ab nach draußen!«, forderte ich gleichzeitig zwei Fünftklässler auf, die sich in einer Flurnische versteckt hielten, um nicht auf den Schulhof zu müssen.

»Wir wollten nur mal aufs Klo«, beteuerten die beiden mit unschuldig empörtem Blick.

»Aber hoffentlich nicht dort.« Ich deutete mit dem Kinn auf die Nische. Die Jungen grinsten und verdrückten sich, während ich versuchte, die schwere Tür aufzuziehen.

In diesem Augenblick rutschten mir die Körbe endgültig aus der Hand und die Zettel darin flatterten über den Schulflur. Es schepperte laut.

»Mist!«, fluchte ich und ging in die Hocke, um die Arbeitsbögen wieder einzusammeln. Gerade wollte ich nach einem Blatt zum

Nachmalen des Notenschlüssels greifen, als ich auf ein paar braune Halbschuhe stieß. Mein Blick wanderte über eine gut sitzende Jeans nach oben. Ziemlich weit nach oben, denn in der Jeans steckte ein Mann von beachtlicher Größe.

Schon wieder so ein Riesenkerl. Gab es davon irgendwo ein Nest?

Irritiert von dem entgeisterten Blick, mit dem er auf mich herabschaute, stand ich auf. Auch im Stehen reichte ich ihm kaum bis zur Schulter.

Ich schätzte den Fremden auf ein wenig älter, als ich es war. Er hatte dunkle Haare und ein markantes, glatt rasiertes Gesicht mit eindrucksvollen braunen Augen. Mittlerweile schauten sie mich nicht mehr fassungslos an, sondern eher mit einem drohenden Glimmen.

Mit diesem Typen sollte man sich besser nicht anlegen …

Er war nicht im eigentlichen Sinne gut aussehend, so wie Ben aus dem ›Blue Moon‹, es war eher seine Ausstrahlung, die mich faszinierte. Pure Energie.

»Entschuldigung, kennen wir uns?«, fragte ich.

Er schüttelte den Kopf. Die Luft zwischen uns schien zu vibrieren, aber je länger ich ihn ansah, desto weniger war ich mir sicher, ob es ein gutes Vibrieren war.

Instinktiv wich ich zurück. »Kann …«, begann ich und brach ab, um mich zu räuspern. »Kann ich Ihnen helfen?« Schon besser. Jetzt klang ich mehr nach Respekt einflößender Lehrerin.

Es dauerte einen Moment, bis der Fremde antwortete. »Ich suche das Rektorenzimmer.« Ein wohlklingender Bass, den ich angenehm gefunden hätte, wenn der Besitzer der Stimme mich nicht immer noch mit düsterem Blick betrachtet hätte. Nicht der winzigste Funken von Freundlichkeit war in seinem Gesicht zu erkennen, was ich ziemlich verunsichernd fand.

»Dort entlang und an der Ecke links ab«, beschrieb ich ihm den Weg.

Ohne ein weiteres Wort ging er in die gezeigte Richtung, während ich ihm kopfschüttelnd hinterherblickte. Wenigstens ein knappes »Danke« wäre nett gewesen.

Er besaß einen kraftvoll federnden Gang und zugleich eine Geschmeidigkeit und Anmut, wie man sie nur bei Leistungssportlern sah. Und seine Hose saß wirklich gut … Aber trotzdem: Was für ein merkwürdiger Typ!

»Das war bestimmt ein böser Mann«, sagte ein Zweitklässler nachdenklich, der neben mir stehen geblieben war, obwohl er hier drinnen während der Pause eigentlich gar nichts zu suchen hatte.

»Aber nein«, sagte ich beruhigend. »Es kommen doch viele Besucher hierher. Das wird schon alles seine Richtigkeit haben.«

»Meine Mama sagt, dass die zur Schule kommen und nach dem Weg fragen oder Lollis dabeihaben oder süße Kaninchenbabys zeigen wollen. Dann darf man aber auf keinen Fall mitgehen! Wir haben ein geheimes Passwort vereinbart, falls mich doch mal jemand Fremdes abholen muss. Das heißt ›Rotaugenlaubfrosch‹, weil das mein Lieblingstier ist.« Er half mir, die heruntergefallenen Materialien aufzusammeln.

»Dein Passwort darfst du aber niemandem verraten!«, belehrte ich den kleinen Kerl. »Sonst ist es ja nicht mehr geheim.«

Nachdenklich kaute er auf der Lippe und nickte dann. »Okay, aber du bist ja kein böser Mann, Frau Rosenberg«, erklärte er mir dann mit bestechender Logik und reichte mir einen Stapel Arbeitsbögen.

»Äh, stimmt.« Ich musste grinsen, »Aber es gibt auch böse Frauen.«

Jetzt sah er richtig betroffen aus. »Bist du denn eine?«

Lara hätte sich kaputtgelacht.

»Nein, meistens bin ich ganz nett.«

Er nickte wissend. »Das sagt meine große Schwester auch, die hat dich in Musik.«

»Jetzt aber raus mit dir!«, befahl ich, während ich die Ablagekörbe wieder aufeinanderstapelte.

Dem Kleinen gegenüber hatte ich es nicht zugeben wollen, aber der Fremde hatte sich wirklich merkwürdig verhalten. Vielleicht war er tatsächlich jemand, der ein Kind entführen wollte? Er hatte so einen bösen Gesichtsausdruck gehabt. Ich sollte besser einmal nachschauen, wohin er gegangen war.

»Und denk daran: Niemandem dein Passwort verraten!«, rief ich dem Zweitklässler hinterher. Dann machte ich mich auf den Weg zum Rektorenzimmer, um nachzusehen, ob der Fremde wirklich dorthin gewollt hatte. Doch die Tür war geschlossen und das Bitte-nicht-stören-Schild hing am Türgriff.

Im Lehrerzimmer wusste auch niemand etwas von einem Besucher. Vorsichtshalber ging ich noch über den Schulhof, um sicherzugehen, dass der Fremde dort keine Kinder ansprach. Aber außer der Pausenaufsicht war kein Erwachsener zu sehen.

Ein weinendes Mädchen, das sich das Knie aufgeschlagen hatte und ein Pflaster wollte, lenkte mich ab, sodass ich den seltsamen Fremden erst einmal vergaß. Schließlich hatte ich genug damit zu tun, endlich zum Musikraum zu hetzen und die Aufgaben zum Thema Notenlehre vorzubereiten, die ich für die kommende Unterrichtsstunde geplant hatte. Es war die wöchentliche Stunde, in der Markus Grenzer, mein Musikmentor, zusehen und mir anschließend Rückmeldung geben würde.

Ich hatte sehr viel Zeit damit verbracht, die einzelnen Aufgaben zu entwickeln, aber trotzdem hatte ich Angst vor dem, was er sagen würde.

Im Musikraum empfing mich der typische, leicht staubige Schulmuff, der daher kam, dass immer nur der Fußboden gereinigt wurde. Eilig verteilte ich die Ablagekörbe mit den verschiedenen Aufgaben und bereitete noch ein ansprechendes Tafelbild vor.

Lautes Geschrei auf dem Flur signalisierte mir, dass die Pause zu Ende war, noch bevor ich das Tafelbild fertig hatte. Verdammt.

Wenn ich die Vierte nicht pünktlich abholte, würde es bestimmt wieder eine Prügelei geben. Eilig schrieb ich den letzten Satz an, schmiss die Kreide auf die Tafelablage und hetzte zum Klassenraum, wo mich das gewohnte Chaos empfing.

»Sam und Finley, auseinander!«, brüllte ich die beiden Kampfhähne an, die sich auf dem Boden herumrollten, während fünf andere Kinder auf mich zueilten, um mir etwas vom Wochenende zu erzählen oder unterschriebene Lernzielkontrollen vorzuzeigen.

Ich stieg über einen umgekippten Ranzen und ging zum Lehrerpult, wo ich meine Tasche auf dem Tisch abstellte.

Als ich endlich alle Fragen beantwortet und Maya abgewimmelt hatte, die mir erzählen wollte, dass sie gestern wieder reiten gewesen war, stand mir ein leichter Schweißfilm auf der Stirn.

Bestimmt wartete mein Mentor bereits im Musikraum, während ich es noch nicht einmal geschafft hatte, die Kinder zu begrüßen. So viel zu meiner Stundenplanung.

Wenigstens hatten sich Sam und Finley mittlerweile auf ihre Plätze gesetzt und begnügten sich damit, einander bitterböse Blicke zuzuwerfen.

Ich begrüßte die Kinder, woraufhin mir das übliche lang gezogene »Gutäään Mooorgäään, Fraaauu Rosääänbäääg« entgegenschallte. Es wurde wirklich Zeit, dass ich mir zur Begrüßung etwas anderes überlegte. Heute Nachmittag würde ich mal nach einem Begrüßungslied suchen.

»Nehmt bitte eure Federtasche und den weißen Hefter mit. Wir gehen in den Musikraum.«

Lautstark stürmten die Viertklässler los. Sie liebten es, wenn wir im Fachraum Unterricht machten, weil wir da meistens an die Instrumente gingen. Heute allerdings würden sie enttäuscht sein, denn ich benötigte nur die Notenlinien auf der Tafel.

Der genervte Blick von Markus Grenzer erwartete mich, als wir endlich den Raum betraten, und ich zog unwillkürlich meine Schultern hoch.

Rasch sorgte ich dafür, dass die Kinder einen Sitzkreis bildeten, um endlich mit dem Unterricht beginnen zu können.

»Frau Rosenberg, wissen Sie eigentlich, dass wir am Wochenende einen kleinen Hund bekommen haben?«, unterbrach mich Henry, als ich gerade beginnen wollte.

»Das ist ja toll!«, bemühte ich mich, seine Freude zu würdigen. »Wie heißt er denn?«

»Snörre. Und er ist erst zwölf Wochen alt!«

»Ich mag Hunde auch supergern«, unterbrach Alina ihren Mitschüler. »Am Wochenende waren wir bei meiner Tante, die hat zwei Möpse.«

Verhaltenes Gekicher ertönte aus der illegalen Jungenecke – eigentlich hatten sie sich auseinandersetzen sollen, weil sie immer so viel Quatsch machten. Ich presste die Lippen aufeinander, um nicht mit einzustimmen.

»Heute habe ich euch eine ganz besondere Schrift mitgebracht«, leitete ich endlich zu meinem Stundenthema über. »Es ist eine Geheimschrift, die nur Musiker verstehen!«

In der Klasse herrschte gespannte Stille, wie ich erleichtert feststellte. Notenlehre war in der Regel nicht sehr beliebt.

Am Ende war ich zufrieden mit der Stunde. Alle hatten fleißig gearbeitet und trotz des holprigen Anfangs wusste nun jedes Kind der Klasse, wie Noten aussahen.

Mein Mentor sah das leider anders, das begriff ich sofort, als er mit ernstem Gesicht auf mich zutrat.

»Frau Rosenberg, so werden Sie Ihr Examen garantiert vermasseln«, kanzelte er mich vor den letzten Kindern ab, die sich noch im Musikraum befanden. »Wie oft habe ich Ihnen schon gesagt, dass Sie bei einem Tafelbild mit Hervorhebungen durch Farben, Unterstreichungen und Symbolen arbeiten müssen?«

»Stimmt«, antwortete ich zerknirscht. »Das habe ich vor der Stunde leider nicht mehr geschafft.«

»Dann müssen Sie dringend Ihr Zeitmanagement überdenken«, gab er kühl zurück, ohne die drei Schülerinnen zu beachten, die immer noch im Musikraum ihre Sachen zusammenräumten und dabei mit großen Ohren lauschten.

Ich errötete vor Scham, weil er mich vor ihnen niedermachte.

»Und dann diese Situation mit Constantin«, fuhr er fort.

Ich seufzte. Constantin war ein Viertklässler mit Asperger-Syndrom, einer Variante des Autismus. Soziale Interaktion und Kommunikation bereiteten ihm Schwierigkeiten, weshalb er normalerweise von einer Schulbegleiterin betreut wurde, die aber leider im Moment krank war. Heute hatte er wieder den Unterricht gestört.

»Was soll mir das denn bringen?«, hatte er gerufen. »Ich will YouTuber werden, da braucht man den Scheiß nicht!«

Es war richtig schwierig gewesen, ihn danach wieder zur Mitarbeit zu bewegen. Glücklicherweise waren die anderen Kinder an sein Verhalten gewöhnt und hatten sich nicht aus der Ruhe bringen lassen.

»Bei dem Jungen müssen Sie mal so richtig durchgreifen. Ich hätte mir den Knaben aber vorgeknöpft, dass ihm Hören und Sehen vergeht«, tönte Markus Grenzer. »Beim nächsten Mal holen Sie ihn nach vorn an die Tafel und zeigen ihm, wie es Kindern ergeht, die nicht ordentlich mitarbeiten!«

Ich schaute meinen Mentor mit großen Augen an. Wollte er mir ernsthaft weismachen, dass es half, einen Schüler mit einer derartigen

Störung vorne an der Tafel bloßzustellen? Half es überhaupt jemals, einen anderen Menschen bloßzustellen?

Angesichts meines Schweigens verdrehte er die Augen und wandte sich zur Tür. »Mit Ihrer Blümchenpädagogik werden Sie so eine Klasse niemals in den Griff bekommen.« Im Weggehen hörte ich ihn murmeln: »Wollen Sie das hier wirklich die nächsten vierzig Jahre machen?«

Niedergeschlagen schaute ich ihm nach. Ich wollte ja gern alles richtig machen, aber es war echt verdammt schwierig.

»Frau Rosenberg?« Hannah aus der Vierten schaute mich mitleidig an. Sie war so groß, dass wir schon fast auf Augenhöhe waren. »Das, was der Herr Grenzer da gesagt hat, ist totaler Quatsch. Bei Ihnen macht der Constantin immer noch am allerbesten mit, weil sie so nett sind und immer ruhig bleiben. Frau Thiele-Schmetzler hat ihn schon mal angebrüllt und wollte ihn am Arm aus der Klasse ziehen und dann ist er so ausgetickt, dass hinterher der ganze Klassenraum eingesaut war, weil er alle Farbkästen und Wassergläser von den Tischen gefegt hat!«

Ich lächelte schwach. Es war lieb von Hannah, mich aufmuntern zu wollen, aber im Moment schien mir alles zu viel, zu kompliziert, zu hoffnungslos. Ich zwinkerte ihr zu und schickte sie dann ebenfalls in die Pause. Erschöpft ließ ich die Musikraumtür zufallen, sodass ich allein war, sank auf einen der Hocker und vergrub das Gesicht in den Händen.

Ich war müde. Seit Laras Tod schlief ich verdammt schlecht. Erlebte jede Nacht von Neuem den Unfall und schrie aus voller Kehle, aber jedes einzelne verdammte Mal krachte der Wagen wieder gegen den Baum und Lara starb.

Sie war meine beste Freundin gewesen, meine Seelenverwandte, mein Lieblingsmensch – beinahe sogar noch vor Julius, wenn ich ganz ehrlich war.

Das steckte man nicht so einfach weg.

Die Tür zum Musikraum ging auf und Tine schaute herein. »Ach, hier bist du! Kommst du mit rüber zum Bäcker, einen vernünftigen Kaffee trinken?«

Ich bemühte mich um ein Lächeln. »Klar! Aber ich nehme lieber einen Tee.« Ich erhob mich und begann, meine Sachen zusammenzuräumen.

»Alles klar bei dir?«, fragte Tine besorgt und schloss die Tür, sodass uns niemand hören konnte. »Du siehst ziemlich blass aus.«

»Kein Wunder.« Ich berichtete ihr von dem Anschiss, den ich von meinem Mentor bekommen hatte.

»Das hat er wirklich vor den Schülern gesagt?«, regte Tine sich auf. »Ich glaub's echt nicht!«

Hilflos hob ich die Schultern. Was konnte ich schon dagegen tun? Wenn ich ein einigermaßen vorzeigbares Examen hinlegen wollte, musste ich mich mit Markus Grenzer irgendwie gut stellen.

»Der alte Zyniker ist doch nur neidisch auf deinen Unterricht, wo er doch nur Nullachtfünfzehn-Frontal auf die Reihe bekommt«, sagte Tine bestimmt und deutete auf die Arbeitsmaterialien, die ich für diese Stunde vorbereitet hatte. »Los, komm, ich lad dich auf einen Tee und ein Stück Kuchen ein, das wird dir jetzt guttun. Aufräumen kannst du hier auch noch später.«

»Okay.« Mit einem etwas besseren Gefühl im Magen folgte ich ihr.

Ich musste mir dringend ein dickeres Fell zulegen. Aber wo um Himmels willen gab es so etwas zu kaufen?

»Schule kann so schön sein, ohne Schüler«, seufzte meine Burn-out-gefährdete Kollegin Susanne Thiele-Schmetzler, als wir eine Woche später gemeinsam den ungewohnt stillen Schulflur entlang Richtung Lehrerzimmer gingen.

Wir hatten einen Schulentwicklungstag. Die Schüler hatten frei und wir Lehrer verbrachten die Zeit, indem wir Vorträgen lauschten und in Gruppen zu bestimmten Themen arbeiteten. Dieses Jahr sollte es um Gesundheit und Drogenprävention gehen.

»Ich hoffe, ich finde endlich etwas Zeit, den Kellerraum mit dem Brennofen für die Tonarbeiten aufzuräumen«, seufzte Susanne.

»Das Tonstudio«, scherzte ich.

»Wie bitte?«, fragte sie verständnislos.

Ich hatte mal wieder vergessen, dass sie mit flapsigen Sprüchen nichts anfangen konnte und von Musik keine Ahnung hatte.

»Ach nichts …«, murmelte ich verlegen.

»Die 8c hat ihn neulich wie einen Saustall hinterlassen!«, echauffierte sie sich.

»Ich muss noch mal kurz in die 1b«, wimmelte ich sie ab, bevor sie wieder anfangen konnte, mir vorzujammern, wie schrecklich die Schüler doch wären, die ihren großartigen Unterricht gar nicht zu schätzen wüssten …

Neulich erst hatte sie mir eine halbe Stunde lang ihr Leid geklagt, weil sich kein Kind zu ihrem Projektangebot »Wir beweben eine Astgabel« gemeldet hatte. (Wen wunderte es …)

Ich nutzte die Chance, um schnell noch eine Bücherkiste aus dem Klassenraum zu holen, deren Inhalt ich austauschen wollte. Ein Blick auf die Uhr zeigte, dass nur wenige Minuten blieben, um mir vor Beginn der Sitzung rasch einen Tee zu holen. Mit der schweren Kiste auf der Hüfte hastete ich aus dem Klassenraum, bog um die Ecke und prallte mit voller Wucht mit jemandem zusammen.

»Uff!« Die Kiste fiel zu Boden.

Starke Arme stützten mich, sonst wäre ich wohl ebenfalls gestürzt.

»Sie schmeißen wohl gern Ihre Sachen durch die Gegend?«, fragte eine kühle Stimme direkt über mir und ich hob langsam den Kopf, weil ich schon ahnte, was mich erwartete.

Und wirklich: Der hochgewachsene Fremde mit dem stechenden Blick. Meine Güte, der war bestimmt an die zwei Meter groß!

Immer noch gab er sich erschreckend wenig Mühe, seine schlechte Laune zu verbergen, aber er roch ziemlich gut. Ein Hauch Rasierwasser in Verbindung mit einem männlich sauberen Duft. Frisch und irgendwie unwiderstehlich. So konnte doch kein Straftäter riechen, oder?

Abrupt ließ er meinen Arm los, als hätte er sich verbrannt.

»Sie schon wieder!«, entfuhr es mir mit hochrotem Gesicht. »Was wollen Sie hier?« Heute waren doch gar keine Kinder da!

Innerlich schalt ich mich selbst für meine vorschnellen Schlüsse. Er konnte zum Beispiel genauso gut ein Architekt sein, der das Gebäude sichtete, jemand von der Gemeindeverwaltung oder ein zukünftiger Kollege.

Der Fremde grinste dämonisch. »Jemanden quälen.«

Mein Kiefer klappte herunter. »Quälen?«, echote ich flüsternd. »Aber … aber …« Ich schluckte.

Der kleine Zweitklässler hatte also recht gehabt und meine Befürchtungen waren nicht nur meiner Fantasie entsprungen … Ich musste sofort den Schulleiter informieren!

Drohend funkelte ich ihn an. »Verlassen Sie sofort das Gelände und lassen Sie sich ja nie wieder blicken, sonst rufe ich die Polizei!«

Er schnaubte verächtlich und musterte mich für einen Moment, als ob ich eine Spinne wäre. Wahrscheinlich überlegte er, ob er mich lieber aus dem Fenster werfen oder zertreten sollte. Wortlos drehte er sich um und ging in Richtung Lehrerzimmer davon.

Doch. Ich würde ihm zutrauen, dass er ein Kinderschänder war. Aufgebracht bückte ich mich und begann, die ausgekippten Bücher wieder in die Kiste zu räumen. Dann marschierte ich schnurstracks ins Sekretariat.

»Mir ist gerade eben auf dem Flur wieder dieser merkwürdige Mann begegnet, der sich schon letzte Woche im Schulgebäude herumgetrieben hat«, berichtete ich der Sekretärin aufgeregt. »Er hat etwas von ›Kinder quälen‹ gesagt und ist dann in Richtung Lehrerzimmer gegangen. Der Typ hat eindeutig psychopathische Züge!«

»Komisch. Ich habe gar keinen Fremden bemerkt«, wunderte sich die Sekretärin.

»Wir sollten die Polizei informieren. Vielleicht versucht er das Gebäude auszukundschaften, um ein Kind zu entführen?«

»Könnte es nicht ein Vater gewesen sein, der sich einen Spaß mit Ihnen erlaubt hat, Frau Rosenberg?«

»Ja, schon …« Ich wurde unsicher. Schließlich wollte ich niemanden fälschlich beschuldigen. Aber auf der anderen Seite wollte ich es auch nicht zu verantworten haben, falls doch etwas passierte.

»Ich werde dem Chef davon berichten, Frau Rosenberg. Der wird sich darum kümmern.«

Ich nickte. Kein Grund zur Sorge, sagte ich mir, schließlich waren heute keine Kinder da, die entführt werden konnten.

Als ich endlich im Lehrerzimmer ankam, war es natürlich zu spät, um mir einen Tee zu machen. Gerade noch rechtzeitig huschte ich zu meinem Platz, bevor der Schulleiter die Sitzung eröffnete. Arne saß auf dem Stuhl neben mir, dort, wo normalerweise meine Lieblingskollegin saß, und unterhielt sich angeregt mit der ihm gegenübersitzenden Sabrina über seine neue Funk-AG.

»Natürlich ist der herkömmliche CB-Funk, wie es ihn früher gab, aus der Mode gekommen«, erklärte Arne gerade, als ich mich setzte. »Häufig koppelt man die Funkstationen mit einem PC und dem Internet, aber bei der Funk-AG machen wir es noch auf die althergebrachte Art.«

»Oha!«, antwortete Sabrina und griff in eine Tüte mit Studentenfutter, die zwischen den beiden lag. »Gibt es da überhaupt noch Einschränkungen bei der Reichweite?«

Arne schüttelte den Kopf. »Man kann über den ganzen Erdball miteinander funken.«

Ich berührte ihn am Arm, sodass er sich mir zuwandte. »Ist Tine krank?«, fragte ich und er nickte.

Schade, ich hätte heute gern mit ihr in einer Gruppe zusammengearbeitet.

Arne schob mir die Tüte mit Studentenfutter herüber. »Möchtest du?«

»Danke, lieb von dir.« Vielleicht gab mir das die nötige Energie für den Tag, wenn ich schon keinen Tee mehr abbekommen hatte. Vorsichtshalber schielte ich auf das Verfallsdatum der Packung, bevor ich zugriff, da es sich eingebürgert hatte, dass Kollegen ihre alten Süßigkeiten mitbrachten und im Lehrerzimmer auf den Tisch stellten. Hier ging alles weg, was nicht von allein wegkroch …

Der Rektor begrüßte uns und berichtete anschließend von einem neuen Programm zur Drogenprävention. Gelangweilt wanderte mein Blick aus dem Fenster zum Schulhof, wo überall frisches Maigrün an den Bäumen spross. Der Drogenpräventionsteil des heutigen Tages interessierte mich nicht sehr, weil ich nur in der Grundschule arbeitete. Da gab es bei uns glücklicherweise noch keine Drogenproblematik, deshalb reichte es vollkommen, wenn ich nur mit halbem Ohr lauschte.

Erneut fischte ich mir eine Handvoll Studentenfutter aus der Tüte und wollte es eben in den Mund schieben, als ich *ihn* das Lehrerzimmer betreten sah.

Die Tüte fiel mir aus der Hand und der Inhalt kullerte über den Tisch. Zischend sog ich den Atem ein. »Der Kinderschänder!«, hauchte ich fassungslos.

Das konnte ja wohl nicht wahr sein! Was hatte der hier drinnen verloren?

»Kinderschänder?«, wiederholte Arne verständnislos und schob die herausgekullerten Nüsse und Rosinen zusammen, um sie wieder in die Tüte zu füllen.

Sprachlos deutete ich in Richtung des dunkelhaarigen Riesen. »Der da! Den sehe ich jetzt schon das dritte Mal im Schulgebäude. Vorhin auf dem Flur hat er etwas von ›Kinder quälen‹ oder so was gesagt.«

Arne begutachtete den Fremden und rieb sich nachdenklich über den Nacken. »Mhm. Für mich sieht der eigentlich ganz harmlos aus.«

»Das tun sie doch alle, oder?«, flüsterte ich bedeutungsvoll.

»Was ist los?« Sabrina beugte sich von der anderen Tischseite zu uns herüber. »Redet ihr über den attraktiven Typen an der Tür?«

»Ja. Phina meint, das sei ein Pädophiler«, erklärte Arne.

Sabrinas Augen wurden groß. »Echt jetzt?«

Ich nickte nachdrücklich.

Sollte ich aufstehen und den Schulleiter heimlich informieren? Dann konnte der Dunkelhaarige nicht fliehen. Gegen das versammelte Lehrerkollegium würde er nicht ankommen.

»Und daher möchte ich nun das Wort an Herrn Wolf, den Präventionsbeauftragten der Polizeidienststelle, übergeben«, sagte der Rektor in diesem Augenblick und der Kinderschänder trat neben ihn. So ziemlich alle jüngeren Kolleginnen seufzten einhellig, als er sich mit der Hand durch die dunklen Haare fuhr.

»Oh!« Ich spürte, wie meine Haut die Farbe einer Tomate annahm, während Sabrina und Arne zu kichern anfingen.

»Soll ich ihn mal fragen, ob er Kinder mag?«, japste Arne.

Gequält verzog ich das Gesicht und sackte auf meinem Stuhl ein Stockwerk tiefer.

Ohne den Aufruhr in unserer Ecke zu beachten, erklärte der Polizist mit ruhiger, selbstbewusster Stimme, in welcher Form das Präventionsprogramm ablaufen sollte.

»Da hat sich dein Sittenstrolch aber einen ungewöhnlichen Beruf ausgesucht, Phina«, quälte Sabrina mich und Arne kicherte wieder, woraufhin ich versuchte, ihm meinen Ellenbogen in die Seite zu rammen.

»Seid bloß still!«, schimpfte ich.

»Mir gefällt die Idee, dass er ein böser Junge ist«, ließ sich Arne trotzdem nicht abhalten zu sagen. »Meinst du, wir bearbeiten das Thema Drogen auch in der Praxis?« Er machte eine Handbewegung, als würde er kiffen, woraufhin ich laut losprusten musste. Erschrocken schlug ich mir die Hand vor den Mund und linste nach vorn.

Der kalte Blick des Polizisten ruhte auf mir. »Lassen Sie sich von mir nicht bei Ihren Privatgesprächen stören, Frau Rosenberg.«

Mit offenem Mund starrte ich ihn an und spürte, wie mein Gesicht heiß wurde.

»Nein, Entschuldigung, ich … äh … habe mich nur … verschluckt«, stammelte ich.

Markus Grenzer schnaubte am anderen Ende des Tisches, woraufhin ich noch weiter in mich zusammensank.

»Woher kennt der deinen Namen?«, fragte Arne, als der Polizist endlich mit seiner PowerPoint-Präsentation fortfuhr.

»Ich habe nicht die leiseste Ahnung«, flüsterte ich, bemüht, bloß nicht wieder dumm aufzufallen.

Kritisch beäugte ich den Polizisten. Ich war mir sicher, dass wir uns nicht kannten. Er war kein Mann, den man vergaß … Allein durch seine Größe fiel er auf und sein markantes Gesicht wäre mir im Gedächtnis geblieben. Er hatte eine ausgeprägte Falte am Mundwinkel und Augenbrauen, die über der Nase minimal nach oben gingen. Das verlieh ihm einen konstant leicht melancholischen Gesichtsausdruck, den ich unter anderen Umständen sexy gefunden hätte.

Aber ich wollte ihn auf keinen Fall attraktiv finden. Mich so vor allen bloßzustellen! Er war ein Arschloch, das wusste ich mit Sicherheit. Auch wenn sein Vortrag gut war, wie ich gestehen musste.

Glücklicherweise würde ich nicht viel mit ihm zu tun haben, wenn er kommende Woche gemeinsam mit seiner Kollegin an unserer Schule das Anti-Drogen-Projekt leiten würde, überlegte ich mir, während wir uns nach seinem Vortrag in die verschiedenen Arbeitsgruppen aufteilten. Ich konnte ihm also ganz beruhigt aus dem Weg gehen.

So hatte ich mir das jedenfalls gedacht … Bis er sich beim Mittagessen in der Mensa mit seinem Tablett zu Arne, Sabrina und mir an den

Tisch setzte, während wir uns gerade über Sabrinas Geburtstagsparty am übernächsten Wochenende unterhielten.

Stirnrunzelnd musterte ich ihn und bemühte mich, mir meine gemischten Gefühle nicht anmerken zu lassen. In der Schulmensa waren noch viele Plätze frei, weshalb ausgerechnet unser Tisch? Ich stellte mich auf weitere spitze Bemerkungen in meine Richtung ein und spürte, wie sich mein Nacken verspannte.

Doch der Polizist schenkte mir nur einen flüchtigen Blick. Stattdessen wandte er sich an Arne, der vor dem Essen in seiner Drogenpräventionsgruppe mitgearbeitet hatte.

»In welchen Klassen unterrichten Sie, Herr Schlichting?«

Während Arne ihm antwortete, beobachtete ich den Polizisten verstohlen. Ich schätzte ihn auf Ende zwanzig. Er hatte braune Augen mit einem warmen Schimmer, der an Karamell-Toffee erinnerte. Auf seinen Wangen zeichnete sich ein leichter Bartschatten ab und in Nasenspitze und Kinn befanden sich mittig kleine Grübchen. Er sah wirklich außerordentlich interessant aus. Nur die arrogante Ausstrahlung schmälerte den Gesamteindruck.

Er trug keinen Ehering und seine dunkelbraunen, leicht verstrubbelten Haare luden quasi dazu ein, mit der Hand hindurchzugleiten.

Ich schluckte, selbst erschrocken über meine Gedanken, und wandte rasch den Blick ab. Was war bloß mit mir los? Ich fand ihn noch nicht einmal sympathisch! Mit schlechtem Gewissen dachte ich an Julius.

Sabrina mischte sich jetzt mit ungewohnt weicher Stimme in das Gespräch ein und warf dabei ihre kastanienbraunen Locken nach hinten. »Ich finde es ganz toll, dass die Polizei uns bei der Drogenprävention unterstützt. Dabei haben Sie doch zurzeit bestimmt alle Hände voll zu tun mit der Suche nach diesem Mörder!«

An ihrer Körpersprache erkannte ich, dass sie auf den Polizisten stand.

Sie unterhielten sich über den Mord an dem Cousin des Flüchtlingskindes aus der siebten Klasse und anschließend erklärte Sabrina ihm ausführlich, was wir in der Grundschule geplant hatten, um die Kinder für das Thema Drogen zu sensibilisieren. Dabei spielte sie die ganze Zeit an ihren Kreolen.

»Ich denke, dass Sie da hervorragende Ideen gesammelt haben. Studien zeigen, dass Präventionsprogramme durchaus schon in der

Grundschule Sinn machen«, sagte der Polizist äußerst charmant zu Sabrina. »Natürlich in anderer Form als bei den Jugendlichen. Was denken Sie darüber, Frau Rosenberg?« Abrupt wandte er sich mir zu.

Verdutzt sah ich ihn an. »Ich?«

Er wiederholte die Frage in ruhigem Ton, als ob ich ihn nicht verstanden hätte. Sein herablassender Blick bewirkte, dass ich mir noch dämlicher vorkam als ohnehin schon.

»Oh … Ich denke, dass man gar nicht früh genug damit anfangen kann, den Kindern beizubringen, wie wertvoll ihr Körper ist. Wir wollen sie stark dafür machen, Nein zu Dingen zu sagen, die nicht gut für sie sind«, erklärte ich und bemühte mich dabei um einen kühlen Tonfall. Er sollte ja nicht glauben, dass er mich einschüchtern konnte.

Der Polizist musterte mich einen Moment mit erhobenen Augenbrauen. »Ich bin ganz Ihrer Meinung, Frau Rosenberg«, pflichtete er mir dann bei, aber sein Blick brannte sich ungut in den meinen. Verunsichert widmete ich mich wieder meinem Essen.

»Wir haben uns überlegt, dass wir bereits in der ersten Klasse mit dem Thema ›Mein Körper und ich‹ anfangen wollen«, übernahm Sabrina wieder das Wort und fuhr dabei neckisch mit dem Finger an ihrem Hals entlang.

Während sie weiterredete, warf ich erneut einen verstohlenen Blick zu dem Polizisten … und schaute direkt in seine Augen.

Ich errötete. Er beobachtete mich, während jemand anderes mit ihm sprach. Warum?

Während Sabrina weiterhin alle Register zog, um seine Aufmerksamkeit zu erlangen, lag sein Blick immer noch auf mir: scharfsinnig, wachsam … und grimmig.

Mein Mund war staubtrocken. »Äh, ich werde dann mal … Ich muss noch eben …«, verabschiedete ich mich etwas überhastet und brachte mein Tablett zur Abgabe.

Ohne einen Blick zurückzuwerfen, verließ ich die Mensa und verschanzte mich bis zum Ende der Mittagspause im Klassenzimmer der 1b, um aufzuräumen.

Ich war so ein erbärmlicher Feigling.

Sonnenstrahlen

Phina

Der Kopierer im Lehrerzimmer war natürlich wieder kaputt – immerhin hatte diesmal jemand ein Schild mit der Aufschrift ›Defekt‹ drangehängt. Also eilte ich zum Ersatzkopierer, der in der Lehrerbücherei stand, um festzustellen, dass einer meiner lieben Kollegen einen fetten Papierstau hinterlassen hatte. Nachdem ich eine gefühlte Ewigkeit vor dem störrischen Teil gehockt hatte, um auch den letzten Schnipsel herauszupulen, war es wieder einmal zu spät, um mir einen Tee zu machen. Also hetzte ich direkt zur 1b, die bereits sehnsüchtig auf mich wartete. Das zeigten die Kinder durch lautes Geschrei auf dem Flur und eine kleine Prügelei im Klassenzimmer …

Nach dem Fortbildungstag hatte der normale Schulbetrieb wieder begonnen und der Stress lenkte mich hervorragend von Lara und dem merkwürdigen Polizisten ab.

»Du, Frau Rosenberg …« Der kleine Tom kam aufgeregt zu mir, noch bevor ich die Schultasche abstellen konnte, und tippte hartnäckig auf meinen Arm. »Ich muss nächste Woche operiert werden«, fuhr er fort. »Da …« Verschämt deutete er auf seine Hose.

»Was machen wir heute?«, quakte Freya dazwischen (oder war es ihre Zwillingsschwester Emma? – Ich war immer noch nicht in der Lage, die beiden auseinanderzuhalten). Mit sanftem Nachdruck schob ich sie in Richtung ihres Sitzplatzes, um Tom weiter zuzuhören.

»Und dann werde ich eingeschläfert«, erklärte er gerade mit ernsthaftem Blick zu seinem Freund Moritz, der ebenfalls zum Lehrerpult gekommen war.

»Nein, nein«, verbesserte ich ihn schmunzelnd. »Nicht eingeschläfert. Du bekommst eine Narkose. Einschläfern macht man bei todkranken Tieren.«

»Ja, und dann werden die geschlachtet«, warf Moritz fachkundig ein.

Tom bekam große Augen und ich versicherte ihm rasch, dass das etwas ganz anderes wäre und nichts mit seiner OP zu tun hätte.

Ich warf einen Blick auf die Uhr. Wenn ich nicht langsam mit dem Unterricht begann, war mal wieder die Hälfte der Stunde vorbei, ohne dass wir etwas geschafft hatten. Also wimmelte ich auch Jeremy ab, der mir stolz seine neuesten selbstgemalten Panzer- und Kanonenbilder zeigen wollte (»Äh … sehr schön, Jeremy, da hast du dir aber viel Mühe gegeben …« – Vielleicht sollte ich einmal mit seinen Eltern über seine Fernseh- beziehungsweise Computergewohnheiten sprechen?), und sorgte für Ruhe, um mit dem Unterricht zu beginnen.

Ich war erwachsen. Ich würde mich auf keinen Fall vor einem griesgrämigen Polizisten fürchten, der – so stellte ich erschrocken fest – viel zu oft in meinen Gedanken herumspukte.

Am Nachmittag sollte es noch schlimmer werden …

Hallo Espen,
die Fenster sauber, das Bad sauber, der Schreibtisch aufgeräumt und sauber und mittlerweile kenne ich ca. 200 neue YouTube-Videos. Was tut man nicht alles, um sich den Testkorrekturen zu entziehen …

Nachdem ich auf Senden gedrückt hatte, legte ich mein Handy zur Seite. Ich war Weltmeister im Dinge-Aufschieben. Aber es nützte nichts: Die Lernzielkontrollen mussten korrigiert werden.

Espen würde vermutlich gleich antworten – ohne sein Handy war er verloren. Ich hoffte nur, dass er darüber nicht seine Ausbildung vergaß.

Ups! Schon wieder ertappte ich mich dabei, dass ich mir wie eine Mutter Sorgen um ihn machte. Hatte ich denn in zwei Jahren Therapie überhaupt nichts dazugelernt? Ich seufzte. Eine ziemlich lange Zeit hatten wir an meinem ›Helfersyndrom‹ gearbeitet, das musste doch endlich Wirkung zeigen! Aber die eingeübten Verhaltensmuster saßen leider verdammt tief.

Seufzend sah ich aus dem Fenster in den strahlend blauen Himmel und bemühte mich, die trüben Gedanken aus meinem Kopf zu vertreiben. Es war ein wundervoller warmer Samstag im Mai … und ich musste für die Schule arbeiten.

Aber wer sagte eigentlich, dass man Tests nur zu Hause am Schreibtisch korrigieren konnte? Ich schnappte mir meine Materialien und machte mich auf den Weg zur Bäckerei am Ende der Straße. Davor gab es nette Sitzgelegenheiten im Freien.

Nachdem ich mir einen Becher Tee und ein Stück Kuchen geholt hatte, machte ich es mir mit den Tests in der Sonne gemütlich.

Die Antwort meines Bruders erschien auf meinem Handy:

Um dich zu unterstützen, biete ich dir an, bei mir weiterzuputzen.
Sag mal, kannst du mir 50,- € leihen? Kriegst du auch Anfang Juni zurück, versprochen!

Oh Mann, Espen. Würde der Junge je in der Lage sein, selbstständig zu überleben?

Ich schickte ihm einen Emoji mit ausgestreckter Zunge zurück, trank einen Schluck von meinem Tee und nahm den Rotstift zur Hand.

»Hallo, Phina«, ertönte auf einmal eine tiefe Stimme und ich sah auf. Ein Mitglied des Singkreises Mühlensee wollte gerade die Bäckerei betreten.

»Na, wieder gesund, Herr Runge?«, erkundigte ich mich.

»Wie neugeboren! Nächsten Dienstag komme ich wieder zum Chor.«

»Super! Aber treiben Sie es nicht zu doll, mit einer Bypass-OP ist nicht zu spaßen.«

»Ja, da achtet meine bessere Hälfte leider auch drauf«, antwortete er mit gequältem Gesichtsausdruck. »Trotzdem hol ich mir jetzt ein schönes Stück Torte, ich kann das Grünzeug nicht mehr sehen. Bitte nichts zu Maria sagen!«

»Aber nicht so viel Sahne!«, mahnte ich schmunzelnd und beugte mich wieder über den Test.

Als ich kurz darauf den Kopf hob, um mich ein wenig zu strecken, sah ich direkt in die braunen Augen des Polizisten. Der Stift entglitt mir klappernd.

Er saß am Nebentisch, hatte einen Becher vor sich stehen und beobachtete mich mit unergründlichem Gesichtsausdruck. Während ich nur mit offenem Mund zurückstarren konnte, nickte er mir knapp zu.

Ich riss mich zusammen und schenkte ihm ein zittriges Lächeln, das er nicht erwiderte. Wie lange beobachtete er mich schon? Konnte der sich keine andere Bäckerei aussuchen?

»Hallo!«, sagte ich mit piepsiger Stimme und ärgerte mich über mich selbst, weil ich so unbeholfen war, während er dermaßen cool wirkte. »Genießen Sie auch das schöne Wetter?«

Wieder nickte er.

»Ich … äh, muss arbeiten.«

»Das habe ich mir schon fast gedacht«, entgegnete er trocken und bedachte mich mit einem ironischen Blick unter gelangweilt wirkenden Lidern.

»Tja dann …« Errötend beugte ich mich wieder über meine Unterlagen und blickte nicht mehr auf, bis er schließlich sein Geschirr hineinbrachte und ging. Allerdings konnte ich mich nicht mehr auf die Tests konzentrieren. Er hatte eine merkwürdige Unruhe in mir ausgelöst.

Als er auf dem Rückweg wieder an mir vorbeikam, kreuzten sich unsere Blicke erneut. Seiner war kühl, herablassend und … unverschämt.

Ich zuckte betroffen zusammen.

Was war denn bloß sein Problem? War er etwa immer noch sauer, weil ich neulich seinen Vortrag gestört hatte? Aber das war doch kein Grund, mich so böse anzuschauen!

Ich konnte mir sein Verhalten beim besten Willen nicht erklären. Besorgt dachte ich daran, dass kommende Woche das Präventionsprojekt in der Schule stattfinden sollte, bei dem er leider anwesend sein würde. Hoffentlich gelang es mir, ihm aus dem Weg zu gehen. Er war entschieden schlecht für meine Konzentration und mein Seelenheil.

Warum zum Teufel fand ich ihn trotzdem attraktiv? *Phina Rosenberg, du bist eine blöde Kuh!*

Verwirrt starrte ich ihm nach, als er in einem dunkelgrauen Audi davonfuhr.

Prävention

Phina

Den ganzen Montag war es mir gelungen, dem finsteren Polizisten aus dem Weg zu gehen. Nur im Lehrerzimmer hatte ich ihn einmal von Weitem gesehen. Er saß bei Arne und hielt einen Becher in der Hand. Neben ihm saß seine Kollegin, mit der er das Präventionsprojekt gemeinsam leitete, eine große, schlanke Frau mit einem brünetten Pagenkopf. Ich fand sie sehr hübsch und fragte mich, ob da zwischen den beiden etwas lief. Sie wirkten sehr vertraut miteinander.

Arne jedenfalls schien sich blendend mit dem Polizisten zu verstehen. Wie anscheinend jeder aus dem Kollegium.

Jeder außer mir.

Die Tatsache bedrückte mich, weil ich es nicht begreifen konnte. Ich wollte, dass die Leute mich mochten. Der Therapeut damals hatte sogar behauptet, dass ich viel zu viel dafür investieren würde, dass man mich mochte. »Es kann Sie nicht jeder gern haben, Frau Rosenberg«, waren seine Worte gewesen und dann hatten wir weiter an meinem Selbstbewusstsein gearbeitet. Schien aber nicht viel genützt zu haben.

Nur gut, dass das Projekt des Polizisten auf eine Woche begrenzt war. Danach würde ich dem Mann hoffentlich nicht mehr begegnen.

Aber ihm aus dem Weg zu gehen, war schwerer als gedacht.

Als ich am Dienstag vor meiner letzten Unterrichtsstunde noch rasch einen Arbeitsbogen kopieren wollte und den Kopierraum betrat, war ich leider nicht allein. Wie angewurzelt blieb ich stehen und hielt den Atem an. Im Kopierraum stand der Polizist.

Verdammt.

Er trug ein kurzärmliges Uniformhemd und eine gut sitzende dunkle Hose. Lässig lehnte er neben dem Laminiergerät und wartete, dass es Betriebstemperatur erreicht hatte. Wieder einmal musterte er mich mit diesem herablassenden Blick, den er aus irgendeinem Grund speziell für mich reserviert hatte. Das vernichtete jegliche Gehirnaktivität in meinem Kopf. Unsicher blieb ich im Türrahmen stehen, meine Hand in die Schultasche gekrallt.

»Sie dürfen ruhig hereinkommen, Frau Rosenberg.«

Der kühle Klang seiner Stimme riss mich aus meiner Starre.

»Okay«, murmelte ich nervös, trat ein und ging zum Kopiergerät, um das Blatt daraufzulegen.

Aber sobald die Tür hinter mir zugefallen war, bereute ich die Entscheidung, denn es fühlte sich an, als wäre der Raum zu klein für uns beide. So dicht neben ihm zu stehen, verursachte mir eine Gänsehaut.

Es war ein bisschen, als befände ich mich bei einem Raubtier im Käfig. Ein Raubtier, von dem man nicht wissen konnte, was es als Nächstes tun würde. Mein Puls beschleunigte sich. Unruhig knetete ich meine Finger, während ich wartete, dass der Klassensatz Arbeitsblätter endlich fertig kopiert war. Ich bemühte mich, das Kribbeln auf meiner Haut zu ignorieren und mich nicht automatisch zu kratzen. Der Polizist dagegen stand ganz entspannt neben mir. Beneidenswert.

»Können Sie mir sagen, welche Temperatur ich einstellen muss?«, fragte er ruhig und deutete auf das Laminiergerät.

»Auf Stufe drei, sonst verschweißt es nicht richtig. Man nennt mich hier auch den Laminator …«, versuchte ich einen Scherz.

Eigentlich war der Witz ganz gut … bis eben. Der Polizist verzog keine Miene.

Ich schob meinen Arm an ihm vorbei und drückte auf den entsprechenden Knopf. Erneut fiel mir sein anziehender Duft auf. Schnell trat ich einen Schritt zurück, um wieder Abstand zwischen uns zu bringen.

Sein kurzer Blick zeigte deutlich, dass es ihm nicht entgangen war. Wie gesagt: ein Raubtier. Leise. Schnell. Tödlich.

Hastig widmete ich mich wieder meinen Kopien.

»Danke.«

Oh! Er konnte ja auch höflich sein! Verblüfft sah ich zu ihm auf. Das Bedrohliche in seinem Blick war fort. Meine Sinne mussten mir einen

Streich gespielt haben. Da war nur noch ein großer charismatischer Mann in Uniform … Ich stutzte, denn in diesem Moment entdeckte ich sein Namensschild, das sich für mich genau auf Augenhöhe, auf seiner Brust befand.

Wolf.

Ich schluckte hart und fühlte, wie mir kalt wurde. Mein Atem zitterte, mein ganzer Körper bebte und ich musste die Tränen mit Gewalt unterdrücken.

Er hieß genau wie Lara.

Bisher hatte ich seinen Namen noch gar nicht mitbekommen, wir hatten immer nur über ›den Polizisten‹ geredet. (Arne und Sabrina zwar auch manchmal über ›den Poliphilen‹, aber das nur, um mich zu ärgern.) Der Rektor hatte ihn sicher mit Namen vorgestellt, aber das musste ich verpasst haben.

Ich fragte mich, ob er mit Lara verwandt war.

»Gibt es ein Problem?« Er betrachtete mich lauernd.

Meine Kopien waren längst fertig.

»Nein«, antwortete ich schwach. »Es ist nur … meine beste Freundin heißt auch … hieß …« Meine Stimme versagte. Ich raffte meine Arbeitsbögen zusammen und verließ fluchtartig den Raum.

»Auf Wiedersehen, Frau Rosenberg!«, rief Herr Wolf mir hinterher und es klang wie eine Herausforderung.

Oder eine Drohung.

Nach meiner letzten Stunde ging ich schnurstracks zum Fahrrad. Es war neben einem Aufsteller angekettet, der mich an den Blutspendetermin erinnerte, der morgen Nachmittag in der Schule stattfinden würde. Um dem Polizisten bloß nicht mehr über den Weg zu laufen, beeilte ich mich besonders. Selbst auf dem Heimweg trat ich noch in die Pedale, als würde es um mein Leben gehen.

Zu Hause angekommen, stellte ich als Erstes den Wasserkocher an und checkte anschließend mein Handy auf Nachrichten.

»Hallo, mein Schatz!«, ertönte Julius' warme Stimme, während ich Tee in den Filter füllte und einen Becher aus dem Küchenschrank nahm. »Wie war es in der Schule? Du, hier gibt es Stress und ich werde heute Abend länger arbeiten müssen. Lass uns morgen telefonieren, in Ordnung? Und dann sehen wir uns ja am Wochenende. Ich hab dich lieb!« Man hörte noch, dass er ein Küsschen in den Hörer schmatzte, dann hatte er aufgelegt.

Ich verspürte ein leises Gefühl von Enttäuschung. Gerade heute hatte ich ihm mein Leid klagen wollen. Na gut, dann würde ich eben mit … Ich erstarrte und das Handy entglitt mir und fiel auf den Tisch.

Mein erster Impuls war es gewesen, Lara anzurufen.

Ich rang nach Luft, weil sich mein Magen zusammengekrampft hatte, als hätte ich Schmerzen.

Ganz ruhig, Phina. Ein- und ausatmen.

Den weiteren Nachmittag verbrachte ich wieder einmal hauptsächlich damit, mir eine Sprachnachricht von Lara anzuhören, die sich noch auf meinem Handy befand. Immer wieder. Einfach nur, um ihre kichernde Stimme zu hören, wie sie mir berichtete, was sie beim Wochenendurlaub mit ihrem damaligen Freund erlebt hatte.

»Phina, erinnerst du dich an die Dessous, die wir neulich für mich gekauft haben? Mit den Strapsen und dem Slip ouvert? Damit wollte ich Steffen heute überraschen. Also hab ich sie angezogen, als er kurz Getränke holen war. Als er dann geklopft hat und wieder ins Hotelzimmer wollte, habe ich mich extra sexy im Flur drapiert und ganz langsam die Tür geöffnet. Und dann …«, Lara bekam sich kaum ein vor Lachen, während mir erneut eine Träne die Wange hinunterlief, »… stand aber nicht Steffen vor der Tür, sondern ein Hotelmitarbeiter. Der wollte uns als Gruß des Hauses einen Obstkorb überreichen, weil wir gestern das Zimmer wechseln mussten. Die ganze Zeit hat er krampfhaft die Flurwand fixiert. Keine Ahnung, wem von uns beiden die Situation peinlicher war.

Ich habe mich dann ganz höflich bedankt und den Korb entgegengenommen. Und dann wollte ich noch etwas Nettes sagen, aber das Einzige, was mir einfiel, war: ›Oh, ich liebe Bananen!‹ Der war ziemlich schnell verschwunden …«

Die Nachricht endete mit Laras Glucksen.

Ich schniefte in mein Taschentuch und startete die Sprachnachricht von Neuem.

Irgendwann riss mich ein Klingeln an der Tür aus meiner Melancholie. Meine Vermieterin Willie.

»Hallo, Phina, ich habe ein Paket für dich, aber du musst rüberkommen und es dir holen, es ist so unhandlich.«

Ich folgte ihr und betrachtete verblüfft den riesigen Karton in ihrem Flur. Der war bestimmt einen Meter hoch.

»Von deinem Freund?«, fragte sie anzüglich und zwinkerte mir zu.

»Äh … Keine Ahnung.« Ich schielte auf den Aufkleber mit dem Absender. ›Halloween-Versand‹, stand da in fetten Lettern, verziert mit einem Kürbis und einer Fledermaus.

Halloween? Im Mai?

»Es gibt da ja interessante Online-Versandhandelshäuser. Da kann man wirklich alles bestellen«, sagte Willie und wackelte mit den Augenbrauen.

»Du meinst Schuhe und so?«, fragte ich arglos und zog den schweren Karton hinüber in meine Wohnung.

»Nun ja …« Sie folgte mir. »Da gibt es auch so *Spielzeuge*.« Wieder wackelte sie bedeutsam mit den Augenbrauen.

Ich stand auf dem Schlauch. »Für Kinder?« Wer konnte mir das Paket geschickt haben? Ich hatte gar nichts bestellt.

Willie lachte. »Ach Phina, du bist wirklich süß! Nein, nur für Erwachsene.«

Endlich begriff ich, was sie meinte. »Sexspielzeug?!«, stieß ich hervor und errötete.

»Genau! Eine Bekannte hat mich mal zu einer »Ladys Night« eingeladen. Du wirst es nicht glauben, aber das entpuppte sich als eine Dildo-Party! Und das in meinem Alter! Da gab es Dessous und auch Gleitmittel und einen riiiiiesigen schwarzen …«

Hastig bedankte ich mich bei Willie und komplimentierte sie aus der Tür hinaus. *Oh Gott!*

»Sei nicht so prüde, Phina. Das war lustig! Wir haben uns Ohrclips aus Klemmen mit Puscheln dran gemacht …«

Rasch schloss ich die Wohnungstür hinter ihr. *Himmel, die Frau ging auf die achtzig zu!*

Kopfschüttelnd wandte ich mich dem Paket zu, um es von allen Seiten zu begutachten. Kein Hinweis darauf, wer es geschickt haben könnte. Neugierig öffnete ich den Deckel und erstarrte.

Ein Sarg.

In meiner Kehle würgte ein Schluchzen, weil sofort die Gedanken an Lara hochkamen. Dabei war das hier nur ein verdammter Dekosarg aus Plastik.

Als hätte ich mich daran verbrannt, ließ ich den Deckel des Kartons wieder zufallen.

Da hatte sich wohl jemand einen blöden Scherz mit mir erlaubt. Ich tippte auf meinen Bruder. Oder es lag ein Versehen vor und das Paket sollte eigentlich an eine ganz andere Adresse gehen. Genau. Das musste es sein. Weshalb hätte mir sonst jemand einen Sarg schicken sollen? *Ich* hatte den jedenfalls nicht bestellt!

Sofort griff ich nach meinem Handy und rief Espen an.

»Ein Sarg? Sieht der echt aus?«, rief er fröhlich, nachdem ich ihm alles erklärt hatte. »Das ist cool! Da können wir im Herbst bei dir eine richtig geile Halloweenparty feiern!«

Ich schnaubte. »Sei bitte ehrlich: Der kommt doch von dir, oder?«

»Nee, für so was hab ich kein Geld über, weißt du doch.«

Stimmt. Das war ein Argument. »Ich werde ihn zurückschicken. Das Ganze ist wohl ein Versehen.«

»Warum? Ist doch umsonst!«

»Und wie bitte schön soll ich das Teil unterbringen? Als Garderobenschrank? Oder als Couchtisch?«, keifte ich dünnhäutig. »Abgesehen davon ist mir im Augenblick wirklich nicht nach Thema ›Tod‹ … Der Sarg geht zurück. Basta.«

»Dann gib ihn lieber mir! Wenn er mir nicht gefällt, vertick ich ihn im Internet.«

»Bis heute Abend ist das Teil raus aus meiner Wohnung!«

»Geht klar!«, rief er vergnügt und legte auf.

Bedrückt saß ich auf meinem Sofa und versuchte zu vermeiden, das Paket anzusehen.

Wie hatte wohl Laras Sarg ausgesehen? Helles oder dunkles Holz oder vielleicht weiß gestrichen?

Ich spürte, dass ich wieder zu zittern begann. Hastig schob ich das Paket aus dem Zimmer hinaus auf den Flur. Aus den Augen … aber leider nicht aus dem Sinn.

Heroisch setzte ich mich an den Schreibtisch und versuchte, mich auf die Unterrichtsvorbereitung für den nächsten Tag zu konzentrieren. Es gelang mir nicht.

Als Espen am Abend endlich vor meiner Haustür stand, um den Sarg mitzunehmen, war ich zutiefst erleichtert.

Doch das komische Gefühl im Bauch blieb und bescherte mir Albträume.

Mitten in der Nacht fuhr ich mit einem Schrei hoch. Grund war allerdings nicht der Sarg, sondern ein Albtraum von Herrn Wolf. Er war auf mich zugekommen, immer näher. Seine braunen Augen glühten und hielten meinen Blick fest. Ich konnte mich nicht abwenden, obwohl ich das dringende Bedürfnis verspürte zu fliehen. Es gelang mir nicht, meine Gliedmaßen zu bewegen. Stattdessen versuchte ich ihn zu beschwichtigen, ihm klarzumachen, dass ich liebenswert war und dass er mir nichts tun sollte. Gerade als er noch einen Schritt näher trat, schreckte ich schweißgebadet auf.

Schwankend tapste ich zur Toilette. Mir wurde bewusst, dass ich, seit er an unserer Schule sein Projekt vorgestellt hatte, immer wieder von ihm geträumt hatte.

Not im Tod

Lara

Uah! Es gab Dinge, die wollte man gar nicht sehen.

Dazu gehörte, zu entdecken, dass der eigene Vater bereits die dritten Zähne trug, oder zu sehen, wie der Bruder sich im Schritt kratzte. Wenn er jetzt auch noch in meinem Beisein in der Nase bohrte und die Errungenschaften anschließend ablutschte, würde ich herausfinden, ob Tote kotzen konnten.

Keiner benahm sich angemessen in meiner Gegenwart. Einer der Nachteile, wenn man unsichtbar war.

Der Vorteil war, dass ich eine Menge neuer Dinge erlebte. Zum Beispiel meine beste Freundin beim Unterricht zu beobachten. Das war megawitzig und ich wünschte wirklich, ich hätte sie damit necken können.

»Du, Frau Rosenberg?« Eine kleine Erstklässlerin kam gerade zum Lehrerpult und hielt Phina ein selbst gemaltes Bild von einer Fee mit Schmetterlingsflügeln hin.

»Ja, Enya?«

»Du bist meine Lieblingslehrerin!« Sie überreichte ihr das Bild und Phina lobte: »Das hast du aber schön gemalt! Ist das für mich?«

Ich freute mich für Phina. Sie war eine tolle Lehrerin, die von ihren Schülern sehr gemocht, aber auch respektiert wurde. Am liebsten hätte ich sie in den Arm genommen, so stolz war ich auf sie.

Enya nickte eifrig und erklärte: »Das ist Miss Flatterbein.«

Miss Flatterbein? Was für ein seltsamer Name.

Aber Phina hatte verstanden, was die Kleine meinte und berichtigte sie lächelnd: »Oh, meinst du vielleicht: Miss Butterfl…«

Sie wurde durch ein Klopfen an der Klassentür unterbrochen und eine Kollegin kam herein. Sie trug – neben einem verbissenen Gesichtsausdruck – eine merkwürdige blau-weiße Batikhose, die sie auf einen Kilometer Entfernung als Kunstlehrerin outete. Ich fragte mich, wo man so etwas herbekam. Genau diese Art von Lehrerin hatte mir meine Schulzeit verleidet.

»Meine lieben Kinder«, begann sie ernst. »Es gibt da etwas, was mich wirklich traurig macht …«

Ein Mädchen mit zwei abstehenden Zöpfen aus der ersten Reihe meldete sich und sagte mitfühlend: »Du musst nicht traurig sein, Frau Thiele-Schmetzler, meine Mama hat ein Waschmittel, damit kriegt sie das wieder raus!« Sie deutete auf die Batikhose und ich war froh, dass man mein schallendes Gelächter nicht hören konnte.

Auch Phina musste ein Kichern unterdrücken.

Die Lehrerin mit dem unsäglichen Doppelnamen fand es anscheinend weniger witzig und schaute leicht verkniffen drein, während sie nun fortfuhr: »Irgendjemand aus dieser Klasse oder der 1a muss im Flur das schöne große Plakat mit den Regeln, wie wir uns hier verhalten, entwendet haben. Ich erwarte, dass sich der Übeltäter umgehend meldet!« Auffordernd guckte sie in die Runde, aber natürlich ging kein Finger in die Höhe.

Ich hätte mich auch nicht getraut, bei ihrem bösen Blick.

»Nun gut«, sagte sie mit spitzem Unterton. »Dann werden wir andere Maßnahmen ergreifen müssen.« Mit steifen Schritten verließ sie das Klassenzimmer.

Nachdem die Tür hinter ihr zugefallen war, meldete sich ein kleiner Junge mit dunklen Locken. »Du, Frau Rosenberg? Das Plakat hat doch gestern Frau Schlüter abgenommen. Sie hat gesagt, dass da viel zu viel Text für uns drauf wäre und dass sie etwas Neues mit Bildern machen würde, damit wir das auch verstehen können.«

»Oh!«, antwortete Phina. »Gut, dass du das sagst. Ich werde Frau Thiele-Schmetzler nachher gleich Bescheid geben.«

Nachdem der kleine Christopher noch losgeworden war, dass er morgen zum ›Pädologen‹ müsse, weil er da das »Sch« üben solle, ging endlich der Unterricht los. Während ich noch überlegte, was zur Hölle ein ›Pädologe‹ sein sollte, schlug Phina mit einem Schlägel an die Klangschale auf dem Lehrerpult und es wurde still in der 1b.

Ich musste grinsen, weil das so typisch Grundschullehrerin war. Eine Klangschale – ne ehrlich, wie affig war das denn bitte?

Wirklich zu schade, dass ich sie nicht necken konnte.

»So, ihr Lieben«, begann Phina jetzt und stellte sich vor die Klasse. »Nehmt bitte euren Deutschhefter heraus, damit wir beginnen können.«

Es begann ein eifriges Geräume und Getuschel, alle Ruhe war flöten. Daher hob sie ihre Hand zum ›Leisezeichen‹, was natürlich zunächst erst einmal keines der Kinder zur Kenntnis nahm.

Meine Güte, die griff ja richtig hart durch, dachte ich schmunzelnd und machte mich auf den Weg, um nach meinem Bruder, dem dämlichen Stalker, zu schauen, der in dieser Woche auch an der Schule Mühlensee arbeitete.

Er wurde von allen jungen Lehrerinnen umschwärmt, während Phina verzweifelt versuchte, ihm aus dem Weg zu gehen. Ich vermutete, dass David ihr Angst einjagte. Und wenn man sich den Gesichtsausdruck ansah, mit dem er sie meist bedachte, konnte man das gut verstehen.

Allen anderen gegenüber benahm er sich ausgesprochen höflich und freundlich, sodass niemand Phinas Vorbehalte ihm gegenüber nachvollziehen konnte. Ihre Kollegin Tine hatte vorhin sogar heftig mit David geflirtet und ihre Lippen zu einem Schmollmund verzogen, der vermutlich sexy aussehen sollte. Wieder etwas, was man als Schwester wirklich nicht sehen wollte. Bevor Tine ins Lehrerzimmer gegangen war, hatte sie sich extra die platinblond gefärbten Haare gebürstet und den Lippenstift nachgezogen. Ich hatte sie in Begleitung von Phina auf der Toilette angetroffen.

Tine war attraktiv, keine Frage, aber es war ziemlich seltsam, dabei zuzugucken, wenn es den eigenen Bruder betraf.

Das Lustige daran war, dass er ihre Annäherungsversuche überhaupt nicht zu bemerken schien. Dabei hätte er durchaus darauf eingehen können, da er seit der Sache mit Louisa Single war.

Seine Kollegin Inga war nicht sehr begeistert über das Geflirte der jungen Lehrerinnen und wirkte äußerst verkniffen, wenn sich wieder einmal jemand in Davids Beisein über die Lippen leckte. Es untermauerte meine Theorie, dass sie in Wirklichkeit ebenfalls in ihn verknallt war.

Ich entdeckte David in einer neunten Klasse, wo er gerade eine heiße Diskussion darüber leitete, ob man Alkohol zu den Drogen zählen sollte oder nicht.

Ich fand, er machte seine Sache sehr gut und sah schneidig aus in seiner Polizeiuniform. Fast wäre ich stolz auf ihn gewesen – wenn er nicht versuchen würde, meiner Freundin zu schaden.

Meine Unfähigkeit, Phina zu helfen, war frustrierend. Vermutlich hätte es überhaupt nichts geändert, wenn ich endlich ins Licht gegangen wäre, aber ich brachte es noch nicht über mich, sie allein zu lassen. Vielleicht fielen ihr ja doch irgendwann die Lichtsignale auf, die ich verzweifelt sendete.

Nur Katzen bemerkten meine Fähigkeiten. Wenn mir langweilig war, spielte ich mit den Tieren der Nachbarschaft, denn sie liebten es, meinen Lichtpunkten hinterherzujagen.

Ich wünschte, ich könnte meinem Bruder mit Gedankenkraft eine Gehirnwäsche verpassen, damit er Phina beschützte, anstatt ihr schaden zu wollen. Er war so ein Oberdummkopf!

Doch ich musste zugeben, dass David die Sache in der Schule schlau anging. Nach seinem anfänglichen Erstaunen darüber, dass Phina Lehrerin an der Schule war, an der er ein Präventionsprojekt leiten sollte, schien er nun seine Kollegin für die Rachepläne eingespannt zu haben.

Geschickt machte sie hier einmal eine beiläufige Bemerkung darüber, dass sie das Gefühl hatte, Phina am Bahnhof in recht zweifelhafter Begleitung gesehen zu haben, oder hob da einmal vielsagend die Augenbrauen, wenn meine Freundin sich geistesabwesend zeigte.

David war bei ihren Aktionen nicht dabei – vermutlich, damit niemand auf die Idee kam, er könne hinter der ganzen Sache stecken.

Einmal deutete Inga sogar dem Schulleiter gegenüber an, dass Referendare in Stresssituationen erfahrungsgemäß anfällig für die Verlockungen von Drogen und Alkohol wären …

Haha! Dass ich nicht lache! Phina und Alkohol! Niemand, der sie auch nur ein bisschen kannte, konnte auf die Idee kommen, dass sie trank oder sogar Drogen konsumierte.

Sie war deshalb so geistesabwesend, weil sie immer noch traurig war – meinetwegen. Das hätte ich David und Inga am liebsten laut ins Gesicht gebrüllt.

Hätte ich doch bloß nicht so verbissen versucht, meine Familie aus meinem Leben herauszuhalten!

Ich war mir noch nicht einmal sicher, ob ich Phina gegenüber je erwähnt hatte, dass ich zwei ältere Brüder hatte. Wenn sie Alexander und David gekannt hätte, wäre das alles nicht passiert.

Hilflos musste ich mit ansehen, wie Markus Grenzer Phinas andere Mentorin Hanne fragte, ob Phina eventuell ein Suchtproblem hätte. Die schüttelte zum Glück vehement den Kopf und erklärte ihm mit deutlichen Worten, was sie von seinen Unterstellungen hielt – nämlich gar nichts.

»Frau Rosenberg nimmt keine Drogen, da bin ich mir sicher, schließlich treffe ich mich regelmäßig mit ihr. Und dass es ihr seelisch im Moment nicht so gut geht, ist doch kein Wunder bei dem, was sie durchgemacht hat!«

Markus Grenzer, der seinen Pflichten als Mentor nicht ganz so akribisch nachkam (ich vermutete, dass ihm seine Referendarin aus schulinternen Gründen einfach aufgedrückt worden war …), brummte: »Wäre ihr aber nicht zu verdenken, bei dem Irrenhaus, in dem wir hier arbeiten müssen …«

Glücklicherweise sprach zunächst niemand die arme Phina auf diese Gerüchte an.

Ein schwacher Trost.

Projektwoche

Phina

Ich hoffe, das kostet mich nicht meinen Job«, seufzte Tine am nächsten Tag, als sie nach der letzten Stunde ins Lehrerzimmer kam, und ließ sich auf den Stuhl neben mir sinken. Es waren nur noch wenige Kollegen im Raum. Die meisten hatten bereits Unterrichtsschluss.

Glücklicherweise war ich heute noch nicht auf den seltsamen Polizisten getroffen. Nur auf Inga Sörensen, seine Kollegin. Die war im Gegensatz zu ihm sehr nett zu mir.

Nur noch zwei Tage, dann würde ich die beiden hoffentlich nie wieder zu Gesicht bekommen.

»Was könnte dich den Job kosten?«, fragte ich neugierig und klappte das Klassenbuch zu, in das ich gerade eingetragen hatte.

»Nun ja … Ich habe eben der 9a die Textproduktionen zurückgegeben.«

»Ja und?«, fragte ich verständnislos.

»Die Erörterung von Luca war dermaßen schlecht, da habe ich ihm was ins Heft geklebt.«

Sie brach ab, denn in diesem Moment betraten unser Schulleiter und – wie konnte es anders sein – Herr Wolf das Lehrerzimmer.

Tines Gesicht erstrahlte. Sie winkte dem Polizisten zu, warf die langen blonden Haare zurück und klimperte wie wild mit den Wimpern. Mir fiel auf, dass sie im Gegensatz zu sonst Lippenstift trug.

Oha! Da hatte es wohl jemanden erwischt.

»Meinst du so einen Motivationssticker?«, erkundigte ich mich, in dem Versuch, sie vor weiteren Peinlichkeiten zu bewahren.

»Nee«, antwortete Tine, ohne den Polizisten aus den Augen zu lassen. Der wiederum beachtete sie gar nicht, sondern unterhielt sich immer noch mit dem Schulleiter. »Eine tote Fliege.«

»Warum zur Hölle hast du das getan?«, schnappte ich.

»Weil ich so megagenervt war.« Tines Blick sprach Bände. »Darunter habe ich geschrieben: ›Über das Niveau deiner Ausführungen hat sich selbst diese Fliege totgelacht.‹«

Ich schlug die Hand vor den Mund, um ein schockiertes Kichern zu unterdrücken. Tines Humor war manchmal echt gewöhnungsbedürftig.

»Liebe Kolleginnen und Kollegen …«, sprach der Chef soeben alle noch im Lehrerzimmer Anwesenden an.

»Okay. Das kostet dich wirklich deinen Job«, flüsterte ich ihr kopfschüttelnd zu.

»Wie besprochen, soll am Freitag das Fußballturnier ›Sport gegen Drogen‹ als Abschluss der Projektwoche stattfinden«, fuhr der Schulleiter fort. »Nun ist leider Frau Scheerer aus gesundheitlichen Gründen ausgefallen und wir benötigen noch einen jungdynamischen Ersatz für die Lehrermannschaft.« Er ließ seinen Blick über die wenigen Anwesenden gleiten, die alle ganz plötzlich wahnsinnig damit beschäftigt schienen, irgendwelche unglaublich wichtigen Dinge zu tun. Alle außer mir, denn ich blickte gerade irritiert zum Polizisten, der mich die ganze Zeit prüfend musterte. Hart, intelligent und erbarmungslos. Ich fühlte mich fast, als wäre ich selbst ein Schüler, der mit illegalen Substanzen gehandelt hatte. Es fiel mir schwer, den Blickkontakt zu unterbrechen.

»Ach, Frau Rosenberg«, ertönte da die zufriedene Stimme des Schulleiters. »Das wäre doch etwas für Sie!«

Seine Worte rissen mich aus der Erstarrung. Erstaunt wandte ich mich ihm zu. »Ja, aber …«

»Dann ist es also abgemacht. Sie springen für Frau Scheerer ein.« Ohne meine Erwiderung abzuwarten, ging er zufrieden hinaus und ließ mich mit offenem Mund zurück. Das flüchtige Grinsen von Herrn Wolf, bevor er dem Schulleiter folgte, jagte mir einen Schauer über den Rücken.

»Frau Rosenberg, Sie sind doch jung!«, imitierte Tine ihn kichernd.

»Blöde Kuh!«, zischte ich. »Meinst du, ich kann meine Verletzungen vorschieben?«

Sie wiegte den Kopf. »Hast du denn noch Schmerzen?«

»Eigentlich nicht …«

»Ach, mach doch mit, wird bestimmt lustig! Arne und ich sind auch dabei.«

Ergeben seufzte ich.

Fußball – so ziemlich das Letzte, worauf ich Lust hatte. Darin war ich schon in meiner Schulzeit miserabel gewesen und war immer zuletzt in eine Mannschaft gewählt worden. Bestimmt bekam ich wieder einen Ball mitten ins Gesicht …

Der Tag ging unerfreulich weiter, denn zuerst musste ich einkaufen, was ich schon seit mehreren Tagen vor mir hergeschoben hatte, um dann zu Hause festzustellen, dass ich vergessen hatte, die Materialien für den morgigen Unterricht zu kopieren.

Also schwang ich mich erneut auf das Rad und fuhr die fünf Minuten zurück zur Schule. Ich musste mich beeilen, denn seit dem Erlebnis mit dem Fremden, der versucht hatte, mich zu packen, vermied ich es, allein im Dunkeln in Mühlensee unterwegs zu sein. Zu tief saß der Schreck in meinen Gliedern. In den ersten Tagen hatte ich mich sogar von Tine mit zur Schule und wieder zurücknehmen lassen, aber das war keine Dauerlösung gewesen, denn zum einen musste Tine viel mehr Stunden unterrichten als ich, zum anderen wollte ich ihr keine Umstände bereiten.

Als ich die Schule erreichte, war nicht einmal mehr das Reinigungsteam da und im Gebäude war es ungewohnt still. Das letzte Tageslicht fiel durch die Fenster und wechselte sich mit dunklen Schatten auf dem Gang ab.

Als vor mir auf einmal jemand um die Ecke bog, schrak ich zusammen. Das war doch …? Oh nein! Nicht *schon* wieder!

»Hallo, Herr Wolf«, seufzte ich.

Was machte *der* denn um diese Zeit noch hier? Das war ja wie verhext.

Mit lässigen Schritten kam er mir entgegen. »Frau Rosenberg«, sagte er mit einem Unterton, als würde er ebenfalls denken: »Womit habe ich das verdient?«

»Sie haben mich erschreckt«, rutschte es mir heraus, als er direkt vor mir stehen blieb.

Der Polizist hob spöttisch eine Augenbraue und mir schoss der Gedanke durch den Kopf, dass es so wirkte, als wolle er sagen: »Herzchen, genau das war meine Absicht.«

Ich schluckte. Natürlich war das vollkommen absurd. Warum sollte er mich einschüchtern wollen?

Über seinem Hemd trug er nun eine dunkle Uniformjacke und in der Hand hielt er eine Aktentasche. Weil ich so weit zu ihm aufschauen musste, kam ich mir noch kleiner vor, als ich es ohnehin schon war. Es störte mich, und zum ersten Mal in meinem Leben wünschte ich mir eine Körpergröße, die mehr als ein Meter dreiundsechzig betrug.

»Sie flößen den bösen Buben bestimmt ordentlich Respekt ein, oder?«, brummte ich.

»Das will ich stark hoffen«, gab er zurück. »Wie ist es bei Ihnen? Mache ich *Sie* nervös?« Er trat einen weiteren Schritt näher, sodass ich den Kopf in den Nacken legen musste. Mit einem kühlen Lächeln blickte er auf mich herab und genoss mein Unbehagen sichtlich.

»Natürlich nicht«, log ich und machte einen Schritt nach hinten, woraufhin er mir geschmeidig folgte, »schließlich bin ich kein böser Bube!«

Sein Gesicht kam meinem näher, während seine Brauen sich spöttisch hoben, was mich ziemlich irritierte. »Würden Sie das schwören?«, raunte er tief aus der Brust heraus.

Ich schluckte und starrte ihn an, während in mir die Wut wuchs. Wieso behandelte er mich so?

»Was haben Sie bloß für ein Problem mit mir?«, zischte ich und versuchte, ihn mit der Hand wegzuschieben.

Erfolglos. Der Typ bewegte sich keinen Millimeter von der Stelle.

Er schnaubte amüsiert und sein düsteres Lächeln verbreiterte sich. Ich hätte schreien mögen.

»Hören Sie, Herr Wolf.« Einen Moment lang stellte ich mich auf die Zehenspitzen, was aber auch nicht viel dabei half, mit ihm auf Augenhöhe zu sein, und bohrte ihm den Zeigefinger in die Brustmuskeln. »Was auch immer es ist, versuchen Sie bitte, professionell zu bleiben und mich nicht derart herablassend zu behandeln!«, fuhr ich ihn an – selbst erstaunt, woher ich den Mut dazu genommen hatte.

»Sie möchten, dass ich mich professionell verhalte?« Ungläubig blickte er zu mir herunter.

Ich nickte energisch.

»Nun, dann sollte ich vielleicht einmal Ihr Fach im Lehrerzimmer durchsuchen und Sie anschließend einer Leibesvisitation unterziehen«, sagte er langsam und ließ mich dabei nicht aus den Augen.

Mein Mund klappte auf. *Leibesvisitation?!*

Äh … kam es nur mir so vor, oder bekam unsere Diskussion gerade einen unanständigen Touch?

Ich spürte, wie ich errötete. Hastig trat ich einen Schritt zurück, woraufhin sein Lächeln sich verstärkte, als ob er mich soeben überführt hatte.

Ha! Der war ja wohl nicht ganz frisch in der Birne! Das Einzige, was er in meinem Fach finden würde, waren Schulunterlagen, Naschsachen und mein Lieblingstee.

»Ich muss jetzt kopieren«, stammelte ich und deutete auf meine Tasche.

»Dann will ich Sie nicht aufhalten.« Er nickte mir zu und wandte sich ab.

Ich musste mich konzentrieren, um ihm nicht hinterherzustarren. Er war arrogant, steif und unheimlich – ein riesengroßes Arschloch. Alles in allem aber leider irgendwie faszinierend.

Reiß dich zusammen, Phina!

Ich nahm mir fest vor, mich in den verbleibenden Tagen nicht mehr von ihm einschüchtern zu lassen.

Noch bevor der Polizist verschwunden war, bog mein Rektor um die Ecke.

»Ah, Herr Wolf, entschuldigen Sie bitte, dass es noch etwas gedauert hat«, rief er dem Polizisten nach. »Ja, hallo, Frau Rosenberg, was machen Sie denn noch hier?«

Wieder deutete ich auf meine Tasche. »Ich muss noch etwas kopieren«, antwortete ich lahm.

»Na dann, frohes Schaffen!« Er beachtete mich nicht weiter, sondern wandte sich wieder dem Polizisten zu. Beide Männer verschwanden in Richtung Sporthalle.

Ich straffte mich und eilte in die entgegengesetzte Richtung weiter.

Das war ja lachhaft. Ich hatte tatsächlich Angst vor diesem blöden Polizisten, nur weil der mich ein paarmal grimmig angeguckt hatte? In Gedanken ging ich durch, weshalb er mich auf dem Kieker haben könnte. Verkehrsrowdytum konnte es nicht sein, weil ich normalerweise mit Bus, Bahn oder Rad unterwegs war, da ich kein eigenes Auto besaß. Und auch sonst hielt ich mich an alle Gesetze. Gut, ich hatte mit zehn Jahren mal einen Barbie-Werbekatalog geklaut. Das war aber nur, weil ich erst zu Hause gemerkt hatte, dass da ein Preis draufstand.

Warum zur Hölle war der Typ zu allen nett, nur nicht zu mir?

Phina, es kann dir egal sein, versuchte ich mir einzureden, aber irgendwie gelang mir das nicht gut. Mein Ex-Therapeut hätte jetzt ein ernstes Wörtchen mit mir geredet, dass ich mein Lebensglück nicht davon abhängig machen dürfte, dass alle mich mögen …

Doch das war nicht leicht umzusetzen – vor allem, weil der Typ mir ständig über den Weg lief.

»Er hat mich gefragt, ob ich schwören könne, dass ich kein böser Bube sei!«, berichtete ich Tine am nächsten Tag empört, als wir in der großen Pause gemeinsam das Lehrerzimmer betraten. »Kannst du dir das vorstellen?«

»Du? Ein böser Bube?!«

Während meine Kollegin noch lachte, zwängte ich mich hastig zwischen die Jacken in der Garderobe, denn soeben kam der Polizist vorbei.

Irritiert fragte Tine: »Alles okay bei dir?«

»Ist er weg?«, flüsterte ich.

»Wer? Herr Wolf?«

»Genau!«

»Ja. Du kannst rauskommen.« Tine grinste, als ich mich aus den Jacken hervorschälte. »Er scheint dir ja echt Angst zu machen!«

»Na ja, Angst ist vielleicht zu viel gesagt, aber er ist wirklich nicht nett zu mir.«

»Ich finde ihn sehr sympathisch. Außerdem ist sein Po nicht von schlechten Eltern!«

Wir gingen zu unseren Plätzen im Lehrerzimmer und setzten uns.

»Leider.« Genervt verzog ich den Mund. »Und seine Brustmuskulatur auch nicht.«

»Was weißt du von seinen Muskeln?«, wollte Tine wissen und griff nach ihrem Becher.

»Ich hab reingepikt …«, murmelte ich verschämt.

Tine prustete den Kaffee, den sie gerade getrunken hatte, über den Tisch und wischte sich mit dem Handrücken über den Mund. »Du hast was …?!«

»Na ja, er hat …« Ich stockte, denn soeben betrat der Polizist das Lehrerzimmer. Eilig rutschte ich von meinem Stuhl und kniete mich auf den Boden, sodass ich vom Tisch verdeckt wurde. »Er hat mich so fies behandelt, da bin ich wütend geworden«, flüsterte ich und tat, als würde ich hier unten etwas suchen.

»Und dann hast du ihm in seine Superman-Brust gepikst …«, schloss Tine mit leicht verklärtem Blick. »Die würde ich auch gern mal anfassen.«

Ich nickte. »Verständlich. Und zum Schluss hab ich noch gesagt, dass er mich gefälligst nicht so von oben herab behandeln soll.«

Tines Kopf ruckte herum, ihre Augen weiteten sich und sie fixierte einen Punkt über mir.

»Was ziemlich schwierig ist, wenn man Sie um mehr als einen Kopf überragt.« Eine dunkle, ziemlich männliche Stimme hinter mir ließ mich kurzzeitig verstummen. »Jetzt gerade dürfte es allerdings etwas mehr sein.«

Langsam drehte ich mich in der Hocke herum und blickte gegen uniformierte Hosenbeine, während Tine ihre Hand vor die Lippen presste und bebte. Ergeben stand ich auf und ignorierte, dass sie fast an einem Lachanfall erstickte. »*Sie* schon wieder.«

»Haben Sie gefunden, wonach Sie suchen, Frau Rosenberg?«, erkundigte sich der Polizist höflich. Doch in seinen Augen blitzte es gefährlich.

So ein Mistkerl! Am liebsten hätte ich ihm seinen wohlgeformten Kiefer gebrochen, aber leider hatte ich gegen diesen hünenhaften Polizisten wohl kaum eine Chance.

»Ich muss los«, antwortete ich mit hochrotem Gesicht und schnappte meine Schultasche, um den Raum zu verlassen.

»Aber Sie brauchen doch nicht wegzulaufen, Frau Rosenberg!«, rief er fröhlich. »Entschuldigen Sie bitte, dass ich mich über Ihre nicht vorhandene Größe lustig gemacht habe. Ich gelobe Besserung. Nur eine Frage noch: Unterrichten Sie deshalb ausschließlich in der Grundschule – ich meine, damit Sie die Kinder überragen können?«

Jetzt war er zu weit gegangen. Mit schmalem Blick wandte ich mich um und funkelte ihn an. »*Nur* in der Grundschule?«, zischte ich. »Hiermit möchte ich Sie zur nächsten Stunde in die erste Klasse einladen. Sie können uns sehr gut bei unserem Präventionsprojekt unterstützen und den Unterricht dabei leiten.« Herausfordernd stemmte ich die Hände in die Seiten.

Der Polizist stutzte und musterte mich amüsiert. »Nun gut«, meinte er gelassen. »Es ist vielleicht ganz sinnvoll, einmal in Ihrem Klassenzimmer nach dem Rechten zu sehen … Das Gespräch mit dem Sozialpädagogen kann ich sicher auf später verschieben.«

Ich schnaubte böse. Weshalb zur Hölle behandelte der Typ mich die ganze Zeit so wie den letzten Abschaum?

Während Herr Wolf hinausging, um dem Schulsozialpädagogen Bescheid zu geben, sank ich auf meinen Stuhl und legte die Stirn auf den Tisch.

»Was machst du da, Phina?«, fragte Tine neugierig.

»Vor Scham sterben«, antwortete ich dumpf und warf ihr einen finsteren Blick zu, weil sie schon wieder kicherte. »Du könntest mich ruhig ein wenig gegen diesen arroganten Idioten unterstützen!«

»Ich hatte nicht den Eindruck, dass du Unterstützung benötigst«, antwortete sie fröhlich. »Mir tut eher Herr Wolf leid, bei dem Gedanken daran, wie du ihn gleich gemeinsam mit der 1b in die Mangel nehmen wirst …«

Ich setzte mich auf, weil der Polizist soeben zurückkehrte, um mir mitzuteilen, dass er mich in der nächsten Stunde wie besprochen begleiten und den Unterricht übernehmen würde.

In der 1b empfing uns das gewohnte Chaos. Morten jagte Bosse durch den Klassenraum, Lana und Freya performten lautstark ein Klatschspiellied, Phyllis wollte mir ihren Haarkranz aus Blumen zeigen, Emma und Tom umarmten mich, Jack schenkte mir ein selbst gemaltes Bild, der ängstliche Marvin guckte mit großen Augen verstört durch den Raum und Rosa weinte, weil sie in der Pause gestürzt war.

Alles gleichzeitig.

Während ich den prüfenden Blick von Herrn Wolf auf mir fühlte, knurrte ich Morten und Bosse an, dass sie sich sofort auf ihren Platz setzen sollten, und bat Leonie, Rosa ins Sekretariat zu begleiten, damit sie ein Pflaster und ein Kühlkissen bekam.

»Kühlkissen …«, kommentierte der Polizist angesichts der kleinen Schürfwunde spöttisch, während die beiden Mädchen den Raum verließen.

»Jawohl!«, sagte ich standhaft. »Das hilft gleichzeitig für die Seele.« Ich ignorierte seine hochgezogenen Augenbrauen und tätschelte Emma den Rücken, lobte ausgiebig das gemalte Haus von Jack, bewunderte den Haarschmuck von Phyllis, strich Marvin im Vorbeigehen beruhigend über den Rücken, ignorierte die neugierigen Nachfragen, wer denn der fremde Mann wäre, und kämpfte mich nach und nach zum Lehrerpult durch.

Mit einem tiefen Atemzug brachte ich mich in Pose, sodass die Kinder wussten, dass es nun losging, wartete kurz, bis Ruhe eingekehrt war, und begrüßte sie. Dann forderte ich alle auf, einen Stuhlkreis zu machen.

Als nach einer gefühlten Ewigkeit alle im Kreis saßen, übergab ich das Wort an Herrn Wolf.

»Wer bist du?«, fragte die kleine Merle ihn.

»Ich bin Polizist und heiße Herr Wolf«, antwortete er freundlich und deutete auf den Schriftzug an seiner Uniform.

»Das kann ich noch nicht lesen, aber meine große Schwester kann das schon«, erklärte ihm Bosse.

»Ich hab schon mal in einem Polizeiauto gesessen«, rief Emma. »Hast du auch ein Polizeiauto?«

Noch bevor Herr Wolf antworten konnte, sah Jack sich genötigt zu erzählen, dass bei ihm zu Hause auch schon einmal Polizisten gewesen waren, als sein Papa seine Mama verhauen hatte, was wiederum Lana dazu brachte, von dem Raubüberfall an ihrer Tante zu berichten.

Irritiert schaute Herr Wolf zu mir.

Mein Helfersyndrom kam durch. »Denkt bitte daran, dass man sich meldet, wenn man etwas sagen möchte«, erinnerte ich die Kinder streng.

Fast alle Arme sausten in die Höhe.

Aufmunternd lächelte ich dem Polizisten zu, in dessen Blick sich etwas Hilfloses geschlichen hatte. Er zuckte mit den Schultern und nahm Jack dran.

»Hast du auch eine echte Pistole?«, hauchte er ehrfürchtig.

Herr Wolf bejahte es und deutete auf die Waffe an seinem Gürtel.

»Darf ich die einmal halten?«, »Mein Papa ist Jäger, der hat eine viel größere!«, »Hast du damit schon mal in echt geschossen?«, plapperten sofort alle durcheinander, während Marvin zu weinen begann, weil er Angst vor der Waffe hatte.

Hastig ließ der Polizist seine Jacke darüberfallen.

Ich musste ein Kichern unterdrücken. Es machte Spaß, dieses schlecht gelaunte Alphatier ein wenig zu necken. Im Laufe der Unterrichtsstunde hatte sich meine Angst vor ihm gelegt.

»Weiß denn jemand, was Polizisten alles machen?«, fragte ich laut in die Runde, während ich gleichzeitig pantomimisch Phyllis anwies, ihren Platz mit dem weinenden Marvin zu tauschen, damit der neben mir sitzen konnte.

Auffordernd nickte ich Herrn Wolf zu.

Er deutete auf Justus, der daraufhin sagte, dass Polizisten Einbrecher fangen und ins Gefängnis sperren würden. Morten fügte hinzu, dass sie Verbrecher erschießen und manchmal auch unschuldige Leute, woraufhin Marvin lauter schluchzte.

Ich tätschelte ihm beruhigend den Rücken.

Auch nachdem Herr Wolf diverse Fragen beantwortet und allen möglichen Anmerkungen der Kinder gelauscht hatte, meldeten sich immer noch fast alle.

»Ich denke, Sie können jetzt wieder übernehmen, Frau Rosenberg«, sagte der Polizist, auf dessen Stirn sich ein leichter Schweißfilm gebildet hatte, betont lässig.

Diesmal war ich diejenige, die den anderen amüsiert musterte. »Aber Herr Wolf«, sagte ich mit einem breiten Lächeln und erschrak selbst ein wenig über meine bisher unentdeckte sadistische Ader, »wir haben doch gerade erst angefangen.«

Fußball

Phina

Am Freitag fand das Fußballturnier ›Sport gegen Drogen‹ unserer Gemeinschaftsschule statt, das die beiden Polizisten zusammen mit unserem Sozialpädagogen ausrichteten.

Während das Finalspiel der 9. und 10. Klassen ausgefochten wurde, zog ich mich für das Abschlussspiel ›Lehrer gegen die Gewinnermannschaft der Schüler‹ um.

Verschiedene Nuancen von Schweißgeruch schlugen mir entgegen, als ich anschließend die Halle betrat. Dummerweise stand direkt an der Tür Herr Wolf und beobachtete das Spiel.

»Hallo, Frau Rosenberg«, begrüßte er mich und ließ seinen Blick prüfend über mich gleiten, sodass ich mir in meiner kurzen Hose und dem T-Shirt schon fast nackt vorkam.

Verlegen strich ich mir eine Haarsträhne zurück.

Ich wünschte, ich hätte mich besser im Griff, aber sobald dieser Polizist mir nahe kam, setzten bestimmte Bereiche meines Gehirns einfach aus.

Er trug heute keine Uniform, sondern eine kurze Hose und ein dunkles Poloshirt.

»Hallo«, stieß ich hervor, weil mir nichts anderes einfiel, als dass seine trainierte, hochgewachsene Gestalt sehr reizvoll in diesem engen Oberteil aussah.

Weil er mich immer noch betrachtete, fragte ich verunsichert: »Stimmt irgendetwas nicht?«

»Nein, nein, alles in Ordnung. Sie sehen in Sportsachen besser aus als erwartet.« Sein Blick wanderte zu den frischen Narben an meinem Bein.

Ich errötete. »Sie sehen aber auch nicht schlecht aus. Wie ein ziemlich großer Fußballer. Die haben auch immer so einen knackigen Po. Nicht dass Sie denken, ich hätte auf Ihren Po gestarrt … Okay. Ich halte jetzt besser die Klappe.«

Meine Unsicherheit ihm gegenüber und die Angst vor dem Fußballspiel schienen mein Gehirn am Arbeiten zu hindern. Besorgt schaute ich zu dem Polizisten auf und erwartete seine Reaktion.

Er stutzte und lachte dann auf.

Verwundert blinzelte ich. Ein Herr Wolf lachte nicht. Niemals! Was war denn da los? Und was für ein Lachen das gewesen war! Tief und wohlklingend und vollkommen unerwartet. Fasziniert musterte ich ihn.

Als es mir bewusst wurde, drehte ich ihm hastig den Rücken zu und setzte mich zu Tine auf die Bank, um dem Endspiel zuzusehen.

Inga Sörensen, die Polizistin, stand als Schiedsrichter am Spielfeldrand.

»Wie ist es gelaufen?«, fragte ich Tine, nachdem sich mein Herzschlag beruhigt hatte.

»Die 10b gewinnt«, antwortete sie und schaute dabei zu dem Polizisten.

Da war wohl noch jemand fasziniert von seinem Anblick in Sportklamotten …

»Ich meine, ob beim Turnier alles geklappt hat?«

»Ja. Frau Sörensen und Herr Wolf haben an jedes Detail gedacht. Alles perfekt organisiert«, lobte Tine begeistert.

Unwillkürlich huschte auch mein Blick zu ihm. Er lehnte an der Wand und beobachtete das Spiel. Seine Körperhaltung strahlte wie immer diese selbstsichere Präsenz aus.

Als ob er meinen Blick bemerkt hätte, wandte er sich um und musterte mich mit hochgezogenen Augenbrauen. Schnell drehte ich den Kopf weg. *Kotzbrocken!*

»Er ist so sexy, oder?«, schwärmte Tine mit verträumtem Blick.

Hatte er eben vielleicht gar nicht mich, sondern meine verliebte Kollegin angeschaut?

»Ja?«, antwortete ich unsicher. Seine Überheblichkeit und das herablassende Verhalten mir gegenüber waren alles andere als sexy. Aber weshalb fühlte ich mich dann manchmal, in meinen schwachen Momenten, so unerwartet von ihm angezogen?

»Absolut! Er ist Volleyballer und spielt in der 2. Bundesliga. Ich finde, das sieht man total an seinen Bewegungen. So geschmeidig und kraftvoll!« Sie seufzte.

»Woher weißt du das alles?«, fragte ich.

»Wir haben gestern in der Mittagspause, als du Aufsicht hattest, zusammengesessen und uns ein wenig unterhalten«, berichtete sie. »Man kann *so* gut mit ihm reden! Das ist wirklich unglaublich. Er ist ein toller Zuhörer und ein wirklich interessanter Mann. Wusstest du, dass er auch noch ein leidenschaftlicher Koch ist? Er hat mir sein Spezialrezept für Möhrensuppe mit Kokosmilch gegeben. Das klingt köstlich, sag ich dir!«

Ungläubig schaute ich sie an. »Du hast mit ihm Rezepte ausgetauscht?«

»Ja! Cool, oder?«

»Mhmmm«, antwortete ich zweifelnd.

»Und wir haben noch mehr Gemeinsamkeiten: Er hatte als kleiner Junge auch Meerschweinchen.«

»Die armen«, murmelte ich, was Tine geflissentlich überhörte.

»Paula hat übrigens ihre Jungen bekommen. Vier Stück! Die sind so süß und noch total winzig!«

Dankbar für den Themawechsel, lauschte ich Tine, die noch eine ganze Weile von ihren neugeborenen Meerschweinchenbabys erzählte, und beobachtete, wie die Schülermannschaften um den Ball kämpften.

»Hallo, Mädels!« Der Sportlehrer Simon Reuss setzte sich neben mich auf die Bank. »Na, Phina?«, erkundigte er sich. »Hast du dich für das heutige Spiel ein bisschen …«, er deutete in der Luft Anführungszeichen an, »… gedopt?«

Verständnislos schaute ich ihn an. »Was meinst du?«

»Na ja, man hört ja spannende Dinge von dir …« Er ließ den Satz in der Luft hängen.

»Ich verstehe kein Wort«, sagte ich.

»Na, macht nichts, darüber redet man ja auch nicht so in aller Öffentlichkeit. Ich hab früher auch ein paar Mal Gras geraucht, ist mir aber nicht gut bekommen.«

»Aha«, gab ich verwirrt zurück.

Gerade wurde das laufende Spiel abgepfiffen und die 10b zum Sieger gekürt, was bedeutete, dass wir uns für das Abschlussspiel Lehrer gegen die 10b aufwärmen mussten. Deshalb vergaß ich Simons kryptische Äußerungen schnell.

»Frau Rosenberg, schön, dass Sie auch mitmachen«, rief Inga Sörensen mir zu.

Erstaunt stellte ich fest, dass der Polizist und seine Kollegin bei uns mitspielen würden. Es sprach für die beiden, dass sie sich dafür nicht zu schade waren.

»Ich wurde gezwungen«, gab ich zu. »Fußball ist nicht gerade meine Lieblingssportart ...«

Die Polizistin lachte. »Die Hauptsache ist doch, dass es Spaß macht und dass wir Jugendlichen eine Freude bereiten.«

Ich nickte gequält.

Nach dem Anpfiff hielt ich mich zurück, da ich erstens völlig ungeübt im Umgang mit dem Fußball und zweitens kräftemäßig nach dem Unfall noch weit von meiner Bestform entfernt war. Sollten die anderen doch um den Ball kämpfen. So konnte ich in Ruhe feststellen, dass Tine recht gehabt hatte: Herr Wolf bewegte seinen athletischen Körper mit einer kraftvollen Anmut, die deutlich zeigte, dass er Leistungssportler war.

»Phinaaa!«

Mist. Jetzt hätte ich mich durch den Anblick beinahe vom Spiel ablenken lassen. Soeben passte Sabrina mir den Ball zu und ich gab weiter an Arne, der wild winkend vorn stand. Im gleichen Moment prallte ein übereifriger Zehntklässler gegen mich und riss mich um, sodass ich hart zu Boden stürzte.

»Au, verdammt!«, entfuhr es mir. Ich setzte mich auf und betrachtete mein blutendes Knie. War das Bein ansonsten heil? Die Verletzung vom Autounfall lag ja nicht einmal drei Monate zurück.

Jemand hockte sich vor mich und betrachtete die Wunde, aus der ein Blutstropfen über mein Bein rann.

Der Polizist.

»Entschuldigung, Frau Rosenberg!« Der stürmische Schüler stand mit erschrockenem Gesicht neben uns. »Das war echt keine Absicht!«

»Ist schon okay, nichts passiert«, sagte ich betont fröhlich, und ließ zu, dass Herr Wolf mein Bein anfasste, um die Wunde zu betrachten.

Ehrlich gesagt interessierte mich meine Verletzung gerade herzlich wenig, weil ich viel zu sehr mit dem merkwürdigen Gefühl beschäftigt war, das seine Hände auf meiner Haut auslösten. Dass sein Duft mir dabei in die Nase stieg, wirkte auch nicht gerade beruhigend auf mich. So eine interessante Mischung aus verschwitztem Mann, sauberer Wäsche und den Resten eines leichten Aftershaves.

Mein Herzschlag beschleunigte sich, was sicher auf den Schock vom Sturz zurückzuführen war. Nein, nicht sicher, sondern hundertprozentig! Ach Quatsch, tausendprozentig!

Verdammt, ich hasste seine Wirkung auf mich. *Er ist ein Arsch, er ist ein Arsch, er ist ein Arsch*, rief ich mir in Erinnerung. Außerdem war Tine bis über beide Ohren in ihn verschossen und da wollte ich auf keinen Fall dazwischenfunken.

Glücklicherweise riss der Polizist mich aus meinen Gedankengängen, als er den Kopf hob und mich mit einem Blitzen in den Augen ansah. »Kühlkissen?«, erkundigte er sich unschuldig.

Ich verzog das Gesicht. »Die Polizei, dein Freund und Helfer …«, murmelte ich seufzend, woraufhin sein Mundwinkel ganz leicht zuckte. »Ein Pflaster wäre völlig ausreichend«, gab ich hoheitsvoll zurück und ergriff die Hand, die er mir hinhielt, um mir aufzuhelfen.

Er hatte eine riesige Pranke, in der mir meine Hand reichlich verloren vorkam. Hastig entzog ich mich seinem Griff und folgte ihm zum Spielfeldrand, wo er einen Verbandskasten öffnete und ein großes Pflaster auf die Wunde klebte.

»Wird es gehen?«, erkundigte sich Inga Sörensen.

Ich fand sie echt nett. Viel netter als ihren Kollegen.

»Ja. Der Schreck war größer als der Schaden«, antwortete ich.

»Denkst du, dass du weiterspielen kannst?«, fragte nun auch Tine besorgt, die uns gefolgt war. »Vielleicht solltest du dich besser schonen? Schließlich warst du lange verletzt.«

»Es geht schon«, sagte ich, nachdem ich das Bein ein wenig bewegt hatte. »Kein Problem.«

Wir gewannen das Spiel, was natürlich der Verdienst der Sportlehrer und der beiden Polizisten war. Ich hatte mich hauptsächlich bemüht, nicht im Weg zu stehen.

Anschließend zog ich mich rasch um, denn ich hatte noch Busaufsicht. Als ich zurück in den Raum kam, in dem ich meine Wertsachen eingeschlossen hatte, stand Herr Wolf gerade dort und telefonierte. Leider hatte er das durchgeschwitzte Shirt ausgezogen und um seinen Hals gehängt.

Wie angewurzelt blieb ich stehen und starrte seinen bloßen Rücken an. Er besaß einen drahtigen, gut gebauten Körper. Nirgendwo entdeckte ich auch nur ein Gramm überflüssiges Fett. Nur schlanke, definierte Muskeln. Julius war nicht so trainiert. Er war eher der bequeme Typ.

Als der Polizist sich umdrehte, konnte ich auch noch seinen flachen, muskulösen Bauch sehen und … die Spur aus dunklen Haaren, die nach unten führte.

Ich schluckte, während sein Blick amüsiert auf mir ruhte.

Busaufsicht. Jetzt!

Wütend auf mich selbst, packte ich meine Tasche und lief hastig wieder hinaus.

»Frau Rosenberg, einen Moment bitte!«, rief er mir hinterher.

Ich stoppte, ohne mich zu ihm umzudrehen. »Tut mir leid, ich habe Aufsicht und Sie müssen telefonieren.«

»Okay, dann komme ich gleich raus zu Ihnen.«

»Aber nur, wenn Sie sich vorher etwas überziehen.« Rasch ging ich weiter. Noch in der Tür vernahm ich sein Lachen.

Missmutig stapfte ich zur Bushaltestelle. Dies war meine meistgehasste Aufsicht: Hundert erschöpfte Schülerinnen und Schüler, viele davon mit großem Bewegungsdrang, nach einem langen Schultag …

»Dennis, lass Norman los!«, »Lilly, das hebst du bitte sofort wieder auf! Da vorne steht ein Mülleimer.«, »Finley, es wäre schön, wenn du jetzt aus dem Blumenbeet kommen könntest!«, »Du da hinten, ist das etwa eine *Zigarette*?! Wer ist dein Klassenlehrer?« …

Ich hatte den Tonfall eines Feldwebels und ich hasste es. Aber irgendwie musste es mir ja gelingen, hier zumindest halbwegs für Ordnung zu sorgen.

Nachdem endlich der letzte Bus den Wendeplatz an der Schule verlassen hatte, schwitzte ich fast so sehr wie beim Fußballspiel. Ich ergriff meine Tasche, um zu meinem Fahrrad zu gehen.

»Frau Rosenberg?« Ich zuckte zusammen.

Herr Wolf stand hinter mir. Er hatte sich einen Pullover übergeworfen. Spielverderber.

»Ja?«, krächzte ich und räusperte mich.

»Kann ich Sie jetzt einen Moment sprechen?«

»Klar, natürlich.«

Er trat näher.

»Sie haben ja in dieser Woche mit am Grundschulpräventionsprojekt gearbeitet. Ich wollte Sie bitten, mir Rückmeldung zu geben, wie es gelaufen ist.«

Irritiert musterte ich ihn. Weshalb sprach er da *mich* an? Ich war hier an der Schule als Referendarin schließlich nur ein ganz kleines Licht.

»Vielleicht sollten Sie da besser Frau Kleinjohann fragen, das ist unsere Grundschulkoordinatorin …«, begann ich.

»Das werde ich auch, aber es interessiert uns insbesondere, wie die jungen Lehrkräfte das Projekt sehen.«

»Okaaay …«, sagte ich zweifelnd.

»Lassen Sie uns ins Lehrerzimmer gehen. Da haben wir mehr Ruhe.«

Ich nickte und wir kehrten zurück in das Schulgebäude, wobei ich mir seiner Nähe mehr als bewusst war. Verstohlen warf ich ihm einen Seitenblick zu. Er stapfte stumm voran, mit so großen Schritten, dass ich beinahe rennen musste, um mithalten zu können. Ich grüßte zwei Schülerinnen, die uns entgegenkamen.

Als die beiden weitergegangen waren, brach ich das unangenehme Schweigen zwischen uns. »Das Turnier lief super!«

»Ja.«

»Ich finde, Sie haben das gut organisiert«, lobte ich ihn und traute mich, ihn kurz am Arm zu berühren. *Mhm!* Der fühlte sich noch besser an, als er aussah. Fest und trainiert von all dem … äh … Waffe halten, Diebe festnehmen oder was auch immer.

»Danke.«

Ich seufzte. »Wissen Sie, Herr Wolf, Sätze haben in der Regel mehr als ein Satzglied.«

Er warf mir einen erstaunten Blick zu und dann erschienen feine Linien um seine Augen, die ihn auf einmal richtig sympathisch aussehen ließen. Mein Herz machte einen kleinen Sprung.

Doch sofort war sein Gesicht wieder verschlossen, sodass ich mir nicht sicher war, ob ich mich getäuscht hatte.

»Wissen *Sie*, Frau Rosenberg, das ist einer der Gründe, weshalb ich nicht Lehrer geworden bin. Ich will nicht den ganzen Tag schwafeln und so tun, als wüsste ich alles besser.«

Verärgert zog ich die Stirn kraus. Hatte er das jetzt persönlich gemeint? Der Typ hatte es echt drauf, mich in Rage zu bringen. Beleidigt schwieg ich. Schließlich wollte *er* Informationen von *mir*. Da sollte er mal sehen, wo er blieb, wenn ich genauso kurz angebunden war.

Die Idee mit dem Gespräch im Lehrerzimmer war blöd gewesen, stellte ich fest, als wir den Raum betraten. Alle Kollegen waren bereits gegangen und ich fühlte mich unwohl, allein mit diesem Mann.

»Möchten Sie vielleicht einen Kaffee? Ich könnte nachschauen, ob noch welcher da ist«, sagte ich und ärgerte mich im gleichen Moment über mich selbst, weil ich es nicht einmal zwei Minuten lang geschafft hatte, abweisend zu schweigen. Vielleicht sollte ich eine Fortbildung belegen: ›Arroganz für Anfänger‹.

»Nein danke.« Er nahm direkt neben dem Stuhl Platz, den ich normalerweise im Lehrerzimmer benutzte. Anscheinend hatte er sich gemerkt, wo ich saß.

Mit gerunzelter Stirn setzte ich mich ebenfalls.

Statt endlich loszuschießen, fuhr er sich mit der Hand durch die noch feuchten Haare, die er dabei leicht verstrubbelte. Es sah zum Niederknien aus.

Ich erschrak bei diesem Gedanken über mich selbst. Ja, war ich denn ein Masochist oder so was, dass ich plötzlich auf Typen stand, die mich schlecht behandelten? Es wurde echt Zeit, dass Herr Wolf von der Schule verschwand. Nur noch seine Fragen beantworten, dann musste ich voraussichtlich nie wieder mit ihm in Kontakt treten, denn mit diesem Fußballspiel war die Präventionswoche zu Ende.

Auffordernd nickte ich ihm zu.

Doch er sagte immer noch nichts, sondern betrachtete mich nur, die eine Hand locker auf dem Oberschenkel, die andere an seinem

Kinn. Mein Unwohlsein steigerte sich unter seinem durchdringenden Blick.

»Herr Wolf?«, fragte ich, als ich es nicht länger aushielt. »Sie wollten mich sprechen, erinnern Sie sich? Obwohl es so still natürlich auch sehr schön ist.«

Er seufzte, doch sein rechter Mundwinkel hob sich. (Na, wenn das kein Erfolg war! Wenn ich in diesem Tempo weiterkam, würde ich ihn vielleicht nächstes Jahr um dieselbe Zeit zu einem lauten Lachen verleitet haben.)

»Sie unterrichten ja in einer ersten Klasse«, begann er.

Ich nickte. Auch ich konnte schweigsam sein. Lässig zwirbelte ich eine meiner Haarsträhnen.

»Welche Bausteine des Präventionsprogrammes haben Sie in dieser Woche bearbeitet?«

»›Mein Körper – meine Gesundheit‹ und ›gesunde Ernährung‹«, erklärte ich möglichst knapp; mein Stolz war immer noch schwer angeschlagen – ich, eine Schwaflerin? Pah! »Außerdem haben wir ein paar gruppenbildende Spiele und Übungen zur Stärkung des Selbstwertgefühls gemacht. Das Thema ›Nein-Sagen‹ haben wir noch nicht geschafft.«

»Denken Sie, das Programm war hilfreich?«

»Schwer zu sagen. Aber die Kinder hatten Spaß und waren sehr eifrig dabei. Ich hoffe einfach, dass es hilft.«

»Wie stehen Sie selbst zum Thema Alkohol?«

Ich zuckte zusammen. Moment mal, was hatte das denn mit dem Präventionsprogramm zu tun?! »Ich …« Das war jetzt aber echt ein bisschen zu persönlich! »Also … ich finde Alkohol nicht gut.«

»Nicht gut …«, echote er mit einem spöttischen Unterton.

Mein Gesicht begann zu glühen. Standhaft nickte ich.

»Kommen wir doch einmal zu Ihrem Vater …«

Die Welt schien für einen Moment stillzustehen.

»Mein Vater?« Mit großen Augen schaute ich den Polizisten an und bekam keine Luft mehr.

Ich hatte es aufgegeben, mich zu fragen, was das alles mit der Schule zu tun hatte und war vollständig damit beschäftigt, mich für das zu wappnen, was nun kommen würde.

»Ich vermute, Sie ahnen, was ich meine.« Immer noch konnte ich nichts anderes tun, als ihn bestürzt anzusehen. »Schließlich kommt es nicht gerade selten vor, dass die Kinder eines Alkoholikers ebenfalls trinken.«

»Woher wissen Sie davon?«, fragte ich tonlos. Mein Hals war wie zugeschnürt.

»Frau Rosenberg.« Er lächelte milde. »Haben Sie etwa vergessen, dass ich bei der Polizei arbeite?«

Ich schluckte und schwieg. Was sollte ich auch sagen? Er wusste ja anscheinend über meinen Vater Bescheid. Ich saß allein im Lehrerzimmer mit einem Mann, der darin geschult war, Verdächtige zielstrebig auseinanderzunehmen, und es war keine Hilfe weit und breit in Sicht. Ich zog meine Strickjacke enger um mich.

Es hatte ganz unauffällig begonnen, als ich noch klein gewesen war. Zwar hatte mein Vater auf Feiern regelmäßig einen über den Durst getrunken, aber davon hatten Espen und ich noch nichts mitbekommen, weil wir zu den Zeiten, zu denen er nach Hause getorkelt kam, längst schliefen. Meine Mutter hatte mir erst später davon erzählt.

Als ich etwa zwölf Jahre alt gewesen war, war es schlimmer geworden und er nahm manchmal schon am Vormittag den ersten Schluck aus der Flasche. Zuerst heimlich, dann ganz offen.

In den nächsten Jahren war es dann rapide mit ihm bergab gegangen und meine Eltern hatten sich ständig gestritten. Ich konnte es meiner Mutter nicht verdenken, dass sie außer sich war, wenn er wieder getrunken hatte.

Es war fürchterlich.

Espen und ich hatten alles versucht. Wir hatten die Schnapsflaschen versteckt, ihren Inhalt ausgegossen oder sie mit Tabasco gefüllt. Nichts hatte geholfen. Papa hatte es mit keiner Silbe erwähnt und sich einfach neuen Stoff besorgt.

Meine Mutter war vollkommen überfordert gewesen mit ihrem alkoholkranken Ehemann und hatte oft Migräne gehabt, und Espen war zu jung gewesen, um irgendwie helfen zu können. Daher hatte ich mich um meinen Vater gekümmert. Ich war diejenige gewesen, die sein Erbrochenes weggewischt und ihm ins Bett geholfen hatte, wenn er mal wieder abgestürzt war.

Wenn Papa unter Alkoholeinfluss stand, wusste man nie, was geschehen würde. Manchmal überschüttete er uns mit Liebe und wollte tief melancholische Gespräche über den Sinn des Lebens führen, an die er sich am nächsten Tag nicht mehr erinnern konnte, doch oft war er auch aggressiv. Wie ein Pulverfass, das beim geringsten Anlass in die Luft ging. Dann warf er Sachen durch die Gegend und brüllte herum. Geschlagen hatte er uns glücklicherweise nie.

Und trotz allem liebte ich ihn, mindestens ebenso sehr, wie ich ihn manchmal hasste.

Unsere Mutter hatte es irgendwann nicht mehr ausgehalten und sich von ihm getrennt. Als sie mit uns auszog, war ich bereits fünfzehn Jahre alt gewesen und Espen dreizehn.

Wir alle hatten gehofft, dass der Druck auf Papa nun so groß war, dass er aufhören würde zu trinken, aber leider machte er weiter wie zuvor. Tagsüber arbeitete er als Baustoffkaufmann und abends und an den freien Tagen soff er. Lange Zeit war niemandem bei der Arbeit sein Problem aufgefallen.

Seinen Führerschein hatte er vor einem halben Jahr verloren, weil er betrunken am Steuer erwischt worden war.

Vermutlich wusste Herr Wolf daher von seiner Sucht.

Der Polizist schien zu denken, dass ich in die Fußstapfen meines Vaters getreten war. Ob er schon davon gehört hatte, dass es auch das andere Extrem gab?

Der Polizeibeamte konnte mir nichts anhaben, machte ich mir bewusst. Wie mein Vater lebte, hatte nichts mit mir zu tun, das hatte mein Therapeut mir wieder und wieder eingebläut. Mein Vater war ganz allein für sein Leben verantwortlich. Nicht ich.

NICHT ICH!

Angestrengt suchte ich nach meiner inneren Kraft, um Herrn Wolf eine gepfefferte Antwort zu geben.

Glücklicherweise ging in diesem Moment die Tür des Lehrerzimmers auf und Frau Sörensen kam herein.

»Ach, hier bist du! Ich hab' dich schon gesucht«, sagte sie zu Herrn Wolf. Sie schenkte mir ein Lächeln, aber ich hatte das Gefühl, dass es ihre Augen nicht erreichte. »Wie geht es Ihrem Bein, Frau Rosenberg?«, erkundigte sie sich.

Es war nett von ihr, nachzufragen, vor allem da ich vermutete, dass sie es gar nicht gern sah, dass ich hier allein mit ihrem Kollegen saß.

Ob sie mich als Konkurrenz ansah? Da sollte sie sich eher vor Tine in Acht nehmen. Das zwischen Herrn Wolf und mir war eher Krieg als Zuneigung und ich war überhaupt nicht scharf darauf, hier allein mit ihm zu sitzen.

»Alles okay. Ist nur eine kleine Schürfwunde«, winkte ich ab.

Eine Schürfwunde, die sich zu einem gigantischen blauen Fleck mausern würde und die ganz schön schmerzte, aber ich wollte vor den beiden stark erscheinen.

»Das freut mich zu hören. Sie haben beim Spiel wirklich tapfer durchgehalten«, lobte sie mich.

Ich bemühte mich um ein Lächeln, doch sie hatte sich schon Herrn Wolf zugewandt.

»Der Schulleiter würde jetzt gern die Abschlussbesprechung mit uns führen, David.«

»Ich bin in fünf Minuten bei euch.«

Die Polizistin nickte. »Na dann, alles Gute, Frau Rosenberg!« Sie winkte mir zu und verließ das Lehrerzimmer.

Ich wollte aber keinen Moment länger mit ihrem selbstgefälligen Kollegen reden. Ich musste hier weg – und zwar sofort.

»Bitte lassen Sie sich von mir nicht aufhalten.« Betont überrascht sah ich auf die Uhr. »Oh, ich müsste schon längst … ähm, also ich muss jetzt los. Auf Wiedersehen, Herr Wolf.« Auf *Nimmerwiedersehen!* Ich stand auf.

Hastig griff ich nach meiner Tasche und meiner Jacke. Der Polizist erhob sich ebenfalls. Ich zuckte zurück, weil er mir schon wieder so nah war, und mein Puls ging schneller. Seine beunruhigende Ausstrahlung war jetzt mehr als spürbar.

»Was soll das?«, fragte ich mit Blick auf seine breite Brust, die mir den Weg zum Ausgang versperrte.

»Was soll was?« Er verzog keine Miene.

»Warum versuchen Sie die ganze Zeit, mich einzuschüchtern?«

»Ich schüchtere Sie also ein?« In seiner Miene blitzte etwas Diabolisches auf.

Ich schaute ihm fest in die Augen. »Warum, Herr Wolf?«, flüsterte ich. »Warum finden Sie es gut, mir Angst zu machen? Warum fangen

Sie von meinem Vater an? Ich verstehe das nicht. Was um Himmels willen habe ich Ihnen denn getan?«

Er schwieg und sah weiter auf mich herab, um endlich, nach einer gefühlten Ewigkeit, einen Schritt zurückzutreten, sodass ich wieder atmen konnte.

»Darf ich?« Er griff nach meiner Jacke, die ich immer noch in der Hand hielt.

Perplex ließ ich es geschehen. Machte er jetzt tatsächlich einen auf Gentleman?

Als er mir hineinhalf, ruhten für einen winzigen Moment seine Hände auf meinen Schultern. Was passierte hier? War das eine Anmache?

Ich verzichtete darauf, auf eine Antwort zu warten, denn ich musste hier dringend raus. Aber das, was ich hier gerade fabrizierte, sah viel zu sehr nach Flucht aus.

Deshalb drehte ich mich mit einem strahlenden Lächeln zu ihm um. »Danke sehr! Sehen Sie? Sie werden immer besser im Nettsein.«

Mit ausdrucksloser Miene trat er zur Seite und ich eilte aus dem Lehrerzimmer. Dieser Mann war wirklich durch nichts zum Lächeln zu bringen. (Stopp, das musste ich korrigieren: Er ließ sich *von mir* durch praktisch nichts zum Lächeln bringen – meinen Kolleginnen und Kollegen gelang es durchaus.)

Vor der Schule atmete ich erleichtert die frische Mailuft ein.

Endlich Wochenende und kein Polizist mehr, der mir die Fassung raubte. Das Beste aber war: Julius würde kommen.

Jetzt müsste eigentlich das übliche Glücksgefühl einsetzen, aber … nichts. Das musste an dem Verhalten von Herrn Wolf liegen. Der machte mich ganz fertig.

Während ich nach Hause radelte, ließ ich die Begegnung gedanklich noch einmal Revue passieren.

Es war nichts Schlimmes daran, dass er von meinem Vater wusste, versuchte ich mich selbst zu überzeugen. Ich war nicht mein Vater. Seine Probleme hatten nichts mit mir zu tun.

Herr Wolf hatte keine Veranlassung, mich damit unter Druck zu setzen. Wahrscheinlich war er einfach ein überarbeiteter Polizist – zynisch geworden durch den häufigen Umgang mit Straftätern.

Ich hörte einen Wagen hinter mir herannahen und fuhr etwas mehr an den Straßenrand, um ihn nicht am Überholen zu hindern.

Wie gern hätte ich jetzt mit Lara über ihren düsteren Namensvetter gelästert und mir versichern lassen, dass ich trotz meines Vaters ein guter Mensch war, der es verdient hatte, gemocht und nett behandelt zu werden.

Ich warf einen Blick über die Schulter, denn der Wagen folgte mir immer noch. Weshalb überholte er nicht? Vor uns war die Straße doch frei.

Endlich rollte er an mir vorbei. Doch anstatt Gas zu geben, wurde er noch langsamer. In meinem Nacken kribbelte es nervös. Wollte der Fahrer etwas von mir? Nach dem Weg fragen? Oder …

Die Erinnerung an den Fremden, der versucht hatte mich festzuhalten, schoss durch meinen Kopf. Sobald der Bordstein etwas abgesenkt war, riss ich den Lenker herum und fuhr auf den Gehweg. Der Wagen hatte jetzt angehalten. Wenn ich schnell genug war, konnte ich an ihm vorbei, bevor der Fahrer ausgestiegen und um das Auto herumgelaufen war. Wenn da jedoch ein Beifahrer drin saß, der mit ihm unter einer Decke steckte, hatte ich ein Problem.

Ich trat in die Pedale so stark ich konnte, aber es kam mir immer noch viel zu langsam vor. Kurz bevor ich den Wagen erreicht hatte, bog ein Cabriolet mit offenem Verdeck in die Straße ein.

»Ein schönes Wochenende, Frau Rosenberg«, ertönte es aus dem Cabrio. Die Sekretärin unserer Schule bremste ab und winkte mir im Vorbeifahren fröhlich zu. »Genießen Sie das schöne Wetter!«

Sofort fuhr der Fahrer des Wagens wieder an und verschwand an der nächsten Kreuzung aus meinem Sichtfeld.

Ich konnte der Sekretärin nicht antworten. Nur ein mattes Winken brachte ich zustande.

Tränen standen in meinen Augen, als ich weiterfuhr – verbotenerweise auf dem Gehweg. Es war mir egal. Hauptsache, ich kam heil nach Hause.

Es konnte alles ein Missverständnis gewesen sein und der Fahrer war vielleicht nur rechts rangefahren, weil er ein Telefonat hatte annehmen wollen. Aber ich glaubte nicht an einen Zufall. Nicht nach dem Vorfall neulich Nacht.

Allerdings reichte dieser Verdacht nicht aus, um mich an die Polizei zu wenden. Auf dem Revier würde man mich vermutlich auslachen. Zumal ich in meiner Angst noch nicht einmal die Marke des Autos erkannt, geschweige denn mir das Kennzeichen gemerkt hatte. Ich wusste nur, dass es silbern gewesen war.

Verdammt.

Zu Hause schloss ich die Tür erst einmal von innen ab und legte den Riegel vor. Dann zog ich meine durchgeschwitzten Klamotten aus, um zu duschen.

Nachdem ich mir frische Sachen angezogen hatte, holte ich mein Smartphone aus der Schultasche, um meiner Mutter von dem Vorfall zu erzählen. Vielleicht hatte sie eine Idee, was ich tun könnte.

Julius hatte versucht, mich anzurufen. Sofort rief ich zurück. Ich musste dringend seine Stimme hören.

»Hi, mein Schatz!«, flüsterte er ins Handy.

Er war also noch im Büro und konnte nicht laut sprechen. »Julius, ich glaube, ich wurde eben schon wieder verfolgt«, rief ich.

»Was ist passiert?«, fragte er besorgt und ich erzählte ihm von dem silbernen Wagen.

Für einen Moment herrschte Schweigen am anderen Ende der Leitung.

»Dann passt es eigentlich ganz gut, dass ich dich bitten wollte, dieses Wochenende nach Hamburg zu kommen«, sagte er schließlich. »Mir ist nicht wohl bei dem Gedanken, dass du in Mühlensee allein bist, aber ich schaffe es nicht, zu dir zu kommen. Du glaubst nicht, was im Büro los ist! Ich habe schrecklich viel auf dem Tisch – und dann hat mich auch noch Nils gefragt, ob ich zu seiner Party komme. Da sind all die hohen Tiere aus der Firma. Du verstehst doch, dass ich nicht zu dir fahren kann, oder? Ich habe nicht viel Zeit, aber ich würde dich furchtbar gern sehen und hier wärst du in Sicherheit.«

»Aber ich bin doch dieses Wochenende bei Sabrinas Geburtstagsfeier eingeladen«, erinnerte ich ihn. »Kannst du nicht vielleicht doch …«

»Tut mir leid, das geht wirklich nicht«, unterbrach er mich. »Ihr Pädagogen müsst ja nur vormittags arbeiten, da kannst du das nicht verstehen, aber hier ist echt unglaublich viel zu tun. Sag die Party doch einfach ab und wir machen es uns hier so richtig schön.«

Nur vormittags arbeiten? Tickte der Junge noch ganz richtig? Ich war kurz davor aufzulegen.

Hatte er sich schon einmal Gedanken darüber gemacht, wann wir den Unterricht vorbereiteten, Klassenarbeiten korrigierten, Hefte kontrollierten, Elterngespräche führten, Fachliteratur lasen, Konferenzen abhielten oder uns fortbildeten?

»Ich habe auch keine Zeit«, stieß ich zwischen zusammengepressten Zähnen hervor.

Wann hatte der werte Herr sich das letzte Mal bequemt, mich zu besuchen? Die vorangegangenen drei Male war ich es gewesen, die sich in den Zug gesetzt hatte, mit dem man für die Fahrt zu Julius über zwei Stunden brauchte, während er in der Hälfte der Zeit mit seinem Auto bei mir sein konnte.

Ich hatte wenig Lust, ständig nach seiner Pfeife zu tanzen. Außerdem freute ich mich auf die große Geburtstagsfeier meiner Kollegin.

»Die Party kann ich nicht einfach so absagen. Es ist ein runder Geburtstag. Ich habe Sabrina bereits vor über einem Monat zugesagt!«

»Schatz, hör mal, ich rufe dich nachher zurück, ich kann hier gerade nicht reden«, sagte er entschuldigend.

»Aber …«

»Hab dich ganz doll lieb!«

Perplex lauschte ich dem Tuten aus dem Hörer.

Geburtstagsparty

Phina

Auch das Gespräch mit Julius am Abend war unerfreulich und endete damit, dass er beleidigt war, weil ich seine harte Arbeit nicht zu schätzen wusste, und ich wütend, weil er nicht einsehen wollte, dass zu einer funktionierenden Beziehung beide Partner etwas beisteuern mussten.

Weder der eine noch der andere wollte nachgeben, sodass wir das Wochenende schließlich getrennt voneinander verbrachten.

Es war das erste Mal, dass wir am Telefon gestritten hatten. Als ich darüber nachdachte, wurde mir bewusst, dass sonst immer ich diejenige gewesen war, die sich hatte umstimmen lassen, der es wichtiger war, dass wir harmonisch miteinander umgingen.

Die Geburtstagsparty am Samstagabend war eine willkommene Ablenkung. Sabrina war dreißig geworden und hatte für ihre Feier extra das Vereinsheim des SV Mühlensee angemietet.

Nachdem ich eine ganze Weile vor meinem Kleiderschrank gestanden hatte, der wegen meines Anfängergehaltes nicht sonderlich reich gefüllt war, entschied ich mich für das oberschenkellange weiße Spaghettiträger-Kleidchen, das ich neulich bereits im Club getragen hatte, und zog dazu bequeme Sneakers an, in der Hoffnung, dass der Stilbruch als hip durchgehen würde. Ich wusste, dass das Vereinsheim einen gepflasterten Boden besaß, der sich nicht gut mit hochhackigen Schuhen vertrug.

Nachdem ich auch noch Lipgloss aufgelegt hatte, trat ich vor den Spiegel und drehte mich, um mein Outfit zu überprüfen. Ob ich dem

Polizisten so gefallen würde? Julius. Ich meinte, ob ich Julius so gefallen würde!

Draußen hupte jemand. Das musste Tine sein, die mich abholen kam. Zwar lag das Vereinsheim nur zwei Kilometer entfernt, aber ich wollte auf keinen Fall später in der Dunkelheit allein durch Mühlensee radeln.

»Auf geht's!«, sagte ich zu mir selbst und warf mir eine meiner geliebten Strickjacken über. Sie schienen mir irgendwie Schutz zu geben. Dann ging ich nach draußen zu Tine.

Als wir beide wenig später das geschmackvoll restaurierte Fachwerkhaus betraten, schlugen uns der Lärm vieler Menschen und laute Musik entgegen. Die Party war bereits in vollem Gange.

Wir gratulierten Sabrina und überreichten ihr feierlich das Geschenk: ein großer Präsentkorb mit dreißig liebevoll gefüllten Schachteln, vornedran ein großes Schild mit der Aufschrift: »Für eine alte Schachtel!«

Gemeinsam mit Arne und vier weiteren geladenen Kolleginnen und Kollegen hatten wir zusammengelegt und am Vortag die Kästchen mit kleinen Gemeinheiten gefüllt und dabei viel Spaß gehabt. Während Sabrina die erste Schachtel mit der Aufschrift »Material für Restaurationsarbeiten« öffnete, sah ich mich um. Der Raum war mit vielen Windlichtern und Girlanden dekoriert. Hinter der Bar standen Sabrinas Geschwister und schenkten Softdrinks, Bier und Mischungen aus. In einer Sitzecke entdeckte ich unsere Kollegen. Arne winkte uns bereits mit großen Bewegungen zu.

Kichernd hielt Sabrina jetzt eine Antifaltencreme in die Höhe, öffnete dann das nächste Päckchen, auf dem »Candle-Light-Dinner für 2 Personen« stand und holte eine Dose Ravioli und ein Teelicht hervor.

»Unser richtiges Geschenk liegt ganz unten«, sagte Tine tröstend, als Sabrina eine Megapackung Frischhaltefolie (»Gegen Cellulite«) auspackte. Wir hatten für einen Wellnesstag in einem Spa zusammengelegt.

Die Eingangstür öffnete sich und neue Gäste kamen herein. Ich warf einen flüchtigen Blick dorthin und erstarrte, während mein Mund sperrangelweit offen stand.

»Was macht *der* denn hier?«, flüsterte ich Tine zu, während Sabrina gerade eine Schachtel mit der Aufschrift »Etwas zum Bergeversetzen« öffnete.

Herr Wolf. Neben ihm seine Kollegin Inga Sörensen in Top und einem schwarzen Minirock, der ihre endlos langen Beine hervorragend zur Geltung brachte.

Gerade fuhr der Polizist sich durch die Haare, woraufhin Tine einen leisen Seufzer ausstieß. Ich konnte es ihr nicht verdenken. Dieser Mann war leider ziemlich heiß.

Hastig wandte ich mich ab.

»Ich hab ihn und seine Kollegin eingeladen. Die sind doch nett!«, erklärte Sabrina mit zufriedenem Gesichtsausdruck. »Hätte aber nicht gedacht, dass sie wirklich auftauchen.« Sie holte eine Klobürste hervor. »Ihr seid so ekelig! Oh, und guck mal, sie haben noch einen Freund dabei!«, rief sie begeistert. »Mit dem hast du doch neulich getanzt, Phina.«

Ahnungsvoll drehte ich mich wieder um. Tatsächlich. Ben, der Surferboy, folgte Herrn Wolf.

Die drei kannten sich? Was für ein lustiger Zufall …

Ich war mir nur nicht sicher, ob ich mich freuen sollte. Daher wartete ich nicht ab, bis Sabrina das nächste Päckchen geöffnet hatte (»Weinabend« – es enthielt, wenn ich mich recht erinnerte, eine Zwiebel), sondern verzog mich aus der Gefahrenzone zu meinen Kolleginnen und Kollegen an den Tisch in der Ecke. Arne rückte sofort ein wenig zur Seite, um Platz für mich zu machen.

Zufrieden stellte ich fest, dass beide Bänke voll waren, wenn Tine gleich dazukam, sodass keine Gefahr bestand, dass der Polizist und sein Gefolge sich zu uns setzen konnten.

Ich hatte eine Heidenangst, dass Herr Wolf vor meinen Kollegen von den Problemen meines Vaters anfangen könnte – einfach um mich erneut zu provozieren. Zutrauen würde ich es ihm.

Nun versuchte ich, gleichzeitig den Polizeibeamten im Blick zu behalten und Arne zu lauschen, der von den witzigen Spitznamen erzählte, mit denen Funkamateure sich gegenseitig anredeten.

»Mein Name beispielsweise ist ›Teacher‹«, verriet er stolz.

»Wie einfallsreich«, spöttelte Tine. »Sorry, aber ist das alles im Zeitalter von Handy und Internet nicht total überholt?«

»Mach dich nicht lustig!«, maulte Arne. »Was glaubst du denn, wer Kommunikation überhaupt möglich macht, wenn wegen eines regionalen Stromausfalls Handy und Internet nicht mehr funktionieren?« Triumphierend schaute er in die Runde. »Natürlich wir Funker! Neulich konnte per CB-Funk sogar ein älterer Rollstuhlfahrer aus Hamburg gerettet werden. Der war nämlich leidenschaftlicher Funker und gerade mit Freunden aus aller Welt in Kontakt, als er gestürzt ist und nicht wieder allein hochkam. Er hat dann per Funk um Hilfe gerufen, was ein Funker in Argentinien mitbekam. Der wiederum hat einen Hamburger Funker alarmiert, der dann die Leitstelle informiert hat.«

»Nicht schlecht!«, gestand Tine ein, während ich immer noch verstohlen Herrn Wolf beobachtete.

Er fiel auf. Zunächst einmal, weil er alle anwesenden Personen mit Ausnahme von Ben überragte. Zum anderen durch seine Körperhaltung. Wie gewohnt: geschmeidig und selbstbewusst.

In seiner eleganten Ernsthaftigkeit wirkte der Polizist, als wäre er einem englischen Adelsgeschlecht entsprungen.

Er trug heute keine Uniform, sondern ein modisches Hemd, dessen Ärmel er soeben hochkrempelte, sodass seine muskulösen Unterarme zur Geltung kamen, und eine gut sitzende Jeans. Sehr gut sitzend … Als sein wachsamer Blick über die Anwesenden glitt, drehte ich mich schnell wieder um.

Tine zeigte am Tisch gerade die aktuellsten Fotos ihrer Meerschweinchenfamilie auf dem Smartphone herum.

»Oh, wie süß! Was willst du denn jetzt mit ihnen machen?«, wollte ich wissen.

»Musst du die töten?«, fragte ein anderer Kollege.

Tine rief entsetzt: »Nein! Die kann ich doch nicht töten!«

»Na ja, gegrillt schmecken sie bestimmt …«, warf Arne grinsend ein.

»Ihr seid echt so blöd! Nein, diejenigen die ich nicht loswerde, nimmt die Zoohandlung.«

»Oder das südamerikanische Restaurant.«

»Mann, Arne!«, rief Tine und versuchte nach ihm zu schlagen.

Während sich meine Kollegen wieder anderen Gesprächsthemen widmeten, begrüßten Ben, der Polizist und seine Kollegin gerade das Geburtstagskind und überreichten ihr Blumen und eine Flasche Wein, wie ich aus dem Augenwinkel beobachtete.

»Wobei ich ja Französisch noch viel lieber mag als Peruanisch …«, flüsterte Arne mir süffisant ins Ohr.

»Sei brav, Arne, du bist vergeben!«, ermahnte ich ihn und schob ihn von mir.

»Phina, du brichst mir das Herz!«, rief er und fasste sich theatralisch an die Brust.

»Ich hol mir mal eben was zu trinken«, sagte ich und ergriff die Flucht. »Aber haltet mir bitte den Platz frei.« *Nicht dass da anschließend ein arroganter Polizist sitzt …*

Obwohl von Herrn Wolf gerade nichts zu sehen war – das hatte ich natürlich abgecheckt, bevor ich zum Tresen ging –, stand er, noch bevor ich bestellen konnte, plötzlich neben mir.

Ich argwöhnte, dass er mich abgepasst hatte, aber das wäre wirklich ein wenig an den Haaren herbeigezogen gewesen.

»Guten Abend, Frau Rosenberg.« Er streckte mir seine Hand entgegen. Nach kurzem Zögern legte ich meine Hand in seine. Als er sie mit seinen langen, kräftigen Fingern umschloss, raste mein Puls. Bildete ich es mir ein, oder hielt er mich besonders lange fest? Aber sein Blick war wieder mal eher finster als flirtend.

Es fiel mir schwer, gelassen zu wirken.

»Herr Wolf«, presste ich hervor und konnte keinen vernünftigen Gedanken fassen. »Was machen Sie denn hier?« Oh, das klang irgendwie unhöflich. »Also … ich meine … äh … ich hatte Sie gar nicht erwartet.«

Seine Augen funkelten belustigt. »Ich hatte heute Abend noch nichts vor«, erklärte er. »Und weil ich netterweise eingeladen wurde, sprach eigentlich nichts dagegen, herzukommen.« Unter seinem durchdringenden Blick wurde mir kalt.

»Na klar, sicher«, murmelte ich.

Seine Kollegin trat zu uns und begrüßte mich überschwänglich. »Hallo, Frau Rosenberg! Wie schön, Sie so schnell wiederzutreffen.«

»Ja, wirklich«, antwortete ich. »Nur etwas … überraschend.«

»Eine tolle Party hat Ihre Kollegin hier organisiert«, lobte sie. »Ich liebe die Atmosphäre in diesen alten Häusern.«

»Ja, es ist wirklich schön«, stimmte ich ihr zu.

»Haben Sie schon etwas zu trinken?«, fragte sie und wandte sich, als ich den Kopf schüttelte, zum Tresen um. »Einen Prosecco für den Anfang?«

»Nein danke, lieber eine …«

»Wir Frauen mögen doch alle Sekt«, beharrte sie.

»Aber ich …«, versuchte ich zu protestieren.

»Bitte einen Prosecco«, rief die Polizistin Sabrinas Schwester zu, ohne meinen Unmut zu beachten. Na toll. Würde ich eben mal wieder die Pflanzen begießen.

»Und, Frau Rosenberg, wie ist Ihnen das Fußballturnier bekommen?«, erkundigte sich Herr Wolf. »Muskelkater?«

Frau Sörensen nahm währenddessen das Sektglas entgegen.

»Nein, aber neben der Schürfwunde ein paar blaue Flecken mehr an den Schienbeinen«, antwortete ich. »Ich nehme noch eine Apfelsaftschorle bitte!«, rief ich über den Tresen. So ganz ohne Getränk für mich wollte ich nicht wieder zu den anderen zurückkehren.

»Das dort hinten ist übrigens unser Freund Ben.« Die Polizistin deutete zum anderen Ende des Raumes, wo sich der Surferboy gerade mit einer hübschen jungen Frau unterhielt, die sich von seiner Aufmerksamkeit sichtlich geschmeichelt fühlte.

Mir schoss durch den Kopf, dass ich die männlich raue Ausstrahlung des Polizisten trotzdem attraktiver fand und war einmal mehr erstaunt über mich selbst.

»Ben und ich spielen zusammen Volleyball. Er ist der Zuspieler unser Mannschaft«, fügte Herr Wolf hinzu.

Das war bei Bens Größe keine große Überraschung für mich, ich hatte schon so etwas vermutet. Überraschend war eher, dass der Polizist mit einem Mal so gesprächig war.

»Und auf welcher Position spielen Sie?«, fragte ich höflich und wandte mich ihm wieder zu. Durch Lara, die ich manchmal bei Heimspielen angefeuert hatte, kannte ich mich ein wenig beim Volleyball aus.

»Ich bin Mittelblocker.«

Aha. Einer der Volleyballspieler, die groß, sprunggewaltig und extrem flink sein mussten – Lara hatte mich gut informiert. Außerdem konnten sie ziemlich heftig zuschlagen.

Ich schluckte. Vor allem, weil der Polizist mir noch immer unverwandt in die Augen schaute.

Frau Sörensen unterbrach unseren Blickkontakt. »Bitte sehr!« Sie reichte mir das Sektglas.

Widerwillig nahm ich es an. »Danke. Ich werde dann mal wieder … Bis später«, nuschelte ich, sobald ich auch meine Saftschorle erhalten hatte, und floh zum Tisch. Der Blick des Polizisten brannte in meinem Nacken.

Wo sollte ich jetzt nur den blöden Sekt loswerden? Weit und breit kein Blumenkübel in Sicht. Ich stellte ihn erst einmal auf dem Tisch ab, als ich mich wieder zu meinen Kollegen setzte, und bemühte mich, den Polizisten aus meinen Gedanken zu verbannen.

»Möchte vielleicht jemand ein Glas Prosecco?«, fragte ich in die Runde.

»Weshalb holst du dir den überhaupt? Du trinkst doch gar keinen Alkohol?«, fragte Tine verwundert.

»Wurde mir aufgedrängt«, erklärte ich und errötete.

»Phina steht mehr auf die härteren Sachen, nicht wahr?«, sagte unser Kollege Michael grinsend. Simon, der Sportlehrer, gluckste wissend.

Wissend? Moment mal?

»Was meinst du damit?«, wollte ich fragen, wurde aber von Arne unterbrochen.

»Vielleicht hättest du den ›Nein-sagen-Kurs‹ gemeinsam mit deinen Schülerchen durcharbeiten sollen!«, schlug er vor, woraufhin ich ihm einen kräftigen Knuff an den Arm versetzte. Lachend nahm er mir das Glas ab, trank einen Schluck daraus und reichte es weiter an die Kollegin neben ihm.

»Und anschließend den Streitschlichtungskurs«, ergänzte einer der Kollegen. »Da lernt man, Meinungsverschiedenheiten auszutragen, ohne handgreiflich zu werden …«

Ich streckte ihm die Zunge heraus und beschloss, die Neckereien meiner Kollegen nicht allzu ernst zu nehmen.

Der Prosecco wurde herumgereicht und meine Kolleginnen und Kollegen machten sich einen Spaß daraus, dass jeder einen Schluck aus dem Glas trank, als wären wir beim christlichen Abendmahl. Währenddessen berichtete Arne Tine von der neuen Methode der

Streitschlichtung, die wir am Schulentwicklungstag kennengelernt hatten, an dem sie krank gewesen war.

»Das ist echt eine gute Sache!«, bekräftigte ich seine Worte. »Dadurch können die Kinder viele Streitigkeiten ganz allein klären.«

Das Sektglas war mittlerweile leer wieder bei mir angelangt.

»Und wie funktioniert die Methode?«, fragte Tine.

»Es nennt sich die Drei-Finger-Regel.« Ich hielt meinen Daumen hoch und suchte nach einem guten Beispiel. »Erst mal sagt man dem anderen, was man blöd fand. Also zum Beispiel so: ›Arne, du hast gesagt, dass ich die Meerschweinchenbabys grillen soll.‹«

Tine schnaubte.

»Zweitens«, fuhr ich fort und hielt jetzt auch noch den Zeigefinger nach oben, »musst du ihm sagen, was für Gefühle das bei dir ausgelöst hat – zum Beispiel Wut, Traurigkeit, Appetit …«

Arne prustete seine Cola über den Tisch, während Tine etwas säuerlich guckte.

Gerade gesellte sich die Gastgeberin zu uns an den Tisch.

»Was meinst du dazu, Sabrina?«, erkundigte sich Arne bei ihr, immer noch grinsend. »Sollte man Meerschweinchen essen?«

»Na ja«, meinte die trocken, »kommt auf die Soße an …«

»Und drittens wäre dann«, beendete ich meinen kleinen Vortrag, bevor Tine aufspringen und wütend davonstapfen konnte, »Ich wünsche mir, dass du nicht mehr so etwas über meine Tiere sagst.«

»Könnte ich bitte neue Tischgenossen bekommen?«, rief Tine in den Raum hinein und hatte ein wenig Mühe, in unser Gelächter einzustimmen.

Wie aufs Stichwort standen Herr Wolf und sein Anhang neben uns.

»Na, hier ist aber gute Stimmung!«, sagte Ben und taxierte alle anwesenden Damen genauestens. Dann sah er mich. »Phina! Wie schön, dich wiederzusehen!«

»Äh … ja!«, murmelte ich wenig überzeugend und bekam schon wieder heiße Wangen. Hoffentlich merkte er nicht, dass ich das gleiche Kleid trug wie bei unserem letzten Treffen. Mein Blick huschte zu Herrn Wolf, der stumm abwartend neben seinem Freund stand.

»Schade, dass hier kein Platz mehr für uns ist«, sagte Ben bedauernd. Seine Stimme klang so warm und betörend, dass Sabrina sofort darauf ansprang.

»Aber nein! Wir rücken ein bisschen zusammen, hier ist noch genug Platz.« Sie rutschte zur Seite und auch alle anderen quetschten sich enger zusammen.

Mit schreckgeweiteten Augen beobachtete ich es. Nein! Hier ist nicht genug Platz! Auf gar keinen Fall! Und schon gar nicht für Herrn Wolf!

Aber ich konnte nichts dagegen tun.

Und das Schlimmste kam erst noch: Ben und Frau Sörensen setzten sich mir gegenüber neben Sabrina auf die Bank und Herr Wolf quetschte sich neben mich. So dicht, dass ich seinen muskulösen Oberschenkel in kompletter Länge spürte.

Verdaaaaammt! Ich hatte Mühe, das Atmen nicht zu vergessen.

Als dann auch noch Arne, der mich von der anderen Seite einkeilte, behutsam begann, über mein Knie zu streicheln, verließ mich die Geduld.

Ich gab ihm einen kräftigen Klaps auf die Finger. »Wenn du deine Flossen nicht ab sofort bei dir behältst, werden wir beide heute noch richtig Ärger miteinander bekommen«, zischte ich leise.

Arne verzog zerknirscht das Gesicht und nahm seine Hand weg. »Sorry, Phina. Ich gelobe Besserung.«

Sabrina spielte unterdessen kokett mit ihren Haaren und versuchte, die beiden Neuankömmlinge in ein Gespräch zu verwickeln.

Ben stieg voll darauf ein und flirtete schamlos mit ihr, während sein Freund – wie so oft – schwieg. Ich schielte zu ihm nach oben und begegnete seinem taxierenden Blick.

Warum kam er mir so nah? Konnte er mir nicht einfach gegenübersitzen? Die wenige Luft, die zwischen uns passte, schien zu vibrieren.

»Und? Heute schon einen Drogendealer oder so festgenommen?«, versuchte ich wenig elegant ein Gespräch zu beginnen, woraufhin er nur spöttisch eine Augenbraue hob.

»Hast du etwa Sorge, dass es dich treffen könnte, Phina?«, neckte Simon mich, woraufhin ich irritiert die Stirn runzelte.

»Schon alles ausgetrunken?«, unterbrach der Polizist meine Gedanken und deutete auf das leere Sektglas. Dabei streifte sein Arm den meinen.

»Ich hab ja gesagt: Wir Frauen lieben Prosecco!«, kicherte seine Kollegin.

Ich holte tief Luft und versuchte mich auf das zu konzentrieren, was die beiden gesagt hatten. *Ausgetrunken? Prosecco?*

Während ich noch überlegte, hatte Inga Sörensen sich Ben zugewandt und fragte ihn etwas.

Ich spürte, wie der Raubvogelblick von Herrn Wolf mich immer noch von der Seite her durchbohrte und mein Blick zuckte zu ihm zurück.

Hatte er gerade schon wieder auf das Alkoholproblem meines Vaters angespielt? Ich spürte, wie die Wut in mir anstieg. Das ging ihn überhaupt nichts an!

Lapidar zuckte ich mit den Schultern. »Was ist mit Ihnen? Sind Sie Abstinenzler?«, fragte ich ihn herausfordernd.

Seine Augen blitzten auf. »Nein, aber *ich* meide Alkohol und Drogen.«

»Klingt, als ob Sie gegen jede Art von Spaß wären!«, versuchte ich ihn in meiner Überforderung zu provozieren. So wie er es die ganze Zeit mit mir tat.

Ein harter Zug legte sich um seinen Mund. Instinktiv lehnte ich mich zurück, um Abstand zu gewinnen, doch er beugte sich näher. Seine funkelnden braunen Augen fixierten meine, sodass ich mich ihm nicht entziehen konnte. Sein Blick wanderte zu meinem Mund. Ich blinzelte instinktiv und versuchte, noch weiter auszuweichen, woraufhin seine Augenbrauen wissend nach oben zuckten.

Es ärgerte mich maßlos, dass er solch eine Wirkung auf mich hatte und es anscheinend auch noch wusste.

Mein Atem stockte, als er noch näher kam, sich meinen Lippen näherte.

Doch stattdessen raunte er in mein Ohr: »Ich glaube in der Tat, dass man durch den Kontrollverlust aufgrund des Missbrauchs von Drogen oder Alkohol nicht nur sich selbst gefährdet, sondern auch andere, und dass dies hart bestraft werden sollte, Frau Rosenberg.« Er war jetzt so dicht, dass unsere Wangen sich für einen kurzen Moment streiften, doch seine Stimme war ohne jede Wärme.

Als endlich nicht nur das Gefühl seiner Wange und das tiefe, weiche Timbre seiner Stimme, sondern auch der Inhalt des Gesagten mein Gehirn erreichte, wurden meine Augen groß. *Kontrollverlust? Drogen? Bestrafen?* Waren wir noch beim gleichen Thema?

Er setzte sich wieder zurecht und trank, ohne den Blick von mir abzuwenden, von seinem Wasser.

Ich schluckte.

Frau Sörensen beobachtete uns gerade mit zusammengezogenen Brauen.

Waren die beiden wütend, weil mein Vater trank? Oder hatte ich selbst auf irgendeine Weise ihren Zorn erregt?

Irgendwas war da, was ich nicht verstand.

»Wollen wir nicht ›Du‹ zueinander sagen, wo wir hier alle so nett beisammensitzen?«, fragte Sabrina in diesem Augenblick laut in die Runde und durchbrach damit die verstörende Situation. Sie blickte von Ben und Frau Sörensen zum Polizisten.

Nein!

»Gern! Ich bin Ben.« Charmant lächelte der Surferboy das Geburtstagskind an und hob sein Glas, um ihr zuzuprosten.

»Inga«, sagte Frau Sörensen und lächelte gewinnend in die Runde.

»David«, sagte dann auch der Polizist.

»Das ist ein schöner Name«, kam es von Tine, die immer wieder das Gespräch mit Herrn Wolf suchte und ihm dabei tiefe Blicke zuwarf. Ich wünschte, er würde neben ihr sitzen, statt neben mir, denn das hätte sowohl Tine als auch mir besser gefallen.

Wir anderen nannten ebenfalls unsere Vornamen und dann wandte sich das Gespräch dem Thema Schule zu – wie sollte es unter Kollegen auch anders sein.

Die ganze Zeit über saß ich stocksteif da, wie erstarrt in Davids übermächtiger Nähe. Alles hätte so nett und entspannt sein können, wenn er nicht dermaßen dicht neben mir gesessen hätte. Ich traute mich kaum ein Wort zum Gespräch beizutragen.

Ein Hauch seines Duftes umspielte meine Nase und vernebelte meine Sinne. Auch an der Stelle, wo sich unsere Oberarme berührten, begann es warm zu kribbeln.

Gerade diskutierten die anderen darüber, ob Männer oder Frauen die besseren Schulleiter wären.

»Also, ich liebe ja Frauen in jeder Position«, posaunte Arne mit süffisantem Grinsen in die Runde. Ich registrierte es nur im Unterbewusstsein.

Erst als Tine empört »Boah, Arne, du alte Sau!« rief, schreckte ich auf.

»Ich weiß gar nicht, was du hast!«, antwortete der mit unschuldigem Blick. »Lehrerin, Schulrätin, Reinigungskraft, ganz egal …«

Als David Wolf kurz darauf unvermittelt aufstand, um nach draußen zu gehen, atmete ich erleichtert auf und rückte hastig ein Stück von Arne weg. Ich überlegte, ob der Polizist Raucher war, verwarf den Gedanken jedoch gleich wieder. Das hätte ich gerochen, so nah, wie er mir schon mehrmals gekommen war, und er hatte ja deutlich gesagt, wie er zu Suchtmitteln stand.

Oder war er so fluchtartig verschwunden, weil es ihm genauso ging wie mir und er durch unseren Körperkontakt verunsichert wurde?

Ich schwitzte leicht unter den Achseln, obwohl der Raum eigentlich angenehm temperiert war. David machte mich fertig.

Ich fand ihn ziemlich einschüchternd und doch hatte bisher noch nie ein Mann solch eine Wirkung auf mich gehabt – nicht einmal Julius in unserer Anfangszeit. Ich begriff nicht warum.

Lag es an seiner selbstbewussten Körperhaltung? Seiner Größe? An seinem überheblichen Auftreten? Seinem kühlen Blick? Stand ich jetzt auf ›Bad Boys‹, die fies zu anderen waren? Diejenigen, die den Ärger sozusagen auf dem Serviertablett präsentierten?

Oder lag es daran, dass ich ihn einfach nicht durchschauen konnte? Dabei hatte ich mir bisher eingebildet, ein gutes Gespür für Menschen zu besitzen …

Um mich zu beruhigen, atmete ich tief ein, schlang die Arme schützend um meinen Bauch und schloss für einen Augenblick die Augen. Doch schon im nächsten Moment fuhr ich zusammen, weil Tine gerade schrill auflachte. Meine Güte, die hatte aber schon ordentlich einen im Tee!

Eigentlich hatte sie mich auch wieder mit nach Hause nehmen wollen, aber das konnte ich mir wohl abschminken.

Überhaupt war die ganze Runde mittlerweile ziemlich ausgelassen. Mir war gar nicht aufgefallen, dass schon so viel Alkohol geflossen war.

Mir war klar, dass ich wegen meines Vaters überreagierte, aber immer wenn jemand sich betrank, ziepte es angstvoll in meinem Magen.

Ein Kollege versuchte gerade, angefeuert von den anderen, den Inhalt einer Blumenvase zu trinken. Wenig später krabbelten Arne und Tine gemeinsam über die Tanzfläche und bellten wie Hunde.

Besorgt ging ich zu den beiden und versuchte sie zu überzeugen, doch wieder an den Tisch zu kommen. »Ich hole euch auch einen Kaffee«, versprach ich und beobachtete erleichtert, wie sie sich endlich aufrichteten und brav zum Tisch zurückgingen.

Dass Tine dabei eine Stehlampe umrannte und sich anschließend ausführlich bei ihr entschuldigte, wunderte mich kaum mehr. Nur Sabrina war noch nüchtern, stellte ich fest, aber schließlich war sie ja auch die Gastgeberin und wollte vermutlich alles im Griff behalten.

Ich trug die beiden Kaffeetassen zum Tisch, stellte sie vor Arne und Tine und passte auf, dass sie auch tranken.

»Mir is' gar nich' gut«, jammerte Tine mit verzerrtem Gesicht.

Eine andere Kollegin hatte ihren Kopf auf dem Tisch abgelegt und schlief. Ben und Inga unterhielten sich währenddessen angeregt mit Sabrina und von David war immer noch nichts zu sehen.

»Soll ich euch besser nach Hause bringen?«, schlug ich Arne und Tine vor und warf einen kurzen Blick auf meine Uhr. Es war noch nicht einmal Mitternacht.

Arne sackte schwer gegen mich und legte seinen Kopf an meine Schulter. »Mann, bin ich durch, Phina!«, stöhnte er. »Dabei hatte ich erst zwei Bier!«

»Ja, sicher …«, spottete ich, denn bei seinem Zustand war mir klar, dass er deutlich mehr gehabt haben musste.

Behutsam schob ich ihn zurück und lehnte ihn nach hinten gegen die Bank, wo er seine Augen schloss und murmelte: »Du duftest so gut.«

Noch bevor er den Satz beendet hatte, kippte Tine nach vorn. Ihr Kopf schlug mit einem dumpfen Geräusch auf die Tischplatte. Blut rann über das Holz. Sie stöhnte.

»Scheiße!« Ich sprang auf und half Sabrina, Inga und Ben, Tine auf den Boden zu legen. »Ich rufe einen Krankenwagen.«

»Geht schon«, murmelte sie matt und übergab sich.

»Iiih«, schrie Sabrina und rannte davon, um einen Eimer und Tücher zu holen.

Sie tat mir leid, denn schließlich war es ihre Geburtstagsparty, die gerade ruiniert wurde. Ben holte Verbandszeug aus seinem Auto, während ich mit zitternden Fingern den Notruf wählte.

Tine rührte sich nicht mehr. Das sah ziemlich nach einer Alkoholvergiftung aus. Was zum Teufel war in die Getränke gemixt worden, dass alle so schnell betrunken waren?!

Ich zitterte am ganzen Körper, weil mich diese Situation heftig an ähnliche Gegebenheiten erinnerte, die ich mit meinem Vater erlebt hatte.

Papa blutverschmiert, Papa eingenässt, Papa mit hochrotem Kopf, mal aggressiv, mal weinerlich, mal apathisch – immer aber unberechenbar. Ich hatte alles erlebt.

Doch die Erinnerung an meinen betrunkenen Vater war nicht einmal das Schlimmste, denn das viele Blut aus Tines Kopfwunde hatte mich blitzartig zu dem Moment katapultiert, in dem ich die sterbende Lara in meinen Armen hielt.

Ich schluckte gegen den aufsteigenden Brechreiz an. Irgendwie gelang es mir, den Krankenwagen zu bestellen, bevor meine Beine unter mir nachgaben und ich zu Boden sackte.

David kam zurück an den Tisch. »Was ist denn hier los?«, fragte er mich erschrocken, als er das elende Häufchen meiner besoffenen Kollegen betrachtete. »Ich war doch nur kurz weg zum Telefonieren.«

Mit großen Augen starrte ich zu ihm auf und war nicht in der Lage, zu antworten.

»Du bist ja kreidebleich!« Er bugsierte mich auf einen Stuhl und strich mir leicht über den Rücken. Ich war überrascht, dass er sich um mich sorgte.

»Kümmere dich lieber um die anderen, mit mir ist alles in Ordnung. Ich hab schon einen Krankenwagen gerufen«, stieß ich hervor und hielt das Handy hoch. Meine Finger waren eiskalt. In meinen Augen sammelten sich Tränen, die nicht ausbrechen durften. Seine tröstende Berührung an meinem Rücken machte es mir noch schwerer, mich zusammenzureißen.

Abrupt nahm er seine Hand weg, als wäre ihm eben erst aufgefallen, was er da tat. Er wandte sich ab und ging zu Ben, der gerade dabei war, Tines Kopf notdürftig zu verbinden.

Mit leerem Blick schaute ich David hinterher.

Bruderherz

Lara

Alter! Ich hätte schreien können, oder besser noch: zuschlagen! Jetzt hatte Inga schon wieder versucht, Phina K.-o.-Tropfen zu verabreichen und gleich noch eine lebensbedrohliche Menge, weil sie beim ersten Mal im *Blue Moon* nicht angeschlagen hatten. Dort hatte Ben ihr noch geholfen, Phina abzulenken, aber dieses Mal war er nicht beteiligt gewesen. Sein Glück.

Verdammte Kacke! Mittlerweile war ich so wütend, dass meine Lichtstrahlen grell blitzten.

Ich hatte genau gesehen, wie sie mein ahnungsloses Finchen an der Bar abgelenkt und ihr die Tropfen in den Sekt geschüttet hatte. Die Tussi tickte ja wohl nicht ganz sauber! Und meinen Bruder könnte ich würgen, dass er seine Freunde zu so etwas anstiftete.

Einer nach dem anderen waren diejenigen von Phinas Kollegen umgekippt, die am Sekt genippt hatten. Wobei die Frauen stärkere Symptome gezeigt hatten.

Wenigstens wirkte David erschrocken und besorgt, als er bemerkte, was er angerichtet hatte. Ich beobachtete, wie er zu seinem besten Freund ging.

Ben war ein Schönling und Herzensbrecher vor dem Herrn, ein Mann mit dem gewissen *Blick*. Leider war er jedoch auch einer dieser Typen, die sich nicht auf eine feste Bindung einließen.

»Was ist hier los?«, fragte David.

Ben, der sich gerade um Tine kümmerte, schaute auf. »Ich fürchte, Inga hat es etwas übertrieben …«, flüsterte er, damit niemand etwas mitbekam.

»Wie meinst du das?«

»Nun ja … Sie will dir helfen, dich an der kleinen Lehrerin zu rächen, und hat ihr K.-o.-Tropfen ins Getränk gegeben. Aus irgendeinem Grund müssen ihre Kollegen davon getrunken haben.«

David riss die Augen auf. »Oh mein Gott!«

Auch ich war mehr als überrascht. Dann war das Ganze gar nicht die Schuld meines Bruders, sondern Inga hatte die Tropfen ohne sein Wissen an sich genommen? Hatte ich ihn etwa zu Unrecht verdächtigt?

»Ich hab ihr schon gesagt, dass sie den Scheiß lassen soll …«, murmelte Ben bedrückt, während er sich bemühte, der bewusstlosen Tine einen Verband um den Kopf zu wickeln.

Erschüttert starrte David ihn an. »Wieso hast du Inga nicht aufgehalten oder mir wenigstens etwas gesagt?«, fuhr er Ben an. Mit zu Fäusten geballten Händen stand er da, schäumend vor Wut.

»Ich wusste ja nicht, dass Inga es heute noch einmal versuchen würde«, antwortete Ben geknickt. »Sie hatte mir versprochen, Phina in Ruhe zu lassen.«

Tine gab ein leises Stöhnen von sich, woraufhin beide Männer sie besorgt betrachteten. Als sie sich nicht weiter rührte, steckte Ben behutsam das Ende des Verbandes fest. Dann bemühte er sich, Tine mit einem Taschentuch das Blut aus dem Gesicht zu wischen.

David ging in die Knie, um ihren Puls zu kontrollieren. »Mein Gott, Inga hat mit dieser Höllenmischung sechs erwachsene Menschen ausgeschaltet! Was glaubst sie, was die Tropfen bei jemandem von Phinas Gewichtsklasse bewirkt hätten?«

Nun trat die Polizistin zu den beiden Männern. Sie hatte Davids letzte Worte mitbekommen und wirkte ernsthaft zerknirscht, als sie sah, wie böse er war. »Ich wollte dir nur helfen«, sagte sie leise und legte meinem Bruder mit flehendem Blick die Hand auf den Arm.

Er schüttelte sie ab, woraufhin sie bestürzt zurückzuckte. »Du hast doch mitbekommen, was für einen Ärger es gab, als ich Jonas gestehen musste, dass die Tropfen weg sind. Wie konntest du mich nur so auflaufen lassen?«

»David, bitte! Ich konnte es nicht ertragen, wie hilflos du dich bei dem Gedanken gefühlt hast, dass die Schuldige am Tod deiner Schwester mit ihrer Tat ungestraft davonkommt«, sagte sie und schaute mit tränenfeuchtem Blick zu ihm auf.

Mein Bruder atmete tief durch.

Wie hatte ich je glauben können, dass er Phina wirklich so etwas antun würde? Ich kannte ihn. Er war aufbrausend, aber er hatte das Herz am rechten Fleck und war extrem gerechtigkeitsliebend. Nicht ohne Grund war David Polizist geworden.

»Du hast nicht nur Sabrinas Geburtstagsparty ruiniert, sondern sechs Menschen vergiftet, Inga!«, warf er seiner Kollegin vor. »Verdammt, die sind hilflos wie Babys und Tine hat eine Platzwunde am Kopf. Was hätte nicht noch alles passieren können?«

»Ich habe es doch nur gut gemeint«, weinte Inga.

Mein Bruder presste die Lippen aufeinander und warf einen Blick hinüber zu Phina. Sie bemühte sich tapfer um Haltung, aber sie war kreidebleich und zitterte wie Espenlaub.

Davids Kiefermuskeln traten hervor. Aber es wirkte nicht, als ob er noch sauer auf Phina war. Ich hatte eher den Eindruck, dass er sich Sorgen um sie machte. Viel wütender schien er auf Inga zu sein. Absolut zu Recht, fand ich. An seiner Stelle hätte ich der Kollegin vermutlich eine mitten in die dämliche Visage verpasst.

Die Sanitäter kamen und holten Tine ab, die immer noch nicht ansprechbar war. Anschließend verließen zwei Lehrer, die ich nicht kannte, schwankend die Party, um eine weitere Kollegin, die sich gar nicht mehr allein auf den Beinen halten konnte, zu Fuß nach Hause zu bringen.

Auch Phina war aufgestanden und brachte Arne nach draußen, der sich schwer auf ihre Schultern stützte.

Die Gastgeberin sah ziemlich unglücklich aus, als ihre mitgenommenen Kollegen einer nach dem anderen die Party verließen. Kein Wunder. Das hatte sie sich bestimmt anders vorgestellt.

Mein Bruder eilte zu Phina, die sichtlich überfordert damit war, Arne zu stützen.

Mit Argusaugen beobachtete ich, wie er zu ihr trat und sich Arnes anderen Arm griff, sodass dessen Gewicht nun auf seinen Schultern ruhte.

Phina hielt den beiden die Ausgangstür auf. »So kenn' ich meine Kollegen gar nicht«, sagte sie hilflos.

»Wenn du mir den Weg zeigst, fahre ich ihn nach Hause«, bot David an, ohne auf ihre Worte einzugehen. Gemeinsam verfrachteten sie Arne auf die Rückbank von Davids Auto. Phina stieg vorne ein.

Vorsichtshalber huschte ich ebenfalls in den Wagen, um zu kontrollieren, dass mein Bruder sie unbeschadet zurückbringen würde.

Während Arne auf dem Rücksitz stöhnte, fuhr David los.

»Schlagen Lehrer gern mal über die Stränge?«, erkundigte er sich nach einer Weile.

Phina senkte traurig den Kopf. »Nein«, meinte sie leise und wischte sich verstohlen über die Augen.

Die Arme. David bohrte gerade schmerzhaft in der Wunde, die ihr Vater ihr zugefügt hatte.

Von der Rückbank hörte man erneut ein unterdrücktes Jammern.

»Dann trinkt ihr also nicht immer so viel, wenn ihr feiert?«

Phina setzte sich aufrechter hin. Ich merkte, wie es in ihr aufgrund der indiskreten Fragen zu brodeln begann. »Jedenfalls nicht so viel, dass so etwas wie heute schon einmal vorgekommen wäre. Aber ich habe keine Ahnung, weshalb das von Interesse sein sollte!«

»Nun, ich frage mich, weshalb du noch vollständig nüchtern zu sein scheinst.« Er bog auf die Hauptstraße ab. »Verträgst du einfach mehr?«

Was zur Hölle sollte das? Weshalb verhielt David sich gerade wie der letzte Arsch? Er wusste doch, dass Phinas Kollegen nicht besoffen, sondern Opfer der K.-o.-Tropfen geworden waren. Hatte er noch immer nicht begriffen, dass sie keinen Alkohol trank und wollte ihr damit auf den Zahn fühlen?

Phinas Kopf fuhr zu ihm herum. »Hervorragende Frage«, fauchte sie, jetzt ernsthaft erzürnt. »Wenn du die nächsten zwanzig Kilometer schön leise bist, kann ich in Ruhe über eine Antwort nachdenken!«

Zufrieden stellte ich fest, dass meine Freundin – sonst die Sanftmut in Person – ganz schön biestig sein konnte, wenn man sie reizte. Ich konnte es ihr nicht verdenken.

David lachte leise. Er mochte es, wenn man ihm die Stirn bot, aber das half Phina im Moment leider auch nicht weiter.

Normalerweise flogen die Damen auf Davids Lachen, aber meine Freundin guckte weiterhin reichlich verkniffen.

Schweigend erreichten sie Arnes Wohnung. Dessen Freundin nahm ihn mit bösem Gesicht an der Haustür in Empfang.

»Du alte Schnapsdrossel!«, keifte sie und ich sah, wie über Davids bisher eher angespanntes Gesicht ein Lächeln zuckte.

Resolut zog sie ihren Liebsten in die Wohnung, hatte Mühe, ihn zu halten, als er vorwärtstaumelte. Dann bedankte sie sich bei Phina und David und schloss die Tür.

»Tja«, meinte Phina und drehte sich zu meinem Bruder, »das hätten wir geschafft. Könnten Sie … könntest du mich wieder zum Vereinsheim zurückbringen?«

»Wie kommst du nach Hause?«

»Zu Fuß. Meine Fahrerin ist leider im Krankenhaus …«

»Du willst mitten in der Nacht allein nach Hause gehen?«, fragte David mit gerunzelter Stirn.

»Na ja …« Phina zuckte unsicher mit den Schultern. »Es ist ja nicht so weit …«

Das war hoffentlich nicht ihr Ernst! Besorgt dachte ich an den bärtigen Typen, der versucht hatte, sie zu schnappen. Ich hatte zugehört, wie Phina mit Julius darüber gesprochen hatte. Leider war ich nicht dabei gewesen, als es geschehen war, sonst hätte ich ihn verfolgen und herausfinden können, was er von ihr gewollt hatte.

David hielt ihr die Wagentür auf. »Ich fahre dich.«

»Oh!«, machte Phina überrascht. »Danke … das ist sehr nett.« Sie stieg ein.

»Ich weiß. Neulich hat jemand zu mir gesagt, dass ich immer besser im Nettsein würde.« Sein Mundwinkel zuckte, als er die Beifahrertür schloss.

Während er um das Auto herumging, wirkte er allerdings sehr ernst. Ich konnte nur hoffen, dass ihm endlich bewusst wurde, wie lieb Phina war und dass sie niemals irgendjemandem absichtlich etwas zuleide tun würde.

»Könntest du mich stattdessen vielleicht zu Tine ins Krankenhaus fahren?«, fragte sie schüchtern.

»Kein Problem«, antwortete er und startete den Motor.

Auf der Fahrt herrschte im Wagen Schweigen. Mein Bruder war von Natur aus nicht sehr redselig und Phina schien vollkommen erledigt. Als die beiden die Klinik erreicht hatten, suchte David im Handschuhfach nach Zettel und Stift und schrieb dann seine Handynummer auf.

»Ruf mich an, wenn du zu Hause angekommen bist«, bat er und gab ihr den Zettel.

Auf den ersten Blick schien das wirklich freundlich, aber je länger ich darüber nachdachte, desto mehr kam mir der Verdacht, dass er so auf elegantem Wege an Phinas Handynummer gelangen wollte.

»Ach Quatsch, nicht nötig, es wird bestimmt spät. Geh ruhig schon ins Bett.« Sie stieg aus dem Wagen aus. »Vielen Dank fürs Fahren.«

David stieg ebenfalls aus. Er trat zu ihr. »Du rufst an«, wiederholte er nachdrücklich.

Phinas Wimpern flatterten nervös. Dann schaute sie ihm fest in die Augen. »Also gut. Aber bitte keine Beschwerden, wenn ich dich mitten in der Nacht wecke.«

»Natürlich.« Mit brennendem Blick schaute er auf sie hinab. Ich war mir nicht sicher, was darin zu lesen war.

»Gute Nacht, David.« Sie wandte sich ab, um zum Eingang der Klinik zu gehen.

»Phina …«, begann mein Bruder, aber da war sie bereits, ohne ihn gehört zu haben, im Gebäude verschwunden.

Nachdenklich schaute er ihr hinterher und rieb sich über das glatt rasierte Kinn. Ich beobachtete ihn verwundert.

Als er schließlich wieder in sein Auto stieg, um nach Hause zu fahren, begleitete ich ihn.

Ich genoss den schwerelosen Zustand – insbesondere das hohe Tempo, in dem ich mich fortbewegen konnte. Einmal hatte ich mir sogar ein kleines Wettrennen mit einem Flugzeug geliefert, aber das war anstrengend, zumal ich gleichzeitig gegen den stetigen Sog des Lichtes ankämpfen musste, das mich unvermindert stark zu sich rief.

Zu Hause angekommen, griff David nach dem Telefon.

»Hey, du Blödmann, ich sollte dich vermöbeln, dass du bei dieser Scheißidee von Inga mitgemacht hast!«, sagte er, kaum dass sich am anderen Ende der Leitung jemand gemeldet hatte. Vermutlich sprach er mit Ben.

»Ich frage mich, weshalb die Tropfen bei ihr nicht angeschlagen haben«, sagte David, nachdem er die Antwort angehört hatte. »Vielleicht hat sie ein schlechtes Gewissen und geschworen, keinen Alkohol mehr anzurühren?« … »Nein, im Unfallbericht stand, dass sie nüchtern war, aber ich denke, dass den Kollegen da ein Fehler unterlaufen ist.«

Mein Bruder wusste also tatsächlich immer noch nicht, dass Phina Alkohol nicht anrührte.

»Ja, ich gebe zu, dass ich mir mittlerweile unsicher bin«, sagte David jetzt. »Auf den ersten Blick wirkt sie wie ein nettes Mädchen und scheint im Ort sehr beliebt zu sein. Selbst die Eltern ihrer Schüler loben sie.«

... Nach den nächsten Worten seines Freundes verdrehte mein Bruder die Augen. »Du bist so oberflächlich, Ben. Ein nettes Gesicht und eine hübsche Figur hatte Louisa auch. Aber wenn man hinter die schöne Fassade schaute, war da wenig Erfreuliches verborgen.«

Anscheinend redeten sie jetzt über Davids Ex. Ich schwebte näher heran, um am Hörer zu lauschen, was Ben sagte.

Louisa, von der mein Bruder sich im vergangenen Jahr nach drei Jahren Beziehung getrennt hatte, war wunderhübsch, aber eine ziemliche Diva gewesen. Ständig hatte sie ihm Vorhaltungen gemacht, dass er sich nicht genügend um sie kümmern würde, dabei hatte er sie meiner Meinung nach auf Händen getragen. Vermutlich war es ihr Plan gewesen, ihn zu ihrem persönlichen Schoßhündchen zu erziehen. Allein der Gedanke war absurd.

»Außerdem hat Phina ständig diese Strickjacken an!«, lästerte David.

»Also ich mag es, dass sie sich nicht so aufbrezelt, um etwas darzustellen, was sie nicht ist«, antwortete Ben ungerührt.

»Lass dich bloß nicht täuschen, diese Frau hat meine Schwester auf dem Gewissen!«

»Denk nur an ihre Kolleginnen«, sagte Ben, ohne auf Davids Worte einzugehen. »Die haben so ziemlich alle mit uns geflirtet, was das Zeug hält – nicht, dass es mich gestört hätte ...« Ben schien verschmitzt zu grinsen. »Phina hingegen hat kein einziges Mal mit den Wimpern geklimpert, albern gekichert oder vielsagend über ihre Unterlippe geleckt. Ich habe keine Ahnung, warum sie so ist, aber ich weiß, dass mir ihre Art gefällt.«

»Lass bloß deine Finger von ihr!«, grollte David.

»Bist du etwa eifersüchtig?«, zog Ben ihn auf.

»Wohl kaum!«

»Gib doch zu, dass du sie auch magst. Ich hab gesehen, wie du sie anguckst, zum Beispiel vorhin, als sie einen Witz gemacht hat. Das sah nicht nach Wut aus, sondern eher nach anhimmeln ...«

»Ach, was du dir wieder einbildest«, murmelte David, doch es klang selbst für mich ein wenig halbherzig.

»Sie ist nicht wie Louisa. Diese Frau ist ehrlich und freundlich und das macht dir Angst, richtig? Weil du nämlich mit dieser ganzen Sie-hat-im-Suff-meine-Schwester-getötet-Scheiße verdammt falschliegen könntest und das weißt du! Hast du eigentlich jemals darüber nachgedacht, dass es ein ganz normaler Unfall gewesen sein könnte? Ein Unfall, wie er tagtäglich passiert, ohne dass irgendjemand Schuld daran hat? Phina erscheint mir nicht wie ein Mensch, der gedankenlos und fahrlässig handelt. Eher im Gegenteil. Ich glaube, du hast dich da in etwas verrannt.«

»Verrannt?«, schnaubte David.

Oh ja, Bruderherz. Verrannt. Denk mal drüber nach! Ich malte Lichtstrahl-Ausrufezeichen an die Wand.

Hoffentlich brachte ihn das, was Ben gesagt hatte, endlich dazu, sein verkümmertes Gehirn einzuschalten.

Nachdem die beiden ihr Gespräch beendet hatten, machte ich mich auf den Weg zu Phina, die immer noch bei Tine in der Klinik war.

Auch als sie sich mitten in der Nacht auf den Heimweg machte, begleitete ich sie. Ein Taxi fuhr sie zurück nach Mühlensee und setzte sie vor dem Mietshaus ab.

Zwar waren es jetzt nur noch wenige Schritte bis zur Eingangstür, doch trotzdem lenkte ich jeden Lichtstrahl, den ich vom Mond oder den Straßenlaternen erhaschen konnte, vor sie auf den Weg – mein ganz persönlicher kleiner Beitrag, damit sie gut nach Hause kam.

Ich sorgte mich sehr um sie, was mich weiterhin davon abhielt, dem lockenden Licht nachzugeben, das mich zu sich ziehen wollte.

Solange mein Bruder sich so seltsam verhielt, brachte ich es nicht übers Herz, sie allein zurückzulassen.

Große Sorgen bereitete mir allerdings auch dieser merkwürdige Typ, der schon zweimal versucht hatte, Phina zu schnappen. Vielleicht würde ich ihr irgendwie helfen können, auch wenn sich meine Fähigkeiten auf ›Lichtstrahlen umlenken‹ beschränkten?

Von zu Hause aus rief Phina – zuverlässig wie immer – bei David an. »Ich bin angekommen. … Ja, sie ist schon wieder bei Bewusstsein. Noch mal herzlichen Dank fürs Fahren und dass du mir mit Arne geholfen hast. … Ja, das wünsche ich dir auch.« Sie legte mit einem seltsamen Gesichtsausdruck auf.

Verdächtigungen

Phina

»Ich habe keinen blassen Schimmer, was gestern los war!«, verkündete Tine, als ich sie am nächsten Tag zu Hause besuchte. Mittlerweile war sie aus dem Krankenhaus entlassen worden und wirkte schon wieder ganz munter. Nur das dicke Pflaster an ihrer Stirn wies auf den gestrigen Abend hin. »Ich könnte schwören, dass ich gar nicht so viel getrunken habe! Die Mischungen müssen es wirklich in sich gehabt haben. Ich kann mich noch nicht mal mehr daran erinnern, wie ich ins Krankenhaus gekommen bin. Das ist echt gruselig.«

»Dann weißt du auch nicht mehr, dass du dem Sanitäter, der nach deiner Krankenkassenkarte gefragt hat, stattdessen eine der Fußballsammelkarten gegeben hast, mit denen du sonst die Fünftklässler bestichst?«, fragte ich und gähnte, denn ich hatte die halbe Nacht auf einem Stuhl an ihrem Bett verbracht.

»Hab ich nicht!«, rief sie erschrocken.

»Doch. Und dann hast du ihn um ein Date gebeten. Aber er hat abgelehnt – keine Ahnung weshalb.« Ich grinste.

»Oh Gott!« Sie fuhr sich mit der Hand über die Augen. »Was muss ich sonst noch wissen?«

»Du hast bei Sabrinas Party auf die Tanzfläche gekotzt und dabei auch die Schuhe von Simon erwischt.«

Tine verzog das Gesicht, als hätte sie Schmerzen. »Hat David davon etwas mitbekommen?«

»Keine Ahnung.« Ich zuckte mit den Achseln und versuchte mich zu erinnern. »Ich glaube, er ist gerade draußen gewesen, um zu telefonieren. Ach ja: Außerdem hast du Arne angebaggert und mit ihm rumgeknutscht.«

Ihre Augen, die mich schon vorher entsetzt angestarrt hatten, waren jetzt riesig. Sie stieß ein Ächzen aus.

»Nein, das war nur Spaß!«, beruhigte ich sie lachend.

»Aber alles andere stimmt?«

Ich nickte.

»Ich kann mich nie wieder ins Lehrerzimmer trauen«, sagte Tine mit Grabesstimme.

»Mach dir da mal keine Sorgen«, beruhigte ich sie. »Den anderen ist es nicht viel besser ergangen. Arne wurde sogar von David Wolf nach Hause kutschiert, wo er dann von seiner Freundin mächtigen Ärger bekam.«

»Bist du etwa mitgefahren?«

»Ja«, antwortete ich kurz angebunden. David Wolf war so ein Kapitel für sich.

»Allein im Wagen mit dem heißen Polizisten? Ach Mensch. Ich hab immer so ein verdammtes Pech! Wie gern wäre ich an deiner Stelle gewesen.«

Ich schnaubte. Doch insgeheim musste ich mir eingestehen, dass auch ich David durchaus ›heiß‹ fand.

»Echt nett von dir, dass du gestern Nacht noch meine Eltern angerufen hast«, unterbrach Tine meine Gedanken.

Ich hatte es erst gewagt, nach Hause zu fahren, als ihre Eltern ins Krankenhaus gekommen waren.

»Das war doch selbstverständlich. Schließlich brauchtest du dringend saubere Klamotten, die alten rochen ein wenig säuerlich …« Ich zwinkerte Tine zu, die heute erstaunlich zahm wirkte. Der Schreck steckte ihr wohl noch in den Gliedern.

Mein Handy klingelte.

»Hallo?«

Es kam keine Antwort. Lediglich Atemgeräusche waren vom anderen Ende zu hören.

»Hallo? Wer ist denn da?«

Ein Tuten zeigte mir an, dass der andere aufgelegt hatte.

»Verwählt?«, fragte Tine.

»Ich weiß nicht«, antwortete ich verwirrt. »Das war schon das zweite Mal heute.«

»Vielleicht haben irgendwelche Schüler deine Nummer rausbekommen und erlauben sich einen Scherz?«

»Ich bin doch nur in der Grundschule. Die Kleinen machen so was noch nicht und das Atmen klang eher nach einem Erwachsenen.«

»Ruf doch mal zurück und guck, was passiert.«

»Geht nicht, die Nummer war unterdrückt.«

»Ach Phina«, jammerte Tine. »Ich hatte mir genau überlegt, wie ich David bei der Party näherkommen wollte.« Sie guckte wie ein unglücklicher Welpe. »Vielleicht wäre sogar ein bisschen Knutschen drin gewesen? Sabrina hat herausbekommen, dass er Single ist.«

»Du wusstest, dass David kommen würde und hast mich nicht vorgewarnt?«, rief ich empört.

Irritiert schaute sie mich an. »Sorry, ich hatte keine Ahnung, dass Sabrina es dir nicht erzählt hat. Hab mir auch gar nichts dabei gedacht. Ich konnte ja nicht ahnen, dass du noch immer Probleme mit dem ›Poliphilen‹ hast!« Sie schmunzelte, als ich das Gesicht verzog, weil sie mich schon wieder damit neckte. »Ich glaub, ich steh' total auf Männer in Uniform … obwohl er auch in seinen privaten Klamotten hammermäßig aussieht, oder?«

Ich nickte und hatte dabei ein schlechtes Gewissen, weil mich auch immer so seltsame Gefühle überkamen, wenn der Polizist in meiner Nähe war.

Zum Glück hatte ich Julius. Außerdem war Tine in David verschossen und damit war er tabu für mich.

Und ich war mit Julius zusammen. Das konnte ich nicht oft genug betonen.

Am Montagmorgen in der Schule wurden diejenigen, die bei Sabrinas Party abgestürzt waren, ausgiebig geneckt. Keiner von ihnen konnte sich noch an den Heimweg erinnern.

Einmal mehr war ich froh, dass ich keinen Alkohol trank.

Als ich nach der letzten Stunde meine Jacke aus der Lehrerzimmergarderobe holte, winkte mir mein Schulleiter aus der geöffneten Tür des Rektorenzimmers zu.

»Ach, Frau Rosenberg, gut, dass ich Sie noch sehe. Kommen Sie doch bitte herein.« Mit fragendem Blick ging ich zu ihm. »Nehmen Sie Platz.« Er deutete auf den Stuhl vor seinem Tisch und ich setzte mich brav.

Für einen Moment lang musterte er mich prüfend. »Wissen Sie, ich wollte mich erkundigen, wie es bei Ihnen läuft. Ihre Mentoren sagen, dass Sie sich gut machen, aber wie verkraften Sie denn den ganzen Stress des Referendariats?«

Überrascht zog ich die Augenbrauen zusammen. Wie meinte er das? War mir die Trauer um Lara immer noch so sehr anzumerken?

»Äh … Gut, denke ich?«

Er nickte nachdenklich. »Tja«, druckste er dann herum, »ich könnte ja verstehen, wenn Sie hier und da mal ein wenig … Na ja, wer hätte nicht schon mal … In Ihrer Situation …«

»Was meinen Sie?«, fragte ich ratlos.

»Also, hm, die Polizisten haben neulich angedeutet … Sie haben aber auch wirklich ein wenig geistesabwesend gewirkt …«

»Die Polizisten?«, fragte ich entgeistert. Weshalb redeten *die* mit meinem Chef über mich?

»Genau. Die haben schließlich Ahnung von Alkohol und Drogen.« Er deutete auf meinen Arm.

Mein Blick fiel auf die verblassende Einstichstelle der Blutspende von letzter Woche. »Alkohol? Drogen …«, echote ich dumpf.

»Genau. Sie wissen ja: ›Der größte Feind der Menschheit Wohl ist sicherlich der Alkohol! Doch in der Bibel steht geschrieben, du sollst auch deine Feinde lieben …‹, hahaha.« Er lachte dröhnend und sein beachtlicher Bauch wackelte dabei.

Weil ich nicht wusste, was ich sonst tun sollte, lachte ich höflich mit und erhob mich dann. Das hier musste ich mir echt nicht antun. Auch er stand auf und begleitete mich zur Tür.

»Ich nehme keine Drogen und ich trinke auch keinen Alkohol«, erklärte ich mit fester Stimme.

»Nein, natürlich nicht!« Er klopfte mir jovial auf die Schulter. »Aber trotzdem: Falls wir Ihnen irgendwie helfen können … Sie dürfen immer zu mir kommen, bitte denken Sie daran.«

Perplex verließ ich das Rektorenzimmer und ging zurück in das mittlerweile verlassene Lehrerzimmer.

Herr Wolf hatte meinem Chef gegenüber angedeutet, ich würde trinken?

Ich?!

Meine Gedanken wanderten zu meinem Vater.

Wie er in nüchternem Zustand unruhig war und permanent zitterte. An seine Koordinationsschwierigkeiten, die körperlichen Probleme, aber auch an seine Einsamkeit, Traurigkeit und die Suizidgedanken, die er mir schon oft freimütig mitgeteilt hatte. Mit fahlem Gesicht hatte er zum Beispiel von dem Seil auf dem Dachboden erzählt, das er sich bisher noch nicht um den Hals gelegt hatte. Bisher.

Am schlimmsten war, dass ich mich so schrecklich hilflos fühlte. Aber ich hatte lernen müssen, dass nur er allein die Reißleine ziehen konnte. Mein Therapeut hatte mir mühsam klargemacht, dass mich keine Schuld traf und dass es nicht in meiner Macht lag, das Verhalten meines Vaters zu ändern. Das Einzige, was ich tun konnte, war, mich davon zu distanzieren und mich nicht co-abhängig zu verhalten: seine Sucht nicht zu vertuschen, zu kompensieren oder gar zu finanzieren.

Wie konnte irgendjemand glauben, ich würde so werden wollen wie mein Vater? Hatte der Polizist jemals einem besoffenen Angehörigen die nasse Hose wechseln müssen? Jemals die langsam voranschreitende Verwahrlosung erlebt?

Er hatte ja keine Ahnung, was es bedeutete, mit einem alkoholkranken Familienmitglied zu leben!

Als Papa noch bei uns wohnte, hatte ich eine Art siebten Sinn für seinen Zustand entwickelt. Schon auf den ersten Blick konnte ich abschätzen, ob er getrunken hatte, und wusste sofort, in welcher Stimmung er war.

Es kam vor, dass er schon mittags keinen zusammenhängenden Satz mehr formulieren konnte, dann traute ich mich kaum aus dem Haus, weil man nie wusste, was er anstellen würde.

Wir Kinder konnten uns nicht mehr auf ihn verlassen. Er vergaß, uns vom Sport oder vom Klavierunterricht abzuholen, ließ hoch und heilig versprochene Ausflüge einfach ausfallen, vergaß unsere Geburtstage.

Oft versprach er uns, nachdem er besonders schlimm abgestürzt war, nüchtern zu bleiben. »Keine Sorge«, sagte er dann auf mein verzweifeltes Weinen hin. »Ich kann problemlos aufhören mit dem Zeug.«

Dann gab er sich tatsächlich eine Zeit lang Mühe, auch wenn er dadurch unruhig wurde und zitterte. Leider hielten seine guten Vorsätze nie lange an.

Als meine Mutter sich endlich von ihm trennte, war es noch schlimmer geworden.

Ich hatte Angst gehabt, ihn zu besuchen, und war doch immer wieder hingefahren, während Espen sich geweigert hatte, ihn zu treffen. Ich bewunderte meinen Bruder für seine Klarheit, weil es mir nicht gelang, mich von unserem Vater zu lösen.

Wer sollte denn sonst auf ihn aufpassen?

Immer wieder geriet ich in die gleichen Situationen. Betete, hoffte und wurde immer wieder bitter enttäuscht.

Jedes Mal von Neuem machte es mich traurig, wenn er mir stundenlang erzählte, wie schwer das Leben doch sei und was für eine große Stütze ich ihm wäre, um am nächsten Tag feststellen zu müssen, dass er sich an unsere Unterhaltung überhaupt nicht mehr erinnerte.

Und erschreckend selten schaffte ich es, diese nutzlosen Gespräche, die mich zu viel Kraft kosteten, abzubrechen.

Der Therapeut hatte mich ermahnt, dass ich konsequent sein müsse, aber wenn ich den Hilfe suchenden Tonfall meines Vaters am Telefon hörte oder – schlimmer noch – bei ihm war, gelang es mir nicht, ihn vor den Kopf zu stoßen.

Ich fürchtete, dass er es nicht verkraften würde und doch zu dem Seil auf dem Dachboden greifen könnte.

Leichter war es da schon fast, die Phasen zu ertragen, in denen er aggressiv wurde und Sachen durch die Gegend warf.

Mit zusammengebissenen Zähnen ließ ich mich auf meinen Stuhl sinken. Mittlerweile kochte ich vor Wut. Stinksauer fischte ich mein Handy aus der Schultasche und wählte die Nummer des Polizisten.

»Wolf?«, meldete er sich.

»Genau!«, fauchte ich.

Ein leises Glucksen ertönte aus dem Hörer. Dem würde das Lachen schon noch Vergehen!

»Jetzt hör mir mal genau zu, du fie…« Ich stockte, denn gerade hatte mein Mentor das Lehrerzimmer betreten. Der hatte mir gerade noch gefehlt, dachte ich böse, denn nun konnte ich David schlecht zur Sau machen, wie ich es mir so sehr wünschte.

»Wir müssen uns treffen!«, murmelte ich stattdessen in das Telefon und nickte Markus Grenzer zu.

»Du möchtest ein Date?«, fragte David amüsiert. »Ich bin mir nicht sicher, ob ich schon so weit …«

Mir war klar, dass er mich aufzog, aber für dämliche Witze war ich wirklich nicht in Stimmung. »Niemals!«, zischte ich. »Wann hast du Zeit?«

»Ich bin noch bei der Arbeit. Gegen neunzehn Uhr?«

»Gut.«

»Soll ich zu dir nach Hause kommen?« Seine Stimme klang, als würde er sich köstlich amüsieren.

Ich amüsierte mich gerade überhaupt nicht! Was glaubte der Kerl, wer er war?

Andererseits war seine Frage durchaus berechtigt. David bei mir in der Wohnung? Besser nicht. Seine präsente Ausstrahlung vertrug sich nicht mit der Intimität der Einzimmerwohnung. Schule? Zu einsam. Doch wo sonst?

»Im Dorfkrug von Mühlensee«, stieß ich hervor. »Um sieben.«

Ich legte auf, ohne mich zu verabschieden.

Pah! Der sollte sehen, was er davon hatte, wenn er sich mit mir anlegte! Dass er mich immer so finster musterte, war etwas, was ich verkraften konnte. Aber mich bei meinem Chef schlechtzumachen, war zu viel. Damit hatte er eine klare Grenze überschritten und musste nun die Konsequenzen tragen.

Ich verabschiedete mich von meinem Mentor, der sich an den Lehrerzimmercomputer gesetzt hatte, um noch irgendetwas auszudrucken, und stapfte zu meinem Fahrrad.

David Wolf war ein gewissenloser Zyniker.

Das Referendariat war schließlich mein Leben! Von der Endnote hing ab, ob ich im Anschluss daran eine Anstellung finden würde. Ich hatte keine reichen Eltern, die mich unterstützen konnten, wenn ich arbeitslos wurde.

Das würde er mir büßen, jawohl! Ich würde ihm kräftig die Meinung sagen. David würde einen sehr unangenehmen Moment erleben, wenn er mich traf. Ich ließ mir ja viel gefallen, aber ich war nicht bereit, mir mein Leben von ihm ruinieren zu lassen.

»Phina? Alles klar bei dir?« Es war Tine, die gerade Richtung Lehrerparkplatz ging. »Ich hab dich schon dreimal gerufen, aber du hast nur stur geradeaus geschaut.«

»Der Scheißpolizist hat vor unserem Schulleiter behauptet, ich wäre eine Trinkerin!«, ereiferte ich mich.

»Du meinst David Wolf? Wie kommt er denn *darauf?*«

»Ich habe keinen blassen Schimmer. Der Typ ist wirklich das Letzte!«

»Merkwürdig. Ich fand ihn bisher eigentlich immer charmant und höflich.«

»Ja, zu *dir* ist er ja auch die Liebenswürdigkeit in Person! Aber zu mir ist er – entschuldige den Ausdruck – ein Arschloch.«

Tine lachte. »Solch harte Worte aus deinem Mund!«

»Auf jeden Fall werde ich ihn heute noch zur Rede stellen«, sagte ich mit fester Stimme.

»Du tust was?«, fragte Tine erstaunt.

»Nachher treffe ich ihn im Dorfkrug. Er hat es verdient, dass ich ihm mal ordentlich den Kopf wasche!«

»Du …?« Tine klang skeptisch. »Meinst du nicht, dass er – im wahrsten Sinne des Wortes – eine Nummer zu groß für dich ist?«

»Pah!«, schnaubte ich. »Das kann ich mir doch nicht gefallen lassen!«

Niemand würde mich davon abbringen. Der Polizist war fällig.

Heftiger als sonst trat ich in die Pedale. David Wolf konnte sich auf etwas gefasst machen.

Was ich nicht bedacht hatte, war, dass sich im Dorfkrug lauter Leute tummeln würden, die mich kannten.

Verdammt. Ich würde den Polizisten doch nicht so lautstark zusammenstauchen können, wie ich es geplant hatte. Aber zumindest würde er mir hier nichts tun können …

»Seht mal, da kommt Phina Rosenberg!«, gurrte eine männliche Stimme, sobald ich eintrat und suchend umherblickte. »Bei der Erschaffung dieses Mädels hatte Gott einen guten Tag!«

Trotz meiner schlechten Laune musste ich lachen und gab dem Inhaber der Stimme einen Kuss auf die Wange. Harry war Mitglied im Singkreis Mühlensee und Besitzer des Dorfkrugs. Ich mochte ihn sehr. Er sah aus wie ein Küstenfischer – rau und bärtig –, aber er sang wie ein Engel. Ein Engel mit Bassstimme. Nach den Chorproben landeten wir üblicherweise in seinem Lokal.

An den Gesichtern der anderen Gäste, die sich neugierig zur Tür wandten, erkannte ich, dass David angekommen war.

Mit lässigen Schritten trat er näher.

»Phina.« Langsam ließ er seinen Blick über meinen Körper wandern, bis hinunter zu meinen Sandalen mit Absatz, die ich extra angezogen hatte, um ein bisschen größer zu wirken, als ich es tatsächlich war.

Nervös schob ich mir eine Haarsträhne hinter das Ohr.

Phina, reiß dich zusammen! Du bist hier nicht zum Vergnügen.

Heroisch bemühte ich mich, die Übermacht meines Gegners zu ignorieren. Schließlich war er der Böse und ich war wütend. Stinkwütend.

»Wer ist das?«, erkundigte sich Harry, musterte David von oben bis unten und legte mir dann besitzergreifend den Arm um die Schulter.

»Das ist Herr Wolf. Er ist Polizist«, erklärte ich ihm und war auf einmal doch sehr froh, den Dorfkrug gewählt zu haben, wo ich ein Heimspiel hatte.

»Wir würden gern etwas trinken«, sagte David.

Ich wollte nicht mit ihm gemütlich hier sitzen und an einem Getränk nippen, ich wollte ihm meine ganze Wut entgegenschreien und dann so schnell es ging nach Hause zurückkehren. Aber meine gute Erziehung hielt mich davon ab, ihm zu widersprechen.

»Er bezahlt.« Herausfordernd deutete ich auf David.

Der nickte überrumpelt.

»Hier ist noch frei.« Harry deutete auf den Tisch direkt vor dem Tresen. Ich vermutete, dass er uns im Auge behalten wollte.

Diverse Mitglieder der Freiwilligen Feuerwehr Mühlensee, von denen einige ebenfalls bei mir im Chor sangen, saßen an einem langen

Tisch und grüßten mich, als wir vorbeikamen. »Hallo, Mädchen. Setz dich zu uns!«

Ich winkte. »Guten Abend! Ich kann jetzt nicht, denn ich muss ein ernstes Wörtchen mit diesem Herrn hier reden.«

»So ist es richtig, Phina!«, rief Elsa und hob ihr Bierglas.

»Heiraten Sie mich!«, dröhnte Tim Wiegand, der bereits kräftig einen im Tee hatte. Seine Tochter aus erster Ehe ging bei mir in die 1b.

David guckte irritiert.

Ich ergriff seinen Arm und zog ihn weiter, während ich über meine Schulter »Keine Chance, Herr Wiegand!« rief. »Ich vermische nie Berufliches mit Privatem.«

»Sie brechen mir das Herz!«, schallte es zurück.

Ich verdrehte die Augen und grinste.

Wir setzten uns und Harry brachte die Speisekarte.

»Du kennst aber viele Leute«, kommentierte David und klappte den ledernen Einband auf.

»Wir befinden uns in einem Dorf.« Ich zuckte mit den Schultern.

»Und Phina ist das süßeste Mädel hier!«, schallte es vom Nebentisch.

»Yeah!«, johlten einige Feuerwehrkameraden, mit denen der Singkreis Mühlensee einmal gemeinsam einen Ausflug unternommen hatte, und prosteten einander zu.

Ich wurde rot.

»Das ist aber ein lustiger Haufen«, meinte David ohne einen Funken Humor in den Augen. »Die können bestimmt ordentlich bechern!«

»Womit wir beim Thema wären«, antwortete ich spitz und bemühte mich, seinen grimmigsten Gesichtsausdruck nachzuahmen. »Hast du ernsthaft gedacht, dass …«

»Was möchtet ihr trinken?«, unterbrach uns Harry und brachte mich damit aus dem Konzept. Langsam klappte ich meinen Mund wieder zu. »Bei dir wie immer?«, fragte er an mich gewandt, woraufhin ich nickte.

»Und ich hätte gern ein Mineralwasser«, sagte David, ohne den Blick von mir zu nehmen.

Spöttisch hob ich die Augenbrauen. »Nun rechnest du vermutlich mit Wein, Bier oder einer Mischung?«, flötete ich.

Der Polizist blinzelte leicht verunsichert, woraufhin ich ihn wütend fixierte.

»Heute hat mein Rektor mich zu sich gebeten, um …«

»Phina, wir gehen jetzt noch ins Roxy's«, wurde ich erneut unterbrochen, diesmal von Madleen vom Feuerwehrtisch. »Kommt ihr nach?«

»Eher nicht«, entgegnete ich.

Nie im Leben würde ich mit David ins Roxy's gehen, dachte ich insgeheim, während ich beobachtete, wie sie Herrn Wiegand stützten, der sich nicht mehr aufrecht halten konnte.

»Nehmt ihm auf jeden Fall die Autoschlüssel weg, nicht dass er auf dumme Gedanken kommt!«, rief ich ihnen hinterher.

»Jawohl, Frau Lehrerin«, leierten sie.

»Ich mein das ernst!«, brüllte ich, bevor die Tür hinter ihnen zufiel. Jetzt war es ruhig im Dorfkrug. Nur noch ein Pärchen saß weiter hinten an einem Ecktisch.

Seufzend drehte ich mich wieder zu David. In seinen Augen stand so ein merkwürdiges Blitzen. »Feuerwehrmänner«, sagte ich und hob entschuldigend die Hände. »Wo war ich stehen geblieben? Ach ja. Weshalb redest du mit meinem Schulleiter über mich?« Ich versuchte, ruhig zu sprechen.

David musterte mich mit ausdrucksloser Miene. »Hast du ein Problem damit, wenn ich mit ihm über dich spreche?«

»Kommt drauf an, worüber!«, entgegnete ich scharf. »Ich gehe ja auch nicht zu deinem Chef und mache dich grundlos schlecht!«

Trotzig bemühte ich mich, seinem Blick standzuhalten.

Eine gefühlte Ewigkeit sah er mich einfach nur an, dann nickte er. »Richtig.«

»Also? Weshalb hast du das getan?«

»Mit deinem Chef geredet? Na ja, das macht man wohl so, wenn man beruflich miteinander zu tun hat.«

Zischend stieß ich den Atem aus. Er wusste genau, was ich meinte. Sein herablassender Ton gab mir den Rest. Jetzt hatte er es geschafft. Ich explodierte.

»Du bist … du bist echt ein …« Ich sprang auf. »Wie kannst du es wagen, solche Gerüchte über mich zu verbreiten?«, schrie ich mit hochrotem Kopf.

Er stand ebenfalls auf, sodass ich den Kopf in den Nacken legen musste, um ihn ansehen zu können.

»Bitte beruhige dich doch«, bat er irritiert.

»Ich werde mich auf keinen Fall beruhigen!«, brüllte ich ihn an, obwohl mir im gleichen Moment bewusst wurde, dass ich mich daneben benahm. Es war mir egal. Auch, dass ein kleiner Spuckespritzer gegen sein Shirt flog. Ich trat näher an ihn heran und stellte mich auf die Zehenspitzen, sodass ich ihm nun bis an die Schulter reichte.

David wich leicht zurück. Für einen kurzen Moment sah er überrascht aus.

»Warum. Behauptest. Du. Dass. Ich. Drogen. Nehme?!« Ich stieß ihm mehrfach den gestreckten Zeigefinger in die Brust und funkelte ihn wild an.

Schüler, die mich kannten, hätten die Köpfe eingezogen und gehofft, dass die Zettel, mit denen Lehrer an meiner Schule die Störenfriede in den sogenannten ›Trainingsraum‹ schickten, aufgebraucht waren.

David hingegen wirkte nicht eingeschüchtert, sondern verwundert. »Drogen?«

Harry trat neben mich. »Alles in Ordnung, Phina?«

Zwar war er etwas kleiner als der Polizist, aber mit seiner bulligen Statur wirkte er durchaus Respekt einflößend.

»Danke, Harry, ich komme klar«, sagte ich, ohne David aus den Augen zu lassen.

»Oh, das habe ich keinen Moment lang bezweifelt«, grinste der Gastwirt. »Ich war mehr in Sorge um den jungen Mann. Die Getränke habe ich euch schon hingestellt.«

»Wer behauptet denn, dass ich so etwas gesagt habe?«, fragte David behutsam, als Harry uns wieder allein gelassen hatte. Immer noch standen wir einander belauernd am Tisch.

Entweder der Kerl war strohdoof, total abgebrüht oder … alles war nur ein dummes Missverständnis. Diese Möglichkeit kam mir erst jetzt in den Sinn. Dann hätte ich mich ziemlich blamiert.

»Mein Schulleiter.«

»Ich schwöre, ich habe in der Schule nicht schlecht von dir geredet.«

Es wirkte, als würde David die Wahrheit sagen.

»Oh!« Ich schluckte und trat einen Schritt zurück, fiel in mich zusammen wie ein Luftballon, aus dem man die Luft gelassen hatte.

»Aber wie kommt mein Chef denn dann darauf?« Ich musterte ihn zweifelnd.

David schwieg für einen Augenblick und rieb mit dem Daumen über seine Unterlippe. Dann sagte er ernst: »Vielleicht hat meine Kollegin mal so etwas in der Art gesagt. Wir haben gehört, dass du gern feiern gehst und manchmal wirkst du eben etwas … nun ja … geistesabwesend.«

»Wie kann sie es wagen, einen solchen Mist zu erzählen?«, fauchte ich. »Es gibt ja auch andere Gründe, weshalb Menschen geistesabwesend sein können! Mir zum Beispiel ging es in letzter Zeit nicht so gut, weil meine beste Freundin … Sie ist … Ach, das geht dich nichts an.« Ich rieb mir über die Stirn. Meine langsam nachlassende Wut hinterließ eine tiefe Müdigkeit.

In Davids Augen lag etwas, das ich nicht deuten konnte.

»Hör mal, es tut mir wirklich leid, dass ich dich zu Unrecht verdächtigt habe. Aber deine Kollegin kann sich auf etwas gefasst machen! Bitte gib mir ihre Telefonnummer, ich will das direkt mit ihr klären.«

David nickte. »Kein Problem. Ich werde Inga sagen, dass sie sich schnellstmöglich bei dir melden soll. Ihre private Telefonnummer darf ich nicht einfach so herausgeben. Wollen wir uns wieder setzen?« Er deutete zum Tisch und stutzte.

»Rhabarberschorle«, erklärte ich und klimperte herausfordernd mit den Wimpern. »Enttäuscht?«, fragte ich spitz über meine Schulter, während ich zurück zu meinem Platz stolzierte. Schließlich hatte er selbst auch schon mehrfach angedeutet, dass er glaubte, ich würde gern mal einen über den Durst trinken.

»Nun, sagen wir … eher überrascht«, antwortete er.

Der Klingelton meines Smartphones unterbrach uns. Ich angelte in meiner Handtasche danach, während er sich setzte.

»Mama?« Ich ließ mich ebenfalls wieder auf meinem Stuhl nieder.

»Hallo, meine Kleine, wie geht es dir?«

»Gut, danke. Aber hör mal, ich bin gerade im Dorfkrug …«

»Oh, kein Problem, ich wollte nur mal nachhorchen, ob alles in Ordnung ist und dich für morgen Abend achtzehn Uhr zum Essen einladen. Ich muss ja auch gleich los zu meinem neuen Kurs: Aktmalerei!«

Meine Augenbrauen fuhren in die Höhe, was David belustigt beobachtete.

»Das ist nicht dein Ernst, oder?« Sie hatte sich also schon wieder ein neues Hobby gesucht. »Was willst du denn damit? Warum machst du nicht lieber den Bauchtanzkurs weiter?«

»Nun sei mal nicht so verklemmt, Phina. Das läuft alles auf einer rein künstlerischen Ebene ab!«

Ich schnaubte. »Da will ich lieber nicht genauer drüber nachdenken …«

Sie lachte. »Ach Süße, du bist prüde, fürchte ich. Geh doch mal wieder aus.«

»Ich bin …!« Ich brach ab, denn genau genommen konnte man den heutigen Abend wohl kaum als ›Ausgehen‹ bezeichnen.

»Dann bis morgen. Es gibt Indisch. Ich hab dich lieb!«

»Bis morgen, Mama.«

Sie hatte aufgelegt.

Ich seufzte. »Aktmalerei …«, murmelte ich erschöpft und hatte für einen Moment völlig vergessen, dass der Polizist vor mir saß und nicht eine gute Freundin.

David lächelte breit. Dabei kamen ebenmäßige weiße Zähne zum Vorschein. Mein Puls ging schneller. Nicht nur wegen seines hübschen Gebisses oder weil ich nicht geahnt hatte, dass er so richtig lächeln konnte, sondern auch, weil es an ihm unglaublich attraktiv wirkte und etwas in mir auslöste, über das ich lieber nicht nachdenken wollte. Auf einmal war da wieder diese Befangenheit ihm gegenüber.

Ich trank einen großen Schluck Saftschorle, um meinen trockenen Mund zu befeuchten.

›Julius, Tine, arrogant‹, sagte ich mir in Gedanken mehrmals die Argumente auf, die dagegensprachen, den Polizisten anzuhimmeln, und presste die Fingernägel in meine Handfläche.

»Tja, dann sollte ich wohl mal …« Ich griff nach meiner Tasche und stand auf. »Ich erwarte, dass deine Kollegin sich umgehend bei mir meldet«, sagte ich spitz, während ich in meine Jacke schlüpfte.

David nickte. Er nahm sein Portemonnaie und legte einen Zehneuroschein auf den Tisch. »Stimmt so!«, rief er zu Harry, der uns immer noch mit Argusaugen beobachtete, und griff nach seiner Lederjacke.

Mit stolz erhobenem Haupt ging ich zum Ausgang. Es kribbelte in meinem Nacken, weil mir bewusst war, dass David dichtauf folgte.

Überraschend höflich trat er an mir vorbei und hielt die Tür auf. »Bis zum nächsten Mal, Phina Rosenberg«, sagte er, als wir bei meinem festgeketteten Fahrrad standen.

Ich seufzte und sah ihn schief an. »Besser nicht, denke ich.« Mit bebenden Fingern öffnete ich das Fahrradschloss.

David schien nur mit Mühe ein Lächeln unterdrücken zu können. »Vielleicht …«, begann er und brach ab, als ich mich aufrichtete.

Er hob seine Hand und schob eine widerspenstige Strähne aus meinem Gesicht. Ich spürte seine warme Haut ganz leicht an meinem Gesicht und erschauerte bei dieser winzigen Berührung.

»Du bringst mich durcheinander, Phina«, sagte David und schien mich mit seinem Blick hypnotisieren zu wollen, was ihm irgendwie auch gelang.

Es dauerte einen Moment, bis der Inhalt seiner Worte den richtigen Platz in meinem Gehirn erreicht hatte.

Ich lachte auf. Durcheinanderbringen? Ich – ihn?! Nie im Leben. Allein der Gedanke war absurd. Andersherum wurde ein Schuh daraus.

Mein Herz machte einen aufgeregten Hüpfer, als seine Augen jetzt erneut meinen Mund fixierten. Mit einer Mischung aus Faszination und Angst verfolgte ich, wie er näher kam und sich zu mir herabbeugte, bis nur noch wenige Zentimeter zwischen uns waren. Wollte er mich etwa küssen? Aufgeregt schnappte ich nach Luft. Seine Nähe versetzte mein Inneres in zittrige Erwartung.

›Julius, Tine, arrogant‹, versuchte ich es noch einmal, aber es nützte nichts. Ich war hilflos.

Doch kurz bevor unsere Lippen sich berühren konnten, trat er so abrupt einen Schritt zurück, dass ich zusammenzuckte. Er sah verwirrt und erschrocken aus. Beinahe so sehr, wie ich mich fühlte.

Seine Reaktion war wie ein eiskalter Guss und brachte mich in Sekundenschnelle auf den Boden der Tatsachen zurück.

Oh Gott! Ich war kurz davor gewesen, mich gegen ihn sinken zu lassen, meine Lider zu schließen und ihn zu küssen!

Mit heißen Wangen sah ich zu ihm auf und versuchte zu ergründen, was er gerade dachte. Doch sein Gesichtsausdruck war schon wieder neutral und beherrscht. Wie meistens.

Überstürzt setzte ich meinen Helm auf, schwang mich auf mein Rad und raste davon, ohne mich noch einmal umzusehen.

»Auweia«, hauchte ich in den Fahrtwind.

Auweia.

Beziehungsprobleme

Phina

Erst zu Hause fiel mir auf, dass ich überhaupt nicht darauf geachtet hatte, ob mir jemand gefolgt war. David brachte nicht nur meine schlechtesten Seiten zum Vorschein, sondern ließ mich auch alle Vorsicht vergessen. Ich war vollkommen durcheinander.

Stöhnend ließ ich mich auf mein Bett plumpsen und schlug die Hände vors Gesicht.

Verdammt. Wie hatte das nur passieren können?

Ich musste mir wohl eingestehen, dass ich mich ein kleines bisschen in David verknallt hatte. Aber wie konnte das sein, wo er so ein Kotzbrocken war, ich doch Julius liebte und zusätzlich auf keinen Fall meine Freundin Tine traurig machen wollte?

Und was bedeutete das für meinen Freund und mich? Julius, der immer noch beleidigt war, weil ich letztes Wochenende nicht zu ihm gekommen war.

Mir wurde bewusst, dass es eigentlich immer so gewesen war. Julius war der tolle Hecht, der angehende Superanwalt und ich die brave kleine Grundschullehrerin, die ja nur vormittags arbeitete und sich nach Kräften bemühte, ihm alles recht zu machen.

Doch vielleicht war ich gerade einfach ungerecht, weil der Polizist mich so durcheinanderbrachte? Schließlich war Julius normalerweise lieb zu mir. Er mochte es nur nicht so gern, wenn etwas anders lief als von ihm geplant.

Und schließlich hatte er mich selbst in der Phase ertragen, als ich wegen Laras Tod mit niemandem hatte sprechen wollen.

Ich musste ihn sofort anrufen. Dieses ganze Chaos lag bestimmt nur daran, dass ich ihn viel zu lange nicht mehr gesehen und geküsst hatte.

Ich liebte ihn doch!

Oder?

Doch als Julius auch am kommenden Wochenende keine Zeit hatte, mich zu besuchen, kamen mir weitere Zweifel, wie viel ihm wirklich noch an mir lag. Klar, seine Wohnung war deutlich geräumiger und schicker als meine und er musste wieder einmal Überstunden machen, während ich am Freitag bereits um elf Uhr Schulschluss hatte. Aber ich hatte in der kommenden Woche eine Vorführstunde und dafür noch jede Menge vorzubereiten. Das musste in einer Beziehung doch auch zählen!

Tieftraurig starrte ich am Freitag nach der Arbeit aus dem Fenster meiner Küche, wo der Sommerregen an den Scheiben entlangströmte, und hatte Mühe, bei dem Grau in Grau am Himmel nicht in Melancholie zu versinken.

Reiß dich zusammen, Phina, befahl ich mir tapfer. Ich würde Julius überraschend für eine Nacht besuchen. Den Laptop konnte ich mitnehmen, um auf der Fahrt weiterzuarbeiten. Wenn das Wochenende gut lief, war diese Beziehung es wert, gerettet zu werden. Wenn nicht …

Ich mochte gar nicht darüber nachdenken. Wir waren jetzt immerhin seit fünf Jahren ein Paar. Das warf man doch nicht so einfach hin!

Seufzend buchte ich ein Bahnticket und packte dann meinen Koffer.

Tine hatte mir erzählt, dass sie dieses Wochenende ein Date mit dem Polizisten hätte und ich fragte mich, wie es ablaufen würde. Mit einem genervten Grollen verbot ich mir jeden weiteren Gedanken an David.

Ich war auf dem Weg zu meinem Freund. Den ich liebte und er mich.

Jawohl.

Ich schluckte und blickte aus dem Fenster der Regionalbahn.

Wie würde Julius reagieren, wenn ich auf einmal bei ihm auftauchte?

Mit flauem Magen erklomm ich nach meiner Ankunft die Treppenstufen des gepflegten Mehrfamilienhauses in der Hamburger Innenstadt, in dem die Wohnung meines Freundes lag, und schloss die Tür mit dem Zweitschlüssel auf.

»Hallo? Julius?«, rief ich.

Niemand antwortete. Die großzügig geschnittene Wohnung lag verlassen da. Ich brachte erst einmal meinen Rucksack ins Schlafzimmer und ging anschließend in die chromglänzende Küche, um mir einen Tee aufzubrühen. Dann holte ich meinen Laptop aus dem Rucksack und schrieb weiter an meiner Unterrichtsvorbereitung.

Zumindest versuchte ich es.

Gegen achtzehn Uhr hörte ich endlich, wie der Schlüssel im Schloss umgedreht wurde. Abwartend stand ich in der Küchentür, als Julius den Flur betrat, und hoffte, dass die liebevollen Gefühle für ihn in meinem Bauch zu kribbeln beginnen würden, wie sie es früher immer getan hatten, wenn wir uns längere Zeit nicht mehr gesehen hatten.

»Schatz!«, rief er erfreut und breitete die Arme aus.

Mit aufgesetzter Fröhlichkeit ließ ich mich von ihm umschlingen. Er trug dieses leicht süßliche Aftershave, das ich nicht so gern mochte. Der Duft von David gefiel mir besser – nach sauberer Wäsche, Mann und einem Hauch herbem Aftershave.

Verdammt. Schon wieder ein Vergleich zwischen den beiden, den David gewann. Ich musste auf der Stelle damit aufhören.

»Das ist aber eine tolle Überraschung! Wie kommt es, dass du doch da bist?«

»Ich … wollte dich sehen«, antwortete ich. *Um herauszufinden, ob das mit uns beiden Zukunft hat.* Aber das sagte ich nicht laut. Es war nicht nötig, ihn zu beunruhigen, wo sich meine kurzfristige Gefühlsverwirrung ja doch bald in Luft auflösen würde. Jedenfalls hoffte ich das.

Energisch zog ich Julius fester an mich heran, streichelte über seinen Rücken und ließ mich von ihm küssen.

Er war ein guter Küsser. Und trotzdem … Nein. Er war ein guter Küsser. Punkt.

»Wie war dein Tag?«, fragte ich betont heiter, als wir uns voneinander lösten.

»Anstrengend«, seufzte er und hängte sein Jackett auf einen Kleiderbügel, um es anschließend sorgsam im Schrank zu verstauen. »Ich hasse diese Leute, die irgendetwas einklagen wollen, das objektiv nicht erfolgsversprechend ist«, berichtete er mit Leidensmiene, während er sich einen Kaffee zubereitete. »Heute ging es mal wieder um einen dämlichen Nachbarschaftsstreit …«

»Oh, da möchte ich wirklich nicht mit dir tauschen«, sagte ich mitfühlend. Was war ich doch froh, mit jungen Menschen arbeiten zu können und nicht Tag für Tag Akten wälzen zu müssen.

»Dazu hätte dein Numerus Clausus auch nicht gereicht«, neckte Julius mich.

Beschämt schwieg ich, denn er hatte natürlich recht. In Mathematik und den Naturwissenschaften war ich eine absolute Niete gewesen.

»Möchtest du auch einen Kaffee?«

»Nein danke«, seufzte ich, denn nach fünf Jahren Beziehung sollte er wirklich wissen, dass ich viel lieber Tee trank.

»Wo ich gerade von der Arbeit erzähle«, fuhr er fort, »nachher bin ich mit ein paar Kollegen zum Abendessen verabredet. Möchtest du mitkommen?«

Ich zog die Nase kraus. »Kannst du nicht absagen? Ich hatte mich so auf ein gemütliches Wochenende mit dir gefreut.«

»Aber Schatz, du hast wirklich keine Ahnung! Zu diesem Treffen kommen auch meine beiden Chefs. Was glaubst du denn, wie ich beruflich vorankommen soll, wenn ich kein Networking betreibe?«

»Na gut«, gab ich mich geschlagen, »ich habe einen Bärenhunger. Das wird bestimmt … nett.« Ungefähr so nett wie Unterricht mit dreißig hyperaktiven Erstklässlern auf Energydrinks. Jedenfalls würde es mich ähnlich stark auslaugen.

Julius war schon dabei, sich ein frisches Hemd und darüber einen Markenpulli mit V-Ausschnitt anzuziehen.

Zerknirscht blickte ich an mir herunter. »Aber ich habe gar nichts Passendes zum Anziehen.« Auf meinem hellblauen Kapuzenpulli prangte das Logo meiner Schule. Dass ich eventuell zu einem schicken Abendessen mit einer Horde Anwälten gehen würde, hatte ich beim Packen nicht bedacht.

»Hast du keine Bluse mit?«

»Nee, die knittern immer so schnell in der Tasche.«

»Oh Phina!«, tadelte Julius mich milde.

»Bestimmt geht ein Hemd von dir mit Gürtel als Kleid durch«, überlegte ich und machte mich daran, mich vorzeigbar herzurichten.

In meinem Hemdkleid kam ich mir fast ein wenig schick vor – zumindest, bis wir neben dem Gourmetrestaurant parkten und ich zwei Partnerinnen der Kollegen sah. Eine in High Heels, feinem Rock und Kaschmirpullover, die andere in Bluse mit Blazer und Halstuch.

Und mit welcher Leichtigkeit sie Konversation betrieben! Lächelnd und mit einer unglaublichen Selbstverständlichkeit, während ich schüchtern um jedes Wort rang.

Kaum hatten wir das Restaurant betreten, verschlug es mir vollständig die Sprache, denn das hier war ein etwas anderes Ambiente als der Mühlenseer Dorfkrug … Ein einzelner langer Tisch aus Kirschbaumholz durchzog, geschwungen wie eine Schlange, den in trendigen Grautönen gehaltenen Gastraum. Das musste ich nachher unbedingt fotografieren, das würde Lara mir sonst nie … das würde mir sonst kein Mensch glauben.

»Gibt es hier keine einzelnen Tische?«, flüsterte ich Julius zu. Der schüttelte schmunzelnd den Kopf. »Ist jetzt total angesagt«, erklärte er und ich fragte mich, wie man sich hier in Ruhe unterhalten sollte, wenn direkt neben einem ein fremder Gast saß und alles mit anhören konnte.

Am Schlangentisch saßen bereits einige der anderen Kollegen von Julius und schauten uns neugierig entgegen. Ich fühlte mich schrecklich fehl am Platz, während ich mit steifem Lächeln unbehaglich eine Hand nach der anderen schüttelte. Elf Personen waren wir insgesamt und von der Hälfte hatte ich die Namen bereits wieder vergessen, als ich mich endlich auf den Platz neben Julius setzte. Mein Gesicht schmerzte vom steifen Lächeln.

Als mir dann die Speisekarte gereicht wurde, musste ich zu allem Überfluss feststellen, dass ich bei mehr als der Hälfte der Gerichte nicht wusste, was sich dahinter verbarg.

Apfel-Taboulé mit Camembert-Zwiebel-Grostini? Burrata-Melonen-Macaron? Salbei-Tomaten-Concassé? Ich schluckte. Ah! Kürbis-Ingwer-Cremesuppe, das kannte ich. Eine schöne warme Suppe wäre genau das Richtige für meinen aufgewühlten Magen.

»Was machen Sie denn beruflich, Frau Rosenberg?«, erkundigte sich die Gattin von Julius' Chef in diesem Moment freundlich und ich ließ die Speisekarte sinken.

»Phina ist Pädagogin«, antwortete Julius für mich und lachte ein wenig verlegen.

Während ich spürte, wie meine Wangen heiß wurden, bleckte ich meine Zähne, in der Hoffnung, dass meine Grimasse als Lächeln durchgehen würde. Rasch nahm ich die Karte wieder auf und versteckte meine gerunzelte Stirn hinter ihr.

Seit wann, um Himmels willen, war ich Julius peinlich geworden? Meine Güte, ich war Lehrerin! Das war doch nichts, wofür man sich schämen musste.

Glücklicherweise kam nun die Bedienung.

»Wir nehmen das gegrillte Welsfilet und als Vorspeise das Carpaccio von der hausgeräucherten Entenbrust«, bestellte Julius für uns beide.

»Aber …«, wollte ich intervenieren.

»Und dazu bitte einen trockenen Weißwein. Was würden Sie uns empfehlen?«

Unverrichteter Dinge klappte ich meinen Mund wieder zu.

«Wir hätten da einen sehr schönen Grauburgunder mit fruchtigem Bouquet. Oder lieber einen Sauvignon blanc?«

»Wir probieren erst einmal den Grauburgunder«, beschloss Julius. »Und dazu eine Flasche Wasser.«

»Ich hätte lieber eine Rhabarbersaftschorle«, flüsterte ich ihm zu. Eigentlich wusste er ganz genau, dass ich Alkohol hasste.

»Das macht man hier so«, raunte er zurück. »Und es gibt ja auch Wasser.«

Zähneknirschend gab ich nach, weil ich keinen Streit vor seinen Arbeitskollegen und Vorgesetzten provozieren wollte.

Mit einem bemühten Lächeln lehnte ich mich zurück, während ich den Bestellungen der anderen lauschte. Bei den meisten Paaren bestellte tatsächlich der Herr für beide. Allerdings gab es auch Ausnahmen, wie das junge Paar neben uns, das unterschiedliche Gerichte wählte.

Die Gespräche bei Tisch langweilten mich zu Tode. Hauptsächlich ging es um juristische Details irgendwelcher Fälle, die ich nicht verstand.

»Letzte Woche habe ich eine Verkäuferin heftig gelawyert«, prahlte gerade ein Kollege von Julius, dessen Namen ich vergessen hatte, der mir aber im Gedächtnis bleiben würde wegen seiner schütteren Haare, die er sich quer über die Halbglatze gekämmt hatte. Es gelang ihm mehr schlecht als recht, das zurückgegangene Haupthaar zu kaschieren, aber vor allem hatte es unfreiwillig komisch gewirkt, als der Wind draußen ihm vorhin die Haare hochgeweht hatte.

›Gelawyert‹ sagte Julius auch immer, wenn er meinte, dass er jemanden mit seinen Jurakenntnissen in die Schranken verwiesen hatte.

»Die Dame war aber auch echt krass dumm«, fuhr der Kollege überheblich fort. »Ich hatte mir eine Regenhose für den Outdoorurlaub gekauft und als es dann nach zwei Monaten so weit war, habe ich festgestellt, dass sie ein Loch hat. Als ich sie reklamieren wollte, hat die Verkäuferin doch tatsächlich behauptet, die Reklamationsfrist wäre abgelaufen!« Er lachte spöttisch.

»Werden die es denn niemals lernen?«, tönte eine Kollegin von Julius. »Dabei sollten sie doch nun wirklich wissen, dass sich die Rechtsprechung geändert hat.«

Der mit der kaschierten Glatze nickte seufzend. »Das habe ich auch versucht, ihr zu erklären. Schließlich konnte ich ja vorher gar nicht feststellen, dass die Hose undicht ist, weil es in dieser Zeit praktisch nicht geregnet hat. Die Verkäuferin hat aber weiterhin darauf beharrt, dass die Frist abgelaufen wäre, woraufhin ich dann ihren Vorgesetzten verlangt habe. Irgendwann ist ja auch mal Schluss mit lustig! Ein Verschleißschaden konnte schließlich ausgeschlossen werden, da die Hose bis dahin ungetragen war.«

»Der Chef wusste aber hoffentlich besser Bescheid?«, fragte Julius.

»Ja. Die Alte hat ziemlich dumm aus der Wäsche geguckt, als er sie ausgezählt hat!« Die gesamte Tischrunde stimmte in das Lachen des Kollegen ein.

Nur mir war nicht so richtig zum Lachen zumute. Was allerdings nur zum Teil daran lag, dass mir die arme Verkäuferin leidtat. Ich fühlte mich fehl am Platz.

Unbehaglich puhlte ich an meiner Nagelhaut herum und erinnerte mich daran, wie Espen und ich früher immer feine Herrschaften im Restaurant gespielt hatten. Wir hatten dann immer Traubensaft bestellt und so getan, als wäre es Wein.

Damals gab es das Alkoholproblem unseres Vaters noch nicht – zumindest hatten wir davon noch nichts mitbekommen.

Die Bedienung kam zurück und schenkte Julius einen Probeschluck Wein ein.

Fachmännisch schwenkte er das Glas, schnupperte und setzte es dann endlich an die Lippen. Mit kritischem Blick kostete er. »Ein wenig flach im Abgang, möchte ich meinen …«

»Möchten Sie lieber einmal den Sauvignon blanc kosten?«, fragte die Bedienung höflich.

»Ja bitte«, antwortete Julius und hielt mir das Glas hin. »Möchtest du auch probieren?«

Mit zusammengebissenen Zähnen schüttelte ich den Kopf.

Die nächste Flasche wurde gebracht und das Spiel begann von Neuem.

»Zu viel Säure«, kritisierte Julius, nachdem er probiert hatte und zuckte entschuldigend mit den Schultern, woraufhin seine Kollegen wissend nickten.

»Vielleicht lieber einen Riesling?«, fragte die Bedienung, mittlerweile etwas hilflos. »Ohne spitze Säure und sehr bekömmlich.«

»Das klingt wunderbar«, antwortete Julius weltmännisch.

Verwundert beugte ich mich zu ihm. »Seit wann hast du denn Ahnung von Wein?«

»Pst!«, machte er eindringlich. »Hab ich doch gar nicht. Aber das wird in diesen Kreisen erwartet.«

Ich seufzte unhörbar. Es hatte so etwas peinlich Verzweifeltes, wie Julius versuchte, in dieser Schickimicki-Runde dazuzugehören.

Ich persönlich fand es wesentlich interessanter und sympathischer, wenn Menschen sich zeigten, wie sie waren, als wenn sie krampfhaft versuchten, jemanden nachzuahmen, um sich anzupassen.

Auch wenn das Essen köstlich war, zog sich die Mahlzeit endlos in die Länge und ich sehnte mich nach einem kuscheligen Bett. Stundenlang drehte sich das Tischgespräch nur um irgendwelche Fälle oder darum, wer wohin in den Urlaub fuhr beziehungsweise welches schnelle Auto, welche teure Uhr oder Ferienwohnung erworben hatte.

Verstohlen unterdrückte ich ein Gähnen. Diese Statussymbolparade war mehr als ermüdend nach der anstrengenden Schulwoche.

»Was für Fächer unterrichten Sie denn, Frau Rosenberg?«, erkundigte sich eine der Gattinnen und riss mich damit abrupt aus meinen Gedanken. Ich fand es sehr nett von ihr, mich einbeziehen zu wollen.

»Deutsch und Musik«, antwortete ich und bemerkte, dass die Nahesitzenden unserem Gespräch zuhörten.

»Oh, Musik, wie schön!«, freute sie sich. »Ich habe jahrelang Cellounterricht gehabt. Was für ein Instrument spielen Sie denn, wenn ich fragen darf?«

»Ich spiele Gitarre und Klavier. Früher hatte ich auch noch Flötenunterricht. Sie wissen schon: Wo aus guter Luft schlechte Musik gemacht wird!«, versuchte ich einen kleinen Witz.

Aber niemand reagierte. Ich erntete nur höfliche Blicke.

Peinlich berührt senkte ich den Kopf. »Cello ist ein wundervolles Instrument«, murmelte ich und nahm mein Wasserglas, um einen Schluck daraus zu trinken.

Ich vermied an diesem Abend weitere Witze. Vermutlich war mein Humor unter dem Niveau dieser Herrschaften. Oder sie besaßen einfach keinen. Beides war durchaus möglich.

Wieder einmal fehlte Lara mir. Sie hätte mein Witzchen auf jeden Fall verstanden und lauthals gelacht. Nicht stumm dagesessen und mich mit höflichem Lächeln angesehen.

Es waren vor allem diese kleinen Dinge, die ich seit ihrem Tod schmerzlich vermisste.

Unvermittelt kämpfte ich mit den Tränen. Wie sollte ich mich jemals damit abfinden, dass ich nie wieder ihr tiefes, raues Lachen hören würde? Nie mehr über ihre burschikose Wortwahl schimpfen, nie mehr ihren verschmitzten Gesichtsausdruck sehen würde?

»Kannst du mal eben zahlen? Der Sönke muss mir noch etwas zu einem aktuellen Fall erzählen«, bat Julius mich, als es Zeit zum Aufbruch war und die Bedienung unsere Rechnung brachte.

Weg war er.

Verblüfft zückte ich meine EC-Karte, als die schwarze Mappe mit der Rechnung vor mir auf den Tisch gelegt wurde, denn 142,30 € konnte ich nicht mal eben so bar zahlen.

142,30 €! Für zwei Personen! Alter Schwede, das war eine Menge Geld für eine Referendarin! Und dann kam ja an diesem Wochenende auch noch die Bahnfahrt hinzu.

Also musste ich wohl erst einmal auf die neue Jeans, die ich mir eigentlich hatte kaufen wollen, verzichten, wenn ich nicht so kleinkariert auftreten und Julius um seinen Teil der Rechnung bitten wollte.

In diesem Moment wurde mir bewusst, dass ich ihn um überhaupt nichts mehr bitten wollte. Das Einzige, was ich wollte, war, wieder nach Hause zurückzukehren. In meine eigenen vier Wände, wo ich mich wohlfühlte und so sein konnte, wie ich war.

Auf der Rückfahrt bemerkte Julius gar nicht, dass ich so still war, denn er erzählte die ganze Zeit davon, wie toll seine Kollegen waren und wie erfolgreich dieses Abendessen doch gelaufen wäre.

»Björn Weber hat sogar gesagt, dass er dich ganz reizend findet«, berichtete er. »Dabei hatte ich erst ein wenig Sorge, dich mitzunehmen, wo du doch sonst nicht in diesen Kreisen verkehrst …« Er lächelte stolz.

Besitzerstolz, erkannte ich mit einem flauen Gefühl im Magen und schwieg. War es das, was er für mich fühlte? War ich ein nettes kleines Accessoire in seinem Lebenslauf?

Seit wann war Julius so ichbezogen? Seit wann interessierte es ihn nicht mehr, was ich fühlte und dachte?

Nur widerwillig legte ich mich später neben ihn in das breite Bett. Als seine Hand zielsicher in meinen Schritt wanderte, zuckte ich abwehrend zurück und schob sie weg.

»Ich bin müde«, log ich, weil ich mir erst einmal über einiges klar werden wollte, bevor ich die Konfrontation suchte.

»Wozu bist du dann eigentlich hergekommen? Wir sehen uns doch nur so selten«, maulte er und versuchte diesmal, mir an den Busen zu gehen.

Es lag ja wohl nicht nur an mir, dass wir uns so wenig gesehen hatten!

»Hör auf!«, fuhr ich ihn an. »Ich bin nicht in Stimmung.«

Daraufhin drehte er mir beleidigt den Rücken zu und schlief kurz darauf ein, wie ich an seinem leisen Schnarchen erkannte.

Ich hingegen lag die halbe Nacht lang wach und grübelte. Suchte vergeblich nach den liebevollen Gefühlen, die ich einmal für Julius verspürt hatte.

Früh am nächsten Morgen reiste ich überstürzt ab, während er noch schlief. Keine Minute länger hielt ich es hier aus.

Ich hatte ihm einen Zettel hingelegt, dass ich einiges überdenken müsse und ein wenig Abstand bräuchte, und war dann aus der Wohnung geschlichen und mit dem Bus zum Bahnhof gefahren.

Die Mitreisenden guckten mitleidig, als sie die Tränen sahen, die mir über die Wangen liefen. Ich versuchte sie zu ignorieren.

Mein ganzes Lebensmodell brach gerade auseinander. Schließlich war Julius neben Lara die wichtigste Bezugsperson für mich gewesen. Ich hatte wirklich geglaubt, dass wir heiraten und Kinder kriegen würden, sobald auch ich meinen Abschluss hatte.

Nun war alles anders und ich fühlte mich schrecklich allein.

Mein Handy klingelte, sobald ich die Tür zu meiner Wohnung hinter mir geschlossen hatte.

»Phina, was ist denn los? Wo steckst du?«, fragte Julius, nachdem ich mich gemeldet hatte.

»Zu Hause«, antwortete ich knapp.

»In Mühlensee? Das ist doch albern. Wir hätten doch erst einmal drüber reden können, wenn dir etwas auf der Seele liegt. Warum bist du denn so zickig?«, fragte er irritiert.

Wut kochte in mir hoch und ließ mich jegliche Besonnenheit vergessen. »Zickig?!«, fauchte ich empört. »Für mich war es absolut kein schönes Wochenende. Weshalb muss ich so tun, als wäre mein Beruf nicht genau so viel wert wie deiner? Ich liebe meinen Job, das weißt du genau. Im Restaurant durfte ich noch nicht einmal selbst das Essen auswählen! Das stinkt mir! Vor allem, wenn ich es hinterher auch noch aus eigener Tasche bezahlen soll. Nein, Julius. Ich bin nicht zickig. Ich bin traurig und zutiefst enttäuscht von dir.«

Für einen Moment herrschte Stille.

Dann: »Ach Schatz, nun mach doch aus einer Mücke keinen Elefanten. Guck mal, die Ex-Frau vom Sönke hatte auch so Anwandlungen wie du gerade. Und jetzt haben die beiden sich getrennt …« Er machte eine bedeutsame Pause, mit der er mir vermutlich Angst einjagen wollte.

Es war mir egal. »Tja. Vielleicht wäre das auch für uns das Beste«, zischte ich mit geballter Faust, obwohl ich mir vorgenommen hatte, mir erst einmal ganz in Ruhe Gedanken zu machen, bevor ich diese Beziehung hinwarf.

»Du meine Güte, Phina, nun werd' doch nicht gleich hysterisch. Schau, ich muss mich in der Kanzlei ein wenig anpassen. Es ist ein sehr traditionelles Unternehmen. Da wird erwartet, dass ich der Herr im Hause bin.«

»Kannst du gern sein. Aber nicht mit mir.« Ich legte auf.

Und ich ging auch nicht mehr ans Telefon, obwohl Julius noch fünf Mal versuchte anzurufen.

Wenn ich ihm etwas bedeutete, würde er sich wohl oder übel hierher bequemen müssen.

Nach diesem Telefonat fühlte ich mich erschöpft, als wäre ich krank. Ich verdunkelte das Zimmer und kroch in mein Bett, obwohl es erst Mittag war.

Ich wollte, dass mein Freund mich liebte. Aber ich wollte auch, dass er mich mit Respekt behandelte.

Leider tat er anscheinend weder das eine noch das andere.

Seelenschmerz

Lara

David schmetterte den Ball so brutal in den Dreimeterraum, dass seine Mannschaftskollegen sich verwundert ansahen.

»Alles klar bei dir?«, erkundigte sich Ben, der ihm den Ball gestellt hatte.

Die Männer machten sich gerade warm für das heutige Volleyball-Punktspiel. Da knallten die Bälle durch die Halle, dass einem Hören und Sehen verging. In diesem Moment war ich mehr als froh, körperlos zu sein …

Ich hatte mich zur Sporthalle aufgemacht, um zu sehen, was David gerade trieb. Es schien mir klug, ihn im Blick zu behalten … Außerdem sah ich den Männern gern beim Volleyball zu. Die hochgewachsenen, durchtrainierten Spieler, die sich in atemberaubender Geschwindigkeit mit der Gewandtheit von Raubkatzen auf dem Feld bewegten, waren mehr als nett anzuschauen …

»Was soll mit mir los sein?«, fuhr David Ben an und hob einen Ball vom Boden auf, um sich erneut anzustellen.

»Na ja …«, meinte sein Freund behutsam, »wenn alles in Ordnung ist, weshalb brüllst du mir dann so laut zu, wie ich dir den Ball stellen soll, als wäre ich fast taub?«

David blinzelte, als würde ihm jetzt erst bewusst werden, dass er sich gerade nicht unter Kontrolle hatte. Dann gab er den Ball wortlos an einen Mannschaftskameraden und ging zur Wasserkiste am Spielfeldrand, wo er einen großen Schluck nahm.

Nachdenklich beobachtete ich ihn. Schon seit mehreren Tagen war er so seltsam drauf – genau genommen seit der Party bei Phinas Kollegin.

Ziemlich große Augen hatte er auch im Dorfkrug gemacht, als meine stinkwütende Freundin vor ihm gestanden und ihm die Leviten gelesen hatte – den Zeigefinger in seine Brust gebohrt.

Er hatte verwirrt gewirkt, aber auch, als wäre es das Interessanteste, was er in seinem ganzen Leben je gesehen hatte.

Die Mannschaft stellte sich im Kreis auf, stieß ein derart lautes Kriegsgeschrei aus, dass ein Kind auf der Tribüne zu weinen begann, und begab sich dann aufs Feld. David wie immer in der Startaufstellung.

Zwei Stunden später, nach einem heiß umkämpften Spiel, das sie knapp in fünf Sätzen gewonnen hatten, beobachtete ich, wie die Männer sich in der Umkleidekabine ein Bier genehmigten. Halb nackt. Ich konnte nicht sagen, dass mir der Anblick missfiel. Schon immer hatte ich mir gewünscht, hier einmal Mäuschen zu spielen. Allerdings war es gut, dass ich nicht mehr riechen konnte …

»Also? Nun mal ehrlich. Was ist los?«, hakte Ben noch einmal nach und hielt meinem Bruder die soeben geöffnete Flasche zum Anstoßen hin.

David seufzte. Die Erschöpfung schien ihn zahmer zu machen. »Ich bin stinksauer auf Inga.«

»Wegen der K.-o.-Tropfen?« Ben nahm einen großen Schluck aus seiner Flasche, während die anderen Spieler nach und nach in der Dusche verschwanden. (Holla, waren die knackig!)

»Auch. Außerdem hat sie Gerüchte über Phina verbreitet. Selbst ich hab ihr geglaubt, dass Phina gern einen hebt und sich manchmal sogar einen Schuss setzt. Du glaubst gar nicht, wie ich mich dafür schäme!«

Ben machte große Augen. »Oh Mann, das ist krass.«

Mein Bruder nickte. »Ich habe Inga gezwungen, bei Phina anzurufen und sich für die falschen Anschuldigungen zu entschuldigen. Das mit den Tropfen mussten wir verschweigen, sonst hätte Inga ihren Job verloren und das wollte ich dann doch nicht. Sie ist schließlich normalerweise eine hervorragende Polizistin und tolle Teampartnerin.« Er fuhr sich durch die nass geschwitzten Haare. »Wie konnte es nur so weit kommen? Klar, ich bin nicht unschuldig daran, schließlich habe ich immer wieder von meinen Rachegelüsten gesprochen, aber das sollte doch nicht heißen, dass ich einen anderen Menschen wirklich fertigmachen will! Ich verstehe nicht, wie Inga auf so eine beschissene Idee kommen konnte. Sie kennt mich doch.«

Ben wiegte den Kopf hin und her. »Hm … Du weißt schon, dass sie in dich verknallt ist, oder?« Er rülpste hemmungslos.

Jetzt wusste ich wieder, weshalb man sich besser nicht in eine Männerumkleide schleichen sollte …

»Inga? Du spinnst.« David musterte seinen Freund mit gerunzelter Stirn.

»Hast du das echt nicht bemerkt?« Ben nahm einen weiteren Schluck. »Wie sie immer nur Augen für dich hat? Und wie sie versucht, dir alles recht zu machen?«

David stöhnte auf. »Verdammt!«

»Mhm«, machte Ben zustimmend.

Aus der Dusche ertönte lautstarker Siegesgesang.

»Wie soll ich denn jetzt weiter mit ihr zusammenarbeiten?«, fragte mein Bruder hilflos.

»Inga ist doch ganz niedlich und ihr Fahrgestell ist echt nicht von schlechten Eltern. Gib ihr doch eine Chance und schau einfach, wohin es führt.«

»Aber ich steh nicht auf Inga, Himmel, sie ist meine Kollegin!« David verzog gequält den Mund. »Stattdessen muss ich ständig an die Frau denken, die den Tod meiner Schwester verursacht hat.«

Ben guckte erstaunt. »An Phina?«

David nickte. »Neulich im Supermarkt kam mir sogar ihre Haarfarbe in den Sinn, als ich ein Glas Waldhonig in der Hand hatte.« Mit einer so verzweifelten Geste, dass ich schmunzeln musste, wischte er sich über die verschwitzte Stirn.

Ben lachte ihn aus. »Hat dich die halbe Portion also doch noch um den Finger gewickelt! Arme Inga. Na ja, ihr bekommt das schon hin. Ich hab mal mit 'ner Kollegin gevögelt. Die war danach eine Zeit lang ziemlich angepisst, als es aus war, aber jetzt hat sie einen Neuen und alles ist gut. Du musst Inga eben sagen, dass sie keine Chance bei dir hat. Sie wird das schon verkraften. Was willst du jetzt wegen der kleinen Lehrerin unternehmen?«

Unglücklich rieb David sich über die Stirn. »Keine Ahnung.« Hilflos schüttelte er den Kopf. »Ihr aus dem Weg gehen?«

Ben grinste wissend. Er griff nach Duschgel und einem Handtuch. »Nach der Sache mit Louisa und deinem Auto hatte ich schon Sorge, dass du keine Frau mehr an dich heranlassen würdest.«

Ich stutzte. Was für eine Sache war das mit Louisa und Davids Auto?

Mein Bruder schnaubte. Dann stiegen beide aus ihren Hosen, um in die Dusche zu gehen, und ich zog mich zurück, weil ich meinen eigenen Bruder dabei lieber nicht sehen wollte.

Dieses Gespräch war aufschlussreich gewesen und erfüllte mich mit Hoffnung für Phina.

Meine Freundin hatte allerdings zurzeit ganz andere Probleme.

Julius schmollte genauso hartnäckig wie sie. Erst drei Tage später versuchte er noch einmal, sie zu erreichen.

»Schatz, ich könnte am Wochenende zu dir kommen«, sprach er sanft auf den Anrufbeantworter. »Schreib mir doch bitte eine Nachricht, ob ich willkommen bin.«

Beim Klang seiner Stimme stellten sich meine nicht mehr vorhandenen Nackenhaare auf. Ich konnte seinen eingebildeten Unterton nicht mehr hören. Der ganze Typ hing mir zum Hals raus.

Phina brauchte in dieser schwierigen Zeit einen verlässlichen Partner an ihrer Seite, keinen Egoisten, der ihr zusätzlich das Leben schwer machte.

Erstmals schienen auch ihr Zweifel zu kommen, ob Julius der Richtige für sie war. Mehrfach nahm sie das Handy zur Hand, begann eine Nachricht zu schreiben oder wählte seine Nummer, um am Ende jedes Mal abzubrechen.

»Ach Lara!«, hörte ich sie verzweifelt murmeln, nachdem der Mann, der eben den Stand ihres Wasserzählers abgelesen hatte, die Wohnung wieder verlassen hatte. »Was soll ich bloß tun?«

Ich zuckte zusammen, weil ich es nicht mehr gewohnt war, dass jemand das Wort an mich richtete. Phina allerdings tat das öfter, wenn sie allein war. Ich fand das furchtbar lieb. Als Antwort malte ich ein durchgestrichenes Männchen aus Lichtstrahlen an die Zimmerwand, was Phina leider wieder einmal nicht wahrnahm.

Trotzdem murmelte sie lustigerweise: »Jaja, ich weiß schon.«

Ich hatte Julius noch nie gemocht. Mir war von vornherein klar gewesen, dass sie in dieser Beziehung nicht dauerhaft glücklich sein würde.

Am Donnerstag schrieb sie ihm doch noch eine Nachricht.

Ich brauche ein wenig Abstand und möchte dich im Moment nicht sehen. Es tut mir leid.

Er antwortete nicht. Vermutlich hatte sie seinen männlichen Stolz zutiefst verletzt.

Erst einen Tag später kam eine Nachricht.

Hallo Phina,

ich habe deine Mitteilung zur Kenntnis genommen und muss sagen, dass ich ein wenig befremdet von deinem Verhalten bin.

Du brauchst Abstand?

Hast du schon einmal darüber nachgedacht, wie es mir mit deinem Verhalten im Moment geht?

Schon seit Beginn deines Referendariats stehst du ständig unter Strom, arbeitest nahezu ununterbrochen für die Schule. Dein Ehrgeiz in allen Ehren, aber in einer Beziehung ist es auch wichtig, etwas miteinander zu unternehmen. (Und damit meine ich nicht das Ausschneiden von laminierten Bildern!)

Aber seit dem Tod deiner Freundin – der mir wirklich sehr leidtut, wie du weißt – ist es noch viel schwieriger geworden.

Wochenlang habe ich dein Schweigen und deine Trauermiene ertragen, ohne mich zu beschweren.

Ich habe zu dir gestanden. Die ganze Zeit.

Und dann stellst du gleich unsere ganze Beziehung infrage, wenn ich mal drei Wochenenden nicht nach Mühlensee kommen kann, weil bei der Arbeit so viel zu tun ist?

Da bitte ich dich einmal, zu einem Treffen mit meinen Kollegen mitzukommen, und du zickst anschließend sofort herum.

Ich kann es leider nicht nachvollziehen.

Ist es, weil einmal nicht alles so gelaufen ist, wie du es wolltest?

Oder ist es, weil du an diesem Abend nicht im Mittelpunkt meiner Aufmerksamkeit gestanden hast?

Auch wenn mir manchmal nicht gefällt, was du machst:

Ich liebe dich, Phina, und du bist die wichtigste Person in meinem Leben!

Dein Julius

Ich sah die wechselnden Gefühle im Gesicht meiner Freundin – Schreck, Überraschung, Wut, ein schlechtes Gewissen und Traurigkeit – und spürte, wie sie mit sich kämpfte.

Klar, mit einigen Punkten lag Julius sicher richtig. Phina war angespannt durch den Prüfungsdruck und die viele Arbeit und sie hatte getrauert. Aber sie hatte auch immer versucht, ihm alles recht zu machen, dafür zu sorgen, dass ihre Beziehung funktionierte und dass es ihm gut ging.

Natürlich gefiel es dem Milchbubi nicht, dass Phina plötzlich nicht mehr ständig nach seiner Pfeife tanzte.

Oh nein, jetzt weinte sie auch noch!

Mit schwerem Herzen küsste ich sie mit Lichtstrahlen.

Ziemlich früh an diesem Abend löschte Phina das Licht. Ich hörte sie noch eine ganze Weile in der Dunkelheit schluchzen.

Am nächsten Tag rief sie Julius an und machte endgültig Schluss mit ihm. Sie sagte ihm, dass sich ihre Gefühle für ihn geändert hätten und dass ihr klar geworden sei, dass sie ihn nicht mehr liebte.

Julius war ziemlich vor den Kopf gestoßen gewesen, Phina hatte sich mehrfach entschuldigt und beide hatten geweint.

Ein mehr als unerfreuliches Gespräch, nach dem sie todunglücklich war. Ich hingegen war megastolz auf sie, auch wenn sie mir sehr leidtat.

Phina war ziemlich mitgenommen. Sie verkroch sich in der Wohnung und hörte stundenlang traurige Liebeslieder.

Glücklicherweise versuchten ihre Freunde und Familie, sie aufzumuntern. Willie bekochte sie, Espen schickte ihr ständig Nachrichten mit schlechten Witzen, ihre Mentorin Hanne brachte Kuchen mit, Mama Rosenberg schenkte ihr eine Aktzeichnung und Tine kam am Wochenende vorbei, um mit ihr spazieren zu gehen, damit sie mal rauskam.

Es war gut, dass sich alle darum kümmerten, dass sie aß, denn leider vergaß sie es in den letzten Tagen oft – so wie in der Zeit direkt nach meinem Tod.

Es beruhigte mich zu sehen, wie die Menschen aus Phinas Umfeld sich um sie sorgten, wo ich es doch nicht mehr konnte. Und wenn da nicht mein Bruder gewesen wäre, hätte ich wohl guten Gewissens endlich in dieses verlockende Licht gehen können.

Während des Spaziergangs mit der Kollegin drehte sich das Gespräch um David. Tine berichtete, dass sie sich mit ihm privat auf einen Kaffee getroffen hätte, woraufhin Phina kaum merklich zusammenzuckte. Ich vermutete, dass sie immer noch ein wenig Angst vor ihm hatte.

»Wie lief es denn?«, erkundigte sie sich.

»Es geht so«, berichtete Tine geknickt. »Wenn ich nicht wüsste, dass du ihn nicht leiden kannst, wäre ich eifersüchtig gewesen.«

»Wieso das denn?«, fragte Phina erstaunt.

»Weil er mir mehrmals Fragen über dich gestellt hat.«

»Über mich?«, schnappte sie und ich konnte ihr das Unbehagen ansehen.

»Überhaupt haben wir die meiste Zeit über Schule und Lehrer gesprochen«, fuhr Tine fort. »Das hatte ich mir irgendwie anders vorgestellt …«

»Oje, das tut mir leid«, sagte Phina mitfühlend. »Er hat also nicht mal versucht, dich zu küssen, oder wenigstens deine Hand zu nehmen?«

Betrübt schüttelte Tine den Kopf.

Die beiden konnten ja nicht wissen, dass David seit der Trennung von Louisa keine Lust mehr auf eine feste Beziehung hatte.

»Vielleicht braucht er ein wenig mehr Zeit?«, überlegte Phina. »Kann ja nicht jeder so ein Hallodri wie Ben sein.«

»Du meinst, dass ich ihm noch eine Chance geben sollte?«

»Wenn du echtes Interesse an ihm hast – klar! Warum hätte er sich mit dir verabreden sollen, wenn er dich uninteressant findet?«

»Stimmt auch wieder …«, sagte Tine nachdenklich. »Du bist echt die Beste!« Sie umarmte Phina stürmisch. »Ich dagegen bin ein ziemlicher Trampel«, stellte sie gleich darauf betroffen fest. »Du hast Liebeskummer und ich texte dich mit meinem Date voll. Tut mir echt leid.«

»Kein Problem«, entgegnete Phina. »Es lenkt mich ein bisschen ab und das ist ganz gut so.«

Am nächsten Tag überredete Espen seine Schwester, mit ihm am Freitag zur Kieler Woche zu kommen.

Ein ganzes Areal der Stadt war abgesperrt und es gab unzählige Attraktionen für Groß und Klein. Buden mit allen möglichen Leckereien, Kleinkunst, Kinderkarussell, Bandauftritte und natürlich die Segelregatten bildeten ein buntes Gemisch, das die Massen jedes Jahr von Neuem anzog.

Genau das, was Phina im Augenblick überhaupt nicht abkonnte, vermutete ich. Sie schien eher Ruhe zu benötigen.

Jedenfalls saß sie am Freitag ganz für sich allein auf einem angrenzenden Hang und beobachtete still das fröhliche Treiben, während Espen sich an irgendeinem Stand die Kante gab. Dabei war es grade mal Mittagszeit.

»Tolle Hilfe!«, hätte ich ihn am liebsten angepflaumt und zu seiner armen Schwester zurückbugsiert.

Zur Aufmunterung ließ ich hübsche Lichtpunkte auf und um Phina herum tanzen, hörte jedoch rasch auf, als ein fremder Mann mit Vollbart stehen blieb und es beobachtete. Es schien, als würde er für einen Moment zufrieden lächeln, als er sah, was ich da tat. Aber das konnte nicht sein, oder?

Als nichts mehr zu sehen war, ging er weiter und verschwand in der Menge.

Kurz darauf sah ich meinen Bruder näher schlendern, der sich gerade den letzten Bissen eines Fischbrötchens in den Mund schob. Als er Phina trotz der vielen Menschen entdeckte, blieb er abrupt stehen, obwohl er dadurch für die Nachfolgenden im Gedränge zum ärgerlichen Hindernis wurde.

Phina wiederum bemerkte ihn nicht, denn sie hatte sich gerade auf den Ellenbogen nach hinten abgestützt und hielt ihr Gesicht in die Junisonne. Erschöpft sah sie aus. Müde und traurig. Was wohl kein Wunder war, auch wenn ich insgeheim überzeugt war, dass sie ohne Julius besser dran war.

David ging über die Wiese auf Phina zu. Sie bemerkte ihn erst, als er so dicht vor ihr stand, dass sein Schatten auf sie fiel.

Sie schlug die Augen auf. »Oh!«, stieß sie überrascht hervor. »Hallo, David.«

»Hallo.« Er drehte das dunkelblaue Sportbasecap, das ich ihm vor zwei Jahren zum Geburtstag geschenkt hatte, in seinen Händen.

»Ähm … willst du dich setzen?«, fragte sie verunsichert, als er weiterhin schweigend auf sie hinabschaute.

»Nein danke.«

Phina runzelte die Stirn und ich konnte geradezu sehen, wie gern sie ihn noch einmal darauf hingewiesen hätte, dass Konversation anders ging. Wieder entstand ein kurzes, unbehagliches Schweigen.

»Tolles Fest, oder?«, versuchte sie das Gespräch in Gang zu bringen.

David zuckte mit den Schultern. »Ich mag das Gedränge nicht«, gestand er.

Ein Lächeln huschte über Phinas Gesicht. Ich wusste, dass sie meinem Bruder in dieser Hinsicht verdammt ähnlich war. Zu Veranstaltungen wie diesem Stadtfest hatte ich sie immer nur unter Androhung von Gewalt überreden können.

»Bist du allein hier?«, fragte David, woraufhin Phina den Kopf schüttelte.

Unsicher rieb er sich mit der Hand über den Nacken.

»Und du? Bist du allein hier?«, fragte Phina nach einem kurzen Moment der Stille. Gesprächspausen hatte sie schon immer schlecht aushalten können.

»Ja.«

»Beruflich oder privat?«

»Wieso?«, fragte mein Bruder misstrauisch.

»Na ja, ich frage mich, was dich hertreibt, wenn du das Gedränge nicht magst«, erklärte sie.

Wieder herrschte Stille. Ich vermutete, dass David hier war, um auf andere Gedanken zu kommen, denn er steckte gerade in einem Fall, der ihm viel Kopfzerbrechen bereitete. Und nun traf er hier zufällig auf einen anderen ›Fall‹, der ihm Kopfzerbrechen bereitete – Phina. Zumindest hoffte ich, dass es zufällig gewesen war. In letzter Zeit war er ihr nicht mehr heimlich gefolgt.

»Ich hatte nichts mehr zu essen im Haus und hier gibt es leckeren Backfisch«, antwortete er schließlich.

»Bist du eigentlich immer so ernst?«, fragte Phina. An ihrem Erröten erkannte ich, dass ihr die Worte ungewollt herausgerutscht waren. »Also … weil du sehr nett aussiehst, wenn du lächelst.« Verlegen knetete sie ihre Hände. »Aber es scheint mir, als würdest du das immer nur bei anderen tun. Ich frage mich, ob das einen Grund hat und ob du mich vielleicht nicht leiden kannst.«

Bingo!

David stutzte. »Also … eigentlich …« Er brach ab und fuhr sich mit der Hand frustriert durchs Haar. »Weißt du, ich rede nicht so gern über meine Gefühle.«

»Überraschung …«, murmelte Phina und wackelte mit den Augenbrauen.

David blickte sie düster an. »Nun ja«, begann er schließlich, »mittlerweile finde ich dich eigentlich ganz nett.«

Phina senkte verlegen den Blick. Vermutlich wäre sie am liebsten aus dieser Situation geflohen.

»Weißt du, es ist nur so, dass ich …« Wieder stockte er, schließlich konnte er ihr schlecht gestehen, dass er sie seit geraumer Zeit gestalkt und eigentlich mit dem Gedanken gespielt hatte, ihr das Leben zur Hölle zu machen, nun aber merkte, dass sie ganz anders war, als er gedacht hatte. Das könnte Phina ihm verständlicherweise übel nehmen.

»… ein alter Griesgram bin?«, schlug sie vor, wie er den Satz beenden könnte.

Wenn ich gekonnt hätte, hätte ich jetzt schallend gelacht. So aber musste ich mich damit begnügen, mich im Stillen über das verkniffene Gesicht meines Bruders zu amüsieren.

Er verzog den Mund und begann sich über den Nasenrücken zu reiben. »Als hätte man Ben in den Körper einer Frau gesteckt, die jetzt genauso redet wie er …«, murmelte er seufzend vor sich hin. »Eigentlich wollte ich sagen, dass du mich verwirrst«, antwortete er dann laut, »aber dein Vorschlag ist auch nicht schlecht.«

Phina legte den Kopf schräg. »Ich verwirre dich?«, wollte sie wissen und wirkte dabei äußerst zufrieden.

»Mehr als das«, antwortete mein Bruder. »Du machst mich fertig.« Endlich huschte ein Lächeln über sein Gesicht.

Phinas Augen strahlten.

»Nun gut, ich werde dann mal …«, verabschiedete sich David, ohne Phina aus den Augen zu lassen.

Alter! Mein großer Bruder kniff jetzt einfach so den Schwanz ein? Nach diesem Geständnis? Seit wann war er schüchtern?

»Tschüss«, erwiderte Phina verdutzt.

Mit einem kaum merklichen Seufzen wandte er sich ab und setzte sich das Basecap auf. Dann reihte er sich erneut in die Menschenmasse ein, die sich die Straße entlangschob.

Nachdenklich blickte ich zwischen meinem Bruder, der sich im Gehen mit gequälter Miene über das Gesicht fuhr, und Phina hin und her. Mit großen Augen schaute sie David nach und auf ihrem Gesicht lag etwas Zartes, Verletzliches.

Moment mal! Jetzt erst wurde mir so richtig bewusst, was sich da gerade vor meinen Augen abspielte. Phina stand auf David?!

Meine nicht vorhandenen Augenbrauen hoben sich praktisch bis zum Haaransatz.

Nun gut, hässlich sah er nicht aus. Sicher hätte sie sich einen schlechteren Kerl aussuchen können, aber er war eben … nun ja … mein Bruder!

Und David? Empfand er etwas für Phina? Ben gegenüber hatte er so etwas angedeutet, aber ich hatte nicht erwartet, dass es ihm so ernst war.

Noch vor gar nicht allzu langer Zeit hatte er sie gehasst wie nie einen anderen Menschen zuvor, aber jetzt?

Sein Verhalten ihr gegenüber hatte sich verändert. War irgendwie rücksichtsvoller geworden. Und auch die Blicke, mit denen er sie bedachte, waren weicher geworden.

Ich konnte es ihm nicht verdenken. Phina war hübsch. Sie hatte ein zartes Gesicht, wundervolles honigblondes Haar, sie war schlank, aber weiblich gerundet an den richtigen Stellen und besaß eine Ausstrahlung, die jeden unwillkürlich ihre Nähe suchen ließ.

Trotzdem gab es Dinge, über die wollte man lieber nicht nachdenken. Dazu gehörte eindeutig das Liebesleben des eigenen Bruders. Selbst wenn es mit der besten Freundin stattfand … Im Grunde wollte ich mir noch nicht einmal vorstellen, dass er überhaupt so etwas tat! Es schüttelte mich. Das war, als ob … ich meine eigenen Eltern beim Sex erwischen würde.

Als er damals mit Louisa zusammen gewesen war, hatte mich das ewige Geknutsche ziemlich genervt. Und David auch, das hatte ich ihm angemerkt. Trotzdem war er lange Zeit mit ihr zusammengeblieben. Er war eben ein Mensch mit Integrität und Prinzipien.

Der Klingelton von Phinas Handy riss mich aus meinen Gedanken.

Rockerbraut

Phina

»Wo bist du?«, erklang Espens aufgeregte Stimme durchs Telefon und riss mich wieder in die Wirklichkeit zurück, aus der ich bei Davids unerwartetem Anblick einen Moment lang gefallen war.

»Immer noch auf der Wiese kurz vor der Hauptbühne, wieso?«

»Die verfolgen mich! Dabei war das gar keine Absicht, echt! Kann ich ja nicht ahnen, dass die gleich so böse werden!« Seiner Artikulation nach zu urteilen, hatte mein Bruderherz schon ordentlich einen gebechert.

»Wer verfolgt dich?«

»So ein paar Kuttenträger.« Es klang, als würde er laufen.

»Rocker?«

»Phina, schnell! Du musst mir helfen!«

Ich machte große Augen. »Kannst du dich nicht irgendwo verstecken? Ich weiß nicht, was ich da machen soll!«

»Egal! Aber bitte tu irgendetwas! Sonst …«

»Sonst … *was?*«, fragte ich besorgt und stand auf.

»Sonst machen die mich fertig! Nur wegen eines kleinen Missverständnisses! Die verstehen echt überhaupt keinen Spaß. Phina, sie verarbeiten mich gleich zu Hackfleisch!« Seine Stimme klang schrill.

Oje! »Mensch, Espen, ich bin doch kein Polizist oder Karatekämpfer oder so«, rief ich besorgt. Wo war David Wolf, wenn man ihn brauchte?

Aus dem Hörer hörte ich das Schnaufen meines Bruders, den Klang seiner Tritte und – etwas leiser – mehrere aufgebrachte Männerstimmen, die ihm wüste Drohungen zubrüllten.

Oh verdammt!

»Phina, ich bin gleich bei dir. *Bitte!* Denk dir einfach *irgendwas* aus. So einer süßen Kleinen wie dir werden sie doch nichts antun!«

Die Panik, die ich aus seinen Worten heraushörte, war kaum zu ertragen. Da sah ich ihn schon kommen, er schlängelte sich am Fischbrötchenstand vorbei, drängte sich durch die Menge, sprang hin und her und schubste ahnungslose Passanten aus dem Weg, die nicht rasch genug Platz machten. Hinter ihm walzten seine vier Verfolger in schwarzen Motorradkutten unaufhaltsam näher. Sie waren bereits bedrohlich dicht an Espen herangekommen.

»Ist ja gut«, rief ich. »Ich komm ja schon.« Wie er sich aber auch immer wieder in solche Situationen hineinmanövrieren musste! »Wie heißt der Typ, mit dem du dich angelegt hast?«

»Ich glaube Spike. So haben ihn jedenfalls die anderen genannt.«

Dann wollte ich mal beten, dass Espen recht behielt und die mir nichts taten.

»Warten Sie!«, rief ich, als die aufgebrachten Männer in Motorradkluft an mir vorbeistürmten. »Entschuldigung, Spike? Könnten Sie kurz anhalten?«

Einer der Kuttenträger stoppte irritiert, als er mich seinen Namen schreien hörte, und drehte sich um. Seine drei Kumpel stoppten ebenfalls und flankierten ihn. Er hatte ein rundes Gesicht, einen bulligen Nacken, Halbglatze und einen Schnurrbart. Ich hatte so ein Gefühl, dass ihm nicht nach Plauderei zumute war, und keine Ahnung, was ich als Nächstes sagen sollte. Wie ging man mit einem bedrohlichen Rocker um, der sich gerade auf den eigenen Bruder stürzen wollte?

»Äh, hallo, Spike …«, stotterte ich und vermied es, zu Espen zu gucken, der sich hoffentlich in Sicherheit brachte.

Als Spike erkannte, wer ihn angesprochen hatte, glättete sich sein Gesicht ein wenig. Das war das Gute daran, eine kleine junge Frau mit langen blonden Haaren zu sein. Die Leute reagierten in der Regel erst einmal besänftigt. So auch er. Wohlgefällig glitt sein Blick an mir entlang, während er abwartete, was ich von ihm wollte.

»Wir kennen uns doch von … äh …« Scheiße! Ich *kannte* keine Rocker! Woher um Himmels willen könnte ich solch einen Typen kennen? »… äh … Ich bin ein Riesenfan von Ihren Tattoos«, improvisierte ich und deutete auf seine bis zum Handgelenk tätowierten Arme. »Darf ich mir das einmal genauer ansehen?«

Er wirkte zunächst verdutzt, dann lächelte er und hielt mir stolz seinen Arm entgegen, auf dem sich so einiges tummelte: ein Drache, eine nackte Frau, ein Totenschädel mit Hörnern, ein Wolfskopf und ... ich beugte mich verwundert vor ... tatsächlich. Ich unterdrückte ein Kichern. Am Handgelenk stand ›Mutti‹.

Ich warf einen verstohlenen Blick über seine Schulter und sah, wie Espens Haarschopf sich in der Menge entfernte. Zufrieden schenkte ich Spike mein strahlendstes Lächeln.

»Was bedeutet das?«, fragte ich und zeigte auf ein chinesisches Schriftzeichen.

»Das bedeutet ›Stärke‹. Tut mir wirklich leid, Mädel, aber ich muss jetzt weiter.«

»Wow! Das ist *sooo* cool!«, schmeichelte ich dem Rocker, in dem verzweifelten Versuch, ihn noch ein wenig länger aufzuhalten. »Wo haben Sie die machen lassen? Ich hätte auch gern ein Tattoo, hab aber keine Ahnung, wo ein guter Laden ist.«

»Ich kann's dir aufschreiben, aber dann muss ich weiter«, bot er mir an und ich durchsuchte meine Tasche hektisch nach einem Zettel. Schließlich reichte ich ihm einen alten Kassenbon vom Discounter.

Währenddessen hatte Spike mit den Fingern geschnippt und sein Kumpel zog einen Kuli aus der Lederweste und reichte ihn dem Oberrocker. Der schrieb mir Namen und Adresse eines Ladens auf und gab sie mir.

»Wir müssen jetzt weiter. So'n besoffener Grünschnabel hat meiner Braut auf die Schuhe gepisst. Braucht dringend ein paar hinter die Kiemen. Den kleinen Stinker wollen wir nicht länger warten lassen.« Er grinste seinen Kumpeln auffordernd zu.

Mir lief eine Gänsehaut den Rücken hinunter. Die Rocker waren drauf und dran, weiterzugehen. Doch das durfte ich nicht zulassen, auch wenn ich mir nun gar nicht mehr so sicher war, dass mein verehrter Herr Bruder es verdiente, dass ich ihn beschützte.

»Warten Sie, Spike!«, rief ich laut und rannte ihnen hinterher. »Ich wollte Ihnen als Dankeschön gern eine kleine Freude machen. Ich meine, dafür, dass Sie mir so nett die Adresse aufgeschrieben haben.«

»Eine Freude machen?« Stirnrunzelnd blieb Spike stehen und tauschte einen ratlosen Blick mit seinen Rockerfreunden.

»Ein Lied! Ich würde Ihnen gern ein Lied singen. Ein Lied von …« Mein Blick fiel auf seine Tätowierungen. »… von Wölfen!«

Er beäugte mich argwöhnisch.

Oh Gott. Wie war ich nur in diese Situation geraten? Das einzige Lied, das mir in diesem Moment in den Sinn kam, war eines, das ich mit der 1b in der letzten Musikstunde geübt hatte. Verzweifelt sah ich mich um und hoffte inständig, dass mein Bruder seinen Vorsprung nutzen würde.

»Okay. Sing!« Spike verschränkte die Arme und beobachtete mich erwartungsvoll.

Ich holte tief Luft. Nützte ja nichts, ich musste sie nur noch ein klein wenig hinhalten, damit Espen genügend Vorsprung bekam.

»Zwei starke Wölfe geh'n des Nachts im Dunkeln …«, begann ich zaghaft zu singen und machte die dazugehörigen Handbewegungen. Bei ›zwei‹ hielt ich zwei Finger in die Höhe und bei ›Wölfe‹ bildete ich mit den Händen Ohren an meinem Kopf. (Eigentlich hieß es ›Zwei *kleine* Wölfe‹, aber ich fühlte mich so frei, ein wenig zu improvisieren.)

»… Man hört den einen zu dem and'ren munkeln …« Ich hielt die Hände in einer Horchbewegung an die Ohren. Jetzt sang ich schon mutiger.

»Warum gehen wir ständig auf die Jagd? Es ist doch so viel schöner, wenn man sich mag!« Zu dieser Stelle machte ich keine Bewegungen. Aus dem einfachen Grunde, weil ich sie gerade selbst erfunden hatte. Vielleicht half ein wenig Gehirnwäsche meinem Bruder …

Um uns herum waren Passanten stehen geblieben, um mir zuzuhören. Vor allem Familien, deren Kinder sich über das Lied freuten. Vermutlich dachten sie, dass ich ein Show-Act wäre, der in der Menge sein Unwesen trieb.

Eigentlich war es gar nicht so schlimm. Mittlerweile sang ich laut und fröhlich und schwang meine Hüften rhythmisch dazu, als wäre ich in einem Club. Dabei bemühte ich mich, dem Ganzen einen poppigen Touch zu geben, damit der Kinderlied-Charakter nicht allzu augenscheinlich war.

Bald fingen einige Kinder an mitzusingen und klatschten dazu im Takt. Wie es schien, war ich nicht die einzige Lehrerin, die ihren Schülern das Lied beigebracht hatte.

»Badu badum, badum …« Lässig schwang ich die Arme von einer Seite auf die andere und schnipste dazu. Inzwischen sangen auch die Erwachsenen, die das Lied kannten, mit.

Als ich geendet hatte, brandete Applaus auf und ich verbeugte mich mit großer Geste vor Spike und seiner Truppe, die ebenfalls eifrig klatschten.

Ein Kind sagte im Weggehen: »Mami, die Frau hat das Lied aber komisch gesungen.«

»Sehr schön!« Spike tätschelte mir mit seiner Pranke die Schulter. »Eine nette Stimme hast du, Kleine. Man sieht sich. Und viel Erfolg mit dem Tattoo.« Er wandte sich an sein Gefolge. »Jetzt will ich aber den kleinen Wichser kriegen, der mein Mädchen beleidigt hat.«

Er wandte sich um und stiefelte davon. Erleichtert zückte ich mein Handy und wählte Espens Nummer. »Wo bist du?«

»Hinter dir.«

»*Was?*« Ich riss meinen Kopf herum und versuchte ihn im Gedränge auszumachen.

»Coole Show! Ich denke, damit kannst du dich im Fernsehen bewerben.«

Endlich sah ich ihn am nächsten Getränkepilz. Lässig lehnte er am Tresen, hielt einen Plastikbecher Bier in der einen Hand und prostete mir grinsend zu.

Während ich zornig auf ihn zustapfte, überlegte ich, ob ich die Rocker nicht zurückrufen sollte.

»Wieso bist du noch hier?«, brüllte ich Espen wutentbrannt an. »Ich reiß mir den Arsch für dich auf, um Zeit zu schinden, und du stehst hier und guckst dir das Ganze an, als wäre es ein verdammtes Schauspiel?« Meine Stimme schnappte über. Ich war kurz davor, meinen eigenen Bruder zu schlagen.

»Weshalb nicht? Hat doch prima geklappt! ›Arsch‹ sagt man übrigens nicht, Frau Lehrerin.«

»Du …!«, zischte ich mit geballten Fäusten und schaute in die Richtung, in die die Rocker verschwunden waren. Vielleicht sollte ich doch … In diesem Moment fiel mein Blick auf David Wolf, der ganz in der Nähe stand und uns beobachtete. Ein dunkelblaues Basecap beschattete seine Augen. Vermutlich hatte er sich schlapp gelacht über meine peinliche Vorstellung. Heiße Röte überzog meine Wangen.

Jetzt drehte er sich weg und verschwand in der Menge. Irritiert runzelte ich die Stirn. Doch dann beschloss ich, dass es gut war, wenn er sich von mir fernhielt, nicht dass mir mein dummes Herz noch mehr Kummer bereitete.

Am besten würde ich mich ihm gegenüber genauso reserviert verhalten, wie er es bei mir tat.

Mein Verstand war äußerst zufrieden mit meinem Plan. Doch mein Körper machte mir bei dem Anblick von Davids Kopf, der immer noch aus der Menschenmenge herausragte, einen Strich durch die Rechnung. Allein bei dem Gedanken an ihn bekam ich weiche Knie.

Verdammt!

Ich wandte mich wieder meinem betrunkenen Bruder zu. »Du bist unerträglich.« Resignierend schüttelte ich den Kopf. »Und stimmt es, was Spike gesagt hat? Du hast mitten im Gedränge uriniert?«

»Es war am Straßenrand. Ich musste so dringend«, bekannte Espen – nun doch etwas zerknirscht. »Schließlich konnte ich ja nicht ahnen, dass es so spritzen würde, dass seine Braut was auf ihre Treter kriegt!«

»Oh Mann, Espen!« Ich überlegte, ob ich lachen oder ihn würgen sollte. »Sieh zu, dass du nach Hause kommst und deinen Rausch ausschläfst.«

Ich packte seinen Arm und wollte ihn in Richtung Bushaltestelle ziehen, aber genau in diesem Moment kamen die Rocker zurück. Mein Herz setzte für einen Schlag aus.

Noch hatten sie uns nicht entdeckt.

»Lauf!«, herrschte ich Espen an, schubste ihn am Bierpilz vorbei und folgte ihm eilig hinter die Reihe der Stände.

Auf der Rückseite des Getränkewagens stand uns auf einmal ein hochgewachsener Mann im Weg, sodass wir beinahe gegen ihn geprallt wären. David. Was machte der denn schon wieder hier?

Mit einer einzigen fließenden Bewegung beförderte er Espen in einen Carport hinein, um mich dann ebenfalls mitzuzerren.

»Huch!«, keuchte ich erschrocken und taumelte, als er mich hinter ein paar Mülltonnen zog.

»Uff!« Ich stolperte und landete zusammen mit David neben Espen auf dem Boden. Mein Bruder lag regungslos da und stierte uns an. Der war wirklich hinüber.

»Was soll das?«, fragte ich empört. Mir war schwindelig.

»Leise!«, zischte David, während ich noch um Orientierung rang, denn durch den Sturz lag er halb auf mir, die Arme links und rechts von mir abgestützt. »Seid ihr eigentlich von allen guten Geistern verlassen, euch mit solchen Typen anzulegen?«

Ich konnte nicht antworten. Mein Mund war wie ausgedörrt. Einen Augenblick lang rührte ich mich nicht, während David den Blick unverwandt auf mich gerichtet hielt.

Ich vergaß, wie man atmete, denn er war mir viel zu nah.

Dass ich in den Lichtstrahlen der Sonne, die auf die Carportwand fielen, kleine Herzchen zu erkennen meinte, machte die Sache noch skurriler.

Unbehaglich schaute ich zu David auf, während mein Puls raste. Ich räusperte mich und versuchte, in meinem Kopf wieder Klarheit zu schaffen.

Als er immer noch keine Anstalten machte aufzustehen, sagte ich schüchtern: »Du kannst jetzt von mir runtergehen, die Rocker sind bestimmt weg.«

Abrupt, als würde ihm jetzt erst klar werden, dass wir praktisch wie ein Liebespaar übereinanderlagen, rappelte er sich auf. »Hoffentlich. Ich werde besser einmal nachsehen.« Er rückte sein beim Sturz verschobenes Basecap zurecht und verschwand zwischen den Ständen.

Das Cappy machte ihn jünger und gab ihm einen verwegenen Touch, fand ich, während ich ihm hinterhersah.

Espen hatte sich in einer Ecke zusammengerollt und starrte mich mit glasigem Blick an.

»Alles klar, du besoffener Blödmann?«, erkundigte ich mich in wütender Besorgnis und hätte ihn am liebsten geschüttelt, weil er sich mit den Rockern angelegt hatte.

»Jo! Ich war nur etwas überfordert von eurer pornösen Umarmung …«, antwortete er mit schleppender Stimme. »Wer ist der Typ?«

»Glaub mir: Ich war auch überfordert!«, murmelte ich und warf einen raschen Blick dorthin, wo David gerade verschwunden war. »Das ist ein Polizist, der an unserer Schule ein Projekt geleitet hat. Und das war keine Umarmung, sondern ein Sturz. Deinetwegen, du Idiot!«

Espen grinste nur.

Was war das bloß für ein Kribbeln in meinem Bauch gewesen, als David mir so nahe gekommen war? Was fühlte ich da? So intensiv war es bei Julius nie gewesen.

Julius. Ich zuckte zusammen und schluckte gegen das Gefühl der Beklemmung an.

Da trat David schon wieder zwischen den Buden hervor. Erneut fiel mir die raubtierhafte Eleganz auf, mit der er sich – trotz seiner Größe – bewegte. Der Anblick löste dieses Prickeln in mir aus, das ich auf keinen Fall fühlen durfte.

»Dein Freund hat wohl einen über den Durst getrunken, wie?«, fragte David, als er uns erreicht hatte, und schaute missbilligend auf meinen Bruder herab. Der war eingeschlafen.

Genervt stieß ich die Luft aus und stupste ihn an. »Espen?«

Er rührte sich nicht. Keine Chance, ihn wach zu bekommen.

Ich zuckte mit den Schultern »Das ist mein kleiner Bruder«, seufzte ich und knetete unbehaglich meine Finger.

Davids Augen weiteten sich für einen winzigen Moment, dann war die kühle Polizistenmaske wieder perfekt, sodass ich mir nicht mehr sicher war, ob da überhaupt etwas gewesen war.

»Die Luft ist jetzt rein«, sagte er.

Mühsam versuchte ich, auf die Beine zu kommen. Mir war immer noch ein wenig schwindelig.

»Und jetzt erklär mir doch mal bitte, weshalb ihr euch mit den Bikern angelegt habt. Seid ihr lebensmüde?«, brummte David, während ich mich gegen die Carportwand lehnte, weil alles um mich herum zu schwanken schien.

»Die wollten Espen fertigmachen«, verteidigte ich mich matt.

David seufzte. »Also gut. Dann wollen wir deinen Bruder mal nach Hause schaffen. Wo wohnt er?«

Ich nannte ihm die Straße. »Er muss mit dem Bus zurück. Ich werde ihn besser begleiten.« Wenn ich nicht vorher umkippte.

Missmutig rieb David sich über das Kinn. »Wenn er verspricht, dass er mir nicht ins Auto kotzt, fahre ich ihn.« Er trat zu dem schnarchenden Trunkenbold und zog ihn energisch auf die Beine.

»Hallooo!«, lallte Espen und sank ihm gegen die trainierte Brust. »Sorry, aber ich steh nich auf Typen …«

Ich warf einen beschämten Blick auf Davids verkniffenes Gesicht und ergriff rasch den Arm meines Bruders, der nun ungerührt irgendeinen Ballermannsong vor sich hin summte.

»Tut mir leid«, entschuldigte ich mich.

Wir setzten uns in Bewegung, David auf Espens einer Seite, ich auf der anderen. Taumelnd versuchte ich, mein Gleichgewicht zu halten, aber vor meinen Augen begannen Sterne zu tanzen.

»Wartet mal …«, ächzte ich. »Ich muss mich nur mal kurz …« Wie ein nasser Sack plumpste ich auf den Boden und ließ meinen Kopf auf die Knie sinken. »Geht gleich wieder, kein Problem.«

Nachdem David meinen Bruder in sitzender Position an der Seitenwand eines Standes abgeladen hatte, ging er neben mir in die Hocke. »Was ist los?«

»Keine Ahnung, mir ist irgendwie so schwindelig.«

»Hast du auch getrunken?«, fragte er mit grimmigem Unterton in der Stimme.

Empört sah ich zu ihm auf. »Nein!«

Wenn ich es recht überlegte, war es schon eine ganze Weile her, dass ich überhaupt etwas getrunken hatte. »Vielleicht sollte ich mir ein Glas Wasser holen«, überlegte ich erschöpft.

»Wann hast du zuletzt gegessen?«

»Ähm … heute Morgen?« Einen halben Apfel. Mehr hatte ich nicht heruntergebracht. Seit der Trennung von Julius war es wieder schlimmer geworden mit meiner Appetitlosigkeit.

»Ich besorge dir etwas«, beschloss er, zog mich hoch und schlang seinen Arm um meine Taille.

»Also hör mal!«, protestierte ich überrascht.

Die Geste hatte etwas Besitzergreifendes und Forderndes an sich, aber trotzdem fühlte sich sein Arm um mich so an, als würde er dort hingehören.

»Ich will nicht, dass du mir umkippst«, erklärte er mir sachlich und führte mich weiter.

Ja, das war aus sicherheitstechnischer Sicht wirklich das Beste.

Mein Herz raste schon wieder.

»Hier wirst du jetzt etwas essen und trinken«, befahl er und deutete auf die Bierzeltgarnitur vor einem Stand mit asiatischen Gerichten.

Sein Tonfall gefiel mir nicht. »Wie heißt das Zauberwort?«, murmelte ich. Mit meiner feuchten Hand klammerte ich mich in sein Shirt, während er mich immer noch dicht an sich hielt.

Er lehnte sich zu mir herab, ohne den Griff um meine Mitte zu lockern, sodass ich nicht ausweichen konnte. Verunsichert blinzelte ich zu ihm auf.

»Ich werde dir jetzt einen Zauber*satz* sagen«, knurrte er dicht vor meinem Gesicht. »Schwing dein hübsches Hinterteil auf diese Bank, aber zackig!«

Ich warf ihm einen missbilligenden Blick zu. War er genauso ein egoistischer Bestimmer wie Julius? Allerdings gefiel es mir ungemein, dass er meinen Po hübsch fand …

Der starre Blick aus Davids braunen Augen und seine unheilvoll zusammengezogenen Brauen brachten diese Gedanken zum Verstummen.

Ich ließ mich auf der Bank nieder. »Ist es so recht, der Herr?«, fragte ich spitz.

Ein zufriedenes Lächeln umspielte seine Mundwinkel. »Magst du chinesische Nudeln mit Huhn?«, erkundigte er sich – höflich, als wäre nichts gewesen.

Missmutig nickte ich und kurz darauf standen ein gefüllter Teller und ein Plastikbecher Wasser vor mir.

»Danke schön.« Ich nahm einen großen Schluck.

»Kein Problem. Die Polizei, dein Freund und Helfer – du weißt schon …«

David ließ sich dicht neben mir mit dem Rücken zum Tisch auf der wackligen Bank nieder und schaute mich prüfend an, während ich aß. Dann hob er seine Hand und strich mir eine verirrte Haarsträhne hinter mein Ohr. Wie selbstverständlich blieben seine Finger in meinem Nacken liegen.

Seine braunen Augen wirkten auf einmal so viel wärmer als früher.

Sanft streichelte er mit seinem Daumen die empfindliche Stelle unter meinem Ohr und verbannte damit jeden logischen Gedanken aus meinem überforderten Hirn.

»Du isst auf und dann bringen wir deinen Bruder nach Hause.«

Er nahm seine Hand fort und stand auf, um zu Espen hinüberzugehen. An der Stelle, wo seine Finger gelegen hatten, prickelte es.

Gehorsam aß ich den Teller leer, auch wenn ich die letzten Bissen nur mit Mühe hinunterbekam.

David hatte recht gehabt. Nun ging es mir schon bedeutend besser. Es war unglaublich nett, wie er uns geholfen hatte.

Woher kam bloß diese plötzliche Fürsorge, obwohl er sich mir gegenüber doch häufig wie ein Ekel aufgeführt hatte?

Allerdings musste ich mir eingestehen, dass ich sein geändertes Verhalten mochte. Besonders dann, wenn es damit endete, dass er meinen Nacken streichelte. Bei der Erinnerung daran musste ich unwillkürlich lächeln. Ich schloss die Augen und berührte die Stelle an meinem Hals, auf der seine Finger gelegen hatten.

Ein warmes Gefühl, das nicht vom Essen kam, durchströmte meinen Bauch und erfüllte mich mit einer ungreifbaren Sehnsucht.

Sehnsucht nach Liebe oder vielleicht auch nach Leben?

Mehr Leben, als ich es mir seit Laras Tod zugestanden hatte?

»Fertig?« David hatte meinem Bruder aufgeholfen und ihm sein Basecap aufgesetzt – vermutlich, damit die Rocker ihn nicht so schnell erkannten.

Pappsatt schob ich den Teller von mir. »Ja, danke. Das war gut. Wir können los.«

David führte meinen schwankenden Bruder Richtung Parkplatz und setzte ihn auf die Rückbank seines Wagens. Von den Rockern war glücklicherweise weit und breit nichts mehr zu sehen.

Nie hätte ich gedacht, dass der Polizist dermaßen geduldig und hilfsbereit sein könnte.

Nachdem wir Espen nach Hause gebracht und in sein Bett verfrachtet hatten, gingen wir zurück zum Auto.

»Dass ich mir anhören musste, er wolle lieber allein ins Bett gehen, weil ich nicht sein Typ sei, war hart«, sagte David und öffnete die Beifahrertür für mich.

Ich kicherte. »Hoffentlich wirst du dich von diesem Tiefschlag erholen.«

Es machte Spaß, mit ihm herumzuflachsen. Und es war ziemlich cool, wenn einem die Autotür aufgehalten wurde.

Ich wartete, dass er aus dem Weg trat, damit ich einsteigen konnte, doch er blieb stehen. Sein Blick hielt meinen fest.

»Phina, ich …«, begann er.

Mein Atem stockte, als sein Gesicht sich meinem näherte. Das hier entwickelte sich irgendwie anders als erwartet. Er kam noch dichter. Nun fixierte er meinen Mund. Dass er mich so intensiv ansah, ließ Schmetterlinge in meinem Bauch Loopings fliegen.

»Mhm?«, machte ich zittrig und blinzelte fragend zu ihm auf.

Seine Lippen waren nur noch wenige Zentimeter von meinen entfernt.

»Ich muss dir … etwas sagen …«

»Ja?«

»Ich …« Er fuhr sich mit einer irgendwie verzweifelten Geste durch die Haare. »… bringe dich jetzt nach Hause«, stieß er dann hervor, ließ die Beifahrertür los und eilte auf die andere Seite des Wagens, um einzusteigen.

»Oh!« Das war jetzt nicht das, was ich erwartet hatte.

In meinem Kopf begannen sich die wenigen funktionstüchtigen Gehirnzellen zu regen. Es war besser so. Ich durfte ihn nicht küssen. Nicht, wo ich mich doch gerade erst vor zwei Wochen von Julius getrennt hatte.

»Das ist … nett von dir«, sagte ich und stieg mit weichen Knien in das Auto.

Während der Fahrt nach Mühlensee unterhielten wir uns über neutrale Themen, wie die Schule und meine Kollegen. Das heißt, hauptsächlich plapperte ich irgendwelches dummes Zeug, weil ich so nervös war. David hingegen schwieg die meiste Zeit, was mir irgendwann bewusst machte, dass ich besser meine Klappe halten sollte, bevor es peinlich wurde. Ich verstummte.

Nachdem er in Mühlensee schließlich auf dem Parkplatz des Mietshauses gehalten hatte, drehte er sich zu mir und betrachtete mich mit einem Blick, den ich nicht deuten konnte. Unruhig strich ich mir meine Haare hinters Ohr.

»Möchtest du vielleicht noch auf einen Kaffee hereinkommen?«, fragte ich schüchtern, als er weiterhin schwieg.

Verdammt. Das klang jetzt irgendwie ziemlich nach Anmache … Ich spürte, wie meine Wangen sich röteten.

»Nein danke.«

Beschämt öffnete ich die Wagentür. »Okay, dann …«, wollte ich mich verabschieden und flüchten, aber er unterbrach mich.

»Zu einem Tee würde ich allerdings nicht Nein sagen.«

Er hatte mich verarscht. Der Fiesling. Kopfschüttelnd stieg ich aus und fühlte mich erleichtert.

Nebeneinander gingen wir zum Hauseingang und ich stellte mir für einen winzigen Moment lang vor, wie es wohl wäre, mit ihm Hand in Hand zu gehen.

Dieser Mann machte etwas mit mir, das ich so zuvor noch nicht gefühlt hatte.

Wir betraten meine kleine Einzimmerwohnung und David streifte im Flur ganz selbstverständlich seine Schuhe ab.

»Du kannst sie gern anbehalten«, sagte ich.

»Kein Problem. Ich hab heute Morgen geduscht.« Er grinste.

»Na dann …« In meinem Bauch kribbelte es. Wenn David Wolf mich so anlächelte, war ich meinen Gefühlen vollkommen ausgeliefert. Er sollte viel öfter lächeln. *Mich* anlächeln.

Ich schaltete den Wasserkocher an und öffnete den Küchenschrank, wo mehrere Dosen mit chinesischen Motiven aufgereiht waren. »Darjeeling?«

»Gern.« David lehnte im Türrahmen und beobachtete mich.

»Alles in Ordnung?«, fragte ich verunsichert, während ich die Teeblätter in eine Filtertüte füllte. »Du bist so still.«

»Manchmal verschlägt es mir die Worte, wenn ich in deiner Nähe bin«, gestand er.

»Echt?« Der Gedanke gefiel mir.

Er zuckte mit den Schultern. »Ich habe sogar mal versucht, bei dir anzurufen und dann unverrichteter Dinge wieder aufgelegt, weil ich nicht wusste, was ich sagen sollte.«

»Ach, du warst das! Ich hatte schon Sorge, dass es ein Perverser war …« Mit bebenden Fingern goss ich das Wasser auf und stellte dann zwei Becher auf den Tisch.

Teearoma erfüllte den Raum.

Er lächelte gequält. »Ein wenig unsittlich sind meine Gedanken in Bezug auf dich schon …«

»Oh!« Ich kicherte begeistert und trat unsicher einen Schritt auf ihn zu. Dann noch einen. Mein Herz pochte aufgeregt, als ich schließlich direkt vor ihm stand.

Stumm schaute David auf mich herab. Sein Adamsapfel hüpfte.

Vorsichtig legte ich ihm eine Hand auf die Brust.

Ups, das hätte ich lieber bleiben lassen sollen, denn die ausgeprägte Muskulatur zu fühlen trug nicht gerade dazu bei, dass ich meine Libido in den Griff bekam …

»Ach Phina, was soll ich bloß mit dir anstellen?«, murmelte er und zog mich behutsam an sich.

»Ich wüsste da so einiges«, murmelte ich und schlang meine Hände um seinen Hals.

Davids Augen weiteten sich und er atmete tief durch.

»Das mit uns beiden würde nicht funktionieren«, flüsterte er.

»Woher willst du das wissen?«, fragte ich und streichelte seinen Nacken. Dann kam mir ein schrecklicher Gedanke. »Oder bist du schon vergeben?« Erschrocken blickte ich zu ihm auf.

Ich müsste im Boden versinken, wenn er jetzt Ja sagte.

»Nein. Höchstens ein bisschen beziehungsgeschädigt …« David verzog gequält das Gesicht und streichelte über meinen Rücken. »Meine Ex und ich haben uns oft gestritten. Nachdem ich mich schließlich von ihr getrennt habe, ist sie in alkoholisiertem Zustand mehrfach in mein Auto hineingefahren.«

Ich sog die Luft durch meine Zähne. »Autsch!«

»Genau.«

»Und das ist nur einer der Gründe, weshalb das mit uns keine gute Idee ist. Aber …« Kaum merklich beugte er sich jetzt zu mir herab. »… irgendwie vergesse ich die in deiner Nähe ständig.« Er näherte sich meinem Gesicht weiter, immer weiter.

Ich rang nach Luft, woraufhin David seine Lippen mit einem leisen Knurren auf meine presste und mich fest an sich zog. Besitzergreifend verschaffte er sich Zugang zu meinem Mund und küsste mich, als wäre er ausgehungert.

Mir entfuhr ein leises Stöhnen, als er mit der Hand in meine Haare griff.

Himmel, was für ein Kuss! Er war weder zu feucht noch zu überhastet, sondern langsam, intensiv und absolut perfekt.

Meine Knie wollten mich kaum mehr tragen. Zum Glück hielt er mich fest umschlungen.

»Ich hätte nicht gedacht, dass du auch lieber Tee magst«, stieß ich atemlos hervor, als er eine ganze Weile später von mir abließ. »Irgendwie wirkst du eher … wie ein Kaffeetyp.«

Verdammt, was redete ich da schon wieder für einen Unsinn?

Er ließ mich los und trat einen Schritt zurück. »Du weißt leider vieles nicht, was mich betrifft, Phina.« Er wirkte zerknirscht.

Irritiert musterte ich ihn. »Wie meinst du das?«

»Ich muss dir etwas gestehen, aber ich habe Angst vor deiner Reaktion …«, begann er und wurde von der Türklingel unterbrochen.

»Bin gleich wieder da«, sagte ich und eilte mit heißen Wangen zur Wohnungstür.

Ich warf einen Blick durch den Türspion. Wer konnte das sein? Ich erwartete keinen Besuch.

Als ich sah, wer da vor meiner Tür stand, zuckte ich entgeistert zurück. »Oh nein …« Auch das noch.

»Es ist mein Ex«, klärte ich David auf, der mich beobachtet hatte.

»Soll ich euch lieber allein lassen?«, fragte er mit gerunzelter Stirn.

»Ich glaube, das wäre vielleicht das Beste«, sagte ich bedauernd und öffnete die Wohnungstür.

»Rufst du mich an?«

»Na klar.« Ich schenkte ihm ein hilfloses Lächeln.

»Dann bis später.« David nickte Julius höflich zu und verschwand.

»Hallo, Julius, ich hatte dich gar nicht erwartet«, begrüßte ich nun meinen Ex, der immer noch David hinterherschaute.

Mit finsterem Blick drehte er den Kopf zu mir. »Ich merke es.« Er blieb im Hausflur stehen. »Das meinst du also, wenn du sagst, dass du mich nicht mehr liebst?«, fuhr er mich an. »Du hast längst einen Neuen?« Sein ganzer Körper schien unter Spannung zu stehen und sein Blick lag anklagend auf meinen zerwühlten Haaren.

Perplex starrte ich ihn an. »Das ist doch Quatsch, Julius …«

»Du willst also sagen, dass es nicht das ist, wonach es aussieht?«

Ich klappte meinen offen stehenden Mund zu und atmete tief ein.

Doch. Leider war es – zumindest von meiner Seite – genau das, wonach es aussah. Ich hatte Gefühle für einen anderen Mann.

»Komm doch bitte erst mal rein«, bat ich Julius und zog ihn in meine Wohnung. »Es muss ja nicht die ganze Nachbarschaft unseren Streit mitbekommen …«

»Ich bin extra von Hamburg hergekommen, um mich mit dir zu versöhnen und dir zu sagen, dass ich dich nach wie vor liebe. Und du hast dich schon dem Nächsten an den Hals geworfen?«, rief er aufgebracht, sobald die Wohnungstür hinter ihm zugefallen war.

»Aber …«, begann ich, doch er ließ mich gar nicht zu Wort kommen.

»Verdammt, heute Morgen habe ich noch aus der Tasse getrunken, die ich von dir zu Weihnachten bekommen habe. ›Lieblingsmensch‹, pah, dass ich nicht lache!«

»Das stimmt doch so gar nicht …«, versuchte ich mich erneut zu verteidigen.

»Es scheint, als ob du es genießt, zwei Typen gleichzeitig am Laufen zu haben.«

Ich riss die Augen auf. Kampfeslustig hob ich mein Kinn.

»Julius, es reicht! Jetzt hör mir endlich mal zu!«, fuhr ich ihn an. »David ist Polizist. Er hat mir geholfen, meinen betrunkenen Bruder von der Kieler Woche nach Hause zu bringen.«

Das ließ ihn verstummen. Er nahm seine Brille ab und putzte nachdenklich die Gläser mit dem Stoff seines Shirtsaumes. »Dann habe ich also noch eine Chance?«, fragte er schließlich.

Ich schluckte, denn den Mann verletzen zu müssen, mit dem ich fünf Jahre lang zusammen gewesen war, ließ mich fast verzweifeln. Aber Julius hatte die Wahrheit verdient.

»Nein«, erklärte ich ihm. »Das mit uns funktioniert für mich einfach nicht mehr. Ich habe mich verändert, Julius. Es tut mir furchtbar leid, aber ich werde meine Meinung nicht ändern.«

Sein Mund öffnete und schloss sich dann wieder. Wie bei einem Fisch. Dann drehte er sich auf dem Absatz um und ging hinaus.

Stumm blickte ich ihm nach, während mein Herz blutete.

Vermutlich sollte ich erleichtert sein, dass es endgültig beendet war. Doch alles, was ich fühlte, war abgrundtiefe Traurigkeit.

Die Wände meiner Wohnung schienen mich zu erdrücken. Ich musste hier raus.

Mit zitternden Händen griff ich nach dem Haustürschlüssel und meinem Handy und hastete nach draußen. Ohne auf meine Umgebung zu achten, stapfte ich die Straße entlang. Ich wollte niemanden mehr sehen, niemanden sprechen.

Ich brauchte unbedingt Ruhe und frische Luft, um meine Gedanken zu klären.

In diesem Moment kam ein silbergrauer Kombi langsam auf mich zugefahren.

Hilflos

Phina

Der Wagen hielt ganz in meiner Nähe am Straßenrand und ein schlanker, fast schon schlaksiger Mann mit Vollbart stieg aus, dessen Gesicht mir bekannt vorkam. Er mochte Mitte vierzig sein und trug Arbeitshandschuhe. Jetzt öffnete er seinen Kofferraum und wühlte darin herum. Schließlich richtete er sich auf und schaute hilflos suchend umher, bis sein Blick auf mich fiel.

»Entschuldigen Sie?«, fragte er verlegen. »Es ist mir ein wenig peinlich, aber ich bekomme die Kiste nicht herausgehoben. Würden Sie eventuell kurz mit anpacken?«

»Na klar«, antwortete ich und kam näher.

Dann erstarrte ich für einen Moment. Irgendetwas in meinem Unterbewusstsein schickte gänzlich unerwartet einen Adrenalinstoß durch meinen Körper.

»Das ist unglaublich nett«, freute er sich. »Wissen Sie, ich habe im Moment solche Rückenprobleme und soll doch die Sachen zu einem Freund bringen, der wartet schon.«

War es seine Körperhaltung oder sein Geruch? Ich konnte es nicht greifen, aber irgendetwas ließ bei mir alle Alarmglocken schrillen.

Automatisch hatte ich »Das mache ich doch gern«, erwidern wollen. Schließlich deutete eigentlich nichts darauf hin, dass hier irgendetwas nicht in Ordnung war. Trotzdem sträubte sich alles in mir dagegen, auch nur einen Schritt weiter auf ihn zuzugehen.

Mein Helfersyndrom kämpfte mit meinem Instinkt.

Gerade wollte ich mich endlich doch in Bewegung setzen, als er einen Schritt auf mich zukam und die Hand hob, wie um nach mir zu greifen.

Die winzige Drohung in dieser Geste gab den Ausschlag. »Tut mir leid, ich muss weg«, stieß ich hervor. Ich drehte um und ging rasch fort.

Jetzt wusste ich es. Er erinnerte mich an den Fremden, der mich in Mühlensee bis zur Pizzeria verfolgt hatte.

Schritte hinter mir zeigten, dass ich recht gehabt hatte.

»Bleiben Sie doch stehen«, rief der Fremde.

»Leider keine Zeit!« Ich wurde schneller, doch er folgte mir.

Angst schnürte mir die Kehle zu und ich begann zu rennen. Der Bärtige hinterher.

Ich schlitterte um eine Ecke und sprintete weiter. Dummerweise befand ich mich auf dem Weg aus dem Ort hinaus, wo keine Geschäfte mehr kamen, sondern nur noch ein Wohngebiet.

Ich warf einen Blick zurück und wurde langsamer, denn hinter mir war niemand mehr zu sehen. Meine Lunge brannte.

Ich war mir nicht sicher, aber wenn es stimmte, was ich vermutete, war es der Mann, der schon einmal versucht hatte, mich zu schnappen. Wahrscheinlich sogar bereits zweimal, wenn ich an den merkwürdigen Vorfall mit dem Wagen dachte, bei dem unsere Sekretärin mich gerettet hatte. Seiner sah genauso aus.

Er würde nicht so rasch aufgeben.

Ich musste mich in Sicherheit bringen und die Polizei rufen. Gerade als ich mein Smartphone aus der Hosentasche ziehen wollte, ertönte ein Motorengeräusch. Ich fuhr herum.

Der silberne Kombi.

Er kam näher.

Angst schoss durch meine Adern und ich rannte erneut los. Der Wagen war hinter mir. Er trieb mich wie ein wildes Tier vor sich her.

An der nächsten Kreuzung bog ich keuchend in das Wohngebiet ein, den Wagen in meinem Rücken. Hier war ich noch nie gewesen. Mein Herz pumpte verzweifelt gegen die ungewohnte Anstrengung an.

Die Straße entpuppte sich als Sackgasse. Panisch stürzte ich auf das erstbeste Haus zu und presste meine Hand auf den Klingelknopf. »Hilfe!«, kreischte ich mit sich überschlagender Stimme. »Bitte helfen Sie mir!«

Der Kombi hielt an, bei laufendem Motor stieg der Fremde aus. Immer noch hatte niemand geöffnet. Ich warf mich herum, sprang durch ein Blumenbeet wieder Richtung Straße. Er hinter mir. Verfolgte mich, kam immer näher. Meine Beine protestierten zitternd gegen jeden weiteren Schritt. Mein Brustkorb stand in Flammen, als ich die Straße beinahe erreicht hatte. Doch eine Hand in meinen Haaren riss mich mit schmerzhaftem Ruck zurück.

Ich schlug wie von Sinnen um mich, schrie, doch der Griff des Fremden war gnadenlos.

Ich wand mich und trat nach ihm. Er fluchte, als es mir gelang, ihn am Schienbein zu treffen, und lockerte für einen kurzen Moment seinen Griff, sodass ich mich befreien konnte.

Erneut stürmte ich davon. Nur weg hier!

Ich stolperte, stürzte auf die Knie. Panisch rappelte ich mich auf.

Doch er war schon wieder über mir.

Energisch zerrte er mich hoch und drehte mir meinen Arm auf den Rücken. Erneut stieß ich einen gellenden Schrei aus. Meine Handflächen brannten.

Er schleppte mich zum Auto. Die eine Hand auf meinen Mund gepresst, riss er mit der anderen die hintere Tür auf. Ein Stoß beförderte mich voran und ich landete verdreht auf dem Rücksitz.

Der Fremde war viel stärker als ich. Seine Hand hielt mich im Nacken gepackt, mein Gesicht wurde in das Sitzpolster gepresst. Ich kreischte, mit dem Erfolg, dass sich endlich doch noch eine Haustür öffnete.

»Was ist denn hier los?«, hörte ich eine genervte Frauenstimme fragen.

Sie war meine Rettung. Schließlich konnte er mich schlecht vor Zeugen entführen. Ich öffnete den Mund und wollte erneut um Hilfe schreien, als ich etwas vor meinen Augen aufblitzen sah.

Ein Messer. Der Schrei blieb mir im Halse stecken und ich begann am ganzen Körper zu zittern.

»Es wäre doch zu schade, wenn ich dich verletzen müsste …«, murmelte der Fremde dicht an meinem Ohr und führte die Klinge an meine Kehle. Dort ließ er sie liegen, bereit, sie jederzeit zu benutzen.

Ich bekam vor Panik keine Luft mehr.

Laut rief er: »Entschuldigen Sie die Störung! Wir sind frisch verheiratet, müssen Sie wissen, nichts für ungut. Sind gleich wieder weg.«

Ich spürte, wie die Klinge in meine Haut ritzte.

»Na dann …«, antwortete die Frau nun freundlicher. »Herzlichen Glückwunsch!«

Ich hörte, wie die Tür wieder ins Schloss fiel und schluchzte. Tränen standen in meinen Augen, doch ich wagte es nicht mehr, um Hilfe zu rufen.

Durch das Messer in Schach gehalten, ließ ich zu, dass der Mann meinen Ärmel nach oben schob. Ich wusste, ich müsste mich bewegen, es wenigstens versuchen … Dann der Einstich einer Spritze an meinem Oberarm. Es brannte wie Feuer.

»Was wollen Sie von mir?«, wimmerte ich mit staubtrockenem Mund.

»Das werde ich dir später in Ruhe erklären. Wir haben ja jetzt viel Zeit.« Seine Stimme klang rau, so als hätte er heute noch nicht gesprochen. Mit Gewalt schob er mich vollständig in den Wagen hinein und schlug die Tür hinter mir zu.

Falls seine Worte mich hatten beruhigen sollen, war der Schuss eindeutig nach hinten losgegangen. »Lassen Sie mich hier raus!« Mit unsicheren Bewegungen tastete ich nach dem Griff und zerrte panisch daran, doch die Tür ließ sich nicht öffnen. Kindersicherung. Er hatte an alles gedacht.

Der Wagen setzte sich mit einem Ruck in Bewegung. Ich heulte auf und purzelte vom Sitz. Mein Kopf schlug irgendwo an, dann fand ich mich eingeklemmt im Fußraum der Rückbank wieder.

Benommen wollte ich mich aufsetzen. Hinter meiner Stirn pochte es und mein Blick verschwamm.

Was auch immer er mir gespritzt hatte, es schien zu wirken.

Ich versuchte den Kopf zu schütteln, als könnte ich so den Nebel daraus vertreiben. Jemand wimmerte. War ich das gewesen?

Es gelang mir nicht mehr, mich zu halten, mein Körper sackte unter mir weg, als wäre er aus Gummi, und mein Kopf war viel zu schwer.

Dunkelheit brach über mich herein.

Als sich die Welt um mich herum wieder zusammenzusetzen begann, strich kühle, leicht muffige Luft über meine Wange und der Boden hatte aufgehört, sich zu bewegen. Ich war nicht mehr im Auto, begriff ich, sondern lag bäuchlings auf einer Matratze.

Meine Gliedmaßen waren zu schwach, um sie zu bewegen, und hinter meiner Stirn wütete bohrender Schmerz. Mühsam öffnete ich die Augen, doch um mich herum war nur tiefe Dunkelheit.

Benommen lag ich da, orientierungslos, und versuchte zu verstehen, was geschehen war. Wohin um Himmels willen hatte der Fremde mich verschleppt?

Ich wollte mir eine feuchte Haarsträhne aus dem Gesicht wischen, doch es ging nicht. Ich war gefesselt. Angsterfüllt zerrte ich an dem Strick, mit dem meine Handgelenke hinter dem Rücken zusammengebunden waren. Erfolglos. Er grub sich nur noch fester in meine Haut.

Ich wusste nicht, wie spät es war, wusste nicht, wie lange ich schon dalag, hatte jegliches Gefühl für Zeit verloren. Mein Kopf schien zu schwer, um ihn zu heben. Ich lauschte auf die Geräusche, in der Hoffnung, dass sie mir später helfen würden, mich zurechtzufinden. Aber da war nichts außer einem seltsamen Klackern, von dem ich schließlich merkte, dass es meine klappernden Zähne waren.

Ich musste mich in einem Kellerraum oder einem alten Haus befinden, vermutete ich anhand des modrigen Geruchs. Ich fror erbärmlich, was aber auch an meiner Angst oder dem Zeug liegen konnte, das der Entführer mir gespritzt hatte.

Oh Gott! Konnte mich bitte sofort jemand aus diesem entsetzlichen Albtraum aufwecken?

Je länger ich dalag, desto unkontrollierter zitterte ich. Die Panik hatte mich voll im Griff.

Nach einer gefühlten Ewigkeit hörte ich endlich das Geräusch eines Schlüssels, der im Schloss umgedreht wurde. Eine Tür wurde geöffnet und ein schmaler Lichtschein fiel zu mir herab. Also tatsächlich ein Keller.

Mühsam hob ich den Kopf und schaute mich nach einem Ausweg um, während der Entführer eine schmale Steintreppe herunterkam. Doch ich konnte auf die Schnelle nichts entdecken.

Nun hatte der Fremde das Ende der Treppe erreicht und knipste die Deckenbeleuchtung an.

Wir befanden uns in einem alten Kellergewölbe. An der einen Wand stand ein Regal, in dem Kisten und Gartengeräte lagerten, und in der Ecke lag ein Haufen Sperrmüll. Der Rest war leer.

Es wirkte nicht wie der Keller eines bewohnten Hauses.

»Mal sehen, ob das Licht uns weiterbringt ...«, murmelte er kryptisch und wandte sich zu mir um, sodass ich sein Gesicht richtig erkennen konnte.

Ich sog überrascht die Luft ein, als mir ein feuerrotes Muttermal von seiner linken Wange entgegenleuchtete. Das war doch vorhin noch nicht da gewesen? Vermutlich hatte er es zuvor mit Schminke abgedeckt, damit man sich sein Gesicht nicht so leicht merken konnte.

»Jaja, es erschreckt jeden«, sagte er emotionslos, als er meinen verängstigten Blick bemerkte.

Ich schluckte hilflos. Nein. Es war nicht das Muttermal, das mich nach Luft schnappen ließ. Das hätte mir eher Mitleid als Abscheu entlockt, schließlich wusste ich, wie grausam Kinder zu einem Mitschüler sein konnten, der anders aussah als sie.

Was mir wirklich Todesangst einjagte, war vielmehr die Tatsache, dass er keine Notwendigkeit sah, sein Feuermal weiterhin vor mir zu verstecken.

Es bedeutete wohl, dass ich dieses Haus nicht lebendig verlassen würde.

Ich unterdrückte ein Schluchzen.

»Weißt du, ich bin diese Blicke schon lange gewohnt«, fuhr er fort. »Es kann mich nicht mehr treffen. Selbst mein Vater sieht mich so an – mit dieser Mischung aus Ekel und Verachtung.«

Das war mein Stichwort, begriff ich irgendwo in meinem angsterfüllten Hinterkopf. Ich musste ihm zeigen, dass ich ihn nicht verachtete und dass er mich nicht abstieß – zumindest sein Äußeres nicht. Vielleicht hatte ich dann eine Chance zu überleben.

Über das Würgen hinweg, das in meinem Hals festsaß, presste ich heraus: »Ich finde nicht, dass es schlimm aussieht. Ich ... war nur so überrascht, weil ich es vorher nicht bemerkt habe.« Mein Atem flatterte.

Kritisch kniff der Fremde die Augen zusammen.

»Wirklich!«, beteuerte ich. »Ich bin Lehrerin, da bekomme ich so einiges mit. So eine Stelle im Gesicht kann mich nicht erschüttern. Ich wette, dass Sie früher so einiges ertragen mussten ... Was halten Sie davon, wenn Sie mich losmachen, dann können wir uns in Ruhe unterhalten.« Ich hoffte, dass er die Grimasse, die ich zog, als friedfertiges, unschuldiges Lächeln deuten konnte.

»Ja, das wäre sicher nett«, nickte er seufzend und trat näher an mich heran. »Aber bevor wir dafür Zeit haben, gibt es leider noch viel Arbeit für uns.«

Mein furchtsamer Blick ließ ihn nicht los. »Wie meinen Sie das?«

»Erst einmal müssen wir dein Lichtwesen dazu bringen, sich uns zu offenbaren.« Mit undurchschaubarer Miene sah er auf mich herab.

»Mein was?«

»Du hast es also noch immer nicht herausgefunden?« Nachdenklich strich er sich über den Bart. »Nun, dann will ich es dir erklären.« Er setzte sich direkt neben mir auf den Boden. »Manchmal verlassen Verstorbene diese Welt nicht sofort.« Er hob die Hand, was mich angstvoll zurückzucken ließ, und strich mir mit einer fast schon liebevollen Bewegung die verirrte Strähne aus meinem mit Angstschweiß überzogenen Gesicht. »Ich vermute, dass irgendetwas Unerledigtes sie zurückhält. Sie bleiben dann bei ihren Angehörigen, um sie zu behüten.«

»So eine Art Schutzengel?« Ich versuchte, den Kopf so weit zu drehen, dass ich ihn ansehen konnte.

»Ich bevorzuge den Namen ›Lichtwesen‹, denn ich glaube nicht an Gott. Du fragst dich sicherlich, wie es zu diesem Namen gekommen ist?«

Ich antwortete nicht, denn vor allem fragte ich mich, wie ich hier so schnell wie möglich herauskam.

»Sie bedienen sich des Lichts. Können es umlenken, bündeln und so damit schreiben«, erklärte er mir, als würde er gerade einen wissenschaftlichen Vortrag an der Uni halten. »Nur sind die meisten Menschen zu unaufmerksam, um es zu bemerken. Dabei fällt es einem doch sofort ins Auge, wenn sich Lichtstrahlen so seltsam bewegen und dann auch noch Formen oder Buchstaben bilden.« Verächtlich zuckte er mit den Schultern. »Leider kommen Lichtwesen nur selten vor und damit sind wir wieder bei dir angelangt, Phina.«

»Woher kennen Sie meinen Namen?«, flüsterte ich.

»Nun, ich recherchiere sehr genau. Ich bin zwar entstellt, aber nicht dumm. Ich weiß so ziemlich alles über dich. Mein Name ist übrigens Frank.«

Ich schluckte. Mein Nacken schmerzte bereits von dem Versuch, den Entführer im Blick zu behalten. Immer noch begriff ich nicht, was das alles zu bedeuten hatte.

Frank berührte nun eine meiner gefesselten Hände und ich zuckte zusammen. Ungerührt sprach er weiter. »Ist dir wirklich noch nicht aufgefallen, dass deine Freundin die ganze Zeit mit Licht Zeichen für dich auf den Fußboden und an Wände malt?«

Ich runzelte die Stirn. »Welche Freundin?«, fragte ich verständnislos, woraufhin der Fremde mich mit einem spöttischen Lächeln betrachtete. Immer noch spürte ich seine Berührung an meiner Hand.

Dann endlich setzte mein angstverstörtes Gehirn die Puzzleteile zusammen. »Sie meinen Lara! *Sie* soll so ein Lichtwesen geworden sein?«

Der Kerl war ja komplett irre!

»Na also!«, lobte er und ergriff meinen linken Zeigefinger. »Vielleicht diesen hier ...«, murmelte er, während ich mich noch fragte, warum er meinen Finger festhielt. Erfolglos versuchte ich, die gefesselte Hand wegzuziehen. »Früher gab es viele Menschen, die an Übersinnliches geglaubt haben. Damals hatten es die Lichtwesen leichter, mit ihnen in Kontakt zu treten.«

Mein Blick wurde jäh von einer Bewegung seiner freien Hand abgelenkt und meine Augen weiteten sich vor Entsetzen, als ich sah, dass er nun ein Klappmesser hervorzog und aufschnappen ließ. »Nein!«, keuchte ich. »Bitte ...« Ich bekam keine Luft mehr. *Oh Gott!* Was hatte er vor?

Doch er dozierte weiter, ohne mein Entsetzen zu beachten. »Die meisten sprachen dann von Geistern, was der Sache wohl ziemlich ...«

»Nehmen Sie das Messer weg!«, schrie ich mit überschnappender Stimme in sein Gerede hinein, als ich unvermittelt die Klinge an meiner Fingerkuppe verspürte. »Hören Sie auf, wir können doch über alles reden!«

Das hier musste ein Albtraum sein. Gleich würde ich aufwachen. Und dann war alles wieder in Ordnung. Ich musste endlich aufwachen!

»Leider nützt es nichts, wenn wir darüber reden«, antwortete er bedauernd. »Wichtig ist allein, dass deine Freundin reagiert. Und weil Lichtwesen in der Regel kein Interesse daran haben, sich anderen Menschen zu offenbaren, muss man ihnen einen Anreiz schaffen. Und das gelingt am besten, wenn man den Menschen, derentwegen sie noch in dieser Welt verharren, wehtut.« Langsam ritzte er in meine Fingerkuppe hinein.

Ich schrie. Zuerst vor Schreck, dann vor Schmerz.

»Ganz ruhig, es ist nur ein kleiner Schnitt. Ah, sieh nur, da ist sie schon«, freute er sich.

Erst ein paar Wimpernschläge später gelang es mir zu begreifen, was er meinte, und mit den Augen zu verfolgen, wohin er zeigte. Tatsächlich. Ein Totenkopf aus Lichtstrahlen tanzte über den Boden.

Suchend schaute ich umher, ob das irgendein Trick war, aber das Zeichen schien tatsächlich aus dem gebündelten Licht der Lampe zu bestehen. Ein Blutstropfen rann über meinen Finger.

Hatte er etwa recht mit seiner verrückten Theorie?

»Lara?«, wimmerte ich verzweifelt, woraufhin der Totenkopf zu einem Herzchen wurde.

Ich schluchzte. Bis eben war ich mir hundert-, nein tausendprozentig sicher gewesen, dass es so etwas nicht gab …

»Genau, meine Liebe.« Tröstend strich der Entführer über meinen Arm. »Nun, wo sie da ist, können wir anfangen.«

Das ergab doch alles keinen Sinn. Diese Lichtwesen-Idee war total verrückt! Wieso hatte nicht längst jemand darüber geforscht, wenn sie tatsächlich existierten? Auf der anderen Seite: Weshalb sollte Frank das Ganze inszenieren und mir mit Lichttechnik einen Streich spielen? Nein, er schien wirklich überzeugt von dem, was er sagte.

Ich presste die Zähne so heftig aufeinander, dass es knirschte, um die Angst zu beherrschen.

»Was versprechen Sie sich von dem Ganzen?«, zischte ich zwischen meinem verkrampften Kiefer hindurch.

»Geld natürlich«, antwortete er geduldig, als läge das auf der Hand, doch ich verstand gar nichts.

Er setzte sich im Schneidersitz so auf den Boden, dass ich ihn gut sehen konnte. Ich blinzelte und versuchte ihn durch den Schleier meiner Tränen zu erkennen.

»Herausgefunden habe ich es, als meine Mutter starb. Mein Vater wollte es nicht sehen, aber ich habe gleich bemerkt, dass da irgendetwas an den Lichtstrahlen ungewöhnlich war. In der Zeit saß ich ziemlich viel in meinem Zimmer am Funkgerät, und da fällt es einem irgendwann auf, wenn so merkwürdige Zeichen auf der Tischplatte erscheinen. Auf diese Tischplatte habe ich in der Zeit nämlich ziemlich oft gestarrt«, sagte er seufzend.

Ich hatte viel zu viel Angst, um Mitleid zu empfinden.

»Nach einer Weile habe ich verstanden, dass da jemand schreibt und habe die Vorhänge zugezogen, damit niemand von draußen hereinleuchten konnte, doch die Lichtzeichen waren immer noch da. Daraufhin habe ich dann den ganzen Raum nach der versteckten Technik abgesucht – erfolglos. Als ich mir schließlich die Zeit genommen habe, zu lesen, was dort mit Lichtstrahlen geschrieben wurde, war schnell klar, dass es sich hier um ein übernatürliches Phänomen handelte. Anhand der Informationen, über die das Lichtwesen verfügte, begriff ich, dass es tatsächlich meine Mutter war. Du kannst dir nicht vorstellen, wie glücklich mich das machte!« Versunken in Erinnerungen rieb er sich über den Bart und auf seinem Gesicht erschien ein liebevoller Ausdruck. »Meine Mutter hat mich schon zu Lebzeiten sehr behütet. Sie hat geahnt, dass mein Vater mich nicht gut versorgen würde. Daher hat sie mir, bevor sie schließlich ins Licht verschwand, gezeigt, wo sich der Schlüssel zu einem Bankschließfach befand, in dem sie Geld und wertvollen Schmuck gelagert hatte. So konnte ich mir – trotz meiner damals erst siebzehn Jahre – ein eigenes Leben aufbauen.«

Er ignorierte mein unterdrücktes Wimmern und fuhr fort: »Doch wenn man keinen Job hat, sind selbst zwanzigtausend Euro irgendwann ausgegeben. Also kam ich auf die geniale Idee, mithilfe anderer Lichtwesen an Geld zu kommen. Weißt du, Phina, es ist sehr praktisch, wenn man einen unsichtbaren Spion an seiner Seite hat …« Er kicherte selbstzufrieden.

Die Lichtbilder auf dem Fußboden zeigten nun etwas, das verblüffend an eine Faust erinnerte, aus der der Mittelfinger emporragte. Ich schluchzte erneut. Das passte tatsächlich zu Lara. Sie hätte Frank in dieser Situation die schlimmsten Schimpfwörter an den Kopf geschmissen.

»Nun gut.« Er seufzte. »Die Zeit drängt.« Er stand auf.

Verzweifelt versuchte ich, die Ruhe zu bewahren. »Hören Sie, es tut mir wirklich leid, dass Sie es im Leben so schwer gehabt haben, aber da finden wir ganz bestimmt eine andere Lösung. Ich habe etwas Geld auf der Bank, das könnte ich Ihnen …«

Sein spöttisches Lachen unterbrach mich. »Wir reden hier nicht von ›etwas Geld‹, Süße, wir reden von mehreren Millionen Euro.«

Ich schnappte nach Luft. »Wie wollen Sie an solch eine Summe kommen?«

»Nun, da möchte ich gern zweigleisig fahren. Zum einen mit Aktiengeschäften.« Er lächelte schmal. »Man munkelt, dass der Firmenchef von Mervus gerade die Spaltung des Konzerns in einen Bürosoftware-Hersteller und ein Unternehmen zur Entwicklung von Computerspielen vorantreibt. Damit will er die neuen Firmen schlagkräftiger machen.«

»Sie wollen, dass Lara Ihnen Insiderinformationen besorgt?«, fragte ich und überlegte, ob ich ihm mit dem Kopf irgendwie einen Kinnhaken verpassen könnte, wenn er sich noch einmal über mich beugte. Doch vermutlich würde ich ihn nicht richtig treffen, sodass er nicht ohnmächtig, sondern nur wütend und noch unberechenbarer werden würde …

»Genau.« Er stand auf, um im Kellerraum umherzugehen. »Eine Aufspaltung wird das Unternehmen deutlich aufwerten. Ich investiere rechtzeitig mein restliches Kapital in Mervusaktien und dann verkaufe ich, sobald ihr Wert in die Höhe schnellt.«

Er wurde vom Klingeln eines Handys unterbrochen. Das Geräusch kam von oben. Nach einem abschätzenden Blick auf mich kam er wohl zu dem Entschluss, dass der Anrufer warten konnte, und sprach weiter.

»Den Rest meiner Zeit werde ich dann mit Pokerspielen verbringen.« Das Handy klingelte weiter. »Jedenfalls übe ich mich seit einiger Zeit darin, doch ich wäre unschlagbar, würde ich das Blatt der Gegner kennen, verstehst du? Lara könnte beispielsweise ein ›V‹ für Vierling oder ›SF‹ für einen Straight Flush an die Wand werfen. Oder vielleicht doch lieber unauffälligere Zeichen – da wird mir schon etwas einfallen.«

Anscheinend hatte er sich entschlossen, den Anruf nun doch entgegenzunehmen, denn er wandte sich zur Treppe. »Ich warne dich, Phina, mach keine Dummheiten! Ich würde es dich büßen lassen …«

Mit dieser Drohung verschwand er.

»Hallo, Papa«, hörte ich ihn oben sagen.

Bebend am ganzen Leib, zog ich trotz seiner Drohung die Knie an, um hochzukommen. Am Boden fühlte ich mich viel zu hilflos.

»Wie lange ist es denn schon gestört?«, ertönte es von oben. »Statischer Regen vielleicht?«

Mir fielen die hektisch herumflitzenden Lichtpunkte auf. Wenn man erst einmal eine Ahnung hatte, was das war, konnte man sie eigentlich gar nicht übersehen. Lara versuchte mir also irgendetwas zu sagen. Ungelenk rappelte ich mich in den Stand auf.

Mein Handy und der Haustürschlüssel befanden sich nicht mehr in meinen Hosentaschen, stellte ich fest. Er musste sie mir weggenommen haben, während ich bewusstlos war.

»Vielleicht ein anderer Funker in der Nachbarschaft?«, fragte Frank gerade genervt. »Einer, der leicht neben der Frequenz deines Kanals sendet?«

Jetzt konnte ich erkennen, dass Lara ein aufklappbares Gärtnermesser beleuchtete, das im Regal neben einer kleinen Schaufel und einer Gartenkralle lag.

Sollte ich? Sollte ich lieber nicht? Was, wenn er mich ertappte?

Viel wichtiger: Was würde geschehen, wenn es mir nicht gelang zu fliehen?

»Du hast aber schon die richtige Modulationsart eingestellt, oder?« Er redete immer noch mit seinem Vater, aber seine Stimme wurde leiser.

Das war meine Chance.

All meinen Mut zusammennehmend, huschte ich zum Regal, stellte mich auf die Zehenspitzen und angelte verzweifelt nach dem Werkzeug hinter meinem Rücken.

Verdammt, es klappte nicht! Meine zitternden Gliedmaßen machten es mir nahezu unmöglich, den Griff sicher in die Hand zu bekommen. *Durchatmen, Phina. Ganz ruhig.* Ich zwang meine Arme noch ein wenig höher.

Da! Ich konnte es fühlen. Jetzt nur noch ein wenig nach links … Meine überkreuzten Hände machten mir die Koordination schwer. Ganz vorsichtig … Vor Anspannung vergaß ich das Atmen.

Endlich gelang es mir, das Werkzeug zu greifen. Jetzt durfte es mir bloß nicht aus der Hand fallen. Ich würde es niemals rechtzeitig mit gefesselten Händen vom Boden hochbekommen.

Mein Herz raste.

»Oder es ist Wasser in den Koaxstecker der Antenne gelaufen. Ich komme morgen mal vorbei und guck mir das an.« Die Stimme des Entführers klang näher.

Hilfe! Er kam zurück!

Mit dem zugeklappten Gärtnermesser in der Hand hechtete ich durch den Raum und warf mich wieder auf die Matratze.

Keinen Augenblick zu früh.

»Ja, probier es doch einfach mal aus. … So, ich muss jetzt auflegen, habe noch viel zu tun. … Jaja. … Tschüss.«

Während Frank wieder die Treppe herunterkam, war ich noch dabei, mich unauffällig mit dem Bauch über das Messer zu schieben, sodass er es nicht sehen konnte – zumindest, wenn ich hier liegen blieb.

»Mein Vater ist sogar zum Funken zu dämlich«, sagte er zu mir und ich begriff, dass er das gleiche Hobby wie mein Kollege Arne hatte. »Er kann von Glück sagen, dass ich in meiner Kindheit so viele Stunden zu Hause am Funkgerät verbracht habe. Wenn man keine Freunde hat, bleibt einem viel Zeit.«

Ich atmete zittrig ein. Wenn er mich nicht entführt und verletzt hätte, würde ich tiefes Mitleid mit dem Mann empfinden, der eine derart schwierige Kindheit hatte durchleben müssen. Verachtet vom Vater, überbehütet von der Mutter und wegen seines Feuermals anscheinend von anderen Kindern gemieden …

Mit einem Funkgerät könnte ich um Hilfe rufen, aber ich wagte zu bezweifeln, dass es sich in diesem alten Haus befand, das unbewohnt wirkte.

Hoffentlich bemerkte der Entführer nicht den blutigen Fleck, den ich am Regal hinterlassen hatte.

Verzweifelt wurde mir bewusst, dass ich nun zwar auf einem Messer lag, das sich schmerzhaft in meinen Hüftknochen bohrte, aber in puncto Flucht kein Stück weitergekommen war.

Ich musste mir irgendetwas einfallen lassen, damit er wieder nach oben ging und ich eine Chance hatte zu fliehen. *Denk nach, Phina!*

In meiner Kehle saß ein panisches Schluchzen, aber ich musste bei klarem Verstand bleiben, wenn ich das hier lebend überstehen wollte.

»Könnte ich vielleicht einen Verband für meinen Finger bekommen?«, fragte ich mit dünner Stimme. »Es wäre so schade, wenn Ihre Matratze noch mehr besudelt würde, und Lara ist ja jetzt hier. Wir werden Ihnen helfen. Schließlich haben Sie schon so viel durchgemacht«, log ich aus Verzweiflung.

Oh Gott, es musste einfach klappen!

»Tut mir leid, ich habe kein Pflaster hier. Aber ein paar Blutflecke mehr machen der Matratze nichts aus«, sagte er gelassen.

Ein Angstschauer lief mir den Rücken hinunter. Wen hatte er hier schon alles vor mir gequält?

»Könnte ich dann wenigstens einen Schluck Wasser bekommen?«, versuchte ich es in meiner Verzweiflung erneut.

Er dachte für einen Moment nach. »Nun gut«, sagte er schließlich und kontrollierte noch einmal den Sitz des Seils an meinen Handgelenken. »Ich müsste noch eine Flasche im Wagen haben. Schön brav sein!« Er grinste, als er in gemütlichem Tempo die Treppe hinaufstieg.

Sobald er weg war, warf ich mich auf die Seite und angelte nach dem Messer. Es gelang mir, es aufzuklappen.

Wenn ich erst einmal die Hände frei hatte, könnte ich mich damit wehren, sobald er zurückkehrte. Aber dazu musste es meinen zittrigen Fingern erst einmal gelingen, dieses Seil zu durchschneiden.

Im Erdgeschoss waren seine schweren Schritte zu hören.

Ich blieb liegen, während ich hinter meinem Rücken am Seil säbelte. Falls das Messer mir entgleiten sollte, konnte ich es so rascher wieder greifen. Oder mich wieder darauf legen, falls der Entführer zu früh zurückkehrte.

Oben fiel gerade die Haustür hinter ihm zu.

Verbissen setzte ich immer wieder an, um das Seil Stück für Stück zu zertrennen, Tränen der Verzweiflung in den Augen.

Ich hatte noch keine Ahnung, wie ich an dem Entführer vorbeikommen sollte, aber das würde sich hoffentlich alles finden, sobald ich nur meine Hände wieder benutzen konnte, um mich zu wehren. Ich musste hier raus. Konnte nicht hilflos abwarten, bis er mich tötete.

Die Schnittwunde an meinem Finger brannte.

Fieberhaft mühte ich mich weiter mit dem Seil ab.

Flucht

Lara

Verdammte Scheiße!

Wenn ich es noch gekonnt hätte, hätte ich geschrien vor Hilflosigkeit. Meine beste Freundin in so einer Situation erleben zu müssen und auch noch der Grund dafür zu sein, war mehr, als man als Geist ertragen konnte.

»Nun mach schon!«, hätte ich Phina am liebsten laut angeschrien. »Kapp endlich das beschissene Seil!«

Ihr nicht helfen zu können, brachte mich um. Ah, Moment. Das hatte ja schon das blöde Reh erledigt.

Hatte ich wirklich gedacht, dass mein Bruder Phinas größtes Problem wäre?

Um irgendetwas tun zu können, begab ich mich nach draußen und sah nach, was der Entführer gerade machte. Vor dem unbewohnten Haus hatte er soeben die Fahrertür seines Wagens geöffnet und holte eine Flasche mit Mineralwasser aus dem Seitenfach. Zum Glück ließ er sich Zeit.

Er hatte Phina in ein heruntergekommenes Gebäude entführt, das am Dorfrand eines Vorortes von Kiel lag. Es schien schon länger unbewohnt zu sein.

Hastig schwebte ich in den Keller zurück, wo es Phina immer noch nicht gelungen war, sich von den Fesseln zu befreien. Aber immerhin hatte sie das Seil schon ein gutes Stück durch.

Looooos! Mach schneller! Besorgt sah ich, wie Blut über ihre Hand lief.

Doch wie sollte es weitergehen, wenn sie erst einmal frei war? Rein körperlich war sie Frank eindeutig unterlegen. Ich fragte mich, ob sie überhaupt kaltblütig genug wäre, ihn mit dem Messer oder einem gezielten Schlag gegen den Kopf zu erledigen.

Sie würde keine zweite Chance erhalten, falls es schiefging, das war mir klar. Der Typ war skrupellos. Skrupellos und klug – eine gefährliche Mischung. Nein, Phina musste fliehen, das war die einzige Möglichkeit.

Prüfend blickte ich zwischen dem Fenster vom Lichtschacht und der fieberhaft säbelnden Phina hin und her.

Wenn nur Frank nicht zu früh zurückkehrte!

Gerade war ihr das Messer schon wieder aus den Fingern geglitten. Hatte ich schon erwähnt, dass ich am liebsten schreien würde?

Damit Phina den Plan begriff, begann ich schon einmal, das Fenster mit Lichtstrahlen zu markieren.

Sie bemerkte es. »Da passe ich doch nie im Leben durch«, keuchte sie, während sie gerade das Messer erneut ansetzte. »Und falls doch, ist da oben bestimmt ein Gitter drauf.«

In Gedanken knurrte ich. Was glaubte sie denn, wie sie hier rauskommen sollte? Ich wackelte wilder mit den Lichtstrahlen, die auf die Scheibe fielen.

»Ha!«, japste Phina in diesem Moment überrascht, denn das Seil hatte endlich nachgegeben.

Dem Himmel sei Dank! Jetzt aber schnell raus hier, bevor der Entführer zurückkehrte. Auffordernd ließ ich das Licht erneut gegen die Fensterscheibe blitzen.

Glücklicherweise ließ Phina sich überzeugen, zerrte einen alten Hocker vor das Fenster und kletterte darauf, um es zu öffnen.

Von oben erklang das Geräusch der Haustür. Ungelenk zog sie sich in den kleinen Schacht hinein, stemmte sich mit den Beinen ab und presste so ihren Rücken gegen das Gitter über sich.

Es passte. Hatte ich es doch gewusst. Einmal im Leben musste es schließlich auch von Vorteil für sie sein, dass sie so winzig war. Und Phina hatte gerade jeden Funken Glück verdient.

Ihre ungeschickten Bewegungen wunderten mich nicht. Sie war verletzt, erschöpft von den Ereignissen und der Wirkung des Betäubungsmittels und stand sichtlich unter Schock. Mich wunderte eher, dass sie sich überhaupt noch bewegen konnte.

»Verdammt!«, schnaufte sie, als sich das Gitter über dem Lichtschacht nicht hochdrücken ließ.

Am heutigen Tag hatte ich sie schon öfter fluchen hören als in all den Jahren zusammen, die wir uns jetzt kannten.

Ihr Finger blutete zum Glück fast nicht mehr, aber sie schien sich den Ellenbogen angestoßen zu haben.

Jetzt waren von oben die Schritte des Entführers zu hören.

Wenn Phina nicht in der Falle sitzen wollte, musste sie schleunigst dieses Gitter aufbekommen.

Noch einmal drückte sie mit aller Kraft dagegen und endlich gab es mit einem Ruck nach.

»Sieh mal, was ich hier für dich habe«, hörten wir Frank selbstzufrieden auf der Kellertreppe sagen, während Phina noch damit beschäftigt war, ins Freie zu klettern. »Ich bin schließlich kein Unmensch.«

Schnell, schnell, schnell!

Jetzt hatte er den Fuß der Treppe erreicht. Phina war kaum aus dem Lichtschacht hinaus, als er ihre Flucht bemerkte.

»Halt!«, brüllte er zornig.

Phina rannte los. Vom Haus weg, über die halb zugewachsene Auffahrt zur Straße.

»Komm zurück, du blöde Schlampe!«, tönte es aus dem Lichtschacht, als ich ihr folgte.

Sie bog um eine Ecke, rutschte aus, stolperte, fing sich wieder und hastete weiter. Ein bisschen Vorsprung besaß sie, schließlich musste er erst mal aus dem Keller heraus.

Phina erreichte eine viel befahrene Straße, schaute mit angstverzerrtem Gesicht über ihre Schulter, aber von Frank war noch nichts zu sehen. Bestimmt war er mittlerweile bei seinem Wagen angekommen.

Sie musste sich schleunigst in Sicherheit bringen. Viel zu langsam stolperte sie die Straße entlang.

Mehrere Wagen fuhren, trotz ihres aufgeregten Winkens, an ihr vorbei. Dann ertönten aus der Ferne laute Motorengeräusche und eine Gruppe von Motorrädern näherte sich. Wieder winkte Phina, um sie anzuhalten. Tatsächlich stoppten die Biker ihre Maschinen. Der Fahrer des ersten Gefährts klappte sein Visier hoch.

»Hallo, Singvögelchen, was machst du denn hier?«

Es war Spike.

Hinter ihm saß eine solariumgebräunte Blondine mit riesigem Busen, der aus einem Tigerprinttop quoll. Das musste die Frau sein, deren Stiefeletten von Phinas Bruder bepinkelt worden waren.

»Alles klar, Süße?«, fragte Spike besorgt und beugte seinen massigen Oberkörper zu Phina.

Mit weit aufgerissenen Augen, bebend am ganzen Körper, starrte sie ihn an.

»Nein …«, stieß sie hervor. »Ich bin … der … der Typ hat mich entführt!«

Spike und seine Leute stiegen ab. »Was? Du bist entführt worden?«

»Ja«, schluchzte Phina. »Ich konnte abhauen, aber bestimmt kommt er gleich!«

Spikes Soziusbiene trat näher und legte den Arm um Phina. »Keine Sorge, wir passen auf dich auf, oder, Jungs?«

Am liebsten hätte ich ihr aus lauter Dankbarkeit neue Schuhe spendiert.

Die Biker nickten und gaben zustimmende Brummgeräusche von sich, selbst die Frauen unter ihnen. Ich vermutete, dass sie sogar ziemlich Bock auf eine Auseinandersetzung hatten …

»Modo, gib der Lütten mal deinen Ersatzhelm«, befahl Spike und einer der Männer kam und setzte Phina einen Helm auf.

Motorengeräusche näherten sich. Das musste der Entführer sein. Phina fuhr entsetzt herum. Doch da zerrte Modo sie schon zu seiner Maschine und hob sie kurzerhand darauf.

Soeben näherte sich der silbergraue Kombi. Der Fahrer wurde langsamer, guckte und entschied sich dann, unverrichteter Dinge an der Gruppe vorbeizufahren.

Ich erlaubte mir einen Hauch von Erleichterung.

»Was, wenn er eine Waffe hat?«, schrie Phina, während ihr Fahrer den Motor aufheulen ließ. Auch die anderen Biker schwangen sich wieder auf ihre Maschinen.

»Festhalten«, befahl Modo und fuhr langsam an.

»Auch wenn ich nicht gedacht hätte, dass wir so was mal freiwillig tun würden, aber wir werden diese junge Lady jetzt zu den Bullen bringen«, rief Spike gegen das Dröhnen der Motoren an.

Dankbar schaute ich zu, wie sie wendeten und dann in Kolonne Richtung Kiel davonbrausten, um meine Herzensfreundin zu retten, wo ich ihr doch nicht helfen konnte.

»Geht es?«, rief Modo Phina zu.

»Mhm!«, piepste sie und klammerte sich in verkrampfter Haltung an seiner Kutte fest.

Phina hatte anscheinend richtig Schiss. Jedes Mal, wenn die Maschine in eine Kurve ging, presste sie die Augen fest zusammen.

»Ich danke euch von ganzem Herzen, dass ihr mir geholfen habt!«, sagte Phina zu den Bikern, als sie endlich das 3. Polizeirevier in Kiel erreicht hatten und abgestiegen waren.

»Gern geschehen, Singvögelchen. Können wir dich ab hier allein lassen? Weißt du, wir haben schon mehr Kontakt mit den Bullen gehabt, als uns lieb war ...«, sagte Spike.

»Na klar. Allzeit gute Fahrt!«

Die grobschlächtigen Männer nickten ihr ganz zahm zu und verabschiedeten sich jeder mit einem Schlag auf Phinas Schulter, der das kleine Persönchen zum Wanken brachte. Die drei Frauen umarmten sie, als wären sie die besten Freundinnen.

Irgendwie mochte ich die schräge Truppe.

Mit unsicheren Schritten stolperte Phina zur Eingangstür und winkte ihnen noch einmal zu. Sobald sie drinnen verschwunden war, knatterten die Maschinen davon.

Ich folgte Phina.

Als sie den Polizisten erzählte, dass sie gerade entführt worden war, wurde sofort die Kriminalpolizei informiert.

»Möchten Sie, dass ein Arzt sich das anschaut?«, erkundigte sich einer der Polizisten, während sie auf die Kollegen von der Kripo warteten, und deutete auf Phinas verletzten Finger.

»Nicht nötig«, winkte sie ab. »Es ist nur eine kleine Schnittwunde.«

Sie wurde mit einem Pflaster versorgt und kurz darauf kamen zwei in Zivil gekleidete Beamte und führten Phina in ein Büro. Dort wurde sie gebeten, alles haargenau zu erzählen, um sich ein Bild machen und Maßnahmen einleiten zu können.

Angespannt beantwortete sie alle Fragen, allerdings ließ sie aus, dass es Lichtwesen wirklich gab. Was vermutlich auch ganz schlau war, damit sie ernst genommen wurde.

Sobald Phina alle wichtigen Fakten genannt hatte, sorgte der männliche Beamte dafür, dass die Fahndung nach dem Täter in Gang gesetzt wurde und Polizeibeamte zu dem alten Haus fuhren, dessen Standort Phina ihnen genau beschrieben hatte.

Mittlerweile war es draußen dunkel geworden.

»Ihr Handy wurde geortet, Frau Rosenberg«, berichtete die weibliche Beamtin. »Es lag in einem Straßengraben. Wäre ja auch zu einfach gewesen, den Entführer so zu finden ...« Sie seufzte und musterte meine Freundin prüfend. »Möchten Sie vielleicht gern mit einem Seelsorger sprechen?«

Phina kniff kurz die Augen zusammen. Ob sie an die Seelsorgerin in der Klinik damals nach meinem Tod dachte? »Nein danke. Ich komme klar.« Sie setzte ein unechtes Lächeln auf. »Allerdings könnte ich jemanden gebrauchen, der mich nach Hause fährt – wobei, dort ist es nicht sicher, solange der Typ im Besitz meines Schlüssels ist, oder?«

»Ja, leider. Haben Sie einen Angehörigen in der Nähe, in dessen Obhut wir Sie geben können? Sie sollten jetzt nicht allein sein, Frau Rosenberg.«

Phina überlegte. »Ich würde gern einen Kollegen von Ihnen anrufen, Herrn Wolf.«

»David?«

Phina nickte. »Er wird mir bestimmt helfen.«

»Na gut.« Die Beamtin erhob sich. »Und Sie sind sicher, dass Sie keine Seelsorge ...«

Phina unterbrach sie hastig. »Mir geht's gut, wirklich.« Sie griff nach dem Telefon, das die Polizistin ihr reichte.

Scheiße. Ich bezweifelte, dass mein Bruder in diesem Fall eine gute Wahl war. Deshalb ließ ich die Lichtstrahlen dicke Kreuze über dem Telefon bilden.

»Alles okay, Lara«, murmelte Phina, was die Beamtin mit irritiertem Blick zur Kenntnis nahm. »David ist doch auch Polizist. Er wird wissen, wie man sich jetzt verhalten muss.«

Wohl wahr! Oh Mann, ich musste sie irgendwie davon abhalten, denn ich hatte fürchterliche Vorahnungen, wie David reagieren würde, wenn Phina ihm erzählte, dass ich hier als Geist herumspukte und mit Lichtstrahlen winkte …

Doch es war zu spät. Sie hatte bereits die Nummer eingegeben.

Uuuiii!, dachte ich mit imaginär hochgezogenen Augenbrauen. Da hatte wohl jemand die Telefonnummer meines Bruders auswendig gelernt …

»David, bist du in Kiel? Kannst du bitte zum Polizeirevier kommen? Ich bin entführt worden und … und …« Es gelang ihr nicht mehr, weiterzureden.

Die Beamtin nahm ihr den Hörer aus der Hand. »David? Hier ist Steffi Reidinger vom 3. Revier. Kannst du herkommen? Frau Rosenberg ist entführt worden. … Ja, es geht ihr so weit gut. … Nein. Aber die Kollegen sind dran. … Ja, genau. … Okay.« Sie verabschiedete sich und legte dann auf. »Er kommt gleich«, sagte sie dann zu meiner Freundin. Phina nickte stumm und nahm einen Schluck Wasser aus dem Glas, das die Beamten ihr zuvor gebracht hatten.

Keine Viertelstunde später klopfte es an der Tür und mein Bruder trat ein.

Kaum hatte er »Guten Abend« gesagt, stürzte Phina zu ihm. Wie selbstverständlich breitete er die Arme aus und zog sie an sich.

Ich amüsierte mich insgeheim über seinen hilflosen Blick hinunter auf den goldblonden Haarschopf.

Phina hatte ihre Finger in sein Shirt gekrallt und weinte an seiner Schulter. Anscheinend fühlte sie sich bei ihm so geborgen, dass sie nun alles herauslassen konnte, all die Angst und den Schmerz. Und vermutlich auch den Schock, als sie erfahren hatte, dass ich immer noch hier herumgeisterte.

Beruhigend strich er über ihren bebenden Rücken.

»Ich hab mir Sorgen gemacht, weil du nicht angerufen hast«, murmelte er in ihr Haar.

Seine beiden Kollegen grinsten wissend. Da würde die Gerüchteküche wohl brodeln …

»Was ist passiert?«

»Sie ist entführt worden«, antwortete die Kriminalbeamtin.

»Ja, aber ich konnte entkommen. Die Biker haben mich dann hergefahren.«

David schob sie ein wenig von sich und schaute sie ungläubig an. »Die, die deinen Bruder vermöbeln wollten?« An seiner Brust war der Stoff des T-Shirts feucht.

Phina zuckte mit den Schultern und ihre Mundwinkel hoben sich einen Hauch. »Genau.«

»Wo war denn dein … Freund?« Er schien das letzte Wort nur widerwillig über die Lippen zu bekommen.

»Er ist mein Ex-Freund«, berichtigte Phina ihn schwach und wischte sich über die Augen. »Julius war schon gegangen. Wir haben uns gestritten. Ich war so sauer, dass ich unbedingt an die frische Luft musste. Und dann kam der Entführer.«

»Was weißt du über ihn?«

An seinen hölzernen Bewegungen erkannte ich, dass es in ihm brodelte. Was meine Theorie untermauerte, dass er sich in meine Freundin verknallt hatte.

Ich kannte David schon mein ganzes Leben lang – und nun auch noch darüber hinaus. Genau so hatte er früher ausgesehen, bevor er jemanden verprügelt hatte, der gemein zu mir gewesen war. Anscheinend kam nun auch Phina in den Genuss seines Bodyguard-Gens.

»Nicht viel. Ich habe deinen Kollegen schon alles beschrieben. Er ist groß, schlank und trägt einen Vollbart. Außerdem hat er ein Feuermal hier im Gesicht. Hier …« Sie deutete auf die entsprechende Stelle an ihrer Wange. »David, ich möchte jetzt gern nach Hause, aber der Typ hat meinen Haustürschlüssel.«

»Ich rufe den Schlüsseldienst, das bekommen wir hin.« Behutsam strich mein Bruder ihr eine Haarsträhne hinters Ohr.

Phina sah aus, als könne sie kaum noch die Augen offen halten, was kein Wunder war.

»Zur Sicherheit schicken wir Kollegen mit, um die Wohnung zu überprüfen«, sagte der männliche Kripobeamte.

Nachdem David den Schlüsseldienst zu Phinas Wohnung bestellt hatte, machten sie sich auf den Weg nach Mühlensee. Hinter ihnen ein Zivilfahrzeug der Kripo.

»Meine Vermieterin hat einen Zweitschlüssel«, sagte Phina, als sie ausstiegen. »Damit kommen wir rein. Sie wohnt auch im Erdgeschoss.«

Geschützt durch die Beamten, klingelte Phina bei ihrer Vermieterin.

»Ja?«, ertönte es aus der Gegensprechanlage.

»Willie, ich bin's, Phina.«

Der Summer ertönte und meine Freundin drückte die Tür auf. Sie atmete auf, als die Vermieterin sie in ihre Wohnung ließ.

»Herrje!«, rief Willie besorgt. Sie schaute von Phinas verbundenem Finger zu ihren geröteten, weit aufgerissenen Augen. »Was ist denn passiert?« Nun erblickte sie David und die Beamten. »Oh, bitte kommen Sie doch herein, die Herrschaften. Kann ich Ihnen helfen?«

»Wir brauchen den Zweitschlüssel zu meiner Wohnung«, erklärte Phina ihr.

»Aber warum denn?«, fragte die alte Dame, während sie ihn vom Schlüsselbrett angelte.

»Ich bin entführt worden.«

Willie schlug sich erschrocken die Hand vor den Mund. »Aber Kindchen, das ist ja furchtbar! Geht es dir gut?«

»Ja. Zum Glück konnte ich entkommen.«

»Ein Großcousin von mir wurde auch mal entführt. Seine Eltern waren ziemlich reich. Sie waren Besitzer mehrerer Baumärkte in …«

»Wir kontrollieren jetzt die Wohnung«, unterbrach einer der Polizisten die redselige alte Dame.

Sobald die Beamten mit dem Schlüssel abgezogen waren, drückte sie Phina auf einen Küchenstuhl und tätschelte ihr die Wange. »Weißt du, dass mein Enkelkind sich auch gerade den Finger verletzt hat?«, erzählte Willie und deutete auf Phinas Pflaster. »In einer schweren Tür eingeklemmt.«

David blieb bei den beiden Frauen.

Ich vermutete, dass er nicht vorhatte, Phina demnächst aus den Augen zu lassen.

»Matsch war der Knochen! Muss eine ziemlich knifflige Operation gewesen sein. Mein Sohn hat von mehreren Knochensplittern geredet.« Willie nahm einen Becher und betätigte den Schalter der Kaffeemaschine. »Der arme Mattis. Er musste ganz schön tapfer sein.« Der Becher füllte sich mit dunkler Flüssigkeit. »Und mein Vater hat sich mal bei einem Treppensturz die Bänder am Knöchel gerissen, als ich klein war. Das hat richtig geknallt, sag ich dir!« Bevor sie den Kaffee vor Phina abstellte, gab sie noch einen kräftigen Schluck Rum hinein. »Für Sie auch einen Kaffee?«, fragte sie David.

»Nein danke«, winkte mein Bruder ab. Er schien zwischen Ärger und Belustigung zu schwanken.

»Am schlimmsten war es allerdings, als eine Bekannte aus meiner Senioren-Turngruppe sich den Arm beim Sport so unglücklich gebrochen hatte, dass ein Stück Knochen herausragte. Das war echt eklig.«

Herrgott, konnte diese Frau nicht endlich aufhören zu schwatzen?

Normalerweise hätte Phina sich bei solchen Berichten die Ohren zugehalten. Sie konnte es nicht ertragen, wenn Menschen leiden mussten. Jetzt aber zeigte sie keine Reaktion. Die war echt hinüber!

»Wir haben sie alle im Krankenhaus besucht«, redete Willie weiter. »Der Chefarzt dort war übrigens ziemlich schnuckelig, so ein klug aussehender Grauhaariger mit schönen Augen …«

Erschöpft nahm Phina einen großen Schluck von ihrem Kaffee, woraufhin sie sich heftig schüttelte und zu husten begann. »Bäh!«

»Zu viel Rum?«, fragte Willie grinsend.

Phina nickte und schob den Becher von sich.

»Möchten Sie sich nicht setzen?«, fragte Willie meinen Bruder und deutete auf einen freien Stuhl. »Dann lässt es sich viel besser reden.« Sie wandte sich wieder an Phina. »Am besten bleibst du heute Nacht hier und dann gucken wir uns im Fernsehen …«

»Das ist sehr freundlich von Ihnen, aber nicht nötig«, unterbrach David Willies Redeschwall. »Ich denke, die Kollegen müssten gleich fertig sein und es wäre das Beste, wenn ich Phina in ihre eigene Wohnung bringe, wo sie hoffentlich schnell zur Ruhe kommt.«

»Aber der Entführer hat doch ihren Schlüssel«, warf die alte Dame besorgt ein.

»Der Schlüsseldienst müsste jeden Moment kommen, keine Angst!«, versprach David. »Ich gehe mal nachschauen, wie weit die Kollegen sind.«

»Alles in Ordnung«, rief er kurz darauf, nachdem er sich mit den Kriminalbeamten unterhalten und einen Moment lang gedankenversunken vor dem gemeinsamen Foto von Phina und mir stehen geblieben war, das noch immer im Flur am Spiegel steckte.

»Na, dann man los, Kindchen!«, ermunterte Willie Phina. »Und wenn du etwas brauchst, meldest du dich, ja?«

»Das ist lieb von dir.« Phina drückte ihrer Vermieterin einen Kuss auf die Wange und stakste dann mit unsicheren Schritten nach nebenan.

Davids Kollegen kamen ihr entgegen und verabschiedeten sich.

»Ich gehe davon aus, dass sie sich vernünftig um meine Kleine kümmern!«, erscholl es lauthals aus Willies Wohnung, nachdem sie gegangen waren.

David antwortete nicht. Vielleicht lag es daran, dass Phina sich ängstlich an seinen Oberarm krallte.

»Haben sie auch im Kleiderschrank nachgeguckt?«, fragte sie mit weit aufgerissenen Augen.

»Überall. Er ist nicht hier«, antwortete mein Bruder und langte über sie hinweg zur Tür, um sie zu schließen und die Sicherheitskette vorzulegen. »Der Schlüsseldienst wird gleich da sein und die Schlösser austauschen.«

»Danke!« Sie machte keine Anstalten, ihn loszulassen.

»Phina«, sagte David sanft.

»Mhm?« Desorientiert blinzelte sie zu ihm auf.

»Lass bitte mein T-Shirt heil.«

»Oh.« Sie starrte auf ihre Hände, die sich im Stoff des Ärmels verkrallt hatten. »Entschuldigung. Ich fürchte, ich bin etwas überängstlich.«

»Kein Wunder.« Ein mitfühlendes Lächeln erschien auf Davids Gesicht. »Wie kommt es, dass du mir so blind vertraust?«

Sie zuckte mit den Schultern.

»Aber was, wenn ich nicht nur der Polizist, dein Freund und Helfer wäre, sondern auch jemand, der Böses im Sinn hat?«, fragte David langsam.

Phina neigte den Kopf, bis ihre Stirn an seiner Brust lag. »Das glaube ich nicht. Du bist ein guter Mensch.« Sie schien daran keine Zweifel zu haben.

»Ich fürchte, du machst einen Fehler, wenn du so von mir denkst«, warnte er sie ernst. »Ich hab ganz schön viel Mist gebaut.« Aus seinem Blick sprach Qual, doch nur ich konnte es sehen, weil Phina ihr Gesicht nach wie vor an seiner Brust vergraben hatte.

Ich vermutete, dass er mit ›ganz schön viel Mist‹ seinen Hass auf sie und das Stalking meinte und wahrscheinlich auch den K.-o.-Tropfen-Anschlag seiner Kollegin, an dem er sich mitschuldig fühlte.

Nun legte Phina den Kopf zurück und lächelte stumm zu ihm auf.

Liebevoll ließ ich Lichtstrahlen um die beiden tanzen, denn ich dachte genauso wie meine Freundin. David war ein guter Mensch.

»Du machst mich fertig«, murmelte er und sie lächelte. »Denkst du nicht, dass wir es in Anbetracht der Situation besser langsam angehen lassen sollten?«, fragte er mit rauer Stimme.

»Meine Freundin hat immer gesagt ›Langsam angehen lassen ist was für Waschlappen‹«, entgegnete Phina und kuschelte sich enger an ihn.

Ich hätte fast gebrüllt vor Lachen, denn das waren tatsächlich meine Worte. Phina jedoch war immer eher der Sicherheitsmensch gewesen. Sie jetzt so reden zu hören, war ziemlich abgefahren. Ob sie noch unter Schock stand?

David schnaubte und schob sie in die Küche, wo er sie auf einen Stuhl drückte. Dann ließ er sich auf dem anderen Stuhl nieder. Als Phina aufstehen wollte, um auf seinen Schoß zu klettern, schob er sie energisch zurück.

»Ich kann nicht denken, wenn du so nah bist«, erklärte er ihr, als er ihren verletzten Gesichtsausdruck sah.

Besänftigt ging sie zum Wasserkocher, um Tee aufzusetzen.

»Also. Wo hat das Arschloch dich festgehalten?«

»In einem verlassenen Haus bei Kiel. Hab ich deinen Kollegen auch schon genau beschrieben.« Sie rieb sich mit der Hand über das Gesicht.

»Hat das der Entführer getan?«, fragte David grimmig und deutete auf Phinas Pflaster.

Sie schaute auf ihren verletzten Finger und nickte. »Es ist aber nur eine kleine Schnittwunde.«

»Was wollte der Typ denn von dir?«

Phina zuckte bei seinem barschen Ton zusammen. »Oh, das ist eine echt abgefahrene Geschichte. Er hat gesagt …«

Es klingelte an der Tür und Phina erblasste.

»Ich gehe hin und schaue nach. Du bleibst hier«, befahl David und stand auf.

Natürlich blieb sie nicht einfach sitzen, sondern linste ängstlich um die Ecke, als er öffnete, ohne die Sicherheitskette abzunehmen. Doch es war nur ein beleibter Herr vom Schlüsseldienst, der sich sofort daranmachte, das Schloss auszutauschen, sobald David ihm die Tür richtig geöffnet hatte.

Kraftlos ließ sich Phina zurück auf den Stuhl sinken und goss sich Tee ein.

Während der Handwerker arbeitete, blieb mein Bruder wachsam in der Nähe der Tür stehen, um eingreifen zu können, sollte der Entführer doch noch auftauchen.

Phina nippte unterdessen gedankenverloren an ihrem Becher.

Der Inhalt musste noch viel zu heiß sein, aber sie schien es nicht zu bemerken.

Als der Herr vom Schlüsseldienst fertig war und die Wohnung wieder verlassen hatte, kehrte David in die Küche zurück. Er legte drei Schlüssel vor Phina und setzte sich dann wieder. »Der Entführer kann jetzt nicht mehr hier herein. Das Schloss vom Hauseingang muss auch noch ausgetauscht werden, aber das hat ja Zeit bis Montag.«

»Danke. Das ist extrem beruhigend.«

Auch ich war gleich wieder viel entspannter, jetzt, wo ich zwei meiner Lieblingsmenschen in Sicherheit wusste. Wenn der Entführer hier hereinkam, waren beide in Gefahr. Dass der Typ nicht lange fackelte, hatte er eindrucksvoll klargemacht.

»Also, wo waren wir stehen geblieben? Was, denkst du, war der Grund für die Entführung?«

»Er …«, sie stockte und auch ich war wie erstarrt, denn jetzt kam er, der gefürchtete Moment. »… er will, dass meine Freundin Lara ihm hilft, und denkt, er kann das erreichen, indem er sie mit mir erpresst.«

David hielt für einen Moment den Atem an. »Lara?«, stieß er dann hervor.

Phina schien nicht zu bemerken, dass die gefühlte Temperatur im Raum schlagartig unter null gesunken war. »Genau. Aber das ist ziemlich schwer zu erklären. Meine Freundin ist nämlich tot, musst du wissen. Doch der Typ behauptet, dass sie trotzdem noch da ist – als so eine Art Geist – und mithilfe von Lichtstrahlen mit uns kommunizieren kann.«

»Lichtstrahlen«, stieß David hervor. Seine Kiefermuskeln spielten und seine Hände waren unter dem Tisch zu Fäusten geballt.

»Ja, ich weiß, es klingt verrückt«, stimmte Phina zu, »aber mittlerweile glaube ich ihm. Lara hat mir nämlich geholfen, aus dem Keller zu fliehen. Sie hat mir gezeigt, wo ein Messer liegt, mit dem ich die Fesseln durchschneiden konnte …«, als Beweis hielt sie David ihre Handgelenke entgegen, an denen rote Striemen von der Wahrheit zeugten, »… und hat mich durch einen Lichtschacht dirigiert, aus dem ich dann tatsächlich entkommen bin.«

»Mit Lichtstrahlen …«, wiederholte David grimmig.

»Ja«, nickte Phina. »Und deshalb will der Entführer auch, dass sie für ihn arbeitet. Sie soll Insiderinformationen für Aktiengeschäfte sammeln und ihm helfen, beim Pokerspiel zu betrügen.«

»Mit Lichtstrahlen?«

»Ja, das habe ich doch schon gesagt!« Hilflos sah sie ihn an. »Klingt ziemlich schräg, oder?«

Er verzog den Mund. »Kaum«, entgegnete er mit fiesem ironischen Unterton.

Sie errötete. »Es stimmt aber wirklich, ich kann es dir beweisen!« Phina wandte sich in Richtung Tür, weil sie natürlich nicht wissen konnte, dass ich am Fenster schwebte, wo ich dem Licht näher war. »Lara, bist du hier? Kannst du mal irgendetwas machen?«, bat sie mich.

Ohne große Hoffnungen, dass ich meinen engstirnigen Bruder überzeugen würde, wedelte ich mit Lichtstrahlen und führte sie auf dem Tisch zu einem L wie Lara zusammen. Dann formte ich ein Herzchen.

Davids Halsschlagader pochte. »Das soll also der Beweis sein?«, grollte er so hart, dass Phina zusammenzuckte. Vermutlich dachte er, sie würde die Strahlen mithilfe einer versteckten Lichtquelle erzeugen.

Ich formte hochgereckte Daumen aus Licht, obwohl ich längst wusste, dass es nichts nützen würde. Mein Bruder glaubte nicht an Übersinnliches. Er würde immer denken, dass ihn jemand hereinlegen wollte.

Und richtig.

David stand so abrupt auf, dass sein Stuhl nach hinten überkippte. Er beachtete es nicht.

»Ich muss los«, sagte er mit einer Stimme, der man anmerkte, wie schwer es ihm fiel, die Fassung zu wahren.

Entgeistert sprang Phina ebenfalls auf. »Lass mich bitte noch nicht allein!«, flehte sie.

»Ich kann nicht bleiben.« Ohne Abschied stürmte er davon.

Ob er dachte, dass Phina herausgefunden hatte, dass er mein Bruder war und versucht hatte, sie fertigzumachen? Ob er glaubte, dass sie sich an ihm rächen wollte, indem sie behauptete, ich würde noch hier sein?

Ich sah Tränen in seinen Augen glitzern, als ich ihm folgte. Damit ihm auffiel, wie dämlich er sich verhielt, blendete ich ihn penetrant mit Lichtstrahlen.

Er reagierte nicht. Ohne nach links oder rechts zu gucken, lief er zu seinem Wagen und brauste davon.

Besorgt folgte ich ihm.

Aussichtslos

Phina

Mit schwerfälligen Bewegungen legte ich die Sicherheitskette wieder vor, stellte dann in der Küche den umgekippten Stuhl auf und ließ mich zurück auf meinen Platz sinken.

Davids Geruch hing noch im Raum. Frisch, nach Mann und diesem leichten Aftershave, das ich mittlerweile unter Tausenden von Gerüchen erkannt hätte.

»Lara?«, flüsterte ich mit dünner Stimme, aber nichts geschah. Ob sie ihm gefolgt war? Warum?

Ich schniefte und wischte mir über die feuchten Augen. Mein Herz fühlte sich wie zerfetzt an.

Es war zu viel. Zu viel Angst, zu viel Gefühl für David, zu viel Ablehnung.

Aber auch unendliche Freude. Lara war noch immer da und das war so viel mehr, als ich geahnt hatte. Bei all den Sorgen und Ängsten machte es mich unermesslich glücklich, mit ihr in Kontakt treten zu können – etwas, von dem ich geglaubt hatte, dass es nie wieder möglich wäre.

Ich überlegte, ob ich meine Mutter anrufen sollte, obwohl es mittlerweile kurz vor Mitternacht war. Vielleicht hätte ich doch besser das Angebot der Seelsorge annehmen sollen?

Allerdings lag mein Handy noch auf dem Polizeirevier und Willie konnte ich um diese Zeit schlecht wecken. Doch ich benötigte dringend Halt und das Gefühl, beschützt zu werden, jetzt, wo David einfach so verschwunden war.

Ich hatte keine Ahnung weshalb. Was hatte ich falsch gemacht? Klar, die Geschichte wirkte mehr als unglaubwürdig, aber ich schätzte ihn nicht als jemanden ein, der bei dem kleinsten Problem davonlief. Ganz im Gegenteil, ich hätte gedacht, dass er jetzt sein Profigesicht aufsetzen und mich nach allen Regeln der Kunst aushorchen würde, um zu versuchen, eventuelle Lügen in meiner Geschichte aufzuspüren. Allein bei dem Röntgenblick, mit dem er mich sonst von Zeit zu Zeit durchbohrt hatte, wäre ich sofort eingeknickt, wenn ich wirklich versucht hätte, die Unwahrheit zu sagen. Am Ende hätte ich ihm mit Laras Hilfe beweisen können, dass alles der Wahrheit entsprach, wenn er mir nur Gelegenheit dazu gegeben hätte.

Ich schluckte. Was für eine gottverdammte Scheiße.

Oje, fiel es mir dann siedend heiß ein. Er datete ja Tine! Mein Gesicht wurde heiß vor Scham. Bestimmt hatte er mich ihretwegen zurückgewiesen. Mist! Wie hatte ich das nur vergessen können? Es musste an den Nachwirkungen meines Schocks liegen, den die Entführung verursacht hatte. Oder an unserem Kuss. Vermutlich an beidem. Hoffentlich erzählte er ihr nichts von meiner Gefühlsduselei. Oh Gott, wie peinlich!

Es war seltsam gewesen, David in meiner Wohnung zu haben. Mit ihm darin hatte sie auf einmal viel kleiner gewirkt als zuvor.

Und dann dieser Kuss heute Mittag … Mir war immer noch ganz schwindelig, wenn ich daran dachte. Als er zielstrebig mit der Zunge meinen Mund erobert hatte, war ich mir so sicher gewesen, dass er es ernst meinte.

Die Art, wie er küsste, passte zu ihm: Stark, selbstbewusst und temperamentvoll, mit einem Hauch Aggressivität … einfach unwiderstehlich.

Mein Herz hatte getanzt. Zumindest für einen kurzen Augenblick des Glücks.

Schon ein paar Stunden später lag es zertreten am Boden.

Als wäre ich hundert Jahre alt, schlurfte ich ins Badezimmer, um mir kaltes Wasser in mein Gesicht zu spritzen, als es an der Wohnungstür klopfte. Erschrocken zuckte ich zusammen.

Wer konnte das sein, mitten in der Nacht?

War David doch noch zurückgekehrt? Aber wie war er dann durch den Hauseingang gekommen?

»Lara, bist du hier?«, flüsterte ich ängstlich und blieb unschlüssig stehen. Vielleicht konnte sie nachschauen, wer da war, denn ich wagte mich nicht zur Tür, um durch den Spion zu gucken. Doch es waren immer noch keine Lichtsignale zu sehen.

»Phina?«, hörte ich da von draußen eine Männerstimme, die mich aufkeuchen ließ und mir einen eisigen Schauer über den Rücken jagte.

Der Entführer! Er war hier! Stand im Flur des Mehrfamilienhauses direkt vor meiner Wohnungstür.

Schlagartig hatte die Panik mich wieder im Griff. Mein Herz raste und mein Atem ging pfeifend. Ich musste die Polizei benachrichtigen! Aber wie, wo mein Handy doch auf dem Revier lag?

»Phina, ich weiß, dass du da bist«, rief er freundlich.

Fieberhaft überlegte ich, wie ich ohne mein Handy Willie Bescheid geben konnte, dass sie Hilfe rufen sollte. Hoffentlich war sie nicht aufgewacht und öffnete in ihrer Neugierde die Wohnungstür!

Ein Geräusch ließ mich zurückzucken. Etwas wurde durch den Schlitz der Tür geschoben.

Mit zitternden Knien schlich ich näher und hob das Blatt Papier auf, das nun unheilvoll auf dem Flurboden vor meiner Wohnungstür lag.

»Vielleicht kann ich dich motivieren, wieder mit mir zu kommen, jetzt, wo der Polizist weg ist?«, ertönte es süffisant von draußen.

Ich schlug die Hand vor den Mund, als ich erkannte, was auf dem ausgedruckten Foto zu sehen war. »Espen!« Ich wimmerte.

Es war das Bild eines Zimmers mit Holzwänden und einem Sprossenfenster im Hintergrund. Mein Bruder saß geknebelt und mit verbundenen Augen auf einem Stuhl. Arme und Beine an das Holz gefesselt. Sein Kopf war auf die Brust herabgesunken.

Ich vergaß zu atmen.

»Ah«, seufzte vor der Tür der Entführer. »Ich merke schon, dass du mir nun etwas eifriger helfen wirst, nicht wahr? Mach die Tür auf, Phina! Ich verspreche, dass ich deinen Bruder freilassen werde, wenn du einwilligst, mit mir zu kommen.«

»Ich glaube Ihnen kein Wort!«, schrie ich schrill.

»Aber, aber … Weshalb sollte ich lügen? Wir reden hier nur über ein paar harmlose Geldgeschäfte, mit denen ich mein Leben finanzieren möchte und für die ich dringend Hilfe benötige. Ich bin schließlich kein Unmensch.«

Scheiße, scheiße, scheiße!

Ich presste meine Handballen an die Schläfen, zwischen denen mein Schädel gerade zu explodieren drohte.

»Wenn du allerdings nicht mitkommst, lässt du mir leider keine Wahl …«

Er sagte es nicht, aber ich begriff, dass er mir gerade damit drohte, meinen Bruder zu töten. Dessen Leben war ihm im Gegensatz zu meinem nichts wert, denn ich war seine Verbindung zu Lara …

Wie in Trance faltete ich das Papier und schob es in meine Hosentasche. Ich musste eine Nachricht hinterlassen, damit man mich finden konnte! Hastig griff ich nach einem Stift.

»Ich zähle jetzt bis drei«, rief der Entführer, »wenn du dann nicht geöffnet hast, ist unser Deal geplatzt. Es würde mir allerdings um deinen Bruder ein wenig leidtun …«

Ein Wimmern entfuhr mir. »Nein!«

Es gelang meinen eiskalten Fingern kaum, den Schlüssel umzudrehen und die Tür zu öffnen.

Meine ganze Hoffnung lag nun darauf, dass David zurückkommen und irgendwie erkennen würde, dass der Entführer mich wieder in seinen Fängen hatte.

Okay. Ich war geliefert.

Aber Lara könnte mich finden. Vielleicht würde sie einen Weg finden, David doch noch zu überzeugen? Ich durfte nicht darüber nachdenken, wie unwahrscheinlich das war.

Mit leerem Blick starrte ich den Entführer an, der zufrieden lächelnd vor der Tür auf mich wartete.

Er griff nach meinem Arm und führte mich zu seinem Wagen. »Gutes Mädchen.«

Widerstandslos und ohne ein Wort zu sagen, ließ ich es geschehen, kletterte auf den Rücksitz, wie er es mir befahl. Schaute hilflos auf die Spritze in seiner Hand.

»Reine Vorsichtsmaßnahme.« Er rammte mir die Nadel in den Arm und drückte die Flüssigkeit in meine Blutbahn.

Ich schluchzte leise. »Lara!«

»Genau«, erklang die Stimme des Entführers vom Fahrersitz. »Ihretwegen machen wir ja das Ganze.« Er startete den Motor. »Und glaub mir, es ist kein Vergnügen. Lichtwesen allein sind ja schon schwierig und sehr kompliziert zu erwischen und dann noch die Menschen dazu! Immer gibt es Ärger. Erst war da die alte Dame, die ich kaum berührt habe, und schon bekam sie einen Herzinfarkt …«

Ein Zittern stieg in mir empor. Ich schlang die Arme um meine Brust, damit es sich nicht weiter ausbreiten konnte.

Er hatte gesagt, dass er niemandem etwas zuleide getan hätte. Er hatte gelogen.

»… und dann der Flüchtlingsjunge, der kein Wort Deutsch verstand und deshalb unbrauchbar war. In der Kürze der Zeit wäre es mir niemals gelungen, ihm genügend Sprachkenntnisse einzutrichtern, damit sein Lichtwesen mir von Nutzen sein könnte … Es war seine Mutter, musst du wissen, die auf der Flucht mit einem dieser Schlepperboote untergegangen ist. Mutterliebe ist wunderschön, das weiß ich aus eigener Erfahrung. Da werde ich immer ganz sentimental und bekomme Mitleid. So war es nicht leicht, mich von ihm … nun ja … zu trennen.«

»Sie haben ihn umgebracht!«, stieß ich hervor. Meine Stimme klang ungewohnt dumpf. *Er* war der Mörder aus unserer Region, den die Polizei so fieberhaft suchte. Und auch die Mutter, die gerade ihr Kind verloren hatte, musste durch seine Hand gestorben sein.

»Es ging schließlich nicht anders!«, rechtfertigte sich der Bärtige. »Und auch du hast es mir schwerer gemacht als gedacht. Warum musstest du auch ausplaudern, wo das Versteck liegt?«

»Woher wissen Sie das?«, lallte ich. Es gelang mir nur noch mit äußerster Willenskraft, die Augen geöffnet zu halten.

»Erinnerst du dich an den Mann, der kürzlich bei dir den Stromzähler abgelesen hat?«

»Das waren Sie?« Mein Kopf füllte sich mit Nebel.

»Genau. Natürlich habe ich nicht den Verbrauch abgelesen. Ich habe ein Abhörgerät installiert, deshalb weiß ich Bescheid.«

»Oh!« Meine Hände verkrampften sich ineinander.

Verzweiflung, Angst und Schmerz explodierten in meinem Kopf und meine Sinne schwanden, als die Wirkung der Spritze einsetzte.

Überzeugt

Lara

DADI schrieb ich an die Wand direkt gegenüber von Davids Sitzplatz, bis er endlich den Kopf hob. Dann schrieb ich es noch einmal.

Mittlerweile gelang es mir schon, ganze Silben oder kurze Wörter auf einmal zu schreiben, nicht nur einzelne Buchstaben. Und die Striche waren auch nicht mehr verschwommen, sondern klar erkennbar. In dieser Hinsicht war ich ziemlich stolz auf mich.

In anderer Hinsicht nicht. Schließlich war es meine Schuld, dass mein Bruder so schlecht von Phina dachte.

Immer noch starrte er regungslos seine Wohnzimmerwand an. Eine ganze Weile schon saß er dort und rührte sich nicht.

Ich versuchte etwas Neues. ›Lulatsch‹ erschien Buchstabe für Buchstabe auf dem Putz.

»Lara?«, flüsterte mein Bruder erstickt. Seine erste Regung seit einer halben Stunde.

Bingo! Endlich hatte er es geschnallt. Ich ließ einen hochgereckten Daumen aufleuchten.

›Dadi‹ hatte ich ihn schon als kleines Kind immer genannt, weil ich ›David‹ noch nicht aussprechen konnte, und der Spitzname war geblieben. Oft hatte ich ihn auch wegen seiner Größe ›langer Lulatsch‹ genannt.

Niemand außerhalb unserer Familie kannte seinen Spitznamen und weder Alexander noch unsere Eltern hätten sich mit dem Thema einen Spaß erlaubt.

Nun versuchte ich mich noch an einem Strichmännchenbild. Es zeigte ein Mädchen, das von einem Volleyball abgeschossen wurde – meine erste Bekanntschaft mit der Sportart meines Bruders.

David stieß ein gequältes Lachen aus. Gleichzeitig rannen ihm Tränen übers Gesicht. »Oh Gott, Lara!«

Traurig ließ ich Lichtstrahlen über seine Arme gleiten, als würde ich ihn streicheln. Meinen großen Bruder derart aus der Fassung zu erleben, tat mir in der Seele weh. Ich konnte mich nicht erinnern, wann ich ihn das letzte Mal hatte weinen sehen. Nicht einmal bei meiner Beerdigung oder als im vergangenen Jahr seine Beziehung mit Louisa zerbrochen war.

Es waren keine schönen Sachen gewesen, die sie ihm an den Kopf geworfen hatte, als er schließlich Schluss gemacht hatte.

Ich erinnerte mich, dass sie damals sein Lieblingsvolleyballshirt ins Klo gestopft hatte, woraufhin er so richtig ausgetickt war.

Aber wir hatten keine Zeit für Sentimentalitäten. Ich war hier, weil er zu Phina zurückkehren und sie beschützen musste.

»Hirnamputierte Sumpfschnecke« (das Lieblingsschimpfwort meiner Kindheit), warf ich ihm mit Buchstaben aus Licht vor und seine Augen wurden groß.

»Wofür war das denn?«

»Phina!«

»Ich habe doch alles dafür getan, damit sie in Sicherheit ist!« Nachdenklich rieb er sich über den Bartschatten.

»Allein gelassen?!«, schrieb ich anklagend an die Wand.

»Nun ja …«, druckste er herum. »Vielleicht habe ich mich wirklich nicht gerade nett verhalten …« Ich kommentierte es mit einem Ausrufezeichen. »Aber wie hätte ich glauben sollen, dass du wirklich noch hier bist? Verdammt, Lara, es tut so weh!«

Ich streichelte ihn mit Licht und wünschte, ich könnte ihn umarmen und ihm zeigen, wie gut ich mich eigentlich fühlte. Aber nun musste ich mich um Phina kümmern.

Ich malte ein Auto.

»Du meinst, ich soll wieder zu ihr fahren?« Er nahm die Autoschlüssel und verließ seine Wohnung.

Na also, geht doch!

Während der ganzen Fahrt zurück nach Mühlensee quälte David sich selbst. »Oh Lara, ich fürchte, ich habe es verbockt«, seufzte er.

Erzähl mir was Neues!, dachte ich, schrieb aber lediglich ein großes ›Ja!‹ auf das Armaturenbrett.

»Ich dachte, Phina ist eine verantwortungslose Frau, die deinen Tod durch alkoholisiertes Fahren provoziert hat …«

Ich kommentierte mit ›Nein!‹.

»… aber je besser ich sie kennenlerne, desto weniger passt das mit dem Bild zusammen, das ich inzwischen von ihr habe. Sie ist vermutlich der liebevollste und hilfsbereiteste Mensch, den ich kenne. Du hättest mal sehen sollen, wie sie nicht nur ihre Schüler im Griff hat, sondern es gleich mit einem ganzen Trupp aggressiver Rocker aufgenommen hat, um ihren Bruder zu beschützen! Und wenn ich ihre Haare in der Sonne glänzen sehe oder ihr süßes Lächeln, dann hat sie mich ebenso am Wickel wie die Rocker.«

Ich verzichtete auf weitere Kommentare und ließ David einfach reden.

»Ich müsste sie hassen für das, was sie dir angetan hat.«

Jetzt ließ ich mich doch zu einem besonders fetten ›NEIN‹ hinreißen, doch er beachtete es nicht.

»Aber wenn ich auch nur daran denke, dass der Typ ihr etwas antun wollte, dann werde ich fuchsteufelswild!«, gestand er mir. Er seufzte und bog in Phinas Straße ein.

Doch als er klingelte, öffnete niemand.

»Bestimmt schläft sie«, sagte David und schaute auf seine Uhr. Es war mittlerweile vier Uhr morgens. »Ich werde besser später …« Er stockte, weil er endlich entdeckt hatte, was ich ihm die ganze Zeit schon zu sagen versuchte.

›Phina ist weg!‹ buchstabierte ich zum wiederholten Male an die Wand und malte dazu eine durchgestrichene Frauenfigur. Längst hatte ich in der Wohnung nach dem Rechten gesehen.

»Meinst du, er hat sie wieder in seiner Gewalt?«, stieß David hervor.

Ich malte eine Figur, die die Hände unschlüssig hob.

»Aber du weißt, wo er wohnt?«

Nein. Das wusste ich nicht. Allerdings spürte ich, wenn Phina in Gefahr war und wurde wie von einem starken Sog dort hingezogen. Das war es, womit Frank gearbeitet hatte, um uns Lichtwesen heranzulocken. Es war wie so eine Art Gummiband.

Und jetzt gerade zog es mich wie verrückt dorthin.

»Ruf deine Kollegen und fahr Richtung Kiel! Ich bin gleich wieder da«, schrieb ich David auf und schoss davon.

Atemnot

Phina

Ich kam in einem fremden Hausflur wieder zu mir. Es schien ein stinknormales, gepflegtes Einfamilienhaus zu sein.

Schlagartig war ich wach. Meine Gliedmaßen zitterten unkontrolliert und als ich die Augen aufriss, pochte mir das Herz bis zum Hals.

Ich wollte mich mit den Händen hochdrücken, doch etwas hielt sie zurück. Diesmal hatte er mich mit dem Seil an eine Treppenstrebe gefesselt.

Angsterfüllt zerrte ich daran. Mein Mund war wie ausgedörrt.

»Das würde ich lieber lassen, du tust dir nur selbst weh«, hörte ich den Entführer kichern.

Ich riss den Kopf herum. Er hatte am anderen Ende des Flurs auf einem Stuhl gesessen und erhob sich gerade, um auf mich zuzugehen.

»Warum haben Sie mich wieder betäubt und gefesselt?«, fragte ich verwirrt und mühte mich in eine sitzende Position.

Suchend schaute ich mich um, aber von Espen war nichts zu sehen. Vermutlich hatte der Entführer ein leichtes Spiel mit meinem angetrunkenen Bruder gehabt.

Der Fremde kam näher. »Du glaubst doch nicht etwa, dass ich noch einmal zulasse, dass du fliehst? Es ist ärgerlich genug, dass du der Polizei mein Geheimversteck verraten hast.«

»Ich bin doch von allein mitgekommen«, antwortete ich matt. Mein Kopf fühlte sich an, als würde jemand Messer in meine Schläfen bohren, ich hatte ein flaues Gefühl im Magen und meine Wangeninnenseite blutete. Ich musste ziemlich heftig darauf gebissen haben.

»Ach, ich finde es so ganz angenehm für mich.« Er grinste und blieb direkt vor mir stehen.

»Wo ist mein Bruder?«

»Gut verwahrt, wo er so schnell nicht gefunden wird. Mal sehen. Vielleicht lasse ich ihn sogar wieder frei, wenn deine Freundin ordentlich mitmacht …«

Meine Kehle war wie zugeschnürt.

»Interessant, wie still du plötzlich bist.« Er lächelte selbstzufrieden. »Es ist ärgerlich, dass ich nicht eher auf die Idee gekommen bin, nicht nur das Lichtwesen, sondern auch den Kontaktmenschen auf diese Weise zur Mitarbeit zu bewegen …«

Ich konnte ihn nur verzweifelt anstarren.

»Leider stehen wir ein wenig unter Zeitdruck und deshalb war ich nicht sehr amüsiert, als du einfach davongerannt bist.« Er hockte sich direkt vor mich. »Es darf keine weiteren Komplikationen geben.«

Mit großen Augen schaute ich zu ihm auf. Mein Herz stolperte panisch in meiner Brust.

»Lichtwesen können nur eine gewisse Zeitspanne im Diesseits bleiben. Ein Sog zieht sie fort, hat meine Mutter mir mitgeteilt. Sie brauchen einen starken Willen und einen sehr guten Grund, um hierzubleiben. Wenn ihre Kräfte nachlassen, können sie nicht länger verweilen. Die längste Bleibedauer, von der ich weiß, betrug zehn Monate.«

Ich biss die Zähne zusammen und bemühte mich, ihm nicht zu zeigen, welche Angst er mir einjagte.

»Und weil wir bei Lara leider schon mehr als … vier Monate verloren haben, bleibt uns wenig Zeit. Meine Güte, ist es schon so lange her, dass ich euch beide auf dem Friedhof entdeckt habe?«, überlegte Frank.

So also hat er die Lichtwesen gefunden. Er hatte auf dem Friedhof nach ihnen und ihren Kontaktmenschen Ausschau gehalten!

Jetzt zog Frank das Klappmesser aus der Hosentasche, mit dem er in meinen Finger geschnitten hatte.

Ich keuchte auf, warf mich zur Seite, wurde durch die Fesseln zurückgerissen und traf ihn mit meiner unkontrollierten Bewegung mit dem Kopf direkt auf die Nase.

Mit einem Aufschrei wich er zurück. »Scheiße, jetzt sieh nur, was du angerichtet hast!« Er fing die Blutstropfen, die aus seiner Nase rannen, mit der Hand und sprang auf. Blanke Wut loderte in seinen Augen.

Es ging blitzschnell. Er holte aus und verpasste mir einen heftigen Schlag ins Gesicht, sodass mein Kopf herumgeschleudert wurde und ich mit der Schläfe gegen die Treppe prallte. Von einer Sekunde auf die andere war da seine Hand in meinen Haaren, riss meinen Kopf in den Nacken.

Mit eisigem Glanz in den Augen beugte er sich über mich. Ein Tropfen Blut landete auf meiner Wange. Angeekelt versuchte ich, meinen Kopf wegzuziehen, doch sein harter Griff hielt mich unbarmherzig fest.

»Das wirst du bereuen«, zischte er.

Verzweifelt schluchzte ich auf. »Bitte, lassen Sie wenigstens meinen Bruder frei! Er hat doch mit dem Ganzen gar nichts zu tun!«

Aber der Entführer wandte sich ab, ohne mich weiter zu beachten, und verließ den Flur. Eine Spur von Blutstropfen markierte seinen Weg.

Ich hoffte, dass seine Wut abgeklungen war, wenn er zurückkehrte, aber das war ein vergeblicher Wunsch.

Als er wiederkam, hatte er ein weiteres Seil dabei, mit dem er mich verschnürte wie ein Weihnachtspaket. Zusätzlich knebelte er mich mit einem Stofffetzen. Dann ging er ins Wohnzimmer, um zu telefonieren.

Bitte, Lara, komm schnell zu mir!, dachte ich mit Tränen in den Augen. Sprechen konnte ich ja nicht mehr.

Irgendwie war es absurd, dass er vor einer gefesselten jungen Frau, die ihm gerade mal bis an die Schulter reichte, Angst hatte.

Wer sollte mir jetzt helfen? Ich konnte nur beten, dass schnell bemerkt wurde, dass ich verschwunden war. Aber auch das half mir nicht, wenn die Polizei keinen Hinweis darauf bekam, wo ich gefangen gehalten wurde. *Oh Gott, Espen, es tut mir so leid!*

Was würde aus ihm werden, wenn es mir nicht gelang, hier herauszukommen?

Ich schluchzte und rang gleichzeitig nach Luft. Durch das Weinen schwoll meine Nase zu. Todesangst umklammerte meinen Brustkorb, denn ich würde elendig ersticken, wenn mich nicht ganz schnell jemand von diesem Knebel befreite.

Ganz ruhig, Phina, ganz ruhig!, versuchte ich mir selbst gut zuzureden. Langsam einatmen – ausatmen.

Aber wie sollte ich mich entspannen, wenn jeden Moment der Entführer zurückkehren würde, um mich weiter zu verletzen, damit Lara ihm endlich half?

Draußen ging gerade die Sonne auf. Anhand des Geruches, der durch das Haus zog, vermutete ich, dass Frank sich einen Kaffee kochte. Wenn er zurückkam, wollte er damit beginnen, Lara zu ›ermuntern‹, das hatte er mir vorhin mit fröhlichem Lächeln mitgeteilt und damit bewirkt, dass ich am ganzen Körper zu zittern begann.

Ich wusste ja mittlerweile, was er tat, um die Lichtwesen anzulocken … Mein dummes Gehirn malte es sich in allen grausamen Einzelheiten aus. Wie er mich schlagen würde und wie er mir einzelne Körperteile abschneiden würde, anstatt nur in meine Haut zu ritzen. So wie die Presse es über seine anderen Opfer berichtet hatte.

Seit er meine Schläfe gegen die Treppe geschlagen hatte, war mir ganz schwummerig und mein Magen rebellierte. Doch ich durfte mich auf keinen Fall übergeben, solange ich geknebelt war. *Ruhig bleiben, Phina!*

Aber das Gefühl des Erstickens wurde immer schlimmer. Ich keuchte und zerrte an den Fesseln, die tiefer in mein Fleisch schnitten, je mehr ich daran zog. Ein Wimmern hing in meiner Kehle fest und erneut stiegen mir Tränen in die Augen. Doch ich musste sie bekämpfen, damit meine Nase nicht noch weiter zuschwoll.

Ich dachte an unsere Eltern.

Papa mit all seinen Problemen und Mama, die ohnehin schon zu viel Kummer mit sich herumtragen musste. Und an Espen, der vielleicht sterben würde, ohne dass er auch nur ahnte weshalb.

Auf einen Schlag würden unsere Eltern beide Kinder verlieren.

Ein Schluchzen entfuhr mir, das ich sofort zu unterdrücken versuchte. Bloß nicht weinen! Ich musste atmen. Jedes bisschen Luft, das ich durch die Nase bekam, war überlebenswichtig. Solange ich bei klarem Verstand blieb, gab es eine Chance auf Flucht.

Oh Lara, komm doch bitte zu mir! Hilf mir!

Mir wurde schwindelig. Ich brauchte Luft! *Oh Gott!*

Die Panik schlug wie eine riesige Welle über mir zusammen und ich versuchte einen Schrei des Entsetzens auszustoßen, in der Hoffnung, dass der Entführer mich hören würde. Aber durch den Stofffetzen drang nur ein dumpfes Geräusch.

Ob ihm nicht klar war, dass ich an diesem Knebel ersticken würde? Er brauchte mich doch, damit er Laras Kräfte nutzen konnte! Verzweifelt versuchte ich, durch meine verstopfte Nase zu atmen.

Nutzlos.

Ich spürte, wie mir die Sinne schwanden.

Das war es jetzt also gewesen mit meinem kurzen Leben.

Ende, aus, finito.

Ich wünschte, ich hätte Espen retten können und hoffte mit jeder Faser meines Körpers, dass er rechtzeitig gefunden wurde.

Auf Wiedersehen, Espen, Mama und Papa. Auf Wiedersehen, Lara. Auf Wiedersehen, David. Ich liebe euch alle. Wir treffen uns im Licht.

Ich merkte, wie ich zur Seite kippte.

Meine Lider fielen zu, als ich ins Nichts sank.

Halb tot

Phina

Als ich wieder erwachte und die Augen aufschlug, befand ich mich in einer Wolke. Jedenfalls wirkte es so, denn überall um mich herum war flauschiges Weiß zu sehen.

Interessanterweise konnte ich nichts riechen, aber wenn, dann hätte es bestimmt nach Bonbons und Zuckerwatte geduftet.

All die Angst, Schmerzen und Sorgen waren in dieser Traumwelt vergessen und ich fühlte eine gelassene Heiterkeit.

Ich stellte fest, dass da noch jemand war und mein Mund klappte auf.

Lara saß im Schneidersitz vor mir und beobachtete mich.

Perplex starrte ich sie an. »Nicht dein Ernst …«, murmelte ich. »Goldglitzer?« Ich kicherte.

Grinsend zuckte Lara mit den Schultern. »Geschmäcker ändern sich halt und Pink war aus.«

Meine beste Freundin trug ein hauchzartes Kleidchen, das über und über mit goldenen Pailletten bestickt war, die bei jeder Bewegung aufblitzten.

Sie sah gesund und strahlend aus. Von den Verletzungen des Unfalls war nicht das kleinste bisschen zu sehen.

»Früher wärst du lieber nackt gegangen als in so was!«, sagte ich kopfschüttelnd.

Ich konnte gar nicht aufhören, sie anzustarren. Nie hätte ich erwartet, sie noch einmal von Angesicht zu Angesicht zu sehen. Ich spürte, wie mir die Tränen kamen.

»Früher war ich auch noch nicht tot.«

»Richtig.« Ich schluckte.

Mitleidig schaute sie auf mich herab. »Ach, weißt du, tot sein ist gar nicht so übel. Man fühlt sich großartig und kann unglaublich viel entdecken!«

»Bin ich jetzt auch tot?«, fragte ich bedrückt.

Nachdenklich legte Lara den Kopf schräg. »Kannst du in die Höhe schweben?«

Ich schaute an mir herab, stellte verblüfft fest, dass ich ein regenbogenfarbenes Glitzerkleidchen trug, und versuchte, meine Gliedmaßen zu bewegen. Aber es gelang mir noch nicht einmal, mit dem kleinen Finger zu zucken. »Nein. Ich glaube eher, ich bin gelähmt.«

»Dann bist du noch nicht tot«, sagte Lara ungerührt.

Ein Stein fiel mir vom Herzen. Schließlich träumte ich von einem langen, glücklichen Leben mit dem Dummkopf, der mich …

»Aber es müsste jeden Moment so weit sein.«

Scheiße!

Ich erstarrte. »Du meinst, ich verrecke gerade jetzt, wo wir hier reden?«

»Jup.«

»Verdammt! Weißt du, ich bin frisch verliebt. Du hast ja Julius nie so richtig gemocht.«

»Stimmt. Ich hab dich echt gefeiert, als du mit dem Blödmann Schluss gemacht hast. Aber denkst du wirklich, dass das mit David Zukunft hätte?«

»Woher weißt du …« Ich brach ab, weil Lara begann, vergnügt mit den Augenbrauen zu wackeln.

»Oh. Du hast uns beobachtet.« Natürlich. Das hatte Frank mir schließlich auch zu sagen versucht. »Ich habe keine Ahnung, ob das Zukunft hat, aber es fühlt sich gut an. Er ist toll, oder? Ich würde ihn so gern besser kennenlernen, doch wie es aussieht, will er vielleicht gar nicht …«

»Oh, Moment, deine Rettung naht«, unterbrach Lara mich.

»David?«, fragte ich hoffnungsvoll.

»Nee. Frank.«

Mist. Ich wollte noch so viel Zeit mit Lara verbringen.

»Dieser Liebeskummer tut richtig weh in meinem Herzen«, jammerte ich.

»Nein, Finchen. Das, was du da in deinem Brustkorb verspürst, ist kein Liebeskummer, das ist eine Herzdruckmassage.«

»Du meinst …?«

Sie nickte betrübt. »Frank hat gerade begonnen, dich wiederzubeleben. Wir müssen Abschied nehmen.«

»Nein!«, schrie ich verzweifelt.

»Aber Süße …«, sagte sie mitleidig. »Du willst doch leben, oder?«

»Lara, du fehlst mir so«, weinte ich.

»Ich weiß.« Sie lächelte mich liebevoll an, während ihre Konturen immer durchscheinender wurden. »Ich hab dich sehr lieb, Phina. Pass auf dich auf! Wir bekommen das hin. Ich hole jetzt David. Er wird dich befreien.«

Sie war kaum noch zu erkennen, während der Druck in meiner Brust immer schmerzhafter wurde und das flauschige Weiß einer bedrohlichen Dunkelheit wich.

»Allerdings ist da noch etwas, das du wissen solltest.« Sie zögerte für einen kleinen Moment und seufzte. »David ist mein Bruder.«

Dann war sie vollständig verschwunden.

»He, wach auf! Na, mach schon!«

Geräusche und greller Lichtschein weckten mich. Gierig sog ich Luft in meine gequälte Lunge. Es rasselte. Der Knebel war weg.

Ich blinzelte schwach. Frank hatte mich also tatsächlich noch rechtzeitig gefunden.

Für einen winzigen Moment wünschte ich mich in die erlösende Bewusstlosigkeit zurück, anstatt hier die Hölle auf Erden erleben zu müssen.

»Na, wer wollte sich denn da einfach davonmachen?«, fragte er mit ernstem Blick und beugte sich dazu so dicht über mich, dass ich seinen Atem spürte. »Da wäre ich ja fast zu spät gekommen. Hast du Durst?«

»Ja«, krächzte ich.

Er griff in meinen Nacken, hob meinen Kopf an und hielt mir eine Wasserflasche an den Mund. Ich schluckte unwillkürlich, als die Flüssigkeit meine Lippen berührte.

David war Laras Bruder.

Ihre Worte hallten in meinem Kopf nach. Hatte ich das Ganze nur geträumt oder hatte sie wirklich mit mir gesprochen?

Ihr Bruder …

Es konnte stimmen, sie waren beide groß, hatten dunkle Haare und braune Augen, aber das sagte doch noch längst nichts aus.

Und sie trugen den gleichen Nachnamen, fiel es mir ein.

Oh Gott!

»Geht es?«, fragte Frank und stellte die Flasche beiseite. »Dann wollen wir endlich beginnen.«

Nein! Es ging überhaupt noch nicht. Er sollte mich noch ein bisschen in Ruhe lassen. Für immer.

Ein kurzer, harter Schlag traf unerwartet meine Nase.

Schmerzerfüllt schrie ich auf. Tränen schossen mir in die Augen. Der Hieb war nicht stark genug gewesen, um sie zu brechen, trotzdem fühlte ich etwas warm über mein Gesicht rinnen.

»Das tut weh, nicht wahr? Mir hat es vorhin auch wehgetan. Wollen wir doch mal sehen, ob uns die liebe Lara nun mit ihrer Anwesenheit beehrt …«

Anscheinend erwartete er, dass sie kommen würde, jetzt, wo er mich verletzt hatte.

Beide fixierten wir den Fliesenboden, doch es waren keine Zeichen aus Licht darauf zu erkennen.

Magensäure stieg in meiner Kehle auf. Stumme Tränen der Verzweiflung traten in meine Augen, während ich betete, dass Lara endlich kommen würde, damit der Entführer von mir abließ.

»Nun, das reichte wohl noch nicht«, murmelte Frank achselzuckend, als weiterhin nichts geschah.

»Bitte …«, flehte ich erstickt, als er sich mir wieder zuwandte.

Umsonst. In der nächsten Sekunde hatte er mir mit voller Wucht in die Seite getreten. Mit einem erstickten Ächzen krümmte ich mich zusammen. Ich hatte das Gefühl, als würde es mich innerlich zerreißen. Mein Mageninhalt ließ sich nicht länger kontrollieren und ich übergab mich auf den Fußboden.

»Verdammt!«, fluchte Frank. »Ich hatte hier gerade erst sauber gemacht.«

Zornig stapfte er in Richtung Küche.

Ich sah ihm nach, während der heiße, ungezügelte Schmerz in meiner Nierengegend sich langsam in etwas Dumpfes verwandelte und ich wieder Luft bekam.

»Frank …«, flehte ich verzweifelt, als er mit Putzzeug zurückkehrte, »lassen Sie uns doch bitte reden! Bestimmt kommt Lara jeden Moment.«

Er schnaubte nur, während er sich effizient an die Reinigung des Fußbodens machte.

Stumm vor Entsetzen schaute ich ihm zu. Ich hatte Mühe, ihn zu fixieren. Irgendetwas war mit meinen Augen nicht in Ordnung. Seltsamerweise sah ich sein Gesicht doppelt. So musste es sein, wenn man zu viel getrunken hatte. Ob das die Nachwirkungen des Betäubungsmittels waren, das er mir vorhin gespritzt hatte? Oder die meiner Ohnmacht?

»Ich fürchte, wir müssen härtete Geschütze auffahren, um deine Freundin herzulocken.« Er hockte sich zu mir.

Ein hilfloses Wimmern entfuhr mir, als er das Messer zückte.

Nein! Nein, bitte nicht! Ich konnte nicht mehr.

»Ah, da ist sie ja endlich«, rief er unvermittelt.

Nun sah ich es auch.

Lara wackelte wild mit ihren Lichtstrahlen, was wohl so viel heißen sollte wie ›Hör auf, Phina wehzutun!‹.

Zitternd ließ ich den Kopf sinken. Jetzt, wo Lara wieder da war, würde er mich hoffentlich erst einmal in Ruhe lassen, um mit ihr weiter an seinen Plänen zu arbeiten.

Mein ganzer Körper tat mir weh. Jeder einzelne Muskel, ja jede Faser schien zu schmerzen, nicht nur dort, wo ich noch immer die Nachwirkungen seines Trittes verspürte. Doch besonders heftig pochte es in meinem Kopf. Als würde jemand eine glühende Nadel hinter meine Augen bohren. Unterdrückt stöhnte ich auf, während

Frank Lara gerade die Regeln des Pokerspiels zu erklären versuchte. Ich hörte nicht zu, hatte keine Kraft übrig.

Stattdessen verfolgte ich die Blutstropfen, die vereinzelt von meiner Nase auf mein T-Shirt fielen, und dachte an Espen.

Ich musste Lara von ihm erzählen, sobald der Entführer mich allein ließ. Vielleicht gelang es ihr, ihn zu finden.

Hoffentlich stimmte es, was Lara gesagt hatte, und die Polizei war auf dem Weg.

Moment mal. Nein! Sie hatte gesagt, dass David auf dem Weg wäre. Ihr Bruder.

Aber der glaubte doch gar nicht an Lichtwesen. Wie hatte sie sich verständlich machen können?

Würde wirklich jemand kommen und mich retten?

Erneut rannen Tränen über mein Gesicht. Meine Gedanken verschwammen, als der Schwindel in meinem Kopf stärker wurde. Erschöpft ließ ich mein Kinn auf die Brust sinken und bemühte mich, wach zu bleiben. Die Nachwirkungen der Spritze waren erstaunlich heftig.

Ich schreckte auf, weil sich in die Stimme des Entführers, während er Lara alles erklärte, ein genervter Unterton eingeschlichen hatte. Besorgt hob ich den Kopf.

Frank hatte sich mittlerweile wieder auf den Stuhl gesetzt. »Das kann ja wohl nicht so schwer sein!«, grollte er gerade. »Ein Drilling bedeutet, dass sich in den beiden verdeckten Karten eines Mitspielers und den fünf Gemeinschaftskarten insgesamt drei Karten mit dem gleichen Wert befinden, also zum Beispiel drei Buben. Das ist doch nun wirklich nicht so kompliziert!« Er wandte sich an mich, woraufhin ich mich automatisch versteifte. »Deine Freundin ist ja strohdoof«, sagte er verächtlich. »Allerdings frage ich mich …«, er stockte und rieb sich nachdenklich über den dunklen Vollbart, »ob sie sich extra dumm stellt, um meinen Plan zu boykottieren?«

Meine Augen weiteten sich angsterfüllt und ich presste mich gegen die Treppe, als er aufstand. Ein Wimmern saß in meiner Kehle. Anscheinend hatte ich mich getäuscht, als ich dachte, es wäre erst einmal vorbei.

Was würde jetzt noch kommen? Wie sollte ich noch mehr ertragen?

Bitte. Bitte, bitte. Nein!

Er kam näher.

Bitte!

Ich wand mich, weinte und schrie, doch es nützte nichts.

Grob packte er meinen Arm und zwang mich, meine auf dem Rücken gefesselte Hand zu öffnen, an der sich bereits das Pflaster auf der Schnittwunde befand. Mein Atem ging keuchend.

»Vielleicht fange ich erst einmal bei deinem kleinen Finger an und wir schauen mal, wie es sich anfühlt, wenn einem Knochen für Knochen zertrümmert wird?« Sanft, fast genießerisch, streichelte er über meine Hand.

Ich schnappte hysterisch nach Luft. *Nein! Bitte! Bitte nicht! Oh Gott!*

»Ganz ruhig, wir fangen ja erst an«, flüsterte er und bog im selben Moment meinen kleinen Finger mit einem Ruck nach hinten. Es gab einen hässlichen Knack. Mein Schrei gellte von den Wänden wider. Heulend wand ich mich auf dem Fliesenboden, während der Schmerz mir die Sinne raubte.

Im gleichen Moment klirrte von irgendwoher Glas, dann krachte es laut. Schritte näherten sich.

»Phina!«

Dunkelgrauer Nebel flimmerte vor meinen Augen, durchsetzt von grellen Flecken.

»Weg von ihr«, ertönte eine andere Stimme. »Hände hoch und auf den Boden legen, sonst schieße ich! Sofort!«

Es fiel mir schwer, mit den Augen die Personen zu fokussieren, die auf einmal den Flur bevölkerten. Ich blinzelte.

Von Frank kam eine wilde Bewegung, dann hörte ich einen Schuss. Das Messer, das er hervorgezogen hatte, fiel auf die Fliesen, während er langsam zu Boden sank, die Hand auf seinen Bauch gepresst.

Mein Magen zog sich heftig zusammen. Ich krümmte mich und übergab mich erneut, doch es kam nur Galle.

Ein dunkelhaariger Mann beugte sich über mich. Ich wimmerte.

Frank?

»Sch, Phina. Alles wird gut.«

Nein, es war David. Ich schluchzte auf.

»Du bist in Sicherheit.« Eine weiche, beruhigende Stimme. Seine.

Alles um mich herum war trüb, seltsam fern. Ich lag einfach nur da und versuchte, die Augen offen zu halten. Kraftlos. Apathisch.

Die Fesseln waren mittlerweile weg, jedoch nicht der Schmerz in meiner Hand. Instinktiv presste ich sie an meinen Bauch.

»Ich bin ja da. Er kann dir nicht mehr wehtun.«

Laute Männerstimmen drangen von dort, wo Frank am Boden lag, zu mir. Ich wandte den Kopf wieder ab und schaute zu David auf.

Auf einmal waren seine Arme unter meinem Nacken und den Knien und er hob mich behutsam hoch, als würde ich nichts wiegen. Wieder murmelte er tröstende Worte und presste mich dabei fest an seine Brust.

Stumm starrte ich zu ihm empor und versuchte, meine Gedanken zu sortieren. »Espen!«, stieß ich rau hervor.

»Gleich kommen die Sanitäter«, antwortete David besorgt. »Die werden dir helfen.«

Er schien mich nicht verstanden zu haben. Doch ich schaffte es nicht, weitere Laute hervorzubringen. Meine Augen wollten zufallen. Krampfhaft kämpfte ich dagegen an. Versuchte noch einmal, mich verständlich zu machen, doch nur ein leises Stöhnen kam aus meiner Kehle.

David trug mich aus dem Haus, hob mich draußen auf eine Trage. Männer in leuchtend orangefarbener Kleidung standen um uns herum.

Ich schaffte es nicht länger, die Augen offen zu halten. Mir war schwindelig und weder mein Kopf noch der Rest meines Körpers wollten mir gehorchen.

Besorgt

Lara

Warum ist sie noch nicht aufgewacht?«, schnauzte David nervös die arme Ärztin an, die soeben nach Phina geschaut hatte.

Ich hatte ihn selten so verstört wie in dem Moment gesehen, als er Phina blutverschmiert, apathisch und mit einem kleinen Finger, der in einem unnatürlichen Winkel abstand, vorgefunden hatte.

Mittlerweile war ihr Finger gerichtet worden und das Blut abgewaschen. Bis auf die unnatürliche Blässe sah Phina fast wieder normal aus.

»Sie müsste bald aufwachen. Der Finger von Frau Rosenberg war ausgekugelt, ihre Nieren haben wir wegen des Hämatoms untersucht. Glücklicherweise kein Befund. Allerdings hat sie eine Gehirnerschütterung und dazu der Schock. Geben Sie ihr ein wenig Zeit, Herr Wolf.«

Mein Bruder knurrte etwas Unverständliches und fuhr sich angespannt mit der Hand durch die Haare, während die Ärztin mit einem höflichen Gruß das Krankenzimmer verließ.

Ob sie sich wohl darüber wunderte, dass ein Polizist sich so große Sorgen um ein Entführungsopfer machte, dass er Stunde um Stunde bei ihm ausharrte?

Nun stapfte David gereizt auf den Flur hinaus und zog das Handy aus der Hosentasche.

»Hallo, Ben«, meldete er sich, nachdem sein Freund abgenommen hatte. »Ich kann heute Nachmittag nicht mit zum Punktspiel kommen. Phina liegt im Krankenhaus. Sie wurde entführt und verletzt! … Ja, aber sie ist noch nicht wieder aufgewacht, deshalb kann ich hier nicht weg. … Klar, ihre Eltern sind informiert, die müssten jeden Moment eintreffen. … Vergiss es! Ich kann sie jetzt wirklich nicht allein lassen, schließlich bin ich irgendwie schuld an dem Ganzen.« David rieb sich gequält über die Stirn. »Ich habe sie allein gelassen, als sie Hilfe gebraucht hat, und ihr nicht geglaubt, als sie …« Er brach ab und stieß die Luft aus. »Ach, das ist eine lange, ziemlich verrückte Geschichte, die muss ich dir mal in Ruhe erzählen, am besten nach mehreren Flaschen Bier …« Er seufzte erschöpft.

Kein Wunder, dass er müde war, schließlich war es mittlerweile helllichter Tag und er hatte in der vergangenen Nacht kein Auge zugetan. Ein wenig Mitleid hatte ich mit ihm, auch wenn er es kaum verdiente, schließlich stimmte es, was er gerade zu Ben gesagt hatte: Wenn er Phina sofort geglaubt und sie nicht allein zurückgelassen hätte, wäre Frank gar nicht so schnell an sie rangekommen.

Allerdings fragte ich mich, wie es ihm überhaupt gelungen war, sie erneut in seine Fänge zu bekommen. Sie konnte doch nicht so blöd gewesen sein, die Wohnungstür zu öffnen? Oder hatte er sie mit einem Trick getäuscht?

Gerade verzog David das Gesicht wegen irgendetwas, das Ben zu ihm gesagt hatte. »Ja, Mann!«, knurrte er in den Hörer. »Ich weiß auch nicht, wie das passieren konnte! Sie ist einfach so verdammt süß und witzig und dazu noch wahnsinnig hübsch …«

Hört, hört! Hatte er etwa gerade zugegeben, dass er sich verknallt hatte? Wer hätte gedacht, dass Phina den aufbrausenden Dickkopf doch noch weichkochen würde?

Ich malte Herzchen an die Flurwand, woraufhin David stutzte, dann seinen Mund verzog und die Augen verdrehte. Er hatte es bemerkt.

»Nein, darüber kann ich gerade nicht reden, ich werde belauscht.« Er streckte die Zunge in die Richtung aus, in der er mich vermutete, und fuhr dann fort zu telefonieren. »Ja, ich weiß, was du gesagt hast und es stimmt ja auch, dass ich mich wie ein Arschloch verhalten habe. Zu meiner Verteidigung muss ich aber sagen, dass es nicht gerade leicht ist, zu der Frau nett zu sein, die die eigene Schwester auf dem Gewissen hat!«

Ich schämte mich, denn dass er das immer noch glaubte, war schließlich irgendwie auch meine Schuld. So bald wie möglich würde ich ihm alles erklären.

»Ich habe keine Ahnung, wie sie zu mir steht«, antwortete David Ben. »Zwischen uns ist so viel schiefgelaufen, dass ich mir da nicht viele Hoffnungen mache. … Ja schon, wir haben uns sogar geküsst.«

Jetzt wirkte mein großer, starker Bruder erstaunlich verlegen.

Nervös wanderte er mit dem Handy am Ohr auf dem Krankenhausflur auf und ab. »Nein, das werde ich ihr auf keinen Fall sagen«, fuhr er auf. »Das würde sie mir nie verzeihen … Ja, ich weiß, aber das will ich nicht riskieren. Was, wenn sie dann gar nichts mehr von mir wissen will? … Was soll der dämliche Spruch? Ich will keine andere!«, schnauzte er seinen Kumpel an. »Ich will sie. Niemanden sonst. Sie ist …«, er kam ins Stocken, »… sie …« Er schluckte. »Ich liebe sie.«

Für einen kurzen Moment herrschte Schweigen.

»Ben?«, fragte David dann verlegen. Seinem Kumpel hatte es wohl die Sprache verschlagen.

Ich schmunzelte. Vermutlich war der Schönling in seinem ganzen Leben noch nie so richtig verliebt gewesen und hatte nicht erwartet, dass David zum Süßholzraspler werden könnte.

»Ja, ich habe den Coach schon informiert. Grüß mir die anderen und haut rein. Ich drücke euch die Daumen. … Danke. Bis nächste Woche beim Training«, verabschiedete David sich schließlich und legte seufzend auf.

Nicht nur Ben war überrascht. Auch ich hatte meinen Bruder so noch nie erlebt. Phina musste ihm wirklich viel bedeuten.

Er kehrte in das Krankenzimmer zurück und ich folgte ihm.

Phina zitterte trotz der sommerlichen Temperaturen wie Espenlaub und ihre Zähne schlugen pausenlos aufeinander.

Mitleidig beobachtete ich, wie David die steife weiße Bettdecke um sie herum feststeckte. Als sie immer noch fror, schlüpfte er kurzerhand zu ihr unter die Decke und schlang die Arme um sie.

Zufrieden lächelte ich in mich hinein.

Böses Erwachen

Phina

Weshalb fühlte sich mein Körper an, als wäre er von einem Lkw überrollt worden?

Ich blinzelte in grelles Licht und fand mich in einem steril weißen Raum wieder. Tageslicht schien durch das Fenster.

Es war warm und behaglich und ich fühlte mich herrlich geborgen. Es roch nach Desinfektionsmittel und … David?

Verwirrt riss ich meine verklebten Augen ganz auf. Tatsächlich. Er war es. Direkt neben mir. Genau genommen auch noch unter und über mir.

Auweia! Mein Kopf lag auf seinem Arm, mein Bein auf seinem Schenkel und seine Hand wiederum auf meiner Hüfte. Er schnarchte leise.

Wo um Himmels willen war ich? Im Krankenhaus? Aber was machte David hier?

Da war irgendetwas in meinem Hinterkopf, das meine Hände unruhig werden und meinen Magen sich zusammenziehen ließ.

Meine Gedanken hatten Mühe, sich durch mein überfordertes Gehirn zu bahnen. Verzweifelt bemühte sich mein schmerzender Kopf, die Erinnerungen an die vergangene Nacht zu rekonstruieren. Doch es gelang mir nicht, mich zu erinnern, wie ich in dieses Bett gekommen war und warum ich bei Davids Anblick so ein ungutes Ziehen in meinem Bauch verspürte.

Da war Frank mit seinem Narkosemittel gewesen, der auf mich eintrat und versucht hatte, Lara das Pokern beizubringen. Und dann hatte er mir den Finger ausgekugelt. Unwillkürlich checkte ich ihn. Die Hand war geschient und mein kleiner Finger mit dem Ringfinger zusammengewickelt. Am verletzten Zeigefinger befand sich ein frisches Pflaster.

Behutsam schob ich Davids Arm von meiner Hüfte. Seine Haut fühlte sich warm auf meiner an. Meine Haut?!

Jetzt war ich endgültig wach und fuhr hoch. Ich trug nur eines dieser unsäglichen Krankenhaus-Flügelhemdchen und ein Höschen! Oh Gott. Ogottogott! Was um Himmels willen hatte ich in der vergangenen Nacht alles verpasst?

Stück für Stück löste ich mich von David und schaute ihn mit klopfendem Herzen an. Ich wollte ihn nicht wecken. Einem Gespräch mit ihm fühlte ich mich jetzt beim besten Willen nicht gewachsen.

David hatte mich gerettet. Er war also doch noch gekommen. Auch wenn ich gedacht hatte, dass …

Scheiße!

Schlagartig war die Erinnerung wieder da. Ich schnappte nach Luft und mein Körper versteifte sich.

Er war Laras Bruder!

Und er wusste, wer ich war, ich hatte schließlich ihm gegenüber mehrfach von Lara gesprochen.

Aber wenn er wusste, wer ich war, dann musste er auch glauben, dass ich seine Schwester auf dem Gewissen hatte.

Ich schluckte trocken.

Hatte er deshalb nie etwas gesagt?

Gott, wie hatte ich nur so blind sein können!

Die Enttäuschung über sein falsches Spiel fraß sich wie Säure durch meinen Magen und schien mich von innen heraus zu zerreißen.

Ich presste die gesunde Faust auf meine Zähne und biss hinein.

David war von meiner abrupten Bewegung aufgewacht und stützte sich mit einem erleichterten Lächeln auf seinem Ellenbogen ab.

War es nur gespielt?

Wollte er sich in mein Leben schleichen, um sich für den Tod seiner Schwester zu rächen?

Warum sonst hätte er verschweigen sollen, dass er Laras Bruder war?

Hatte er mich bei Frank nur herausgeholt, weil er mich gern selbst fertigmachen wollte? Mich vor anderen bloßstellen? Mich erst verliebt machen und in Sicherheit wiegen, um mir dann das Herz bei lebendigem Leib herauszureißen? Mich von Freunden und Familie entfremden? Womöglich sogar ein kompromittierendes Video ins Netz stellen?

Und hatte er nicht einiges davon bereits getan?

Ich dachte an unsere ersten Treffen in der Schule zurück. An seine Boshaftigkeit mir gegenüber und die Verleumdungen seiner Kollegin.

War er womöglich sogar der Schatten an meinem Fenster gewesen? Derjenige, der den Halloweensarg bestellt hatte?

All die merkwürdigen Begebenheiten der letzten Zeit kamen mir in den Sinn. Oh. Mein. Gott!

Angesichts meines verstörten Blickes kletterte David verlegen aus dem Bett. Im Gegensatz zu mir war er vollständig angezogen.

Nie hätte ich ihm vertrauen dürfen. Nie!

Mein Puls raste.

Ich wimmerte. »Laras Bruder!« Hatte ich das laut gesagt?

Aber warum hatte er mich dann befreit? Das passte alles nicht zusammen.

Mit einem unterdrückten Geräusch wich David zurück. »Scheiße!«

Fühlte er sich ertappt?

»Du weißt es also.«

Ich nickte.

»Von Lara?«

Wieder nickte ich. Es stimmte also.

Mit der Hand rieb er sich über seine dunklen Bartstoppeln. Anscheinend hatte er sich heute noch nicht rasiert. »Ich würde es dir gern erklären …« Er klang unsicher.

Ein Geräusch kam von der Tür. Ich zuckte zusammen und fuhr mit klopfendem Herzen herum.

Zitternd rang ich nach Luft. Es war nicht Frank.

»Hallo, Frau Rosenberg! Keine Sorge. Ich will nur schauen, wie es Ihnen geht«, sagte eine Frau mittleren Alters freundlich und trat ein. Eine Krankenschwester folgte ihr.

»Ich komme dann später wieder?«, sagte David leise.

»Okay.«

Er griff nach seinen Schuhen und verließ das Zimmer. Mit leerem Blick schaute ich ihm nach.

Warum hatte er in meinem Krankenbett gelegen? Warum hatte er mich vor dem Entführer gerettet? Mein überfordertes Gehirn begriff es nicht.

»Schön, dass Sie endlich aufgewacht sind, Frau Rosenberg«, sagte die Ärztin freundlich, doch ich konnte nicht auf ihre Worte reagieren, war immer noch mit Davids Verrat beschäftigt. »Ich bin Dr. Wohlers und werde Sie jetzt untersuchen.«

Sie leuchtete mir in die Augen, kontrollierte meinen Puls und den Blutdruck und trug dann etwas auf dem Protokollbogen ein, der auf meinem Nachttisch gelegen hatte.

Die Krankenschwester hielt mir ein Glas mit Wasser hin. »Trinken Sie!«, forderte sie mich auf. Kühle Flüssigkeit berührte meine Lippen und ich schluckte gehorsam.

Hinter meiner Stirn pochte es schmerzhaft. Es fühlte sich so an, als wenn ich noch irgendetwas vergessen hätte.

»Glücklicherweise war Ihr Finger nur ausgekugelt und nicht gebrochen. Wir haben ihn gerichtet und bald sollte alles wieder in Ordnung sein«, berichtete Dr. Wohlers. »Am meisten Sorgen macht uns die Commotio«, fuhr die Ärztin fort. »Wegen der Gehirnerschütterung waren Sie eine ganze Weile nicht ansprechbar.«

»Oh.« Daher war mir so schwummerig und übel. Mir fiel ein, dass mein Kopf gegen die Treppe geprallt war.

Obwohl ich zugedeckt im Bett lag, war mir trotzdem eiskalt.

Immer noch wollte mir beim besten Willen nicht einfallen, was ich Wichtiges vergessen hatte.

»So schlimm?«, fragte die Ärztin mitleidig, als sie bemerkte, dass meine verletzte Hand in ihrer unkontrolliert zitterte. »Gleich bekommen Sie etwas zur Beruhigung und eine Wärmflasche für die Füße.« Sie wandte sich an die andere Frau. »Schwester Meike, bitte holen Sie …«

Ich hörte nicht weiter zu. *Schwester …*?

»Mein Bruder!«, fiel es mir endlich siedend heiß ein. »Hat man ihn gefunden?«

Wie hatte ich das bloß vergessen können? Oh Gott, hoffentlich war Espen in Sicherheit!

»Was ist mit ihm?«, erkundigte sich die Ärztin.

»Er ist auch entführt worden!«

Verdammt, ich hatte niemandem etwas davon gesagt! Vielleicht war überhaupt noch nicht bemerkt worden, dass Espen auch in den Fängen des Entführers war!

»Davon weiß ich nichts, tut mir leid«, sagte die Ärztin und auch Schwester Meike zuckte mit den Achseln.

»Ich muss telefonieren!«, stieß ich mit schriller Stimme hervor und schwang die Beine aus dem Bett. »Sofort!«

»Moment, Frau Rosenberg, so geht das nicht!«, rief Schwester Meike besorgt.

»Sie müssen sich noch ausruhen!«, stimmte die Ärztin ihr zu.

»Wie soll ich mich ausruhen, wenn mein Bruder in Lebensgefahr schwebt?«, schrie ich und kam unsicher zum Stehen. »Ich brauche ein Telefon, die Polizei muss sofort informiert werden!«

Die Ärztin reagierte schnell. Sie zog ihr Smartphone hervor, wählte die 110 und reichte es mir dann.

Mit zitternden Fingern nahm ich es entgegen, um die Entführung meines Bruders zu melden. Es würde in Kürze ein Team der Kriminalpolizei kommen, wurde mir zugesagt.

Anschließend wählte ich Davids Handynummer.

Er wusste, worum es ging. Es war jetzt seine beschissene Pflicht, mir zu helfen.

»Hier ist Phina«, meldete ich mich, als er den Anruf entgegennahm. »Ihr müsst sofort den Entführer vernehmen, er hat auch meinen Bruder in seiner Gewalt, wir müssen ihn finden!«

Für einen nervtötend langen Moment herrschte Schweigen am anderen Ende.

»David? Hast du mich verstanden?«, schrie ich.

»Ja«, kam endlich die Antwort. »Allerdings dürfte sich das schwierig gestalten, Frank Blome ist tot. Als er mit dem Messer auf uns losgehen wollte, hat einer der Kollegen geschossen.«

Scheiße. Scheiße, Scheiße, Scheiße!

»Ich bin gleich bei dir. Hast du schon die Kripo informiert?«

»Ja, die kommen gleich. Wir müssen zu Franks Haus!«

Er schnaubte, denn natürlich war er der Profi bei dieser Sache und ich hatte im Grunde keine Ahnung. Aber wo sollte man sonst mit der Suche beginnen?

»Okay.«

»Und er hat einen Vater. Der könnte etwas wissen!«

»Werde ich weitergeben. Ich bin gleich bei dir.«

Nachdem ich aufgelegt hatte, gab ich der Ärztin ihr Smartphone zurück. »Danke! Ich brauche meine Anziehsachen!«

»Sie liegen im Schrank. Aber bitte, Frau Rosenberg, Sie dürfen wirklich nicht …«, begann Schwester Meike, doch ich ignorierte sie und taumelte zum Schrank.

So schnell es meinem angeschlagenen Körper möglich war, stieg ich in meine Hose und mein blutbesudeltes Shirt. Es war mir völlig egal, wie ich aussah. Das hier war kein Schönheitswettbewerb. Jetzt ging es ausschließlich darum, meinen Bruder zu retten.

»Vorsichtig, Frau Rosenberg«, sagte Dr. Wohlers besorgt und beobachtete zweifelnd meine Bemühungen. »Ich weiß wirklich nicht, ob das so eine gute Idee ist, Sie haben schließlich eine Gehirnerschütterung …«

Ich ignorierte die tiefe Falte auf ihrer Stirn. »Mir geht's gut, wirklich«, beteuerte ich und wankte zur Tür. »Ich bin bald wieder da.« Das Adrenalin verhinderte, dass ich die Schmerzen spürte.

»Warten Sie, ich bringe Sie nach unten«, rief Schwester Meike und warf der Ärztin einen gequälten Blick zu.

Ich beachtete es nicht. Alles, was jetzt zählte, war, Espen zu finden.

Auf dem Flur kam uns David bereits entgegengelaufen. Er hatte sein Handy am Ohr und telefonierte mit seinen Kollegen.

Schwester Meike half mir nach unten und in seinen dunkelgrauen Audi und blickte uns kopfschüttelnd hinterher, als David mit quietschenden Reifen anfuhr.

Ich winkte ihr mit meiner gesunden Hand entschuldigend zu.

»Fahr zu Franks Haus, da muss es doch irgendeinen Hinweis geben, wo er meinen Bruder hingebracht haben könnte!«

Für einen Moment lang herrschte unbehagliches Schweigen im Wagen, während David mit überhöhter Geschwindigkeit durch Kiel raste.

»Phina, ich würde es dir gern erklären …«, begann er, als wir die Stadt verlassen hatten, doch ich unterbrach ihn.

»Sorry, aber ich hab im Moment ganz andere Sorgen und obendrein noch eine Gehirnerschütterung. Können wir das Anschreien auf später verschieben?«

»Das Anschreien?«, fragte er verständnislos.

»Ganz genau. Du hast doch wohl nicht gedacht, dass ich sagen würde: ›Juhu, wie lieb, dass du mir verschwiegen hast, dass du der Bruder meiner besten Freundin bist‹?«

Sein Adamsapfel bewegte sich, als er schluckte.

Ich rieb mir mit der unverletzten Hand über die schmerzende Stirn. Im Grunde wollte ich mich nur noch ausruhen. Doch ich musste durchhalten.

»Fahr lieber schneller! Du hast einiges gutzumachen.«

David nickte stumm und beschleunigte, obwohl der Tacho schon weit mehr als die erlaubte Geschwindigkeit anzeigte.

Wo mochte mein Bruder sein? Ging es ihm gut?

Ich hatte keinen blassen Schimmer, ob er überhaupt noch am Leben war. Alles, was mir blieb, war, zu beten, dass wir ihn schnellstmöglich finden würden und dass er unverletzt war.

»Vielleicht ist mein Bruder in Franks Garage oder irgendeinem Zimmer?«, überlegte ich laut.

»Die Kollegen werden längst das ganze Haus durchsucht haben«, wandte er ein.

In hilflosem Zorn stieß ich die Luft aus. »Vielleicht ein geheimer Raum? Irgendetwas muss doch zu finden sein!«

»Wir fahren jetzt erst einmal hin und dann schauen wir weiter. Die Kollegen vom SEK müssten auch gleich da sein.« David setzte den Blinker und bog rasant von der Bundesstraße ab. »Woher weißt du eigentlich mit Sicherheit, dass dein Bruder entführt wurde? Vielleicht hat Blome gelogen, um dich zu sich zu locken?«

Ich wiederholte, was ich eben am Telefon bereits den Beamten erzählt hatte.

»Was genau war denn auf dem Foto zu sehen?«, hakte David nach – ganz der Profi.

Ich runzelte die Stirn und erinnerte mich an das Bild von dem Zimmer mit Holzwänden und dem Sprossenfenster, das ich mir in meine Hosentasche gesteckt hatte.

In meine Hosentasche! Hastig angelte ich mit der gesunden Hand das Stück Papier heraus.

David warf während des Fahrens einen Blick auf das Blatt, das ich ihm hinhielt. Ich betete, dass er nicht die Kontrolle über den Wagen verlor.

»Er hat ihm die Augen verbunden, das ist gut«, sagte er und schaute glücklicherweise wieder auf die Straße.

»Wieso ist das gut?«, fragte ich empört.

»Es bedeutet, dass er verhindern will, dass Espen ihn oder die Umgebung erkennt.«

»Du meinst …«, rief ich aufgeregt.

»Genau. Er hatte anscheinend geplant, ihn später freizulassen.«

Ich nahm einen tiefen Atemzug und spürte, wie Hoffnung sich in mir breitmachte.

»Allerdings wissen wir nicht, in welchem Zustand sich dein Bruder befindet«, warnte David und ich schluckte.

Frank hatte Espen geknebelt, wurde es mir bewusst. Was, wenn er ebenfalls keine Luft mehr bekam?

Ein Wimmern entfuhr mir und ich presste meine Fingerknöchel auf meine Zähne. David warf mir einen besorgten Blick zu, kommentierte es aber nicht. Auch ich schwieg.

Nach einer gefühlten Ewigkeit erreichten wir Frank Blomes Haus. Es war ein normales, weiß verputztes Reihenhaus mit Kiesweg, der von einer niedrigen Buchsbaumhecke gesäumt war. Nur die große Funkantenne auf dem Dach war ungewöhnlich. Nichts deutete darauf hin, dass hier ein Verbrecher gelebt hatte.

Wir tauchten unter dem polizeilichen Absperrband hindurch und David öffnete kurzerhand gewaltsam die versiegelte Eingangstür. Vom SEK war noch nichts zu sehen.

Mittlerweile hatte ich meine Beine unter Kontrolle und wankte nicht mehr wie ein Seemann auf Landgang. Nur die Kopfschmerzen wollten einfach nicht nachlassen.

Wir liefen durch das ganze Haus, doch Espen war nirgends zu finden. Allerdings entdeckte ich an einem Haken im Flur einen Schlüssel, der nicht zur Eingangstür passte und auf dessen Anhänger »Gartenglück« stand. Vielleicht gehörte er zum Gartenschuppen? Oder zum Haus von Franks Vater? Wurde Espen womöglich dort gefangen gehalten? Die Polizei müsste doch herausfinden können, wo er wohnte!

Während David draußen das Gartenhaus überprüfte, ließ ich mich erschöpft auf den Schreibtischstuhl in Franks Arbeitszimmer sinken, um auf die Einsatzkräfte zu warten. Tränen standen in meinen Augen. Ungeduldig wischte ich sie weg. Ich durfte jetzt nicht die Kontrolle verlieren. Wenn ich deshalb etwas übersah, was meinem Bruder helfen könnte, würde ich mir das nie verzeihen.

Ich atmete tief durch. Mein Blick fiel auf ein Gerät auf dem Schreibtisch, das entfernt an das alte Kofferradio meiner Großeltern erinnerte, nur in flach. Ich stutzte. Dies musste eines dieser Funkgeräte sein, von denen Arne erzählt hatte. Nachdenklich kaute ich auf meiner Unterlippe, denn mir kam gerade eine Idee. Mein Kollege hatte gesagt, dass Funker sich oft gegenseitig halfen und untereinander auch über alle möglichen privaten Dinge sprachen. Vielleicht wusste einer von ihnen, wo Franks Vater wohnte?

Ich schaltete das Funkgerät ein und hoffte, dass der richtige Kanal schon eingestellt war. Mit bebenden Fingern drückte ich auf eine schwarze Taste, die durch ein Kabel mit dem Funkgerät verbunden war.

»Hallo?«, rief ich aufgeregt und beugte mich über das integrierte Mikrophon. »Hallo? Kann mich jemand hören? Hier spricht, äh …« Ich stockte. Was hatte Arne noch erzählt? Man benutzte beim Funken einen Spitznamen? »Hier spricht Finchen und ich brauche dringend Hilfe! Hallo? Hört mich jemand?«

Nervös wippte ich mit den Füßen und wartete. Doch immer noch kam keine Antwort. Gab es nur noch so wenige Funker, dass gerade niemand an seinem Gerät war? Musste ich doch einen anderen Kanal einstellen? Oder an einem der anderen Knöpfe drehen? Frustriert ließ ich die Sprechtaste los.

»Hier ist Gerry, hallo, Finchen«, kam endlich eine Antwort. »Du musst übrigens die Sprechtaste loslassen, wenn du uns hören willst.« Der Fremde lachte und ich schlug mir innerlich an die Stirn. Wenn ich vor Stress nicht schon ein heißes Gesicht gehabt hätte, wäre ich jetzt errötet.

»Was ist denn los?«, erkundigte sich die fremde Männerstimme. »Wie können wir dir helfen, Finchen?«

Erneut drückte ich die Sprechtaste. »Kennt hier jemand einen Funker aus dem Kieler Umland?«, fragte ich und bemühte mich verzweifelt um Konzentration. Auf keinen Fall durfte ich zulassen, dass meine Panik verhinderte, dass ich logisch nachdachte.

Draußen hörte man Fahrzeuge vorfahren. Das mussten Davids Kollegen sein. Aus dem Augenwinkel sah ich, dass er gerade das Arbeitszimmer betrat.

»Er heißt Frank Blome und ich muss ihn dringend finden! Weißt du, wo sein Vater wohnt? Vielleicht ist er dort«, sagte ich, ohne David weiter zu beachten, denn ich durfte mich auf keinen Fall ablenken lassen, das hier war viel zu wichtig.

Trotzdem kam ich nun bei meinem Funkspruch ins Stocken.

War es schlau, dem Funker und allen, die da noch so zuhören mochten, zu verraten, dass ihr Funkerkollege ein Entführer war? Wohl eher nicht. Vielleicht wollten sie ihn beschützen und gaben dann keine der so dringend benötigten Informationen preis? Auch die Polizisten wären vermutlich nicht begeistert, wenn ich zu viel verraten würde.

»Er ist krank und benötigt dringend Medikamente«, fuhr ich daher fort. »Ich bin die Krankenschwester«, flunkerte ich und ließ die Sprechtaste wieder los.

David war mittlerweile zu mir getreten und beobachtete mit schräg gelegtem Kopf, was ich da tat.

»Hier ist Lupo. Meinst du vielleicht ›Teacher‹?«, fragte eine andere Männerstimme. »Der kommt aus der Nähe von Kiel.«

Teacher? Meine Gedanken rasten. Konnte das Franks Spitzname sein? Dann erinnerte ich mich, dass mein Kollege Arne kürzlich erzählt hatte, dass sein Funkerspitzname ›Teacher‹ war.

»Nein, der ist es nicht!«, antwortete ich enttäuscht. »Es muss noch einen anderen Funker hier in der Nähe geben.« Ich ließ die Sprechtaste wieder los.

»Dann meinst du vielleicht ›Flammeus‹«, sagte nun eine Frauenstimme und mir wurde bewusst, dass es anscheinend mehr Funker gab, als ich erwartet hatte.

Flammeus … Mhm. Während die vergrabenen Schullateinkenntnisse durch mein Hirn ruckelten, betraten unten mehrere Personen das Haus. Das musste das SEK sein.

Franks Feuermal kam mir in den Sinn. Flammeus wie flammend, brennend.

Aufgeregt drückte ich auf die Sprechtaste. »Das ist er!«, rief ich. »Weiß vielleicht irgendjemand, wo sein Vater wohnt? Wir müssen Frank dringend finden!«

Innerlich stieß ich ein Stoßgebet aus.

Nun kamen Kripobeamte ins Arbeitszimmer. David bedeutete ihnen, still zu sein.

»Von seinem Vater weiß ich nichts. Aber Flammeus besitzt einen Schrebergarten in Kiel-Hassee, von dort aus funkt er oft«, berichtete uns der zweite Mann. »Vielleicht ist er da? Du müsstest seine Parzelle an der Funkantenne auf dem Dach erkennen. Flammeus besitzt zwar einen Computer, aber am liebsten funkt er immer noch auf die althergebrachte Art.«

Ein Schrebergarten, natürlich! Innerlich schlug ich mir erneut an die Stirn. Das erklärte die Holzwände auf dem Foto und das kleine Sprossenfenster.

Die Polizisten waren bereits auf dem Weg zu ihrem Wagen, während ich mich hastig bei den Funkern bedankte und dann aufsprang.

Ich bekam kaum Luft vor lauter Aufregung und wäre wegen meiner wackeligen Knie beinahe gestürzt, wenn David mich nicht reaktionsschnell am Arm gepackt hätte.

»Ganz ruhig, Phina«, sagte er, während der erste Wagen bereits vom Hof rollte. »Die Kollegen werden ihn ganz sicher finden.«

»Sie müssen den Schlüssel im Flur nehmen! Den mit ›Gartenglück‹ drauf«, rief ich. Dann erst fiel mir ein, dass die SEK-Leute vermutlich mit Leichtigkeit eine Tür aufbrechen konnten.

David schnappte sich den Schlüssel und wir rannten nach draußen zum Auto. »Steig ein, wir folgen ihnen«, rief er und ließ seinen Wagen an. Er fuhr bereits los, als ich die Beifahrertür zuzog.

Trotz allem, was er verbockt hatte, war ich ihm dankbar, dass er mich mitnahm. Ich wäre vermutlich durchgedreht, wenn ich hätte warten müssen, ohne Espen helfen zu können.

David raste mit krimineller Geschwindigkeit durch den Ort. Ich krallte mich am Haltegriff über der Tür fest. Fast wäre mir der Satz »Du fährst wie deine Schwester« herausgerutscht. Ich konnte den

Impuls gerade noch unterdrücken. Es wäre nicht sinnvoll gewesen, jetzt einen Streit zu provozieren.

Espen war wichtig. Nur Espen.

David schleuderte jede Menge Sand auf, als er den Parkplatz der Schrebergärten erreichte und direkt neben einem Wagen des SEK bremste. Wir sprangen aus dem Auto und rannten zum Eingang.

Wo mochte Franks Parzelle liegen?

Gerade bogen die schwarz gekleideten Kollegen von David in einen Seitenweg ein. Wir folgten ihnen.

Keuchend stolperte ich neben David her, der schließlich meinen Arm griff, um mich zu stützen.

Es musste Espen gut gehen, es musste einfach!

Die Männer waren vor einem Gartentor stehen geblieben. Als wir sie erreichten, wusste ich warum: Eine dünne Funkantenne ragte vom Dach aus bestimmt fünf Meter in die Höhe.

Ich schnappte nach Luft. Hier musste es sein. *Bitte, lieber Gott, lass Espen hier heil und unversehrt auf einem Stuhl sitzen! Bitte! Bitte!*

Lautlos übergab David einem der Männer den Schlüssel.

Mir entfuhr ein Schluchzen, das ich sofort unterdrückte, denn ich durfte die Polizisten nicht stören, die gerade ohne große Absprachen nach einem bestimmten System den Garten stürmten.

Wenn ich nicht kurz vor dem Durchdrehen gewesen wäre, hätte ich ihr Können bewundert.

Unwillkürlich griff ich mit meiner gesunden Hand nach David. Ich musste mich an irgendjemandem festhalten, sonst hätte ich die Anspannung nicht länger ausgehalten. Mit seiner großen Pranke, in der meine Finger fast verschwanden, hielt er mich fest.

In diesem Moment war es mir völlig egal, dass er Laras Bruder war. Er würde mir nichts tun, da war ich mir sicher. Schließlich hatte er mich auch aus Franks Fängen befreit. Das hätte er nicht machen müssen.

Gott! Warum dauerte es so lange?

Die Männer vom SEK hatten das Gelände gesichert und versucht, durch das Fenster in das Gartenhaus zu spähen, doch die Vorhänge waren zugezogen.

Das musste ein gutes Zeichen sein, hoffte ich. Vielleicht hatte Frank dadurch verhindern wollen, dass jemand sein Entführungsopfer bemerkte?

Bitte!

Bitte, bitte, bitte!

David zog mich näher an sich heran und hielt mir ein Taschentuch hin. Ich hatte gar nicht bemerkt, dass ich weinte. Weil ich es mit der verbundenen Hand nicht greifen konnte, musste ich ihn loslassen. Nachdem ich mir die Tränen abgewischt und mich geschnäuzt hatte, griff ich sofort wieder nach seiner Hand.

In der Ferne erklang die Sirene eines Krankenwagens.

Jetzt stieß einer der Männer, gesichert von einem anderen, die Tür auf. Ich hielt den Atem an und schmiegte mich Schutz suchend an David. Es war gut, dass er mich hielt, denn sonst wäre ich ihnen hinterhergestürmt.

Jetzt endlich verschwanden zwei der Männer im Häuschen.

Ich wippte auf den Zehenspitzen auf und ab und biss so heftig auf meine Wangeninnenseite, dass es blutete. Ich spürte es kaum.

Wo blieben die Polizisten denn bloß? Es konnte doch nicht so lange dauern, ein winziges Gartenhaus zu durchsuchen?

Zwei weitere Männer betraten das Häuschen.

David entzog mir seine Hand, um den Arm um mich zu legen und mich fest an sich zu ziehen.

»Sie haben ihn gefunden«, flüsterte er in meine Haare. »Sonst würde es nicht so lange dauern.«

Ich rang nach Luft. Jetzt würde sich herausstellen, ob mein Bruder unversehrt war.

Bitte, bitte, bitte!

Endlich trat einer der Männer aus der Tür und bedeutete uns, dass wir kommen durften. Mit einem Aufschrei stolperte ich zu ihm.

Ich betrat das Häuschen so hastig, dass ich beinahe gestürzt wäre.

»Espen!«, schluchzte ich, als ich meinen Bruder blass, aber äußerlich anscheinend unversehrt auf dem Stuhl vorfand, der schon auf dem Foto zu sehen gewesen war. Im Raum befanden sich mehrere technische Geräte und ich erkannte darunter auch ein Funkgerät. Hier drinnen war es heiß.

Espen hob den Kopf und rang sich ein dünnes Lächeln ab. Man hatte ihm Augenbinde und Knebel abgenommen. »Hallo, Schwesterherz«, krächzte er.

Ich sank neben ihm auf die Knie, denn meine Beine wollten mich nicht länger tragen. »Oh Gott!«

»Ihr Bruder ist stark dehydriert. Er kann froh sein, dass er so eine tolle Schwester hat. Wir hätten ihn nicht viel später finden dürfen, denn der Raum hat sich durch die Sonne stark aufgeheizt. Ansonsten scheint es ihm gut zu gehen.«

Für einen Moment lang schloss ich vor Erleichterung die Augen.

Es würde alles wieder in Ordnung kommen. Fast alles. Ich warf einen Blick zu David, der an der Tür stand und nach draußen schaute. Wie ich mit dem Wissen umgehen sollte, dass er Laras Bruder war, war mir schleierhaft.

»Die Sanitäter kommen«, sagte er in diesem Moment zu mir. »Wir müssen jetzt hier raus.«

Unwillig schüttelte ich den Kopf. Auf keinen Fall würde ich Espen jetzt allein lassen.

»Phina, bitte«, sagte David eindringlich. »Sie benötigen Platz, um ihre Arbeit machen zu können.« Behutsam, aber bestimmt zog er mich am gesunden Arm aus der Hütte.

Widerwillig fügte ich mich.

David führte mich zu einer Gartenbank vor der Tür, wo wir abwarteten, was nun mit Espen geschehen würde.

»Mir tut alles weh.« Mein schmerzender Kopf sank gegen Davids breite Schulter. Jetzt, wo ich wusste, dass mein Bruder lebte, fühlte ich mich unendlich erschöpft.

Er legte den Arm um mich. »Kein Wunder«, murmelte er an meinem Scheitel. »Du warst bis vor Kurzem nicht ansprechbar und wurdest mit ziemlich vielen Medikamenten vollgepumpt. Mich wundert eher, dass du überhaupt noch wach bist.«

Und das war ich auch nicht mehr lange, denn kurz darauf fielen mir die Augen zu.

Ich wurde davon geweckt, dass David mich anstupste. »Phina?«

Sofort schoss mein Puls in die Höhe. »Espen?«

»Keine Sorge«, sagte David und seine tiefe Stimme kribbelte beruhigend in meinem Bauch. »Sie bringen deinen Bruder in die Klinik. Dorthin fahre ich dich jetzt auch zurück.«

»Ich will nicht«, murmelte ich.

»Frau Dr. Wohlers meinte aber, dass du dort noch hingehörst … und ich denke das auch.« Stützend griff David mir unter den gesunden Arm und half mir hoch.

Ich kam schwankend zum Stehen und sah gerade noch, wie Espen auf einer Trage an uns vorbeigebracht wurde. Mit einem schiefen Grinsen winkte er mir zu.

David hielt mich, damit ich nicht umkippte. Dafür, dass er mich eigentlich hatte fertigmachen wollen, legte er einen ganz schön ausgeprägten Beschützerinstinkt an den Tag.

Behutsam führte er mich den Weg entlang. Doch als ich das zweite Mal ins Straucheln kam, hob er mich kurzerhand hoch.

Erschrocken quietschte ich auf.

»Sonst kommen wir ja nie zum Wagen«, erklärte er mir sachlich und trug mich Richtung Parkplatz.

Ich fragte mich, ob das mit dem Tragen jetzt bei ihm zur Gewohnheit wurde, sprach den Gedanken aber nicht laut aus. Zu anstrengend.

Als wir seinen Audi erreichten, war der Krankenwagen mit meinem Bruder schon über alle Berge.

»Schön brav sein!« David verfrachtete mich auf den Beifahrersitz seines Autos, um noch ein paar Worte mit seinen Kollegen zu wechseln.

Wie witzig … Ich verdrehte die Augen. Schließlich war ich kaum in der Lage, einen Finger zu rühren.

Gerade als mir die Lider zufallen wollten, kam David zurück und ließ den Motor an.

Ich musste erneut eingeschlafen sein, denn ich bekam kaum mit, wie David mich wieder trug und kurz darauf behutsam ins Krankenhausbett legte. Er breitete die Decke über mich.

Es war dasselbe Zimmer wie zuvor. Anscheinend hatte das Krankenhausteam netterweise dafür gesorgt, dass mein Bett frei gehalten wurde. Mittlerweile hatte ich eine Zimmernachbarin bekommen, aber die schlief gerade.

»Ich komme morgen früh wieder. Und dann reden wir endlich.« Leise ging er hinaus.

Abstinent

Phina

Eine Hand an meiner Schulter weckte mich. »Frau Rosenberg? Wie geht es Ihnen?«

Ich fuhr erschrocken hoch. Draußen war es bereits stockdunkel. »Wie geht es meinem Bruder?«, fragte ich sofort.

Schwester Meike, die immer noch Dienst hatte, lächelte mich beruhigend an. »Der charmante Blonde mit der Strubbelfrisur und dem Dreitagebart?«

Ich nickte.

»Dem geht es gut, er hat vorhin sogar schon bei Ihnen hereingeschaut. Ihre Eltern sind auch da. Ich vermute, dass sie kurz in die Cafeteria gegangen sind, damit Sie in Ruhe schlafen können.«

Erleichtert ließ ich mich in das Kissen zurücksinken.

Espen konnte schon wieder seinen Charme versprühen. Das war gut. Das war sehr gut!

Eine Viertelstunde später betrat Frau Dr. Wohlers das Krankenzimmer. »Haben Sie noch Schmerzen, Frau Rosenberg?«, fragte sie, nachdem sie mich untersucht hatte. »Möchten Sie ein Medikament?«

»Ja«, antwortete ich und fuhr mir über die schweißfeuchte Stirn, denn das bohrende Pochen in meinem Kopf und der dumpfe Schmerz in meiner Hand zermürbten mich. »Ich nehm die doppelte Dosis.«

Sie schmunzelte und verabschiedete sich dann. Kurz darauf brachte Schwester Meike mir eine Pille, die ich einnehmen sollte.

Das Medikament zeigte Wirkung und daher ging es mir schon ein wenig besser, als erneut die Zimmertür geöffnet wurde und meine gesamte Familie hereinkam.

Meine Bettnachbarin schreckte kurz auf, um sofort wieder einzuschlafen.

»Mäuschen!«, rief meine Mutter mit einer Mischung aus Erleichterung und Freude, während Espen ein schiefes Grinsen zeigte. Er hatte einen Metallständer mit in das Zimmer geschoben, an dem ein fast leerer Tropf hing, dessen Schlauch an seinem Handrücken endete.

»Na, altes Haus, uns kriegt man so schnell nicht klein, was?«, sagte er und setzte sich neben mich auf die Bettkante, nachdem unsere Mutter mich endlich wieder losgelassen hatte.

»Alles okay?«, fragte ich besorgt und bemerkte, wie meine Augen schon wieder feucht wurden, während ich Espens Hand nahm, als könnte ich so sichergehen, dass es ihm gut ging.

»Alles in Ordnung, sie führen mir nur noch Flüssigkeit zu. In dem Gartenhaus wurde es krass heiß. Ich hab echt Schiss gehabt«, gestand er. »Man wird schließlich nicht jeden Tag von der Haustür weg entführt …«

Jetzt beugte sich mein Vater von der anderen Seite über das Bett, um mich ebenfalls zu umarmen. »Ach Phina, was macht ihr nur für Sachen?« Er klang ehrlich betrübt.

Automatisch schnupperte ich, ob er ungepflegt und nach Alkohol roch, aber ich nahm nichts wahr. Auch als ich ihn prüfend musterte, wirkte er ganz normal. Das war ungewöhnlich.

»Eure Mutter und ich waren fast verrückt vor Sorge, als wir erfuhren, dass gleich beide Kinder entführt wurden und nun im Krankenhaus liegen.«

Verblüfft starrte ich ihn an, denn bisher hatte er mir eher das Gefühl gegeben, dass ihm herzlich egal war, was aus uns wurde, wenn er gerade wieder einmal zu besoffen war, um aus dem Bett zu kommen.

Sein ganzes Verhalten war seltsam. Wo er sonst ständig das Bedürfnis gehabt hatte, mit Witzen seine eigene Unsicherheit zu überspielen, schaute er mich nun ruhig an, mit einem Lächeln, das dankbar wirkte, und strich sanft über meine feuchte Wange.

»Gut, dass sie den Entführer erwischt haben!«, sagte Mama mit einem erleichterten Seufzen und ließ sich auf einen der beiden Besucherstühle sinken. »Ich möchte gar nicht darüber nachdenken, was geschehen wäre, wenn die Polizei euch nicht rechtzeitig gefunden hätte!«

»Von wem wisst ihr das alles?«, fragte ich.

»Dieser nette Herr Wolf hat mich angerufen und ich habe dann euren Vater informiert. Mittlerweile war es auch schon überall in den Medien.«

David. Ein schneidender Schmerz durchfuhr mich.

»Was genau hat er denn erzählt?«, fragte ich.

Ich vermutete, dass er meine Überzeugung, dass Lara als Geist immer noch bei uns war, und seine Verwandtschaft zu ihr unerwähnt gelassen hatte. Apropos, wo steckte meine Freundin eigentlich?

»Lara?«, flüsterte ich.

Es kam keine Antwort. Nur meine Familie reagierte – mit verwirrten Blicken.

Ich ignorierte es. Sorge war in mir aufgekeimt, dass sie sich davongemacht haben könnte, ohne mir vorher Bescheid zu geben. Ich kannte mich zu wenig mit Geistern aus, als dass ich beurteilen konnte, ob sie sich verabschieden würde, wenn dieser Sog, von dem Frank gesprochen hatte, irgendwann zu stark wurde.

Ich schluckte bei dem Gedanken, dass ich sie ein zweites Mal verlieren würde.

Meine Mutter berichtete unterdessen von dem Telefonat mit David und es zeigte sich, dass er tatsächlich nur das Wichtigste berichtet hatte. Und so würde ich es ebenfalls halten. Es war nicht nötig, dass meine Eltern glaubten, auch mein Verstand wäre in Mitleidenschaft gezogen worden …

»Weißt du, dass es Herr Wolf war, der dich vom Straßenfest nach Hause gebracht hat?«, sagte ich zu meinem Bruder.

»Der Polizist?«, rief Espen begeistert. »Cool!«

Ich schnaubte und wischte mir über die feuchten Wangen. Papa reichte mir ohne Kommentar ein Taschentuch.

»Woher kennst du ihn eigentlich?«, hakte meine Mutter nach.

Während ich überlegte, was ich antworten konnte, betrachtete ich ihr rot-lila-orange-geblümtes Kleid.

›Aus der Schule‹ klang irgendwie nicht richtig. ›Er denkt, dass ich seine Schwester getötet habe‹ aber auch nicht. Und ›Das ist der Typ, der mich stalkt‹ würde Fragen aufwerfen, für deren Beantwortung mir die Kraft fehlte.

Okay. Egal, wie ich es ausdrückte: Es war echt schräg.

»Er ist Laras Bruder«, murmelte ich.

Alle schauten mich mit großen Augen an.

»Echt jetzt?«, brach Espen als Erster das verdutzte Schweigen. »Krass.«

»Wie geht er damit um, dass du den Unfallwagen gefahren bist?«, fragte meine Mutter vorsichtig.

Ich hatte meiner Familie damals dieselbe Geschichte erzählt wie allen anderen auch: Dass ich die Fahrerin gewesen war.

»Keine Ahnung …«, antwortete ich geknickt. »Wie hat der Entführer dich eigentlich in seine Fänge bekommen und was hat er zu dir gesagt?«, wandte ich mich an meinen Bruder, um rasch das Thema zu wechseln.

»Das Arschloch hat geklingelt, mich an der Tür überwältigt, mir ein Betäubungsmittel gespritzt und dann hübsch verschnürt in diesem Gartenhaus abgesetzt«, versuchte Espen zu witzeln.

Ich sah, dass die Sache auch ihn ordentlich mitgenommen hatte.

»Na ja, vermutlich warst du bei deinem Alkoholpegel auch ziemlich wehrlos …«, meinte ich spitz und bemerkte aus dem Augenwinkel, wie Papa zusammenzuckte.

Merkwürdig. So was hatte ihn früher nie gekratzt.

Espen streckte mir die Zunge raus. »Jedenfalls ist das Nächste, woran ich mich erinnern kann, dass ich mich allein in diesem Raum befand, meine Augen verbunden waren und ich nicht von diesem verdammten Stuhl loskam.«

Mir schauderte bei der Vorstellung, der Entführer hätte mich auch noch des Augenlichts beraubt.

»Er hat dir nicht gesagt, warum er dich entführt hat?«, hakte ich nach.

»Nö.« Espen wandte sich an unsere Eltern. »Hat einer von euch vielleicht im Lotto gewonnen, sodass sich die Entführung eurer beiden Lieblingskinder lohnen würde?«

Sie hatten keine Ahnung, was Frank von Espen und mir gewollt hatte, aber wie sollte ich es ihnen erklären?

»Woher wusste die Polizei eigentlich so schnell, dass ihr entführt worden seid?«, fragte Papa und überraschte mich erneut mit seinem anscheinend klaren Verstand.

Deshalb brauchte ich ein paar Augenblicke für meine Antwort. »Ich bin mir nicht sicher«, sagte ich nachdenklich. War es Lara doch noch gelungen, Kontakt zu ihrem Bruder aufzunehmen? »Vielleicht hat irgendjemand gemerkt, dass ich nicht mehr zu Hause war und die richtigen Rückschlüsse gezogen?«

Ich merkte selbst, wie absurd das klang.

Eine fremde Krankenschwester kam herein. »Herr Rosenberg, wir haben Sie schon gesucht!«, rief sie empört und sowohl Espen als auch Papa schauten auf. »Der Doktor möchte Sie untersuchen.«

Sie drehte ein Rädchen unten an Espens Tropfschlauch zu und beförderte dann meinen Bruder samt Metallständer resolut aus dem Zimmer. Mama folgte ihnen. »Bis später, Mäuschen, ich komme nachher noch einmal Tschüss sagen!« Damit fiel die Zimmertür hinter ihnen zu und ich war mit meinem Vater und der immer noch schlafenden Bettnachbarin allein.

Ernst musterte ich ihn. »Sag mal, Papa, hast du mir etwas zu erzählen?«, fragte ich und versuchte, das zaghafte Gefühl von Hoffnung zu unterdrücken. »Dir geht es ziemlich gut, nicht wahr?«

Ein leichtes Lächeln erschien auf seinen Lippen. »Du hast gemerkt, dass ich trocken bin?«

Mit großen Augen schaute ich ihn an und spürte, wie es in meinem Bauch vor lauter Glück nur so kribbelte. »Du … du trinkst nicht mehr?! Wie …?«, stammelte ich perplex.

»Kurz bevor du den Unfall hattest …«, er warf mir einen dieser vorsichtigen Blicke zu, die ich von den Menschen längst gewohnt war seit Laras Tod, »… da ging es mir so schlecht wie nie zuvor. Ich hatte heftige Bauchkrämpfe, habe Blut erbrochen und mein Arzt hat gesagt, dass meine Leberwerte darauf hindeuten, dass ich direkt am Rand meines eigenen Grabes stehe. Das war der Punkt, an dem ich mich für das Leben entschieden habe.« Er räusperte sich verlegen.

Ich legte meine Hand auf seine und drückte sie freudestrahlend.

»Jedenfalls gehe ich seitdem zu den Anonymen Alkoholikern und habe dem Alkohol abgeschworen.«

»Einfach so?« Ich konnte es kaum glauben.

»Na ja, einfach war es leider nicht. Den Entzug habe ich in einer Klinik durchgezogen, das war die Hölle. Vor allem, weil ich wusste, dass du gerade im Krankenhaus lagst und deine beste Freundin verloren hattest. Du glaubst nicht, wie leid es mir tat, dass ich dich nur einmal besuchen konnte! Jetzt muss ich nur penibel darauf achten, den Versuchungen zu widerstehen – und glaub mir, Phina, die lauern überall.«

»Das kann ich mir vorstellen«, sagte ich mitfühlend, richtete mich auf und schlang meine Arme um seinen Hals. »Ich bin so froh und sehr stolz auf dich!«, murmelte ich an seiner Schulter. »Warum hast du es uns nicht längst erzählt?«

Mein Vater lächelte, als ich ihn wieder losließ. »Aus Angst, es nicht zu schaffen und euch und mich wieder zu enttäuschen.« Er erhob sich von der Bettkante. »Ich will dann mal los, es ist schon spät. Morgen komme ich dich wieder besuchen.« Er gab mir einen liebevollen Kuss auf die Wange.

»Ich freu mich!«, rief ich zum Abschied und es war die Wahrheit. Seit endlos langer Zeit war es das erste Mal, dass ich mich uneingeschränkt auf das Wiedersehen mit meinem Vater freute.

Am nächsten Morgen klopfte es an der Zimmertür. »Darf ich hereinkommen?«

Es war David.

Am liebsten hätte ich Nein gesagt, weil ich mich vor dem fürchtete, was ich zu hören bekommen würde. Und ich fürchtete mich davor, die Fassung zu verlieren und ausfallend zu werden.

»Ja«, sagte ich seufzend, stellte den Fernseher aus und fuhr das Kopfteil des Bettes ein wenig höher. Glücklicherweise hatte ich bereits gefrühstückt, mich gewaschen und angezogen. Meine Mutter hatte mir frische Kleidung gebracht und es ging mir deutlich besser als am Vortag. Die Schwester hatte angekündigt, dass ich wahrscheinlich nach der Visite entlassen werden konnte.

»Guten Morgen«, grüßte David.

Meine Nachbarin schaute kurz vom Bildschirm auf und nickte ihm zu. Weil sie ebenfalls einen Fernseher am Bett hatte und gerade über Kopfhörer eine Sendung anschaute, mussten wir uns keine Gedanken machen, sie zu stören.

Der riesige Sportler wirkte fast schon schüchtern, als er sich einen Stuhl zu mir ans Bett zog. »Wie geht es dir?«

»Wollen wir jetzt ernsthaft Small Talk machen?«, fragte ich ungläubig und setzte mich zurecht. »Sag es mir: Hast du dich in mein Leben gedrängt, weil du dich an der Frau rächen wolltest, die schuld am Tod deiner Schwester ist? Oder hat dich irgendeine kranke Psychoscheiße dazu getrieben, mit ihrer Freundin anzubandeln?«

David schnappte nach Luft und klappte dann den Mund unverrichteter Dinge wieder zu.

Also hatte ich recht gehabt. Trotzdem fühlte ich keinen Triumph.

Seine Kiefermuskeln spielten. »Ich wollte es dir längst erzählen, aber dann hat mich immer der Mut verlassen«, sagte er ernst.

Spöttisch hob ich die Augenbrauen.

»Je länger ich gewartet habe, desto schwieriger wurde es«, fuhr er fort.

»Armer harter Polizist«, ätzte ich und war selbst erschrocken über meine Kaltherzigkeit. Doch mir blieben nur zwei Optionen: hilflose Enttäuschung oder Wut. Und weil ich mir keine Blöße geben wollte, hatte ich mich für die Wut entschieden.

Wie hatte er mich nur die ganze Zeit über so verarschen können?

David holte tief Luft und mit einer gewissen Genugtuung sah ich, wie schwer es ihm fiel, die Fassung zu wahren. »Als ich erfuhr, dass du den Unfall verursacht hast, bei dem Lara starb, war ich voller Hass. Ich bin dir gefolgt und habe Pläne geschmiedet, wie ich Lara rächen könnte.«

Ich biss die Zähne aufeinander.

»Aber ich habe sie nicht in die Tat umgesetzt, das schwöre ich. Als ich dich dann in der Schule wiedergesehen habe, kam alles erneut hoch. Es fiel mir so verdammt schwer, dir jeden Tag über den Weg zu laufen. Doch dann habe ich dich näher kennengelernt. Und irgendwann konnte ich dich nicht mehr hassen, so gern ich es auch getan hätte. Mit dem Zorn auf dich konnte ich besser umgehen als mit dem, was ich jetzt fühle.« Mit einer hilflosen Geste rieb er sich über die Stirn.

»Warst du das, der Ende Februar vor meinem Fenster herumgelungert und mich zu Tode erschreckt hat?«, fragte ich aufgebracht.

Er nickte bedrückt. »Es tut mir so …«

»Was ist mit dem Sarg?«, unterbrach ich ihn. »Hast du mir den geschickt?«

»Was für einen Sarg?«

Er sah aus, als wüsste er wirklich nichts davon.

»Ich habe im Mai von einem Halloweenartikelversand einen Deko-Sarg geliefert bekommen …«

»Oh verdammt. Das könnte Inga gewesen sein …«

»Die Inga, die auch die Gerüchte über mich in die Welt gesetzt hat?«

Er nickte bedrückt.

»Warum sollte sie so etwas tun?«

»Weil …«, er ballte die Hände zu Fäusten, »weil sie dachte, dass sie mir damit hilft. Ich habe in ihrem Beisein davon geredet, dass ich mich am liebsten an dir rächen würde. Nie hätte ich geglaubt, dass sie auf diese durchgeknallten Ideen kommen würde. Und dann die Sache mit den K.-o.-Tropfen …«

»K.-o.-Tropfen?!«, schnappte ich.

Er nickte verlegen. »Du weißt schon, diese Tropfen, die in ein Getränk …«

»Ich weiß, was K.-o.-Tropfen sind, ich bin ja nicht blöd!«, fuhr ich ihn an. Es fiel mir wie Schuppen von den Augen. »Sabrinas Party! Meine Kollegen waren überhaupt nicht betrunken, richtig?«

Er warf einen kurzen Blick zu meiner Bettnachbarin, aber die beachtete uns gar nicht, sondern schaute sich irgendeine Kochsendung an. »Glaube mir, ich habe mir Inga bereits vorgeknöpft. Es tut ihr sehr leid und sie hat höllische Angst, dass du sie anzeigen könntest.«

»Zu Recht«, sagte ich unbarmherzig.

»Sie ist eine gute Polizistin. Wenn, dann musst du mir die Schuld geben.«

»Gern«, antwortete ich bissig.

»Ich verstehe, dass du stinksauer auf mich bist, aber ich schwöre, dass ich dir niemals ernsthaft etwas antun wollte. Bitte, Phina!«, flehte er.

Ich war mir nicht sicher, ob ich ihm glauben konnte. Überhaupt wusste ich nicht mehr, was Wahrheit und was Lüge war. Und jetzt noch diese Sache mit den K.-o.-Tropfen … Ob es ihm nur herausgerutscht war? Ob er mir jemals wirklich davon erzählen wollte?

»Ich möchte, dass du jetzt gehst«, stieß ich mit letzter Kraft hervor.

»Aber …«

»Sofort.«

»Phina, bitte …«

»Raus!«, schrie ich.

Ich konnte nicht mehr. Brauchte Zeit.

Meine Bettnachbarin wandte irritiert den Kopf.

David stand langsam auf und schaute hilflos auf mich herab. Ich hielt seinem Blick stand.

Schließlich wandte er sich stumm zum Gehen.

Erst als die Tür hinter ihm zugefallen war, begann ich zu weinen.

»Kann ich irgendwie helfen? Soll ich nach der Schwester klingeln?«, fragte meine Bettnachbarin besorgt.

Schluchzend winkte ich ab. »Danke, es geht schon.«

Ich drehte ihr den Rücken zu und ließ meinen Tränen freien Lauf.

Bei der Visite wunderte sich die Ärztin zwar über meine geröteten Augen, erlaubte aber trotzdem, dass ich entlassen wurde.

Bald darauf kam meine Mutter, um mich abzuholen. Espen hatte bereits am Vorabend die Klinik verlassen dürfen.

»Oje, Mäuschen, was ist los?«, fragte sie besorgt, als sie meine rot geweinten Augen sah. »Ich dachte, es geht dir besser?«

»Das sind die Kopfschmerzen«, flunkerte ich und verabschiedete mich von meiner Bettnachbarin. Dann verließen wir gemeinsam das Krankenhaus.

»Sag mal, Mama, wusstest du, dass Papa trocken ist?«, fragte ich, als wir Richtung Mühlensee fuhren.

Sie lächelte. »Ich habe es vermutet, weil er sich an Ostern nicht wie sonst mit deinem Onkel betrunken hat.«

»Ich kann es noch gar nicht glauben! Weiß Espen schon davon?«

»Bisher habe ich nicht mit ihm darüber gesprochen.« Sie zuckte mit den Schultern und warf mir einen kritischen Blick zu. »Und nun sag mir die Wahrheit, Phina Rosenberg. Was ist los?«

Ich zögerte einen winzigen Moment. »Nichts …«, antwortete ich dann. »Wieso?«

»Ich bin deine Mutter, ich sehe doch, dass du traurig bist …«

Die Fingernägel meiner unverletzten Hand bohrten sich in die Handfläche. »David ist so ein Mistkerl«, sprudelte es aus mir heraus.

»Ich wusste bis gestern nicht, dass er Laras Bruder ist und nun habe ich erfahren, dass er mich gehasst und mir das Schlechteste gewünscht hat.«

Meine Mutter machte große Augen. »Weil du die Unfallfahrerin warst?«

»Genau.« In mir brodelte es.

»Gib mir seine Adresse, dem ziehe ich das Fell über die Ohren.«

Ich musste kichern. »Mama, er ist ein zwei Meter großer, durchtrainierter Sportler und Polizist. Du weißt schon, die machen Kampfsport …«

Ungerührt zuckte sie mit den Schultern. »Kein Problem. Ich hab auch mal in der Volkshochschule …«

Mein lautes Lachen unterbrach sie und das war vermutlich auch, was sie geplant hatte.

Ich war erstaunt, dass ich schon wieder lachen konnte, aber die Vorstellung, wie meine Mutter, die ebenso klein war wie ich, auf David einprügelte, war abgefahren.

»Was willst du jetzt tun?«, fragte sie, als ich mich beruhigt hatte.

»Gar nichts. Ich hab ihm die Meinung gesagt und ihn weggeschickt. Und er hat sich entschuldigt. Mehrmals.«

»Aber warum hast du dann geweint?«

Meine Wangen wurden heiß.

»Ich … ich habe mich in ihn verliebt und mit Julius Schluss gemacht«, gestand ich schließlich.

»Na endlich!«

»Wie: na endlich?«, fragte ich irritiert.

»Julius ist ein wirklich netter Kerl, aber er passte nicht zu dir.«

Mürrisch verzog ich den Mund. Anscheinend hatten das alle außer mir gewusst.

»Weshalb hast du nie etwas gesagt?«, fragte ich anklagend.

»Hätte es etwas gebracht?« Meine Mutter lächelte. »Ach Mäuschen, du musst deine eigenen Fehler machen. Julius ist höflich und freundlich und das ist es doch, was man sich für seine Tochter wünscht: Einen Partner, der lieb zu ihr ist.«

Ich schluckte und dachte an David. ›Lieb‹ reichte leider nicht immer aus.

»Aber was ist nun mit dem Polizisten? Ist er auch in dich verliebt? Denkst du, dass du ihm verzeihen kannst?«

»Keine Ahnung.« Ich schluckte die aufsteigenden Tränen herunter. Es war so kompliziert. Viel zu kompliziert.

Alles schien gerade den Bach hinunterzugehen.

Wie sollte es weitergehen, wenn der Mann, der mich wollte, nicht mehr der Richtige für mich war und der Richtige mich hassen musste?

Meine Mutter hielt am Straßenrand, zog mich liebevoll in ihre Arme und strich mir über den Rücken. Ich klammerte mich an sie und begann, hemmungslos zu weinen.

Sanft wiegte sie mich in den Armen, wie damals, als ich noch ein Kind gewesen war. Mein verzweifeltes Schluchzen war eine ganze Weile lang das Einzige, was man hörte.

Immer wenn ich dachte, dass ich mich nun beruhigt hätte, kam mir wieder in den Sinn, wie David mich angeschaut hatte, als ich ihm auf den Kopf zugesagt hatte, dass er Laras Bruder war. So unangenehm es mir auch war, ich kam nicht gegen die Tränen an. Erst als die Kopfschmerzen unerträglich wurden, konnte ich aufhören zu weinen.

»Ist ja gut, mein Mäuschen«, murmelte meine Mutter in beruhigendem Tonfall. »Zu Hause ruhst du dich erst einmal aus und dann sehen wir weiter. Warte es nur ab, morgen sieht die Welt schon ganz anders aus.«

»Das glaube ich nicht«, schniefte ich, woraufhin sie mir ein mitleidiges Lächeln zuwarf. Dann fuhren wir weiter.

Am Nachmittag rief ich meine Kollegin Tine an, um ihr von meiner Entführung zu erzählen.

Im ersten Moment fehlten ihr die Worte. »Das ist so krass!«, stieß sie schließlich erschüttert hervor. »Und so was bei uns in Mühlensee.«

»Ich mag gar nicht darüber nachdenken, wie kurz davor ich war, wie die anderen Opfer dieses Mörders zu enden!«, stöhnte ich. »Aber morgen komme ich wieder zur Arbeit. Hier zu Hause zu sitzen und zu grübeln tut mir nicht gut.«

»Das mit dem Grübeln kenne ich …« Tine seufzte tief.

»Wie meinst du das?«

»David hat mir letzte Woche gesagt, dass aus uns nichts werden könne. Dabei hatte ich extra all meinen Mut zusammengenommen und ihm meine Gefühle gestanden.«

»Aber warum denn nicht? Davon hast du mir ja noch gar nichts erzählt!« Meine Stimme klang dünn. Ich schämte mich dafür und hoffte, sie würde es nicht bemerken.

»Er sagt, dass er sich in eine andere Frau verliebt hat«, antwortete sie traurig. »Das ist irgendwie nichts, worüber man so gern spricht …«

»Oh«, murmelte ich. In meinem Herzen spürte ich ein schmerzhaftes Stechen. »Das tut mir sehr leid für dich.«

»Ach, ich weiß ja, dass du ihn nicht leiden kannst, aber ich bin wirklich verknallt in ihn!«

»Also ehrlich gesagt mag ich ihn mittlerweile sehr«, gestand ich.

»Na gut, dir hätte ich es noch am ehesten verzeihen können, wenn du ihn mir weggeschnappt hättest«, meinte Tine großzügig. »Dann bis morgen!« Wir verabschiedeten uns voneinander.

Nachdenklich trank ich einen Schluck lauwarmen Tee und machte mich dann an die Vorbereitung für die Schulstunden am nächsten Tag.

Ich war wild entschlossen, trotz allem zur Arbeit zu gehen. Die Ablenkung würde mir guttun.

Und dann war es auch nicht mehr lange bis zu den Sommerferien, kam es mir in den Sinn. Ich würde verreisen, überlegte ich mir.

Ganz weit weg.

Nach einer Weile erschienen auf meinen Unterlagen ein paar Lichtflecken, die dort nicht hingehörten. Sie flitzten über den Schreibtisch, durch das Zimmer und bündelten sich schließlich direkt auf meinem Laptop zu einem kleinen Herz.

»Schön, dass du da bist, Lara«, flüsterte ich ergriffen und begann schon wieder zu heulen.

Das Herz verwandelte sich in eine Schnecke, die munter herumkroch. Finchen. Die kleine Schnecke aus der Sesamstraße. So hatte Lara mich immer genannt. Ich wusste, sie versuchte mich mit unserem Insiderwitz aufzumuntern, und rang mir ein gequältes Lächeln ab.

»Kannst du noch ein bisschen bleiben?«

Ein ›Ja‹ erschien auf der Tischplatte.

Wir unterhielten uns, indem ich Lara Ja-Nein-Fragen stellte oder sie mir in kurzen Worten etwas schrieb. Ich erfuhr, dass sie auf ihrer eigenen Beerdigung gewesen war, dass sie mich nach dem Unfall im Krankenhaus besucht hatte und mich schon die ganze Zeit begleitet hatte, um auf mich aufzupassen.

Auch sie wollte Dinge von mir wissen, zum Beispiel, wie es mir ohne Julius ging.

Mir wurde bewusst, dass ich es trotz allem nicht bereute, mich von ihm getrennt zu haben. Es war eher ein unterschwelliges Gefühl von Erleichterung.

Womöglich war ich nur verzweifelt bemüht gewesen, es besser zu machen als meine Eltern, und hatte mich dabei in meine eigene Vorstellung von Beziehung und Liebe verrannt?

»Bist du noch sauer auf David?«, schrieb Lara irgendwann.

Ich seufzte. »Ich weiß, er ist dein Bruder, aber er hat mich echt ziemlich … an der Nase herumgeführt.« Ich wollte Lara nicht vor den Kopf stoßen.

»Er mag dich …«, leuchteten die Silben auf der Tischplatte.

Ich schnaubte. »Er wollte sich an mir rächen!«

»Sorry«, kam es mit drei Ausrufezeichen und einem zerknirschten Emoji zurück.

»Ach Lara, ich weiß doch, dass du nicht wolltest, dass so etwas geschieht. Ich hab dich so lieb!«, sagte ich mit dünner Stimme.

Ein großes Herz aus Licht erschien.

»Du musst ihm unbedingt sagen, dass ich gefahren bin«, schrieb sie nun.

»Was soll das jetzt noch bringen?«, fragte ich müde.

»Ihr könntet euch vertragen?«

»Das kann ich mir nicht vorstellen. Dazu hat er mein Vertrauen zu sehr missbraucht.«

»Bitte! Er hat dich wirklich sehr gern!«, schrieb Lara dann.

Ich zuckte mit den Achseln. »Mag schon sein. Dann hört er jetzt hoffentlich damit auf, mir das Leben schwer zu machen.«

Ein trauriges Gesicht leuchtete auf. »Sag es ihm, er muss die Wahrheit wissen.«

»Das ist lieb gemeint, Lara, aber mein Entschluss steht fest. Erzähl mir doch mal lieber, wie du es geschafft hast, die Polizei zu holen, um mich zu retten.«

Dass dieser Themenwechsel nicht der glücklichste war, wurde mir bewusst, als sie davon zu schwärmen begann, wie sie David schließlich doch noch hatte überzeugen können und wie er alles getan hatte, um mich zu retten.

Ich wollte nicht hören, dass er nett war. Ich wollte stinkwütend auf ihn sein.

Wir unterhielten uns noch eine ganze Weile, doch schließlich musste ich mich hinlegen, weil die Kopfschmerzen wieder stärker geworden waren.

In der Nacht heulte ich mein Kissen voll und meine Gefühle wechselten schneller die Richtung als die Fische im Aquarium meines Großvaters. Im einen Moment dachte ich, dass ich ohne einen Betrüger wie David besser dran war. Im nächsten erinnerte ich mich an seinen Geruch, den Klang seiner Stimme und an das Gefühl seiner Lippen auf meinen, wenn seine Arme mich fest umschlungen hielten. Es war zum Verrücktwerden.

Erst gegen Mitternacht fiel ich in einen tiefen, traumlosen Schlaf. Die letzten beiden Tage zu überstehen, hatte viel Kraft gekostet.

Geständnisse

Lara

Als Phina ins Bett ging, machte ich mich auf den Weg zu David.

Das hätte ich allerdings lieber bleiben lassen sollen, denn ich traf ihn zu Hause mitten bei einem Drama mit seiner Kollegin an.

»Mensch, Inga, bitte hör doch auf zu weinen«, sagte er gerade unbehaglich und tätschelte ihr den Arm, was sie zum Anlass nahm, sich an ihn ranzuschmeißen.

»Ich wollte dir doch nur helfen, David!«, weinte sie und blickte mit großen Augen zu ihm auf.

Mir erschien das Ganze wie eine riesengroße Show. Ich meine, wer heulte in Wirklichkeit schon so, dass es aussah wie bei einer Disneyprinzessin? Ich kannte nur Menschen, die beim Weinen aussahen wie ein aufgeblasener Kugelfisch in Rot.

Allerdings musste ich David zugutehalten, dass er sich nicht von Inga einwickeln ließ.

»Du kannst froh sein, wenn Phina dich wegen der K.-o.-Tropfen nicht anzeigt«, antwortete er ernst und drückte sie sanft, aber bestimmt von sich.

»Hast du es ihr etwa erzählt?«, kreischte Inga entsetzt.

Er nickte. »Sie hat die Wahrheit verdient.«

»Oh Gott«, jammerte sie, »ich bin geliefert!«

»Ich denke nicht, dass Phina zu der rachsüchtigen Sorte Mensch gehört«, versuchte David sie zu beruhigen. »Ich habe ihr erklärt, dass es meine Schuld war, dass du überhaupt auf die Idee gekommen bist. Die Sache mit dem Sarg finde ich übrigens wirklich geschmacklos …«

Schuldbewusst schaute Inga zu Boden. »Ich weiß auch nicht, was mich da geritten hat«, murmelte sie. »Trotzdem werde ich mich nicht länger schämen. Schließlich hat sich nichts daran geändert, dass sie deine Schwester auf dem Gewissen hat.« Kampfeslustig reckte sie ihr Kinn und legte meinem Bruder leicht die Hand auf die Brust. »Wir sollten die langweilige kleine Lehrerin vergessen und uns wieder unserem Job zuwenden.« Ihre Hand glitt langsam nach unten zu Davids Bauch.

Er trat ein wenig zurück, sodass sie ihn nicht mehr berühren konnte. »Ich liebe Phina.«

»Was?!« Ingas Mund stand offen. »Das kann jetzt nicht dein Ernst sein.«

»Doch. Ist es.«

»Aber … aber … Was ist denn mit uns?«

David runzelte die Stirn. »Inga, es gibt kein ›uns‹. Wir sind Teampartner und ich dachte bisher, dass wir auch Freunde wären. Aber wir sind kein Paar.«

Flehend schaute sie zu ihm auf. »David!«

»Ich denke, es ist das Beste, wenn du jetzt gehst.«

Sie errötete bis zum Haaransatz. »Es tut mir leid«, murmelte sie. »Bitte vergiss, was ich gesagt habe.«

»Klar doch«, sagte mein Bruder großzügig.

Dann verließ sie hastig seine Wohnung.

Kurz darauf ging er zu Bett.

»Sorry, Lara«, murmelte er, als ich mich bemerkbar machte. »Können wir morgen reden? Ich bin todmüde …«

Nachdem ich ein ›Ja‹ geschrieben hatte, löschte er das Licht und ich war sozusagen stummgeschaltet.

Na gut. Dann würde ich ihm eben morgen mitteilen, was ich zu sagen hatte.

Am nächsten Morgen hatte David miserable Laune. Ich ärgerte ihn ein wenig, indem ich ihn am Frühstückstisch mit Sonnenstrahlen blendete.

»Hör auf, du kleine Nervensäge, ich bin müde«, murmelte er und nahm einen Schluck schwarzen Tee.

Das war kein Wunder. Seit Phinas Entführung hatte er praktisch nicht geschlafen und heute hatte er früh aufstehen müssen.

»Wir müssen reden!«, schrieb ich auf den Küchentisch.

»Okay.« Resignierend faltete er die Hände und wartete.

»Warum bist du nicht bei ihr geblieben?«

»Sie hat mich angeschrien und rausgeschmissen!«, antwortete er.

»Wundert dich das?«

David seufzte und schüttelte den Kopf.

»Warum hast du dich nicht vernünftig entschuldigt und ihr gesagt, dass du in sie verliebt bist? Sie denkt jetzt, dass du sie immer noch hasst!«

»Ich hab mich entschuldigt«, brauste er auf. »Äh, Moment mal. Wie kommst du darauf, dass ich in sie verliebt bin?« Er runzelte die Stirn.

Ich malte einen Smiley. »Ich bin zwar unsichtbar, aber nicht blind, du Hornochse! … Und ich habe dich gestern mit Inga gehört.«

David verzog den Mund. »Wenn ich es nicht längst glauben würde, wüsste ich spätestens jetzt, dass du wirklich meine missratene kleine Schwester bist«, maulte er, aber seine Mundwinkel zuckten. »Na gut. Es könnte tatsächlich sein, dass ich ein wenig verliebt bin. In ihrer Nähe bin ich irgendwie immer aufgeregt …«

Ich schmunzelte, weil er dabei so verlegen aussah, und malte mehrere Herzen auf den Tisch. Er zeigte mir den Mittelfinger.

In mir kribbelte es warm vor lauter Zuneigung zu meinem großen Bruder. Mir wurde bewusst, wie sehr ich die Kabbeleien mit ihm vermisst hatte – und das nicht erst seit dem Unfall. Wie hatte ich meine Familie nur so sehr aus meinem Leben herausdrängen können?

»Keine Sorge, ich versteh dich. Schließlich habe ich Phina auch ganz doll lieb«, schrieb ich.

Er atmete tief ein. »Du glaubst nicht, wie gut sie riecht. Irgendwie blumig-frisch … Und ich liebe ihr Lachen. Es ist so ungekünstelt. Alles an ihr ist ungekünstelt, oder?« Jetzt, wo er einmal begonnen hatte, von Phina zu schwärmen, schien er gar nicht mehr aufhören zu können. »Nicht in dem Sinne, dass sie immer die Wahrheit sagt, denn das tut sie oft aus Höflichkeit nicht, aber das hast du bestimmt auch schon gemerkt. Nein, man kann es an ihrem Gesicht ablesen. Das ist wie ein offenes Buch.« David rieb sich mit der Hand über die Stirn. »Sorry für das Süßholzgeraspel. Muss an meiner Müdigkeit liegen.« Er nahm einen Löffel von seinem Müsli.

Ich war froh, dass er nicht sehen konnte, wie breit ich grinste.

»Denkst du, dass sie mir verzeiht?«

Puh, das war schwer. Phina hatte ein verdammt großes Herz, aber ob sie meinem Bruder verzeihen konnte, wusste ich nicht.

Was mich zu dem anderen Grund brachte, weshalb ich dringend mit ihm reden musste.

»David, du musst unbedingt etwas wissen«, begann ich schweren Herzens zu schreiben. Vor dem hier hatte ich so was von Schiss. Doch es war höchste Zeit, dass meine Familie die Wahrheit erfuhr.

»*Ich* habe damals den Wagen gefahren. Nicht Phina. Und im Wagen roch es nur nach Alkohol, weil beim Aufprall meine Bierflaschen zu Bruch gegangen sind.«

Mein Bruder war wie erstarrt, nachdem er meine Worte zu Ende gelesen hatte.

Ängstlich wartete ich auf seine Reaktion. Je länger er schwieg, desto mehr schien sich meine Kehle zuzuschnüren.

»Das … das ist nicht dein Ernst, oder?«, fragte er nach einer ganzen Weile. Ich konnte sehen, wie mühsam er versuchte, sich zu kontrollieren.

»Doch.« Ich malte noch ein trauriges Gesicht dahinter.

»Weshalb zur Hölle sollte Phina dann behaupten, dass *sie* die Fahrerin war?« Seine Hände waren zu Fäusten geballt.

»Weil ich sie sozusagen darum gebeten habe«, gestand ich.

»Aber warum?«

»Ich hatte Phina gerade davon erzählt, wie sehr ich mir wünsche, dass Mama und Papa auch mal stolz auf mich sind. Als dann der Unfall geschah, wollte sie mir helfen. Ihr solltet nicht erfahren, dass ich schon wieder Mist gebaut hatte.«

»Scheiße, Lara«, flüsterte er erschüttert, »was hast du getan?«

Ich sah das Entsetzen in seinem Gesicht, sah die Vorwürfe, die er mir, aber auch sich selbst machte, weil er Phina gehasst und ihr das Leben schwer gemacht hatte.

»Es war ein Missverständnis«, versuchte ich es ihm zu erklären, »und dann konnte ich die Dinge nicht mehr aufhalten, weil ich tot war.«

Okay. Dass ich mein Ableben ins Spiel brachte, war ein bisschen berechnend von mir. Ich hoffte, dass ich David dadurch milder stimmen konnte.

Vergeblich.

»Wie bist du bloß auf die hirnrissige Idee gekommen, dass Mama und Papa nicht stolz auf dich sind? Hast du nie gesehen, wie sie dich angeschaut haben? Wie sehr sie sich gefreut haben, wenn du dich endlich einmal wieder hast zu Hause blicken lassen? Dass es dann jedes verdammte Mal dein Lieblingsessen gab? Mensch, Lara, sie lieben dich! Es hat ihnen das Herz gebrochen, als du gestorben bist!« Er war immer lauter geworden, bis er zum Schluss schrie.

Wenn es mir noch möglich gewesen wäre, hätte ich jetzt geweint – weil ich mich so über mich selbst ärgerte und weil ich jedes einzelne Mitglied meiner Familie so furchtbar gern noch einmal in den Arm genommen hätte.

Ich hasste es, dass ich nicht zurückschreien konnte. Deshalb schrieb ich nun in Großbuchstaben. »SIEHST DU, ICH HABE SCHON WIEDER ALLES FALSCH GEMACHT!«

David presste die Lippen fest aufeinander.

»Das hier ist genau der Grund, weshalb wir nicht wollten, dass ihr davon erfahrt«, fuhr ich fort. »Ihr solltet euch nicht länger für die kleine Schwester oder Tochter schämen müssen, die nichts gebacken bekommt.«

David schluckte, dann wurden seine Augen feucht, was noch schlimmer war, als von ihm angeschrien zu werden.

»Verdammt, Lara, wir schämen uns doch nicht für dich! Das haben wir nie getan. Wir haben uns nur Sorgen gemacht. Weil wir dich lieben.« Er räusperte sich und nahm einen Schluck Tee, bevor er weitersprach. »Was nicht heißt, dass es keine Momente gab, in denen ich dich am liebsten erwürgt hätte …«

»Dito«, schrieb ich zurück und setzte einen Zwinker-Emoji dahinter.

Er rieb sich über die Stirn, dann stand er auf. »Ich muss sofort zu Phina und das klären!«

»Geht nicht, die ist bei der Arbeit.«

»Wie bitte? Weshalb ist sie nicht in ihrem Bett und erholt sich?«

Ich musste grinsen und malte einen Smiley, denn er würde noch merken, wie pflichtbewusst sie war …

»Na gut, dann fahre ich jetzt eben zur Schule.«

»Mach das nicht! Du bist viel zu wütend, das geht schief. Warte bis heute Nachmittag.«

»Ich kann nicht. Ich muss das klären!«

Irgendwie konnte ich meinen Bruder verstehen.

David griff nach seinem Handy und rief bei seiner Dienststelle an. »Kann ich heute Vormittag freibekommen? … Nein, eine familiäre Angelegenheit … Super, danke!«

Er beendete das Gespräch und ging zum Bad. »Ich bin gleich zurück, wage es ja nicht, mir hier hinein zu folgen!«

Wenn er wüsste, was ich in den letzten Monaten schon alles gesehen hatte …

Nachdem mein Bruder sich die Zähne geputzt hatte (täuschte ich mich, oder tat er das besonders ausgiebig?), schlüpfte er in seine Schuhe. Dann überprüfte er sein Erscheinungsbild im Flurspiegel, fuhr sich noch einmal durch seine Haare und verließ das Haus.

Gefunden

Phina

David hatte sich nicht mehr gemeldet, nachdem ich ihn hinausgeworfen hatte. Eigentlich sollte ich darüber froh sein, denn ich hätte nicht gewusst, wie ich ihm in die Augen sehen sollte.

Doch tief in meinem Inneren sehnte ich mich nach ihm. Nach seinem seltenen Lächeln, dem Blitzen in seinen Augen, wenn er mich musterte, und nach seiner Nähe.

Lara behauptete, dass er mich gernhatte. Aber wenn das wirklich stimmte, würde es etwas ändern?

Das mit uns beiden hatte von Anfang an nicht sein sollen, das musste mein dummes Herz endlich begreifen.

Aber da waren die vielen Kleinigkeiten, die es mir schwer machten, die Idee von einem ›Wir‹ endlich loszulassen. Zum Beispiel dieser Kuss. Der hatte sich alles andere als falsch angefühlt. Und David hatte mir geholfen, Espen auf der Kieler Woche zu retten. Das musste doch etwas zu bedeuten haben, oder?

Meine Gedanken drehten sich im Kreis, während ich an meinem Küchentisch saß und der Tee im Becher vor mir kalt wurde.

Mir blieb noch ein wenig Zeit, bis ich zur Schule losmusste, denn ich war viel zu früh aufgewacht.

Ich hatte überlegt, wie es sein konnte, dass der Großteil der Menschheit nichts von Lichtwesen wusste. Bei der Lösung hatte mir Lara gestern Abend selbst geholfen. Sie hatte mir erklärt, dass sie nur geblieben war, weil sie sich schuldig gefühlt hatte, als sie mitbekommen hatte, dass ich wegen ihres Bruders in Gefahr schwebte. Daher vermutete sie, dass es nicht viele Lichtwesen gab. Außerdem berichtete sie, dass ihr viele Dinge einfach nicht mehr so wichtig waren wie früher, als sie noch lebendig gewesen war. Nur bei mir schien es ihr anders zu ergehen, was mich zu der Theorie brachte, dass es Lichtwesen einfach egal war, ob die Menschheit von ihnen wusste oder nicht. Sie unternahmen keine Versuche, ihre Existenz zu beweisen. Ihnen ging es ausschließlich darum, dem einen Menschen zu helfen, der sie im Diesseits zurückhielt.

Nur auf meine Frage hin, wie lange sie noch da sein würde, konnte Lara mir nicht antworten. Da ich aber von Frank wusste, dass Lichtwesen höchstens etwa zehn Monate blieben, genoss ich jede einzelne Minute mit ihr.

Ich wusste, dass sie bald gehen würde, schließlich war ich nun in Sicherheit und David ließ mich in Ruhe.

Das war gut.

Das war sehr gut. Nein, sehr, sehr gut!

Bestimmt würden diese unerwünschte Verliebtheit und die Sehnsucht nach David nachlassen, wenn ein wenig Zeit verstrichen war.

Doch ich hatte die Rechnung ohne Laras Bruder gemacht, der in der zweiten Stunde einfach während des Unterrichts das Klassenzimmer betrat.

Verblüfft blickte ich ihn an. Was wollte er hier? War es nicht schon schwer genug für mich?

»Du, Frau Rosenberg, das ist doch der nette Polizist!«, rief Emma überflüssigerweise. Nett? Wenn sie wüsste …

»Hallo, Herr Wolf!«, krähte Nils und ließ vor Begeisterung die Klanghölzer fallen, mit denen wir gerade musiziert hatten.

Doch David beachtete die Kinder gar nicht. Stattdessen richtete er den Zeigefinger energisch auf mich. »Phina, komm bitte mit«, befahl er.

»Das geht jetzt nicht!« Hilfe suchend blickte ich zu Markus Grenzer, der hinten in der Klasse gesessen und meinen Unterricht verfolgt hatte.

»Herr Wolf, so leid es mir tut, aber Sie können hier nicht so einfach hereinplatzen!«, entrüstete sich mein Mentor. »Frau Rosenberg versucht hier verzweifelt, diese Kinder irgendwie in den Griff zu bekommen und einen einigermaßen annehmbaren Unterricht abzuliefern. Sie bringen die Arme ja noch mehr aus dem Konzept, als sie es ohnehin schon ist. Wenn es nicht gerade um Leben und Tod geht, wäre es daher schön, wenn Sie in der Pause wiederkommen würden, bis dahin dauert es nur noch zehn Minuten.«

Die Worte meines Mentors entfachten Wut in mir. Klar, die 1b war schlimmer als ein Sack Flöhe, aber ich fand, dass sie in dieser Stunde super mitgemacht hatten – und das, obwohl wir im Klassenzimmer Musik machen mussten, weil der Musikraum besetzt war.

»Herr Grenzer«, sagte ich mit mühsamer Beherrschung, »können wir die Qualität meines Unterrichts bitte später unter vier Augen besprechen?«

Nach den Erlebnissen der letzten Tage hatte mein Mentor seinen Schrecken für mich verloren. Wo ich früher vor ihm gekuscht hatte, wollte ich seine Provokationen nicht länger erdulden.

Etwas Erstaunliches geschah: Mein Kollege nickte. »Also gut, Sie haben ja recht.«

Verblüfft schaute ich ihn an. Ich hätte nicht gedacht, dass ich tatsächlich einmal erleben würde, dass er mir zustimmte.

David grinste. »Phina, komm jetzt bitte mit. Wir müssen dringend etwas klären.«

»Äh … ich mache hier nur schnell zu Ende und wir treffen uns gleich vor dem Lehrerzimmer?«, schlug ich mit klopfendem Herzen vor. »Und dann koche ich uns erst einmal einen Tee. Du siehst aus, als könntest du den gut gebrauchen.«

»Das liegt nicht am Durst«, entgegnete David seufzend. »Ich überlege nur gerade, ob ich dich hier mit Gewalt herausziehen muss.«

Ungläubig schnaubte ich. Was war so dringend, dass es nicht bis zum Ende der Stunde warten konnte?

Die Kinder waren mittlerweile unruhig geworden und begannen durcheinanderzureden. Moritz und Tom fochten mit ihren Klanghölzern, während Lana und Emma neben mir im Flüsterton überlegten, auf wen sie bei diesem Konflikt setzen sollten und sich netterweise einhellig für mich entschieden.

»Ihr legt jetzt die Stöckchen auf den Boden und bleibt still sitzen!«, befahl David, woraufhin die Kinder verwundert verstummten.

»Gehen Sie nur, Frau Rosenberg. Ich bringe das Elend hier zu Ende«, sagte mein Mentor mit matter Stimme und bedeutete mir, mich zu beeilen, bevor der kleine Marvin in Tränen ausbrechen konnte, weil der Polizist seine Lehrerin entführte.

Kopfschüttelnd erhob ich mich und quetschte mich durch eine schmale Lücke aus dem Stuhlkreis.

»Bin gleich wieder da!«, rief ich den Kindern zu. »Ihr macht mit Herrn Grenzer weiter, und Jonas …«, ich deutete auf den Klassenkasper, der schuldbewusst zusammenzuckte, »wehe, es kommen Klagen!«

David führte mich aus dem Schulgebäude geradewegs auf den Schulhof. »Ich will nicht, dass deine Schüler uns hören.«

»Was ist passiert? Warum willst du mich denn so dringend sprechen?«, fragte ich, als er endlich am Schulhofzaun stehen blieb und mich losließ. Weshalb hatte er nicht einfach angerufen, wenn es etwas zu klären gab?

Meine Knie waren weich.

Er antwortete nicht, sondern presste nur die Lippen fest aufeinander. Dann holte er tief Luft. »Phina, ich möchte das zwischen uns endlich klären.«

Ich seufzte, denn das hätte er nun wirklich auch nach der Schule tun können. »Ich kann dir nicht verdenken, dass du voller Hass warst und Rache wolltest. Allerdings hoffe ich sehr, dass damit nun Schluss ist.« Eindringlich schaute ich zu ihm auf und bemühte mich, ihn nicht merken zu lassen, wie sehr meine Gefühle in Aufruhr waren.

Er massierte seinen Nasenrücken und in mir regte sich der Verdacht, dass er auf etwas ganz anderes hinauswollte. Doch als er weiterhin schwieg, verließ mich die Geduld. »Hast du mich ernsthaft mitten aus dem Unterricht gezerrt, um mich jetzt anzuschweigen?«, fragte ich. »Sorry, aber ich habe Wichtigeres zu tun.« Mit einem aufgebrachten Schnauben wollte ich ins Schulgebäude zurückkehren. David Wolf konnte mich mal.

Doch er griff nach meinem Arm. »Hör mir doch bitte zu.«

Mit abgewandtem Gesicht versuchte ich, die heißen Tränen zu verbergen, die mir dummerweise in die Augen gestiegen waren.

»Dann rede endlich!«, zischte ich, entriss ihm meine Hand und wischte mir grob über die Wange.

»Eigentlich bin ich hier, um mich bei dir zu entschuldigen«, sagte er verlegen. »Läuft nur irgendwie nicht so gut.«

Und dafür zerrte er mich aus dem Unterricht? »Entschuldigung gewährt«, sagte ich knapp, ohne ihn anzuschauen.

Ich wollte nur noch weg hier, wollte mich auf der Damentoilette einschließen.

David hielt mich mit beiden Händen an den Oberarmen, sodass ich dicht vor ihm stehen bleiben musste. »Ich …«, begann er und brach wieder ab. »Ach Phina, ich bin …«

Aufgebracht funkelte ich ihn an. »Was du bist, ist ein Dummkopf!«

Ein Drittklässler, der gerade an uns vorbei vorzeitig auf den Schulhof schlenderte, schaute mich überrascht an. Ich bemühte mich um einen weniger aggressiven Blick. David schien wieder einmal meine schlimmsten Seiten hervorzurufen.

»Ein Dummkopf?«, fragte er verwirrt.

»Jawohl! Ein riesengroßer und obendrein auch noch ziemlich grober Dummkopf!«, flüsterte ich. Anschuldigend nickte ich zu seinen Pranken, die sich immer noch in meine Oberarme krallten.

Sofort ließ er mich los.

»Es tut mir wirklich aus tiefstem Herzen leid und ich bereue sehr, was ich getan habe«, sagte er mit belegter Stimme. »Ich war blind vor Trauer und Hass.«

Sekundenlang fixierten wir einander.

»Du weißt schon, dass ich dich gerade anflehe, mir zu verzeihen?«, fragte er verlegen. »Das hier ist ziemlich peinlich …«

Gegen meinen Willen musste ich lächeln.

Er atmete tief durch. »Ich habe vorhin neue Informationen über den Unfall erhalten und weiß jetzt, dass Lara den Wagen gefahren hat.«

Ich schnappte nach Luft und benötigte einen Moment, um mich zu sammeln. »Wer behauptet denn so etwas?«, fragte ich und legte ein angemessenes Quäntchen Empörung in meine Stimme.

Zum Glück waren die vorzeitig aus dem Unterricht entlassenen Kinder an uns vorbeigelaufen, hin zu den Spielgeräten am unteren Teil des Schulhofes.

»Netter Versuch.« Mit hochgezogenen Augenbrauen musterte er mich spöttisch. Jetzt befand er sich wieder in diesem Ich-frage-den-Täter-aus-Polizeimodus, der mir schon zu Beginn unserer Bekanntschaft höllischen Respekt eingeflößt hatte.

Ich runzelte die Stirn und überlegte, wie es hatte herauskommen können, dass ich wegen des Unfalls gelogen hatte. Okay, für die Leute von der Spurensicherung musste es ein Leichtes gewesen sein, die Fingerabdrücke am Steuer und die Blutflecken auf der Fahrerseite zu identifizieren. Allerdings war ich davon ausgegangen, dass niemand meine Aussage anzweifeln würde. Warum nur sollte jemand nach all den Monaten ein Gutachten in Auftrag geben?

Ich entschied mich für die Offensive. »Nun mal ehrlich: Was soll der Quatsch?«, sagte ich mit möglichst genervter Stimme. »Ist es nicht endlich an der Zeit, die Vergangenheit ruhen zu lassen? Es tut mir unendlich leid, was geschehen ist. Ich werde dafür wohl mein Leben lang Schuldgefühle mit mir herumtragen. Aber jetzt muss ich wirklich los. Die 1b, du verstehst.«

Dummerweise ertönte genau in diesem Moment der Pausengong und der Rest der Schülerinnen und Schüler strömte an uns vorbei auf den Schulhof.

»Hör endlich auf, es zu leugnen – Lara ist gefahren!« Davids Stimme klang streng.

»Ich will jetzt los«, beharrte ich. Mir war übel.

»Phina, ich schwöre, dass ich dir das Leben zur Hölle mache, wenn du mir nicht die Wahrheit sagst!«, drohte er, aber ich wusste, dass er es nicht ernst meinte.

»Mein Leben *ist* die Hölle«, antwortete ich matt. »Ich … will nicht mehr darüber reden …« Meine Stimme brach. *Oh Gott, Lara, was soll ich tun?* Verzweifelt fixierte ich seine Schuhspitzen.

»Weshalb nicht?«

Ich schwieg.

»Um Himmels willen! Was ist los? Erpresst dich jemand? Sag es mir!«

Ich hob den Kopf, um ihm in die Augen zu sehen. Er klang besorgt.

»Nein!« Ich schluckte hart und senkte den Kopf rasch wieder, weil mich Davids Mitgefühl tausendmal mehr aus der Bahn warf als seine Drohungen. »Es ist … Ich …« Mir fielen keine weiteren Ausreden mehr ein.

»Die ganze Zeit habe ich gedacht, dass du den Wagen nach einer feuchtfröhlichen Partynacht gegen den Baum gesetzt hast«, fuhr er mich an. »Wieso hast du behauptet, dass du gefahren bist? Warum lässt du mich in dem Glauben, du hättest verantwortungslos gehandelt? Himmel, du hebst ja sogar in Not geratene Regenwürmer auf!«

Verwirrt schaute ich ihn an. »Regenwürmer?«

»Und du trinkst überhaupt gar keinen Alkohol!«

»Na und? Das ist ja wohl kein Verbrechen!«, gab ich zurück.

»Weshalb trinkst du nichts?«, bohrte er erbarmungslos weiter. »Ist das seit dem Unfall so?«

»Nein, ich habe schon vorher nichts getrunken.«

Mit hochgezogenen Augenbrauen wartete er, dass ich weiterredete.

»Also ... äh ...« Mein Herz raste. »Mit fünf bin ich mal heimlich an den Kühlschrank und hab mir mehrere Schlucke aus der Flasche mit dem hübschen Apfel darauf genehmigt, die von der Party am Vortag übergeblieben war. Meine Eltern waren gerade im Garten und haben nichts mitbekommen. Später haben sie mich dann besoffen im Kinderbettchen gefunden, weil der Apfelsaft nämlich Apfelkorn war. Haha!«, versuchte ich es auf die witzige Schiene zu ziehen.

Doch David ließ sich nicht täuschen. Mit einem nicht zu deutenden Funkeln in den Augen beugte er sich zu mir herab. »Erzähl mir keinen Schwachsinn!«, knurrte er dicht vor meinem Gesicht, was viel schlimmer war, als wenn er mich angebrüllt hätte. Auf meinem Rücken bildete sich eine Gänsehaut »Sag lieber endlich den wahren Grund!«

Betroffen blickte ich zu Boden. Ich hasste es, dass er mich dazu zwang. »... Na ja ...« Ich ballte meine Fäuste. »Es ist wegen meines Vaters, du weißt ja darüber Bescheid. Schließlich habe ich jahrelang mit ansehen müssen, was der Alkohol mit ihm gemacht hat ...«

David trat einen Schritt zurück, musterte mich prüfend und nickte dann. »So etwas in der Art habe ich mir schon gedacht. Was ich allerdings immer noch nicht verstehe, ist, weshalb du es nicht richtiggestellt hast. Du musst doch geahnt haben, dass alle dachten, dass du den Unfall unter Alkoholeinfluss verursacht hast.«

Hilflos zuckte ich mit den Achseln. »Der Bluttest war doch negativ! Woher hätte ich das wissen sollen?«

»Na gut. Die Beweise sind klar. Ich möchte nur endlich verstehen, warum.« David legte seine großen Hände auf meine Schultern. Vermutlich sollte es sich bedrohlich anfühlen – so ein Polizisten-Ding, aber bei mir löste es nur ein Gefühl von Gehaltenwerden aus.

Es hatte wohl keinen Sinn, weiter zu schweigen. »Ich … habe es versprochen«, stammelte ich schwach. Wie sollte ich es erklären, ohne meine Freundin bloßzustellen?

Ach Lara! Wärst du doch hier! Was soll ich denn nur tun? Eine Träne rann über meine Wange.

Sanft legte David einen Finger unter mein Kinn und drückte es hoch, sodass ich ihn ansehen musste. Mit dem Daumen wischte er die Spur weg, die die Träne hinterlassen hatte.

Zum Glück war gerade kein Kind in der Nähe.

»Oh Lara, du Unglücksrabe!«, murmelte er. »Was hast du da bloß angerichtet?«

Mir war heiß vor Scham darüber, dass ich das Geheimnis meiner Freundin nicht bewahrt hatte.

In diesem Moment fielen mir die herzchenförmigen Lichtpunkte auf, die über Davids Gesicht tanzten.

Sie war hier! Lara hatte alles mitbekommen. Ich fühlte, wie ich schlagartig leichenblass wurde, während David im Gegensatz zu mir zufrieden lächelte.

Allerdings war es nicht sein übliches Harter-Polizist-Grinsen, sondern ein warmes Lächeln, das er normalerweise sorgsam unter Verschluss hielt. Verstört starrte ich ihn an. Wie konnte es ihm so egal sein, dass ich gerade das Andenken seiner Schwester zerstörte?

»Lara hat mir vorhin alles erzählt«, gab er zu. »Es tut ihr furchtbar leid, was du ihretwegen durchmachen musstest. Ich konnte es nicht glauben, dass sie einen solchen Unsinn verzapft hat. Deshalb musste ich es von dir selbst hören. Ich habe es nicht ausgehalten, länger zu warten, deshalb dieser Überfall.«

Ungläubig schaute ich ihn an. Es gab gar keine neuen Beweise, das hatte er alles erfunden? Lara selbst hatte ihm die Information gegeben und er hatte mich völlig unnötig diesem Kreuzverhör unterzogen? In mir entflammte helle Wut.

»Bist du nur deshalb hergekommen, um mich bloßzustellen und dazu zu bringen, das Versprechen, das ich deiner Schwester gegeben habe, zu brechen?« Tränen des hilflosen Zorns schwammen in meinen Augen. Zum Glück schirmten seine breiten Schultern mich vor den Blicken der Kinder ab.

Davids Lächeln war schlagartig einem tief betroffenen Gesichtsausdruck gewichen.

»Du hast recht: Mein Verhalten ist unverzeihlich.« Er atmete hörbar ein. »Die Sache war für mich klar: Zwei junge Frauen, die nachts aufgedreht und gleichzeitig übermüdet aus einem Club kommen und mit Sicherheit den einen oder anderen Drink hatten. Du bist trotzdem gefahren und konntest in diesem Zustand natürlich nicht mehr angemessen reagieren, als das Reh auf die Straße sprang. Solche Fälle begegnen uns im Dienst ständig. Du hast sogar nach Alkohol gestunken, hat mir einer der Kollegen erzählt, die am Unfallort waren.«

Er fuhr sich mit dieser ungeduldigen Bewegung durch die Haare, auf die ich normalerweise total abfuhr. Jetzt konnte ich ihn nur stumm anschauen, weil der Kloß in meinem Hals mir die Luft abzuschnüren schien.

»Bitte, Phina, sag, dass du mir nicht mehr böse bist!«, flehte er und schaute mir tief in die Augen.

Wie gefühlvoll seine Stimme auf einmal klang. Als würde ich ihm etwas bedeuten.

Ich rieb mir über die Stirn und versuchte, mich nicht schon wieder von seinem Charme einlullen zu lassen.

»Ja, ich wollte dich hassen. Aber jetzt denke ich eher, dass du so innig geliebt werden solltest, wie ich Lara liebe«, sagte er so leise, dass ich ihn kaum verstand.

Verblüfft legte ich den Kopf schräg. Lieben? Wie meinte er das? In meiner Brust entstand ein heißes Sehnen. »Du meinst … Geschwisterliebe?«, fragte ich. Unsicher schaute ich zu David auf.

»Ich sollte jetzt gehen«, sagte er verlegen. »Ich hätte besser nicht herkommen sollen, aber ich musste Gewissheit haben.«

»David Wolf, du wirst jetzt nicht flüchten!«, grollte ich. »Also: Wie hast du das gemeint?«

Er stieß die Luft aus und presste mich dann unvermittelt so dicht an sich, dass ich mit der Nase gegen die harten Muskeln seiner Brust gedrückt wurde und unwillkürlich einen euphorisierenden Schwall seines wundervollen Dufts einatmete.

Mein Herz stolperte. Himmel, dieses Gefühlschaos machte mich fertig.

»Es hat mir fast den Verstand geraubt, dich blutüberströmt in diesem Keller wiederzufinden«, flüsterte er in mein Haar. »Ich musste schon einmal miterleben, wie ein Mensch, den ich liebe, stirbt. Bei Lara konnte ich es nicht verhindern.«

Ein Mensch, den ich liebe … Schmetterlinge begannen in meinem Bauch zu tanzen.

»Aber noch einmal soll mir das nicht passieren«, murmelte er und küsste mich auf den Scheitel.

Ich blinzelte. *Ein Mensch, den ich liebe …*

»Deshalb wollte ich mich von dir fernhalten. Nicht fühlen, was ich fühle. Wie solltest du meine Gefühle auch erwidern können – nach allem, was ich dir angetan habe?«

Noch immer benommen von dem, was er gesagt hatte, hob ich den Kopf und schaute ihn an.

Ein Mensch, den ich liebe …

Es war das Schönste, was ich jemals gehört hatte.

In mir begann etwas zu glühen. Füllte meinen Körper mit Wärme und purem Glück.

Schüchtern ging ich auf die Zehenspitzen und schlang meine Arme um seinen Hals. Einen Moment lang sahen wir uns still in die Augen.

»Übrigens könnte ich mir durchaus vorstellen, großzügig über alles, was du angestellt hast, hinwegzusehen. Weil ich mich nämlich in dich verliebt habe …«, gestand ich ihm leise.

Er schluckte. Dann erschien ein Leuchten auf seinen Zügen, das meine Knie weich werden ließ. Er griff nach meinem Gesicht und beugte sich langsam, fast schon zögernd zu mir herab. Gab mir jede Gelegenheit, ihn abzuweisen.

Doch wie hätte ich das tun können? Auf einmal war das Zittern wieder da.

Und dann machte David sich daran, mir zu zeigen, wie wenig geschwisterlich seine Gefühle für mich waren. Fast schon grob presste er seinen Mund auf meinen, fuhr mit der Zungenspitze über meine Unterlippe und drängte auf eine Art dagegen, die keinen Widerspruch duldete.

Ich ließ ihn ein, ohne nachzudenken. Ließ zu, dass er erkundend über meine Zunge strich, zuerst behutsam, dann selbstbewusst und sinnlich. Er sog an ihr und knabberte mit den Zähnen an meiner Unterlippe, bis ich ein leises Stöhnen nicht mehr unterdrücken konnte.

Meine Knie waren Pudding, und wenn er nicht gerade eine Hand in mein Kreuz gelegt hätte, wäre ich zu Boden gesunken.

Mit den Fingern der einen Hand spielte David in meinem Nacken, die andere rutschte tiefer, während er meinen Mund weiterhin mit schwindelerregender Entschlossenheit in Besitz nahm.

Okay. Jetzt hatte ich wirklich begriffen, was er mir sagen wollte.

Ins Licht

Lara

Holla, die Waldfee, wer hätte je gedacht, dass mein Finchen derart knutschen konnte?

Ich freute mich ja riesig für die beiden – wirklich! Aber ganz ehrlich: Niemand sollte zusehen müssen, wie sein Bruder die beste Freundin abschlabberte und ihr dabei ohne viel Federlesens direkt an den Arsch griff, während ein ausgehungertes Stöhnen aus seinem Mund ertönte, das verdammt nach Tiger klang …

Ich musste schmunzeln.

Alter! Das hier war definitiv kein Viel-Spaß-im-Kindergarten-mein-Spatz-Küsschen. Das war ein hemmungsloser Molotow-Cocktail-Kuss mit Zunge und allen Schikanen. Da schämte man sich ja fast beim Zusehen … Obwohl es auch ein wenig lustig war, wie die beiden sich bemühten, den Größenunterschied zu überbrücken: Phina balancierte hoch aufgereckt auf den Zehenspitzen, während David leicht in die Knie gegangen war und sich rückenunfreundlich zu ihr herabbeugte.

Tine hatte Pausenaufsicht und kam auf den Schulhof. Als sie Phina und meinen Bruder sah, blieb sie wie angewurzelt stehen und ich befürchtete schon, dass es jetzt eine hässliche Szene geben würde. Doch da erschien ein breites Grinsen auf ihrem Gesicht. Als sie an den beiden vorbeiging, reckte sie schmunzelnd beide Daumen in die Höhe. Dann eilte sie weiter, um zwei sich prügelnde Fünftklässler auseinanderzubringen.

Phina und David bemerkten von alledem nichts. Sie waren völlig vertieft in ihren Kuss.

»*Uäh!*«, erscholl es in diesem Moment pikiert von einigen größeren Schülern, die gerade vorbeigingen. Ich kicherte in mich hinein.

Mein Bruder winkte sie weiter, ohne den Kuss zu unterbrechen.

»David, du begrapschst mich vor den Kindern!«, flüsterte Phina anklagend und versuchte, ihn mit sanftem Druck gegen seine Brust davon abzuhalten, ihren Po besitzergreifend zu kneten.

»Das würde ich nie wagen«, murmelte er heiser, ohne von ihr abzulassen.

Als sie sich trotzdem beharrlich aus seinem Griff wand, richtete er sich zu seiner vollen Größe auf und musterte die wachsende Anzahl neugierig zuschauender Schülerinnen und Schüler mit seinem finstersten Polizistenblick.

»Für die unter euch, die es immer noch nicht mitbekommen haben sollten: Die süße kleine Lehrerin mit dem entsetzten Gesichtsausdruck hier ist mein Mädchen. Wer sich in ihrem Unterricht oder auf dem Schulhof nicht benimmt, kann sich auf etwas gefasst machen!«, knurrte er, aber ich sah das Schmunzeln in seinen Augen.

Eilig verstreuten sich die Kinder in alle Himmelsrichtungen.

Phinas Mundwinkel kräuselten sich amüsiert. »Du machst ihnen ja Angst!«

»Gut so.« Er wandte sich wieder ihr zu und schaute sie eine ganze Weile lang an. »Du verzeihst mir also tatsächlich?«, fragte er schließlich staunend.

Phina nickte eifrig. Ihre Wangen waren gerötet und ihre blonden Haare von Davids Attacke ziemlich verwuschelt.

»Und … du möchtest trotz allem mit mir zusammen sein?«

Sie lächelte schüchtern zu ihm auf und nickte wieder.

Einen Wimpernschlag später hatte er meine kreischende Freundin gepackt und wirbelte sie in der Luft herum.

»David, lass mich runter! Was sollen die Kinder denken?«

Gehorsam setzte er sie ab, ließ sie jedoch nicht los. Dicht an seinen Körper gepresst stand sie da und schaute verliebt zu ihm hinauf. Und auch er betrachtete sie, als könne er sein Glück nicht fassen.

Irgendwie schien ich mich an den Gedanken von den beiden als Paar zu gewöhnen. Ich spürte ihr Glück in mir, denn ich wusste, ihre Gefühle waren echt. Diese innige Freude und Sorglosigkeit, diese liebevolle Zuneigung, die andauern würde, denn sowohl David als auch Phina waren extrem loyale und treue Menschen.

Meine Seele füllte sich mit Leichtigkeit, Zufriedenheit und Freude. Und mit Licht.

Dieses weiche, wunderschöne Licht, das mich schon so lange zu sich locken wollte, hinein in den ewigen Frieden.

Ich wusste jetzt, dass es gar nicht nötig gewesen war, Phina um diese Lüge zu bitten, nicht nötig gewesen, so zu tun, als wäre ich perfekt. Meine Familie liebte mich. Liebte mich genau so, wie ich eben war. Leider hatte ich das erst begriffen, als ich tot war und Phina damit unnötiges Leid zugefügt.

Ich betrachtete, wie sie meinen Bruder anstrahlte.

Alles war viel besser geworden, als ich es mir jemals hätte für sie erträumen können.

Ein Lächeln erfüllte mich, während ich das umschlungene Pärchen ein letztes Mal mit Lichtstrahlen blendete, um dann ein großes Herz auf dem Pflaster des Schulhofes aufleuchten zu lassen.

Phina bemerkte es als Erste. »Schau mal!«, sagte sie zu David und deutete auf den Boden, wo ich nun Buchstabe für Buchstabe ›Alles Gute!‹ schrieb. Beide lächelten.

Es war mein Abschiedsgruß an sie.

Ein letztes Herzchen malte ich noch und einen Pfeil, der auf eine Wolke deutete. Dann ließ ich mich vom Licht immer weiter in die Höhe ziehen.

Beiden entglitt das Lächeln, als sie begriffen.

»Nein!«, stieß David hervor und Phina schlug entsetzt die Hand vor den Mund.

»Lara, bleib bei uns!«, schrie sie verzweifelt.

Doch es war ein guter Zeitpunkt, um zu gehen.

Sie hatten einander und Phina war nicht mehr in Gefahr. Mein Bruder würde auf sie aufpassen und sie beschützen. So wie er es immer bei mir getan hatte. Instinktiv hielten sie sich aneinander fest, während ich mich immer weiter von ihnen entfernte.

Für mich kaum noch hörbar, sagte David schließlich mit ernster Stimme: »Es war für sie wohl an der Zeit, zu gehen.« Tröstend streichelte er Phinas Rücken.

Sie schmiegte sich in seine Arme und nickte unter Tränen. »Und für uns ist es wohl an der Zeit, sie gehen zu lassen.«

Hoch und immer höher schwebte ich. Entfernte mich von allem, was mir einmal so wichtig gewesen war.

Das Letzte, was ich wahrnahm, waren Phinas Worte. »Danke, Lara«, rief sie und lächelte zaghaft in den Himmel hinauf. »Ich habe dich unendlich lieb!«

Es war in Ordnung loszulassen, es war richtig.

Und dann löste sich alles auf, was einmal mein Leben gewesen war, all die dummen Kleinigkeiten und Sorgen, all die materiellen Werte, die Kämpfe, die ich ausgefochten hatte, all die Wünsche, die mir einmal so schrecklich wichtig gewesen waren.

Mein Denken, mein ganzes Dasein war erfüllt von dieser wundervollen Helligkeit, diesem Leuchten, diesem Frieden.

Am Ende zerlegte ich mich in pures Glück.

Ich war Licht.

Epilog

(Für alle, die keine bittersüßen Enden mögen …)

Eine blonde junge Frau trat erschöpft, aber glücklich aus dem Schulgebäude der Grund- und Gemeinschaftsschule Mühlensee in die Mittagshitze hinaus.

Als sie den hochgewachsenen Polizisten auf der Bank davor erkannte, lief sie freudestrahlend auf ihn zu. Neben ihm lag ein riesiger Blumenstrauß und in einem Korb befanden sich fünf Sektgläser und eine Flasche alkoholfreier Prosecco.

David erhob sich und breitete die Arme aus, damit sie sich hineinstürzen konnte.

»Wie geht es dir?«, fragte er besorgt und bemühte sich, den Ausdruck ihres Gesichtes zu erkennen, das sie an seine Brust geschmiegt hatte.

Er hätte auch fragen können, ob sie bestanden hatte, aber da war er sich völlig sicher. Phina hatte in den letzten Monaten so viel gelernt, dass ihr der Kopf geraucht und sie selbst im Schlaf irgendwelche Schulrechtparagrafen gemurmelt hatte.

»Oh Gott, ich bin total fertig«, stöhnte sie und umarmte ihn noch fester. Das war nicht mehr ganz so einfach, denn Phina war in den letzten Monaten ein wenig rundlich geworden. »Wie gut, dass ich da nie wieder durchmuss.«

Das fand David auch, was er aber natürlich niemals laut aussprechen würde. Phina war ziemlich dünnhäutig gewesen – vor allem in den letzten Wochen vor ihrem Examen. Was aber auch an den Hormonen liegen konnte …

Liebevoll streichelte er über die leichte Wölbung ihres Bauches. »Herzlichen Glückwunsch, Frau Lehrerin«, sagte er stolz und küsste sie zärtlich auf den Mund.

Sie strahlte. »Ich kann es noch gar nicht glauben, dass ich es nun geschafft habe …«

Gerade kamen ihre beiden Mentoren und ihre Lieblingskollegin Tine aus dem Schulgebäude und traten zu ihnen. David hatte sie im Vorfeld gebeten, nach der Prüfung noch gemeinsam anzustoßen.

»Na, wird jetzt ordentlich gefeiert?«, fragte Tine.

Sie war erstaunlich gut damit umgegangen, dass Phina und David nun ein Paar waren, und im vergangenen Jahr waren sie schon mehrfach zu dritt ausgegangen – und später auch mit Tines neuem Freund zu viert. Inga Sörensen hingegen hatte sich versetzen lassen, nachdem sie sich ausgiebig bei Phina entschuldigt hatte.

»Ich jedenfalls werde mir zu Hause erst mal einen kräftigen Schluck genehmigen«, seufzte Markus Grenzer. »Das war ein hartes Stück Arbeit …«

Hanne legte den Kopf schräg und lächelte nachsichtig. »Ach, mein Lieber, ich finde, wir können nicht meckern über einen Schützling, der gerade sein Examen mit Auszeichnung bestanden hat …«

»Mit Auszeichnung?«, rief David begeistert und schwenkte seine Freundin einmal im Kreis herum.

»Lass mich runter, du Neandertaler«, kicherte sie. »Ich bekomme Höhenangst.«

Als er sie wieder abstellte, war Phinas Gesicht von einer leichten Röte überzogen. »Ich hätte nicht gedacht, dass es so gut laufen würde, mir war eiskalt vor Aufregung«, sagte sie verlegen.

»Ich schon«, meinte Hanne. »Du kannst sehr stolz auf dich sein. Und ich habe sogar munkeln hören, dass der Chef dich gern übernehmen würde. Trotz der Schwangerschaft.« Sie deutete auf Phinas Bauch.

»Echt?«, rief Phina begeistert. »Das wäre ja großartig!«

Auch David war zufrieden. Wenn es klappte, müssten sie beide keine weite Strecke zum Arbeitsplatz fahren, denn ihre gemeinsame Wohnung lag zwischen Kiel und Mühlensee.

Er öffnete den Prosecco und schenkte ein. Dann reichte er jedem ein Glas. »Auf dich!«, sagte er zu Phina.

Die Beziehung mit ihr hatte sich von Anfang an richtig angefühlt. Nach wenigen Monaten hatten sie beschlossen zusammenzuziehen und schon jetzt konnte er sich ein Leben ohne Phina nicht mehr vorstellen. Sicher, ab und zu kabbelten sie sich, aber am Ende gelang es ihnen immer, einen Kompromiss zu finden. Er liebte sie. Von ganzem Herzen.

»Auf uns«, entgegnete Phina und stieß mit ihm an.

Dass sie nun ein Kind von David erwartete, war ein Missgeschick gewesen. Ein Missgeschick, über das sie sich aber nach dem ersten Schreck beide riesig freuten.

»Und auf die Zukunft«, sagte David und lächelte.

Alle nickten zustimmend und tranken.

»Was soll es denn eigentlich werden?«, erkundigte sich Markus Grenzer und deutete auf Phinas Bauch.

»Ein Mädchen«, antwortete David an ihrer Stelle stolz und Phina verzog ein wenig das Gesicht. Sie hatte sich eine Miniaturausgabe von David gewünscht, aber im Grunde war es ihnen beiden egal – Hauptsache, das Kind war gesund.

»Ich würde sie gern Janne nennen«, sagte Phina.

Mit gerunzelter Stirn schaute David sie an. »Mir gefällt immer noch Merle besser.«

»Das wären zu viele ›L‹«, gab sie zu bedenken.

Denn auch wenn sie wohl noch bis zur Geburt heftig über den Namen ihres Babys diskutieren würden – in einer Sache waren sie sich einig:

Ihre kleine Tochter sollte mit zweitem Namen ›Lara‹ heißen.

Danksagung

Viele Menschen waren daran beteiligt, dass dieser Roman das Licht der Welt erblicken konnte. Sie haben sich durch die unterschiedlichen Stadien des Manuskriptes gekämpft, Ideen eingebracht und ihre Zeit geopfert, wofür ich unendlich dankbar bin. Leute, ich liebe euch!

Ganz herzlich bedanken möchte ich bei meinen fleißigen Testlesern Amrei, Anna, Anne, Astrid, Britta, Christian, Elgin, Lisa, Martina, Meike, Richard, Sarah, Vero, Virko und Wiebke.

Auch ein paar Fachleute haben mir äußerst hilfreich unter die Arme gegriffen und mich vor groben Schnitzern bewahrt: Dr. Annes Sprechstunde war glücklicherweise jederzeit für mich geöffnet, Wiebke hat mich mit Informationen zum Thema Polizei versorgt, Sandra F. vom Landhotel Friesland hatte großartige Ideen für die fiesen Seiten von Julius, Vero hat sich tapfer durch die Abgründe meiner Rechtschreibung gekämpft und Gerd und Günter standen mir mit fachkundigem Rat zum Thema ›Funken‹ beiseite. Ich danke euch!

Undendlich glücklich bin ich auch über das tolle Drachenmond-Team.

Danke an Michaela für die akribische Fehlersuche. Du bist der gute Geist, der einer Geschichte den runden Abschluss verpasst!

Alexander Kopainski hat »Spuren von Licht« das Cover meiner Träume verpasst und mit einer Engelsgeduld jeden meiner Wünsche erfüllt.

Auszüge aus unserem Chatverlauf: »Einmal hübscher machen, kein Problem.«, »Einmal Bruststraffung … kein Ding.«, »Einmal neue Frisur … kommt sofort.« Und ihr ahnt nicht, womit ich ihn sonst noch genervt habe – glaubt mir, der Mann ist ein Engel!
Mit einer ebensolchen Geduld gesegnet ist mein großartiger Lektor Stephan Bellem. Professionell, humorvoll und mit jeder Menge Einfühlungsvermögen ist es ihm gelungen, diese Geschichte so zu verbes-

sern, dass es zu meiner Erzählweise passt. (Ohne ihn würdet ihr David hassen …) Kleiner Auszug aus dem Lektorat gefällig?

Mein Text: »Lara?« Ich stieß sie behutsam an, doch sie zeigte keine Reaktion. Ich rüttelte stärker.

Stephans Anmerkung: *Gute Idee bei Halswirbelverletzungen. »Isses noch dran?« Schüttel. »Ja?« Schüttelrüttel. »Immer noch?« Knack. »Oh. Schade.«*

(Ich kann mich immer noch kringeln!)

Ohne die Powerfrau Astrid Behrendt könntet ihr dieses Buch gar nicht in Händen halten. Sie schafft es auf magische Weise, einen wunderbaren Haufen Kreativer unter dem Drachenmond zu versammeln und zu bändigen.

Ich danke auch meinen beiden Drachenmond-Kolleginnen Martina und Irene für die tollen Tipps zum Klappentext.

Herzliche Grüße an dieser Stelle an mein Meer-Schreiben-Team Kathrin, Nina, Stephan und Christian. Die Treffen mit euch bereichern mein Leben.

Ganz viel Liebe sende ich an Neele und Janna. Ich danke euch nicht nur für das Testlesen, sondern auch für Szenenhilfe, Fehlersuche, Epilog und dafür, dass es euch gibt. (Ohne euch würde Ben immer noch Boris heißen … ;-))

Danke an meine wundervolle Familie, die ihre schreibende Ehefrau/Mutter/Tochter mit Engelsgeduld ertragen hat. Ich liebe euch!

Und zu guter Letzt: Ganz herzlichen Dank an euch, meine Leserinnen und Leser, für eure aufmunternden Worte, eure Begeisterung und dafür, dass ihr »Spuren von Licht« eine Chance gegeben habt!

Eure Julianna

PS: Der kleine Christopher musste natürlich nicht zum Pädologen, sondern zum Logopäden. ;-)

Julianna Grohe

Die vierte Braut

ISBN: 978-3-95991-121-4, kartoniert, EUR 12,90

In Wahrheit war die Sache mit Cinderella ganz anders …

Auf Wondringham Castle findet eine riesige Brautschau mit vielen Prüfungen statt. Unzählige junge Damen aus allen Teilen des Landes kommen zum Schloss, um die Gunst eines der vier Prinzen zu erlangen. Aber die junge Gouvernante Mayrin Barnaby, die durch unglückliche Umstände ebenfalls dorthin gerät, will gar keinen Königssohn heiraten, sondern nur schnellstmöglich zurück nach Hause. Dort warten ihre beiden jüngeren Geschwister auf sie, für die sie verantwortlich ist.

Als jedoch der charismatische Hauptmann dafür sorgt, dass Mayrin bleiben kann, beginnt ein aufregendes Abenteuer voller Leidenschaft und Intrigen.

Julianna Grohe

Räuberherz

ISBN: 978-3-95991-210-5, kartoniert, EUR 14,90

Als wäre sie in eine schräge Version von »Die Schöne und das Biest« geraten, findet sich Ella in der Villa eines reichen Mannes wieder. Statt jedoch mit tollen Kleidern und Schmuck verwöhnt zu werden, soll sie putzen, während ihr Entführer eine Traumfrau nach der anderen mit nach Hause bringt. Welches Geheimnis verbirgt er? Weshalb sind manchmal Stimmen im Haus zu hören, obwohl niemand in der Nähe ist? Und warum gibt es diese seltsamen elektrischen Schläge, wenn sie aus Versehen seine Haut berührt? Ella ahnt, dass seine Hartherzigkeit nichts als Fassade ist … doch was wird sie dahinter finden? Vielleicht etwas viel Gefährlicheres?

»Verdammt! Kochen, putzen, waschen, bügeln –
und das alles für diesen super-arroganten Schönling?
Ein Traum. Genau so hab ich mir den Rest meines Lebens vorgestellt …«

Stephan R. Bellem

Ruf der Rusalka

ISBN: 978-3-95991-899-2 Klappenbroschur, EUR 14,90

Lewis hat sich geschworen, es nie wieder zu tun. Doch der faszinierenden Fremden kann er nicht widerstehen. Als Londons größter Ermittler soll er den Mord an ihrer Freundin aufklären.
Aber mit jedem Schritt holen ihn die Bilder seiner Vergangenheit wieder ein und drohen, ihn unter sich zu begraben.
Wäre da nicht die Frau an der Themse. Kann sie ihn vor sich selbst retten?
Kate kann endlich der Eintönigkeit Manchesters entkommen und wagt sich nach London, um ihrem Traum nachzujagen: der nächsten großen Story.
Und was wäre größer als ein Serienmörder?
Aber die Morde sind erst der Anfang.
Kate und Lewis tauchen ein in eine Welt der Geheimgesellschaften und okkulten Rituale. Können sie die Vernichtung Londons noch aufhalten?

Du brauchst Lesenachschub und hast Entscheidungsschwierigkeiten, möchtest dich überraschen lassen oder wünschst Empfehlungen? Da können wir helfen!
Wir stellen für dich ganz individuell gepackte Buchpakete zusammen – unsere

Drachenpost

Du wählst, wie groß dein Paket sein soll, wir sorgen für den Rest.

Du sagst uns, welche Bücher du schon hast oder kennst und zu welchem Anlass es sein soll.
Bekommst du es zum Geburtstag #birthday
oder schenkst du es jemandem? #withlove
Belohnst du dich selber damit #mytime
oder hast du dir eine Aufmunterung verdient? #savemyday
Je mehr wir wissen, umso passender können wir dein Drachenmond-Care-Paket schnüren.
Du wirst nicht nur Bücher und Drachenmondstaubglitzer vorfinden, sondern auch Beigaben, die deine Seele streicheln. Was genau das sein wird, bleibt unser Geheimnis …

Die Wahrscheinlichkeit ist groß,
dass sich das ein oder andere signierte Exemplar in deiner Box befinden wird. :)

Wir liefern die Box in einer Umverpackung, damit der schöne Karton heil bei dir ankommt und als Geschenk nicht schon verrät, worum es sich handelt.

Lisan bringt das kleinste Drachenpaket zu dir, wobei *klein* bei Drachen ja relativ ist. € 49,90
Djiwar schleppt dir in ihren Klauen einen seitenstarken Gruß aus der Drachenhöhle bis vor die Tür. € 74,90
Xorjum hütet dein Paket wie seinen persönlichen Schatz und sorgt dafür, dass es heil bei dir ankommt – und wenn er sich den Weg freibrennt! € 99,90

Der Versand ist innerhalb Deutschlands kostenfrei. :)

Zu bestellen unter www.drachenmond.de